동화 속 악역의
완벽한 엔딩 플랜

동화 속 악역의
완벽한 엔딩 플랜 3

피치파이 장편소설

초판 1쇄 찍은 날 | 2023년 6월 23일
초판 1쇄 펴낸 날 | 2023년 6월 30일

지은이 | 피치파이
펴낸이 | 권태완 우천제

편집책임 | 이고은
편집 | 박가연 박은정 장현아 이예린 양별 이지아 구정은 강명은 김솔

펴낸곳 | (주)케이더블유북스
등록번호 | 제25100-2015-43호
등록일자 | 2015. 5. 4
WFN | 제3-084호

주소 | 서울특별시 구로구 디지털로31길 38-9 에이스테크노타워 1차 401호
전화 | 02-867-4626 팩스 | 02-866-4627
E-mail | cl_production@kwbooks.co.kr

ⓒ 피치파이, 2020

ISBN 979-11-404-6909-3 04810
      979-11-404-6906-2 (set)

피치파이 장편소설

동화 속 악역의
완벽한
엔딩 플랜

3

위치북

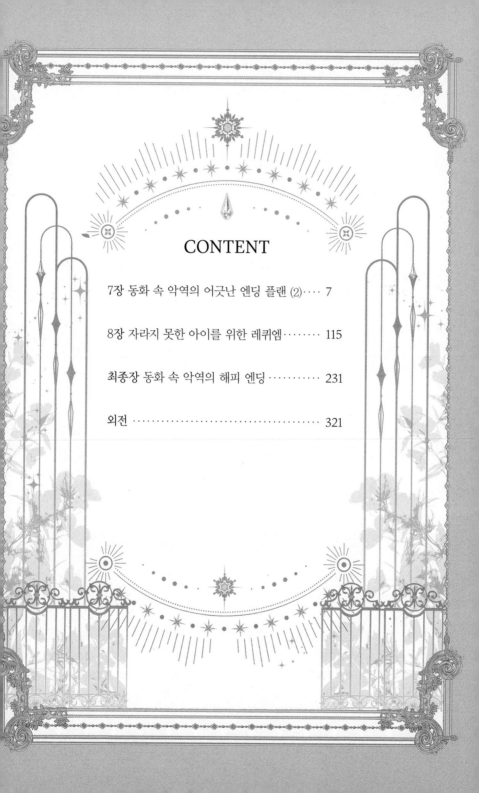

CONTENT

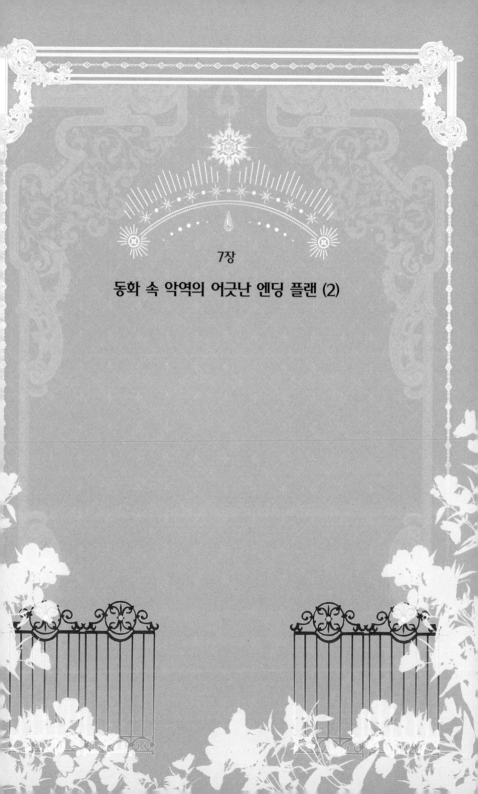

7장

동화 속 악역의 어긋난 엔딩 플랜 (2)

왕궁과 가까운 수도 중심가는 사교계의 핵심 인물들이 모여드는 곳이었다. 귀족이라면 그곳에 어떻게든 머물 곳을 마련하고 싶어 했다.

하지만 땅은 한정되어 있기에 타운하우스란 보통 정원은 기대할 수 없으며 좁은 땅에 위로 사, 오 층까지 올린 건물로, 작은 뒷마당이 있으면 그나마 다행인⋯⋯.

'그런 게 아니었나?'

로랑가의 타운하우스를 보니 이젠 별로 놀랄 기운도 생기지 않았다. 정원에 온실, 별채까지 딸린 어엿한 대저택이었다. 족히 스무 명은 되는 고용인들이 주인 가족을 맞이하러 나와 있었다.

"이 좁은 수도 땅에 어떻게 이렇게 거대한 저택을 마련한 거죠?"

파비안이 내게 손을 내밀며 말했다.

"좁다기보다 비싼 겁니다. 돈으로 해결되는 부분이죠. 들어가실까요?"

아니, 아니다. 그냥 돈만으로 해결될 리가 없었다. 혈통도 작위도 없는 졸부에게는 금 한 자루를 가져와도 장갑 한 짝 내주지 않겠다는 고지식한 귀족들이 얼마나 많은데. 유서 깊은 로랑 대공가이니 이런 게 가능하겠지.

대공가의 위상을 실감하며 나는 젊은 대공의 손에 내 손을 얹었다. 그는 웃는 얼굴로 나를 에스코트하여 저택 안으로 들어갔다.

모든 것이 완벽하게 준비되어 있었다.

"본가에서처럼 편하게 지내실 수 있도록 라리사 아가씨의 침대도 마님의 방에 함께 마련해 두었어요."

"아, 고마워, 소피아. 늦었으니 오늘은 다들 푹 쉬고 여독을 푸는 게 좋겠네."

라리사는 벌써 잠옷으로 갈아입고 침대에 몸을 던진 참이었다.

"졸려? 피곤하지?"

나도 웃으며 라리사 옆에 몸을 던져 누웠다. 라리사가 킥킥 웃으며 옆으로 한 바퀴 굴러 내게 자리를 내주었다.

'아, 이러니까 진짜 자매 같아.'

물론 진짜 자매 맞지만. 가슴이 뭉클했다.

나는 엎드린 채 고개를 돌려 라리사를 바라보았다. 아무렇게나 흐트러진 은발 사이로 반쯤 눈을 감은 라리사가 보였다.

"우리 내일은 뭐 할까?"

"우웅…… 언니 바쁘지 않아요? 할 일 많다고 했으면서."

"그래도 수도에 처음 온 건데 하루 정도는 놀러 다녀야지."

"아무 데나 다 좋아요."

그렇겠지. 전부 처음이니까.

"그렇다면 딱 좋은 곳이 있지."

수도에는 파비안이 말한 곳들 외에도 아직 대공령에 없는 것이 하나 더 있었다.

다음 날, 나는 두 손을 모아 쥐고 외쳤다.

"여길 꼭 와보고 싶었다고!"

우리는 왕국에 딱 하나 있는 백화점 앞에 서 있었다. 엉겁결에 따라온 파비안이 뒤에서 중얼거렸다.

"필요한 게 있으면 사람을 시켜 가져오게 하면 될 텐데요."

"그러면 구경하는 재미가 없잖아요?"

"꼭 이렇게 직접 오고 싶으셨다면 그냥 제가 하루 동안 백화점 전체를 빌릴 걸 그랬습니다. 당신과 라리사 둘만 들어갈 수 있게."

"모르시는 말씀이에요. 사람들이 복작거리는 곳에 가보는 것도 경험이라고요. 그렇지, 라리사?"

"원래 이, 이렇게 많나요?"

라리사의 눈이 팽글팽글 돌아갔다.

많다니, 뭐가? 사람이? 아님 물건이? 나는 큰 소리로 웃으며 앞장섰다.

"가자, 라리사! 맘에 드는 게 있으면 말만 해!"

돈이라면 우리 뒤를 쫓아오는 대공 전하께서 다 내주실 테니까.

겉으로 보이는 건 파비안뿐이지만 주변에 우리를 경호하는 사병이 여럿이라는 것도 알고 있었다. 그래서 한층 편안한 마음으로 마음껏 돌아다닐 수 있었다.

쇼핑은 즐거웠다. 나야 원래부터 쇼핑을 좋아하기도 했지만, 라리사의 반응을 보는 게 제일 재미있었다.

"너무너무 신기해요……."

라리사는 매장을 하나 지나칠 때마다 눈을 휘둥그렇게 뜨고 구경하느라 여념이 없었다.

"사고 싶은 건 없어? 갖고 싶은 게 있으면 뭐든 말하라니까."

"정말 뭐든지 사도 돼요?"

"물론이지!"

그러자 라리사는 물건을 한두 개씩 고르기 시작했다. 나는 흐뭇하게 그 광경을 바라보다가, 이내 뭔가 이상하다는 걸 깨달았다.

"라리사, 그 손거울은……."

"데이지가 며칠 전에 딱 하나 있는 손거울이 깨졌다고 울상을 지었거든요. 분명 좋아할 거예요."

라리사가 세련된 은장식이 달린 손거울을 들고 해맑게 웃었다. 파비안이 쓴웃음을 지으며 값을 치르는 사이, 나는 이마를 짚으며 입을 열었다.

"좀 전에는 수가 놓인 손수건을 샀었지?"

"네. 베이커 부인이 마음에 들어 할까요?"

"그전에 산 건 장미가 그려진 찻잔 세트였고."

"아, 그건 전에 주방의 메리앤이 그런 찻잔에 차를 마시고 싶다고 했었거든요!"

"……그럼 라일락 향 고급 비누는?"

"마구간의 토마스가 사치스러운 비누로 사치스럽게 목욕해 보고 싶다고 하길래……."

'전부 고용인들 선물이잖아!'

그냥 선물도 아니고, 고용인들이 뭘 갖고 싶어 하고 뭘 필요로 하는지 잘 알고 주는 선물이었다.

으으. 라리사, 어디까지 착할 셈이야? 네 걸 사라고, 네 걸!

라리사가 어깨를 조금 움츠렸다.

"……너무 많이 샀나요? 하지만 아직 언니 거랑 대공님 건 못 골랐는데……."

윽, 내 심장.

"죄송해요. 제가 너무 사치를 부렸죠?"

"아니, 라리사, 아니야. 전혀 아니야!"

도대체가 그런 말은 어디서 배운 거야. 나는 라리사를 꼭 끌어안았다.

"넌 이 백화점에서 보이는 대로 아무거나 다 사도 괜찮아. 그래도 전혀 사치스러운 게 아니야. 하지만 언니는 네가 널 위한 물건을 샀으면 해서 그래."

"전 필요한 물건은 전부 갖고 있는걸요."

"정말 갖고 싶은 게 없어?"

라리사는 눈을 깜빡거리며 고개를 가로저었다. 나는 라리사의 손을 잡고 끌고 다니며 이것저것 가리키기 시작했다.

"저건 어때? 귀여운 포슬린 인형! 가지고 놀 수 있어."

"으음…… 작네요. 인형하고는 어떻게 놀아요?"

……인형 놀이 자체가 뭔지 모르는구나. 그래, 열셋이면 어차피 인형 놀이를 슬슬 졸업할 때긴 해. 인형은 통과.

"이 오르골은 어때? 섬세하고 잠 안 올 때 틀어놓기 딱 좋아 보이는데."

"와, 예뻐요. 세탁실의 안나가 좋아할 것 같아요."

……세탁실 하녀하고는 또 언제 친해진 거니.

결국 어떻게 해도 라리사 본인을 위한 물건을 찾을 수 없었다.

그나마 수확이라면, 라리사는 뭐든지 커다란 물건을 좋아하는 것 같다는 거랄까. 왠지 모르겠지만 라리사는 똑같은 물건이라면 무조건 큰 걸 선호했다. 그래, 여자는 배포가 커야 하는 법이지.

나는 결국 다 포기하고 내 쇼핑이나 하기로 했다.

"그렇다면 언니는 언니 물건이나 살 거야! 호호!"

지금까지 못 했던 쇼핑을 전부 해야지. 나는 가방이며 구두며 할 것 없이 조금만 마음에 들면 눈에 띄는 대로 마구 지르기 시작했다.

'아, 스트레스 확 풀린다.'

내가 이거 어때? 하고 가리키면 라리사는 예쁘고 잘 어울린다며 박수를 쳤고, 파비안이 어딘가 지친 듯한 표정으로 따라와 결제를 마쳤다.

'그러게 포투스나 소피아 시키라니까.'

하지만 그렇게 말하면 또 거절하겠지. 자기가 직접 하고 싶다면서.

다음에 우리가 들른 곳은 장신구와 보석 가게였다.

'잘됐다. 어차피 목걸이나 귀걸이는 몇 개가 있어도 늘 모자라니까.'

마음에 드는 게 있으면 티 파티 같은 가벼운 모임용으로 두어 개 사야지.

"어서 오십시오!"

나는 점원의 인사를 받으며 진열장을 훑었다.

"흠, 딱히 마음에 드는 게 없네."

이래 봬도 마르시아는 옷이나 보석 보는 눈 하나는 높단 말이지.

"더 괜찮은 건 없나요? 진열된 게 다예요? 좀 비싸도 괜찮은데."

"아, 손님……! 죄송합니다. 제가 몰라뵙고……. 이쪽으로 오십시오."

눈치 빠른 점원이 우리를 안쪽으로 안내했다. 안에는 문이 하나 있고, 그 안으로 들어가자 나이 지긋한 중년 남자가 정중하게 인사하며 우리를 맞이했다.

"어서 오십시오, 손님. 제가 이곳의 점장입니다. 특별한 물건을 찾으시는 모양이지요?"

"딱히 찾는 게 있는 건 아니지만, 밖에 진열된 것들은 그다지 눈에 차지 않아서요."

"그러시군요. 잠시만 기다려 주시겠습니까? 마침 손님께 딱 어울릴 만한 게 있거든요."

안에는 특별한 손님을 위한 의자도 놓여 있었다. 우리는 다리도 쉴 겸 의자에 앉았다. 점장은 한쪽 벽에 쳐진 커튼을 걷더니, 그곳에 놓인 금고를 열어 상자를 하나 꺼냈다.

"이건 정말 아무한테나 보여 드리는 게 아니랍니다."

그는 그 상자를 소중하게 쿠션에 받쳐 내 쪽으로 가져왔다. 안에 든 것은 귀걸이 한 쌍이었다.

"……!"

사방으로 오색찬란한 빛을 발하는 귀걸이를 본 순간, 나는 기절하는 줄 알았다. 숨이 콱 막혔다.

"어떠십니까? 이렇게 알이 굵은 건 좀처럼 볼 수 없을 겁니다. 안 그래도 희귀한 물건인데, 요즘 공급이 끊겨서 값이 몇 배로 뛰었죠."

그건 요정의 눈물이었다. 요정의 눈물로 만든 귀걸이 한 쌍.

'어떻게 이런 곳에서……!'

토할 것 같았다. 피가 쓸려나가는 기분이었다.

"구하기 참 어려웠는데 저희는 운 좋게도 이렇게 한 쌍 구비하고 있지요. 이번 기회를 놓치면 언제 다시 들어올지 모른답니다."

내 심정도 모르고 점장은 상품 설명을 계속했다.

'……라리사!'

라리사의 눈을 가려야 해. 여기서 당장 데리고 나가야 해.

나는 자리에서 벌떡 일어섰다. 현기증이 일었다.

"……손님?"

점장이 영문을 몰라 하며 나를 쳐다보았다. 비틀거리며 옆을 돌아보니, 라리사는 이미 파비안의 품에 번쩍 안겨 있었다.

"먼저 나가 있겠습니다."

파비안은 침착한 말투로 내게 말한 다음, 라리사를 안은 채 매장 밖으로 나갔다.

"손님, 왜 그러십니까? 무슨 일이라도……."

점장이 깜짝 놀라 나를 붙잡으려 했지만, 나는 그 손을 뿌리치고 매장을 달려 밖으로 나갔다. 라리사는 어느새 파비안 옆에 꼭 붙어서서 나를 기다리고 있었다.

'마, 마음의 소리는……!'

안 들렸다.

나는 정신없이 달려가 허리를 숙여 라리사의 얼굴을 들여다보았다.

"언니, 전 괜찮아요."

라리사의 목소리는 여상스러웠다.

"아무렇지도 않아요. 걱정 마세요."

그녀는 오히려 내게 살짝 웃어 보였다. 그 담담한 모습에 내가 되레 눈물이 핑 돌았다.

"라리사……."

"괜찮아요."

"라리사의 것이 아닐 수도 있습니다."

파비안이 나직하게 말했다.

"요정의 눈물은 요정이 흘린 것이니까요. 다른 요정의 눈물일 가능성도 없지는 않습니다."

이 땅에서 요정이 다 떠나간 지가 언젠데.

나는 울컥해서 입술을 깨물었다.

왜 둘 다 날 위로하려고 하는 거야? 나는 라리사가 걱정되어서 그런 건데. 그리 충격받지 않은 것 같아 다행이긴 하지만.

라리사가 내 소매를 잡아끌었다.

"저기 모자 매장이 있네요! 우리 모자 보러 가요. 저 나들이 모자 써보고 싶어졌어요."

"……그래."

하지만 모자 매장에서도 내 기분은 쉽사리 나아지지 않았다. 요정의 눈물은 아주 귀한 보석으로 취급된다. 고위 귀족이 참석하는 모임일수록 더 자주 눈에 띌 게 뻔했다. 그 보석을 볼 때마다 표정 관리를 잘해낼 자신이 없었다.

"이것 좀 봐요, 마르시아 언니."

라리사가 밝은 목소리로 말했다.

"이거랑 저거 두 개가 마음에 드는데, 어느 쪽이 더 잘 어울리는지 모르겠어요."

"……어디 보자. 두 개 다 써봐."

나는 가까스로 미소를 지으며 모자에 집중했다. 하나는 레이스가 달린 민트색 모자였고, 다른 하나는 꽃 장식이 달린 크림색 모자였다.

라리사가 모자를 번갈아 써가며 보여주자, 나는 좀 전까지 우울해하던 것도 싹 잊어버렸다.

"……둘 다 너무 예쁜데?"

"그렇죠? 도저히 못 고르겠어요."

그렇담 굳이 고를 필요 없이 두 개 다 사면 되지!

……라고 말하려던 찰나였다. 옆에서 웬 여자아이의 목소리가 들려왔다.

"민트색 모자가 더 예뻐요."

응?

우리는 동시에 목소리가 들려온 쪽을 돌아보았다. 거기엔 십 대 초중반으로 보이는 소녀가 서 있었다. 검은 머리카락을 여러 갈래로 땋아 늘어뜨린, 청회색 눈동자의 귀여운 소녀였다.

우리와 눈이 마주치자, 소녀가 생긋 웃으며 말했다.

"둘 다 예쁘지만 민트색이 더 잘 어울려요. 고민하지 마세요."

"에이미! 처음 본 분들에게 함부로 말을 거는 건 실례되는 일이야."

소녀 옆에서 모자를 구경하던 부인이 화들짝 놀라며 가볍게 꾸짖었다. 부인은 우리 쪽을 향해 미안하다는 듯 고개를 숙여 보인 후, 소녀의 손을 이끌고 사라졌다.

'저 애 엄마인가 보지?'

나는 대수롭지 않게 생각하고는 라리사 쪽으로 시선을 돌렸다. 그런 말을 들어서 그런지, 과연 라리사에겐 민트색 모자 쪽이 좀 더 잘 어울리는 것 같았다.

"그냥 둘 다 구매하면 되지요."

한 발짝 떨어진 곳에서 우리가 모자 고르는 걸 지켜보던 파비안이 정답을 말했다. 그는 곧바로 모자 두 개의 값을 치르고는 모자를 로랑가의 타운하우스로 보내달라고 했다.

우여곡절이 있었지만, 결국 그렇게 라리사는 자신을 위한 물건을 구입했다. 그녀의 첫 쇼핑이었다.

"그럼 첫 쇼핑 성공 기념으로 아이스크림 먹으러 가자! 이 백화점 아이스크림이 맛있는 걸로 유명하댔어."

"아이스크림이요?"

라리사가 눈을 동그랗게 떴다.

우리 라리사, 아이스크림을 아직 안 먹어봤구나!

나는 신이 나서 라리사를 이끌고 아이스크림 매장으로 향했다.

"어서 오세요!"

아이스크림 가게라지만, 실은 찻집이었다. 차와 함께 여러 가지 디저트를 파는데 그중에 아이스크림도 포함되어 있었다.

"저는 자리에 앉아 있을 테니, 둘이서 고르도록 하세요."

파비안은 우리가 아이스크림을 고르는 동안 한쪽에 놓인 좌석으로 향했다.

점원 하나가 매장 안쪽의 부엌에서 설탕을 넣은 우유 크림을 열심히 휘젓고 있었다. 이 세계에는 아직 냉장고가 없었기 때문에, 아이스크림은 매장에서 직접 만들어 얼음통에 넣어두었다가 조금씩 떠서 파는 모양이었다.

"다섯 가지 맛 중에 골라주세요."

대부분이 과일 맛이지만, 브랜디가 들어간 어른용 아이스크림도 있었다.

"어떤 맛으로 할래?"

라리사는 메뉴판을 쳐다보곤 망설임 없이 골랐다.

"그럼 전 전 딸기로……."

"딸기 아이스크림 주세요!"

그때, 뒤에서 우렁찬 목소리가 들렸다. 어쩐지 기시감을 느끼며 나와 라리사는 동시에 뒤를 돌아보았다.

"아!"

검은 머리를 땋아 내린 소녀가 우리를 알아보았다. 그녀는 우리를 향해 생긋 웃으며 말했다.

"아까 모자는 잘 사셨나요?"

라리사가 놀란 얼굴로 고개를 끄덕이는데, 점원이 난처한 듯 말했다.

"이걸 어쩌죠, 딸기 맛은 이제 한 컵 분량밖에 남지 않았는데요."

그 말에 라리사와 소녀가 서로를 쳐다보았다. 먼저 입을 연 것은 라리사였다.

"딸기 드세요. 제가 다른 걸 먹을게요."

"앗, 아니에요! 먼저 와 계셨잖아요."

"전 괜찮은데……. 아까 모자도 골라주셨고요."

두 소녀는 서로에게 딸기 아이스크림을 양보하려 했다. 나는 설불리 끼어들지 않는 게 좋을 것 같아 일단 한 발짝 떨어진 곳에서 두 아이를 보기만 했다.

그런데 어른들처럼 예의 바르게 말하던 검은 머리 소녀가 갑자기 말투를 바꾸었다. 그녀는 라리사의 귀에 대고 소곤소곤 작은 목소리로 말했다.

"얘, 그런데 넌 몇 살이야? 나보다 작은 걸 보니 내가 언니 같은데, 그냥 내가 양보할게."

그러고 보니 소녀는 라리사보다 반 뼘 가까이 컸다. 하지만 내 눈에는 비슷한 나이로 보이는데…….

라리사는 눈을 두어 번 깜빡거리더니, 똑같이 소곤거리며 대답했다.

"나, 난 열세 살인데."

"앗, 나랑 동갑이네! 그럼 우리 딸기 맛 한 컵 사서 나눠 먹지 않을래?"

라리사가 이내 설레는 표정으로 고개를 끄덕였다.

소곤거렸지만 다 들렸다.

'귀여운 것들.'

두 아이의 대화를 들은 점원이 흐뭇한 표정으로 딸기 아이스크림을 떠서 스푼 두 개와 함께 내주었다. 아이들이 막 아이스크림을 받아 들었을 때였다.

"어머나, 에이미!"

소녀의 어머니처럼 보이는 부인이 한발 늦게 도착했다가 깜짝 놀라며 아이의 이름을 불렀다. 검은 머리 소녀는 부인을 돌아보며 활짝 웃었다.

"어머니, 잠시 이 애랑 같이 아이스크림을 먹어도 되겠죠?"

"무, 물론이지. 그런데 허락은 받았니?"

부인이 주변을 돌아보았다. 아마도 라리사의 보호자를 찾으려는 것이겠지. 그녀는 이내 나와 눈이 마주쳤다.

나는 가볍게 묵례한 후, 라리사에게 말했다.

"라리사, 함께 가서 아이스크림을 먹고 오렴."

"네!"

두 소녀는 딸기 아이스크림이 담긴 컵을 쥐고 가까운 테이블에 가서 앉았다. 둘이서 나누는 이야기가 들려왔다.

"저기, 아까 작다고 해서 미안해."

"으응, 아냐…… . 실제로 작은걸."

"하지만 성장기잖아! 너도 금방 자랄 거야. 난 작년 겨울 이후로 벌써 3인치나 자란걸."

"……정말?"

라리사, 키 작은 걸 신경 쓰고 있었구나.

훔쳐 듣는 게 예의가 아니란 걸 알고는 있었지만, 자꾸 귀가 그쪽으로 향하는 걸 어쩔 수가 없었다. 너무 귀여운걸.

"얘, 넌 이름이 뭐니? 나는 에이미 프리마스라고 해."

"난 라리사 블리크야. 라리사라고 불러줘."

"그럼 나도 에이미라고 불러줘! 너는 이곳에 사니? 아니면 다른 곳? 우리는 남서쪽 멀리에 영지가 있는데, 최근에 수도로 올라왔어."

"아, 나도야. 사실 수도에 온 건 이번이 처음이야. 어제 막 도착했는데…… ."

아이들의 이야기가 끝없이 이어졌다. 둘은 사이좋게 아이스크림을 먹으며 종알거렸다.

흐뭇하게 바라보고 있는데, 에이미의 어머니가 내게 말을 걸었다.

"저, 죄송해요. 저 아이가 워낙 저렇게 주변에 참견하지 않고는 못 배기는 아이라…… ."

"아니에요. 아이들이 참 귀여운걸요. 따님이신가요?"

"네. 저는 프리마스 백작 부인이랍니다. 제 딸이 아까부터 실례가 많네요. 집에 돌아가면 호되게 가르쳐야겠어요."

부인은 난감하면서도 딸이 귀여워 차마 혼내지 못하는 것 같은 얼굴이었다.

그 심정을 알 것 같았다. 에이미는 내 눈에도 귀여웠으니까.

"그러지 마세요. 모처럼 또래 아이들끼리 만난걸요. 따님께서는 안목도 높으시고요."

"아, 아까 모자 매장에서……"

프리마스 백작 부인이 쓴웃음을 지었다. 이제야 기억이 난 모양이었다.

'아 참, 아직 내 소개를 안 했네.'

나는 웃으며 말했다.

"저는 마르시아 로랑이에요."

"로…… 랑이요? 설마……"

어, 잘못 봤나? 프리마스 백작 부인의 얼굴에서 미소가 살짝 흐려진 것 같은데.

"그…… 로랑 대공비이신가요?"

"아, 네. 맞아요."

왜 저런 표정이지? 나는 고개를 갸웃하며 뒤쪽 테이블을 가리켰다.

"저기 대공 전하도 함께 와 계시답니다. 실례가 되지 않는다면 소개를……"

그녀의 시선이 내가 가리킨 방향으로 향했다. 그 순간 백작 부인의 얼굴에서 창백하게 핏기가 사라지고 말았다.

-부, 붉은 눈! 그럼 그 소문이 진짜였어?

그녀는 황급히 내게 허리를 숙이며 말했다.

"아, 아닙니다. 대공비 전하. 제가 급한 볼일이 있어서 이만 가봐야 할 것 같군요."

백작 부인은 내 대답도 기다리지 않고 에이미에게 다가갔다.

"에이미, 지금 당장 가야겠구나."

"어, 어머니? 하지만 지금 막 라리사를 티 파티에 초대하려던 참이었는데……."

"지금은 안 된다, 에이미. 일어나렴. 미안해요, 라리사 양"

그녀는 에이미의 손목을 붙잡고 끌다시피 하며 재빨리 사라져 버렸다. 라리사는 반쯤 먹은 아이스크림 컵을 든 채 어리둥절한 표정으로 에이미의 뒷모습을 바라보았다.

이게 뭐람. 안타까웠지만 내가 할 수 있는 게 없었다.

"라리사……."

나는 가만히 라리사의 어깨를 토닥거렸다.

국왕 알현 정식 허가가 난 것은 우리가 수도에 도착한 지 얼마 지나지 않아서였다. 알현은 파비안만 하면 되는 줄 알았는데, 알고 보니 나도 함께 가야 하는 모양이었다.

왕궁으로 향하는 마차의 맞은편 좌석에 앉은 파비안이 심드렁하게 말했다.

"당신은 수도 사교계에 데뷔하지도 않았으니까요. 새 대공비가 어떤 사람인지 다들 궁금해 미치는 중일 겁니다."

"국왕 폐하도 예외가 아니란 말이네요."

나는 소피아가 가져다주었던 지난 신문들을 떠올렸다. 전 대공의 장례식 이후로 로랑 대공가가 언급된 신문을 모아달라고 했었지.

내용은 가관이었다. 저택에만 처박혀 있느라 몰랐는데, 각종 신문사며 잡지사에서 어지간히 취재를 왔었던 듯했다. 그리고 파비안은 포투스를 시켜 전부 거절해 돌려보냈고.

할 수 없이 모든 기사는 우회적인 조사를 통해 쓰일 수밖에 없었고, 그 조사 과정이 현장 취재 기사 시리즈로 연재되었다.

장례식 직후의 신문에서 나는 이름도 정체도 알 수 없는 수수께끼의 미녀로 묘사되었다. 그러나 한 달여가 지났을 때는 '마르시아 블리크'라는 이름과 함께 천하에 둘도 없는 악녀가 되었다. 그 사이에 노스트랜드가 몇 번이고 뒤집혔겠지.

내 변호를 해줄 만한 인물은 아무리 생각해도 단 한 명도 없었다. 사교계에서 사람들이 본 모습이라곤 술에 취해 밤새 춤추는 모습이 었을 테고, 블리크가의 고용인들은 욕하고 손찌검하는 모습이나 기억할 테니까.

'수도 사교계에 내 소문이 도대체 어떻게 나 있을까.'

그동안 나를 직접 만난 사람이라고는 레오니드와 에른스트뿐.

나는 앞에 앉은 남자를, 그의 새빨간 눈동자를 흘끗 쳐다보았다.

'마녀의 자식이라는 칭호에 비하면 노스트랜드의 미친년 따위 아무것도 아니지.'

절로 웃음이 나왔다.

"아, 도착했군요."

근위병이 우리 마차를 왕궁 안으로 통과시키는 것을 보고 파비안이 말했다.

우리를 맞이한 시종장은 곧바로 알현실로 안내했다. 널찍한 알현실은 방이라기보다 거대한 홀 같은 곳이었다. 천장이 끝 간 데 없이 높았고, 앉을 곳이라고는 없었다.

아니, 하나 있긴 했다. 바로 단상 위에 놓인, 왕이 앉을 의자였다.

'이런 곳으로 부르다니.'

분명 고위 귀족들과 친밀하게, 편하게 이야기를 나누는 방도 얼마든지 있을 터인데. 우리가 어지간히 마음에 안 드는 걸까.

알현실을 두리번거리는데, 시종장의 목소리가 들렸다.

"국왕 폐하께서 납시옵니다."

우리는 왕족을 대하는 예에 맞춰 허리를 숙였다.

"고개를 들라."

근엄한 목소리에 고개를 드니, 왕좌에 그 주인이 앉아서 우리를 내려다보고 있었다.

자이트 노이만. 60세에 가까운 초로의 남자였다. 물 빠진 듯 옅은 색의 금발, 붉은 얼굴. 얼핏 에른스트의 얼굴이 보이는 듯도 했다.

-저 시뻘건 눈…… 저놈이로군. 괘씸한 것.

"파비안 로랑 대공."

"그러하옵니다. 국왕 폐하."

"선대 대공을 빼다 박았군."

-고집도 그대로겠군. 알 만하지.

나는 얌전히 손을 모으고 선 채 살짝 입술을 깨물었다.

'아이고……. 말 한마디 제대로 나누기도 전인데 이미 선입견을 잔뜩 품고 있잖아.'

자이트 2세의 시선이 이내 내게로 향했다.

"그렇다면 그대가 대공비겠군."

"예, 폐하. 마르시아 로랑입니다."

"미모에 대한 소문이 자자하더니, 과연 절색이로군."

"감사합니다, 폐하."

아무 감흥 없는 말투였다. 실제로 절색이니 뭐니 하는 생각은 조금도 하지 않았을 게 뻔했다. 나에 대한 그의 관심은 그걸로 끝이었다. 그는 파비안에게 고개를 돌렸다.

"이제야 와볼 생각이 들었나 보군. 듣자 하니, 대공비에게 빠져서 꼼짝도 못 한다면서."

……예? 뭐라고요?

도대체 무슨 소리시죠? 누가 그딴 소문을 낸 거야? 진짜 나한테 빠졌으면 억울하지나 않지.

그렇다고 티를 낼 수는 없고, 나는 그냥 눈만 굴려 곁눈질로 파비안을 쳐다보았다. 그는 아무 대답 없이 무표정한 얼굴로 서 있었다.

'도대체 파비안은 왜 아무 말도 안 하는 건데?'

자이트 2세가 손을 내저으며 말을 이었다.

"대공위를 그런 식으로 강탈해 갔으면 재빨리 와서 꼬리라도 흔들어야지. 왜, 그건 차마 못 하겠던가?"

파비안도 돌려 말하지 않는 성격이라고 생각했는데, 이 사람은 더하잖아!

"마녀의 자식이 감히 대공위에 오르다니, 국가의 기조를 잘도 흔들었군, 파비안 로랑."

자이트 2세의 얼굴에 비웃는 듯한 표정이 떠올랐다.

알현을 마치고 나왔을 때, 나는 기진맥진했다. 복도 옆 기둥에 기대어 한숨을 내쉬자 파비안이 웃었다.

"그렇게 긴장되셨습니까?"

"……국왕 폐하의 입에서 저놈을 당장 사형시키란 말이 안 나와서 놀랐거든요. 파비안은 떨리지도 않았어요?"

"아무리 국왕이라도 간단히 사형 언도를 내릴 수는 없습니다."

"그렇다고 그렇게 말싸움까지 할 필요는 없었잖아요. 심장 내려앉는 줄 알았다고요."

"아, 그건……."

파비안이 뭔가 말하려는데, 누군가가 이쪽으로 다가왔다. 시종이었다.

"로랑 대공, 대공비 전하. 왕세자 전하께서 잠시 모셔 오라 하셨습니다."

시종을 따라가자, 위압적인 알현실과는 정반대의 분위기가 풍기는 응접실에서 에른스트가 편안한 자세로 앉아 있었다.

"하하, 대공비! 그리고 대공. 어서 오시오."

"왕세자 전하."

그가 눈짓하자 시종들이 재빨리 우리 앞에 따끈하게 김이 오르는 찻잔을 내려놓았다.

"알현은 어땠소?"

파비안이 찻잔을 들며 대답했다.

"별일 없었습니다. 폐하께서 워낙 자비로우셔서요."

"자비? 자비라고?"

에른스트가 큰 소리로 웃었다.

"자비는 무슨, 폐하는 자기 이득밖에 모르는 인간인데."

네? 국왕 폐하인데, 심지어 자기 아버지인데 그렇게 말해도 되는 거야?

"세상이 변하고 있는데 권위를 지키겠다며 고루하게 구는 건 어리석은 일이라고. 시대의 흐름을 타야 한다고 말씀하셨습니다. 그러니까 제가 대공이 된 것도 받아들이겠다고 하셨습니다. 제가 왕가에 충성하는 대가로요. 관대하신 처사였지요."

'……그 말이 저렇게 들렸단 말이야?'

저렇게 온건한 표현은 없었는데.

아니나 다를까, 에른스트가 쓴웃음을 지었다.

"대공, 포장을 아주 잘하는군. 정치 잘하겠는데."

"포장이 아니라, 폐하께서 진실로 그리 말씀하셨습니다. 그리고 전 정치에 관심 없습니다."

파비안이 나직하게 대답하자 에른스트의 표정이 바뀌었다.

"시대의 흐름이라……. 뭐, 부왕께서는 가끔 이상한 곳에서 개방적일 때도 있으니까. 워낙 제멋대로인 사람이라 짐작하기가 어렵지만 말이야."

……제멋대로에 짐작하기 어려운 건 왕세자 전하 당신도 마찬가지인 것 같은데요.

"그래서 충성 맹세를 했소?"

"방해는 하지 않겠다고 했습니다."

에른스트는 파비안을 빤히 쳐다보았다. 그는 이내 한숨을 한 번 쉬더니, 소리 내어 웃었다.

"한마디도 안 지고 나오셨군, 대공."

"그런 건 아닙니다."

"대공비는 어떻게 생각하셨소?"

에른스트가 내게 시선을 돌렸다.

"저희에게 이런 기회를 만들어주셔서 감사합니다, 왕세자 전하."

나는 적당히 예의 바르게 대답했다.

"제 남편 말대로, 폐하께서는 관대하고 자비로운 분이셨어요. 저희 결혼 서류 건도 취소하지 않겠다고 하셨고요."

"그거야 이제 와서 취소하면 체면이 구겨질 테니까, 쪽팔리고 싶지 않으셨겠지."

"……."

"그래도 부왕께서는 귀공과 로랑 백작 중 어느 쪽이 대공이 되는 게 유리한지 다 계산 후 꺼낸 말일 테니, 크게 걱정하지 않아도 될 거요."

"그야 그렇겠지요."

나 대신 파비안이 대답했다. 아마 그도 그러리라 짐작했던 모양이었다.

"좋소. 정말 잘 끝난 모양이로군."

에른스트가 씨익 웃으며 말했다.

"그럼 이다음은 무도회에서 보겠군. 며칠 남지 않았으니. 내로라하는 가문에는 죄다 초대장을 보냈으니, 기대해도 좋을 거요."

그는 우리를 향해 눈을 찡긋하며 소리 내어 웃었다.

무도회 날이 되었다.

오늘 내가 입은 건 대공령에서 맞춰 온 짙은 푸른색 드레스였다. 아래로 갈수록 밤하늘처럼 색이 짙어지고 다이아몬드와 진주로 장식해 별이 쏟아지는 것처럼 찬란했다. 액세서리는 진주로 통일해서 우아함을 강조했다.

이브닝드레스인 만큼 어깨를 드러내고 그 위로 금발을 말아 진주와 함께 엮어 한쪽으로 늘어뜨렸다. 내가 봐도 눈이 부실 정도로 화려했다.

드레스가 마음에 들어서 기분이 좋았는데, 딱 거기까지였다.

"준비되셨습니까?"

"네…… 네."

마차에 타는 걸 도우려 손을 내미는 파비안의 모습에 나는 입술을 지그시 깨물었다.

'무도회용 정장 입은 거 처음 봤어.'

큰 키에 날렵한 몸매라, 몸에 꼭 맞는 정장만으로도 빛이 났다. 실크해트의 그늘 아래로 빨갛게 빛나는 눈동자와 남성적인 턱선이 위험할 정도로 매력적이었다.

떨리는 손을 그의 손 위에 살짝 얹자, 파비안이 나지막한 목소리로 말했다.

"드레스가 잘 어울리는군요. 밤의 여신 같습니다."

뺨에 열기가 확 올랐다. 저 칭찬을 즐겁게 받아들일 수 있다면 얼마나 좋을까.

'왜 이 남자는 목소리까지 저렇게 좋아서, 옷이 잘 어울린다는 간단한 말도 유혹처럼 들리냔 말이야.'

나는 마음에도 없는 미소를 지어 보이며 마차에 올랐다.

왕궁까지는 금방이었다.

무도회는 아직 시작되지 않은 시간이었다. 먼저 도착한 사람들은 코트를 벗어 시종에게 건네주고 티 룸으로 안내되었다. 말이 티 룸이지 거대한 응접실이었다. 여기저기 소파와 테이블, 긴 의자 등이 놓여 있었고, 사람들이 옹기종기 모여 이야기를 나누고 있었다.

"마르시아 로랑 대공비와 파비안 로랑 대공이십니다!"

시종이 우리의 입장을 소리 높여 알렸다. 그 순간, 방 안에 있던 모든 사람의 시선이 동시에 휙 우리에게 향했다.

'……공포 영화도 아니고.'

호의라곤 조금도 보이지 않는 시선이었다.

"저놈인가!"

"세상에, 저 눈 좀 보세요!"

"흥, 베일에 싸인 미인이라더니 대단치도 않은걸요."

"악독한 여자라는 소문은 들으셨지요?"

먼저 다가와서 인사를 나누려는 사람은 없었다. 머리가 터질 것 같은 마음의 소리 홍수에 나는 순간 비틀거렸다.

"왜 그래요, 마르시아? 괜찮습니까?"

파비안이 내 팔을 단단히 잡아 부축하며 낮게 속삭였다.

"네, 괜찮아요. 샹들리에가 너무 밝아서 잠깐 어지러웠나 봐요."

나는 만면에 미소를 띠고 턱을 쳐들었다. 여기 모인 자들은 왕족을 제외하면 전부 파비안과 나보다 신분이 낮은 자들이니까.

'어디 한 번 실컷 떠들어보라지.'

그렇게 생각한 순간, 정말로 실컷 떠드는 자가 나왔다.

"여기가 어디라고 뻔뻔하게!"

도미닉의 목소리였다. 커다란 티 룸의 반대쪽에 있는데도 목소리가 어찌나 큰지 아주 쩌렁쩌렁했다. 아직 미성년인 리샤르는 보이지 않았다. 대신 그는 중년 귀족들 몇 명에게 둘러싸여 있었다. 그들의 수군거리는 목소리가 점차 커졌다.

파비안의 표정에는 전혀 변화가 없었다. 도미닉은 안중에도 없는 듯, 그는 흔들림 없이 나를 이끌고 티 룸을 가로질렀다.

그때 웃음기가 실린 목소리가 들렸다.

"로랑 대공! 그리고 대공비."

에른스트였다. 그는 활짝 웃으며 큰 목소리로 말을 이었다.

"환영하오. 잘 오셨소."

"왕세자 전하. 초대해 주셔서 감사합니다."

우리가 에른스트에게 예를 표하는 순간 수군거림은 싹 사라졌다. 도미닉 패거리도 입을 다물었다. 도미닉의 분노가 실린 마음의 소리가 들렸다.

-저 자리는 원래 내 거라고! 저 여자만 없었어도!

원한이 어지간히도 깊은지, 마음의 소리조차 쩌렁쩌렁했다.

'그래 봐야 입도 뻥긋 못 하는 게. 실컷 욕해봐라, 내가 일 년 채우기 전에 이혼하나, 안 하나.'

나는 도미닉에게 코웃음을 쳐주고 다시 에른스트에게 시선을 향했다. 그의 곁으로 붉은 머리의 여성이 다가왔다. 에른스트가 그녀에게 말했다.

"이들이 로랑 대공 부부요, 올리비아."

"아."

올리브색 눈이 부드럽게 휘며 우아한 곡선을 그렸다.

"반가워요. 올리비아 노이만이에요."

"왕세자비 전하."

"먼 길 와주어서 고마워요. 부디 즐거운 시간 보내시길."

"영광입니다."

짧은 인사를 마친 왕세자 부부는 다른 손님을 맞이하러 사라졌다. 하지만 그걸로 방 안의 분위기가 확 달라졌다. 누가 권력을 쥐었는지 명확해졌으니까.

대부분은 뒤로 몰래 수군거렸지만 개중에 표정이 달라진 자들이 조금 눈에 띄었다. 주로 젊은 남자들이었다. 그들은 뭔가 할 말이 있는 듯한 표정이었지만 쉽사리 이쪽으로 다가오지 못하고 주변의 눈치를 살피며 주춤거렸다.

그때 입구에 서 있던 시종이 외쳤다.

"레오니드 오를로프 후작이십니다!"

돌아보니 과연 붉은 머리의 거대한 남자가 안으로 들어서는 중이었다. 레오니드는 한눈에 우리를 쳐다보았다. 그가 함박웃음을 지었다.

"대공비 전하, 그리고 대공."

레오니드가 조금도 주저하지 않고 우리에게 다가왔다. 그리고 절도 있는 동작으로 내 손등에 입을 맞추고 파비안의 어깨를 가볍게 두드렸다.

"오랜만이네, 파비안."

스스럼없는 그의 행동에 숨통이 탁 트이는 것 같았다.

그러자 변화가 일어났다. 눈치만 보던 젊은 귀족들이 한둘씩 다가

왔던 것이다. 그들은 목소리를 낮추어 인사하더니, 슬며시 파비안에게 말을 건네기 시작했다.

"오랜만일세, 파비안. 바로 인사하지 못해서 미안하군."

'어라, 왕궁에는 적만 있는 게 아니었나?'

내가 어리둥절해하자, 파비안이 한쪽 팔로 내 어깨를 가볍게 감싸며 말했다.

"마르시아, 이들은 저와 함께 아카데미에서 수학했던 자들입니다."

"아, 그렇군요. 반가워요."

그래서 저렇게 스스럼없이 서로 이름을 부르는 거였구나. 마음이 한결 가벼워지고 긴장이 풀렸다.

파비안이 이야기를 나누는 동안, 나는 주변을 둘러볼 정도로 여유를 되찾았다.

'아, 저기 로베르 콘라트 후작이네.'

전 대공의 장례식에서 본 기억이 났다. 얼굴만 잠깐 비치고 도미닉과 발레리가 난동을 부리기 전에 돌아갔던 모양이지만.

콘라트 후작 바로 옆에 익숙한 인영이 보였다. 엘로이즈 콘라트였다. 그녀는 아버지 옆에 얌전히 서서 다른 사람들의 이야기를 경청하고 있었다.

'그렇다면 발레리도 여기 어딘가 있을 텐데.'

하지만 콘라트 부녀의 주위에서 발레리의 모습은 찾아볼 수가 없었다.

설마, 왕세자 주최의 무도회인데 남편과 딸만 보내진 않았을 테고. 어디 있을까. 잘 봐뒀다가 마주치지 않도록 피해 다니고 싶은데.

그때 아름다운 종소리가 들려왔다. 사람들의 시선이 종소리를 향했다. 티 룸 가운데에서 에른스트가 은으로 만든 종을 가볍게 흔들고 있었다.

종소리가 멎자, 올리비아가 큰 소리로 말했다.

"오늘 무도회에 참석해 주신 여러분께 감사의 인사를 드립니다. 자, 이제 춤을 추러 이동할까요?"

드디어 무도회가 시작된 것이다. 둘씩 짝을 지어 그레이트 홀로 이동할 차례였다.

"로랑 대공비."

에른스트가 다가왔다.

"대공비는 내가 에스코트하겠소."

"영광입니다, 전하."

이것이 바로 주빈의 특권이었다. 주최자와 함께 맨 마지막에 등장하는 것.

사람들이 쌍쌍이 티 룸을 빠져나갔다. 십여 분 정도가 지나자 모든 사람이 홀로 옮겨가고 우리와 왕세자 부부, 이렇게 넷만 남았다.

"그럼 가실까요, 대공비."

에른스트가 손을 내밀었다. 나는 그 손을 살며시 잡고 그가 이끄는 대로 그레이트 홀로 이어진 문으로 다가갔다.

시종이 소리높여 외쳤다.

"오늘 밤의 주인, 마르시아 로랑 대공비와 에른스트 노이만 왕세자 전하께서 입장하십니다!"

악단이 음악을 연주하기 시작했다.

거대한 홀에 드리워진 아홉 개의 샹들리에가 대리석 바닥에 눈부실 정도로 반짝이는 빛을 흩뿌렸다. 색색의 풍성한 드레스를 입은 여자들 옆에 팔짱을 끼고 선 말쑥한 차림의 남자들.

우리가 홀로 들어서자 그 모든 사람이 환호와 함께 박수를 쳤다.

샹들리에 빛이 집중적으로 쏟아지는 홀 한가운데는 비어 있었다. 에른스트는 익숙한 듯 웃으며 관중들에게 손을 흔들어 보였다. 그리고 나를 이끌어 홀 가운데로 향했다.

"오늘 밤의 또 다른 주인, 올리비아 노이만 왕세자비 전하와 파비안 로랑 대공께서 입장하십니다!"

불만 가득한 마음의 소리가 터져 나왔다. 그러나 더 거센 박수와 환호가 그 소리를 지워 버렸다.

먼저 도착한 내가 살짝 뒤를 돌아보았다. 왕세자비가 우아하게 발걸음을 옮겼다. 그리고 그녀의 손을 붙잡아 인도하는 파비안은 단연 좌중을 압도했다.

남들보다 훌쩍 큰 키. 조각으로 빚어낸 듯한 아름다운 얼굴에 드리워진 오만하고 싸늘한 미소. 그는 주변을 찍어누르듯 카리스마를 내뿜으며 고위 귀족들로 둘러싸인 홀 한가운데로 당당하게 걸어 들어왔다.

새빨간 두 눈이 춤추듯 타올랐다. 올리비아의 붉은 머리가 상대적으로 빛이 바랠 정도였다.

'아……'

그와 눈이 마주치자 숨이 조금 가빠왔다. 기절하는 여성이 한둘쯤 나온다 해도 이상하지 않을 것이다. 어쩌면 그게 나일지도.

에른스트가 한 손을 들어 올리자 거대한 홀이 순식간에 조용해졌다.

"불과 몇 달 전, 우리는 왕국의 중심축 하나를 잃었소. 바로 프레데릭 로랑 대공이었지. 그러나 다행히도 그는 훌륭한 후계자를 우리에게 남겨두었소."

그의 목소리가 홀 안에 메아리쳤다. 에른스트가 두 팔을 벌렸다.

"여기 파비안 로랑 대공과 그의 배필, 마르시아 로랑 대공비를 소개하오!"

박수와 환호가 되살아났다.

그 순간 참으로 얄궂게도 나는 군중 사이에 서 있던 도미닉과 눈이 마주치고 말았다. 홀 안에는 온갖 소리가 메아리쳤기 때문에 그의 마음의 소리를 구분해 낼 방법은 없었다.

'어차피 들어봤자 뻔한 말이나 했겠지.'

나는 생긋 웃으며 양손으로 드레스 자락을 잡고 오른발을 살짝 뒤로 빼며 무릎을 굽혔다. 예법에서 한 치도 어긋나지 않은 우아한 인사였다.

"자, 춤을 춥시다!"

현악기의 활이 경쾌하게 춤추기 시작했다. 관례대로 첫 곡은 카드릴이었다. 네 사람이 짝지어 추는 춤이라 이러한 무도회의 첫 춤을 장식하기에 딱 알맞았다.

나는 에른스트와, 파비안은 올리비아와 짝을 지어 서로를 마주 보았다.

"겨우 이야기를 좀 나눌 시간이 났군."

음악에 맞춰 움직이며 에른스트가 작은 목소리로 말을 걸었다.

"손은 좀 어떻소? 그 뒤로 사격은 좀 느셨소?"

"바빠서 사격을 배우진 못했지만 손은 다 나았답니다. 신경 써주셔서 감사합니다, 전하."

손바닥 조금 찢어진 걸로 이런 과분한 보상을 받았다. 나는 웃으며 대답했다.

"그런데 국왕 폐하께서는 오늘 무도회에는 참석하지 않으시나 봐요?"

"글쎄, 지금은 그대들의 알현을 받은 걸로 충분하다고 생각하신 모양이오. 왜, 권위의 힘을 더 빌리고 싶으신가?"

"그럴 리가요."

잡담을 나누며 흘끔흘끔 보니, 파비안도 올리비아와 뭐라고 작게 대화를 나누고 있었다.

'파비안, 그사이에 춤이 많이 늘었네.'

적어도 왕세자비 전하의 드레스 자락을 밟는 불상사는 안 생기 겠군.

첫 춤은 금세 끝났다.

'카드릴은 준비 운동이지!'

진짜 무도회는 이제부터였다. 나는 다소 거만하게 턱을 쳐들었다. 아니나 다를까, 내 앞으로 인파가 몰려들었다.

"대공비 전하! 다음 곡은 저와 추지 않으시겠습니까?"

"그다음 곡은 부디 저와……."

흠, 흠. 무도회만 오면 늘 이렇다니까.

몇 달 동안 제대로 된 춤은 한 곡도 못 춘 참이었다.

'오늘이 지나면 또 언제 무도회에 참석할 수 있을지 몰라.'

파비안이 춤추는 걸 싫어하니까.

그러니까 오늘은 구두 굽이 부러질 때까지 춤을 출 생각이었다. 물론, 춤 상대는 가려 받을 거지만.

어느 가문 사람과 친해지는 게 좋고, 어느 가문의 누가 설득하기 쉬울지 이미 머릿속에 다 넣어두었다. 나는 머릿속 목록 위주로 신중하게 춤 신청을 받아들였다.

춤을 추며 나눈 이야기는 대략 이런 식이었다.

"정말 아름다우시군요. 상냥하시고……."

"역시 소문 따윈 믿을 게 못 되죠?"

생글생글 웃으며 일부러 내 소문에 대해 이야기를 꺼내면, 상대의 얼굴이 당황으로 물들었다.

"그…… 예, 신문이며 잡지에서 좀 읽었습니다만……. 이렇게 직접 뵙고 보니 다 헛소문이었군요."

"철모르던 어린 시절 실수가 과장되어 퍼진 모양이에요. 사실 대공 전하도 비슷한 처지랍니다."

나는 일부러 가련한 표정을 지으며 파비안의 이름을 슬쩍 흘렸다. 처음부터 내게 호감을 가지고 춤을 신청한 자들이다 보니, 잘 걸려들었다.

"도미닉 로랑 백작이 어찌나 강조하던지, 새 대공이 악마의 하수인이고 자격도 없는 놈이라고 말입니다. 그런데 오늘 보니까 딱히 그렇지도 않더군요."

"맞아요. 저주받은 핏줄이라지만, 그냥 눈동자 색만 조금 특이할 뿐이에요. 평범한 귀족이랍니다."

"하긴 마법사니 마녀니 하는 것들은 전부 구시대적인 이야기일 뿐이죠."

적당히 과장과 거짓말을 좀 섞어가면서 열심히 파비안의 긍정적인 이미지를 심었다. 춤을 추면서도 쉴 새 없이 떠들어서 나중엔 목이 다 아플 지경이었다.

'이게 다 파비안과 대공가를 위해서라고.'

그렇게 즐기면…… 흠흠, 노력하면서 주변을 슬쩍 둘러보면, 그때마다 파비안은 많은 사람에게 둘러싸여 이야기를 나누고 있었다. 올리비아와 춘 첫 곡을 제외하면 단 한 곡도 춤을 추지 않았다.

춤추는 게 그렇게 싫은가. 얼마나 재밌는데.

몇 번째인지 모를 춤을 끝내고, 잠시 쉬러 한쪽 벽 근처의 비어 있는 의자로 향했다. 의자에 앉아 부채를 파닥이며 땀을 식히는데, 내 이름이 들려왔다.

"……대공비씩이나 되어서 참 저렇게……."

응?

나는 그 목소리가 들려온 쪽으로 시선을 돌렸다.

그다지 멀지 않은 곳에 여자들이 대여섯 명 모여 있었다. 날 힐끔거리며 자기들끼리 떠드는데, 그중에 아는 얼굴이 있었다.

'앗, 저 부인은…….'

전에 백화점에서 마주쳤던 사람이잖아. 프리마스 백작 부인.

그녀는 나와 눈이 마주치자 흠칫하고 어깨를 떨며 입을 다물었다. 하지만 다른 사람들은 오히려 목소리를 높였다.

"파트너를 계속 갈아치우면서 쉬질 않네요. 한낱 마을 처녀처럼 엉덩이 가볍게 말이에요."

"정말 시골뜨기는 어쩔 수 없다니까요."

"부인도 그 신문 보셨죠? 천하에 둘도 없는 악녀라던."

고위 귀족들이라고 해도 별다를 건 없구나. 이런 얄팍한 조롱이라니. 가소로워서 픽 웃었더니, 프리마스 백작 부인이 주변 눈치를 보며 슬그머니 양손을 겹쳐 부채를 쥐었다.

나는 눈을 가늘게 좁혔다.

'저건 뭐였지? '미안해요'라는 뜻이었던가?'

흠, 어쩔까. 고급 사교계에 녹아들라고 모처럼 왕세자가 마련해 준 파티인데, 여기서 큰 소리 내면 안 되겠지, 역시. 한 명에게라도 사과를 받았고 말이야.

샐쭉하게 고개를 도로 돌리려던 순간이었다.

"어머, 무도회 시작된 지가 언젠데 아직도 여기들 앉아 계세요?"

그들에게 누군가가 달콤하고 부드러운 목소리로 말을 걸었다. 나는 조용히 눈살을 찌푸렸다. 그녀라면 저들과 함께 할 말이 많을 테지.

"콘라트 영애!"

"어쩐지 오늘따라 그레이트 홀의 벽이 화려하다 했어요. 봄이 한창이라 그런지 꽃이 잔뜩 피었군요."

엘로이즈가 상큼한 목소리로 말했다.

'……어라?'

너희는 왜 춤도 못 추고 벽에 붙어 있냐니, 생각지도 못한 말이었다. 앉아 있던 여자들이 발끈했다.

"지금 우리더러 벽의 꽃이라고 하신 건가요?"

"춤도 안 출 거면 무도회에 뭐 하러 왔나, 궁금했을 뿐이에요. 설마 한 곡도 못 추신 건 아니죠?"

"무례하시군요!"

"그렇게 생각되시면 부군께 부탁해서 한 곡이라도 추는 게 어때요?"

생글생글 웃는 엘로이즈의 뒤에, 웬 거대한 그림자가 하나 드리워져 있었다.

'으응……?'

자연히 내 시선은 그리로 향했다.

진한 갈색 머리에 회청색 눈동자를 가진 남자였다. 그는 어깨를 움츠리고 쩔쩔매며 조그맣게 말했다.

"저, 엘로이즈…… 그만하고 이만 가는 게……."

"가만있어 봐요, 제프리."

엘로이즈가 돌아보지도 않고 대답했다.

"유치하게 다 들리라고 뒤에서 이러는 이유가 궁금하니까요."

"무, 무슨 말씀이세요, 콘라트 영애!"

"그, 그래요, 우리가 무슨 말을 했다고 이래요?"

사람들이 당황했다. 나도 덩달아 당황했다.

왜…… 왜 지금 엘로이즈가 내 편을 드는 거지?

"잡아떼는 것도 잘 못 하는군요. 그 엉덩이 가벼운 여자가 지금 이 자리에서 왕세자비 전하를 제외하면 가장 신분이 높은 레이디라는 걸 잊지나 마세요."

그녀는 고개를 빳빳하게 쳐들고 사람들을 지나쳤다. 그 뒤로 제프리라는 남자가 허둥지둥 따라붙었다.

"엘로이즈. 목마르지 않아요? 뭐라도 마실래요?"

"필요 없어요."

남자의 제안을 자르듯 거절하며 내 앞을 스쳐 지나갈 때였다. 엘로이즈의 시선이 나와 잠깐 마주쳤다.

"마음이 바뀌었어요, 제프리. 역시 목이 마르네요."

"아! 뭘 마시고 싶어요? 가져다 드리죠."

"셰리주 한 잔 부탁해요."

"여기서 잠시만 기다려 주세요!"

제프리가 허겁지겁 사라졌다. 엘로이즈는 주변을 둘러보더니, 내 근처의 빈 의자에 앉았다. 그녀는 똑바로 앉아 앞을 본 채로 입을 열었다.

"이걸로 빚을 다 갚았다고는 못 하겠지만, 조금이나마 참작이 됐길 바라요."

간신히 들릴 정도로 작은 목소리였다.

빚이라니? 엘로이즈가 나에게 도대체 무슨 빚을 졌지? 고개를 갸웃하는데, 그녀의 속마음이 들렸다.

-오페라 극장에서 있었던 일을 떠벌리는 건 아니겠지. 그 일이 아버지 귀에 들어가면 난 죽은 목숨이야.

아, 설마 그날 마차 좀 빌려준 걸 마음의 빚으로 삼은 건가. 하지만 엘로이즈가 아니었더라도 칼 클레브에게 끌려가게 내버려 두진 않았을 텐데.

나는 부채를 펴서 파닥이는 척 살짝 입을 가리며 나지막하게 말했다.

"무슨 말씀이신지 모르겠네요. 남에게 빚을 지울 만한 선행을 한 적이 없어서……."

엘로이즈가 가볍게 움찔하더니 내 쪽을 살짝 쳐다보았다. 나는 살짝 웃으며 부채 언어를 사용했다.

'고마워요.'

그녀의 얼굴에 혼란스러운 표정이 떠올랐다. 나는 시선을 돌리곤 짐짓 큰 소리로 혼잣말했다.

"아, 나도 목이 마르네."

그런데 자리에서 일어서려던 순간, 누군가가 눈앞에 기포가 뽀글뽀글 올라오는 긴 유리잔을 내밀었다.

"여기 샴페인……. 괜찮으시다면요."

잔을 내민 것은 처음 보는 사람이었다. 진한 빛깔의 금발에 길쭉길쭉한 팔다리. 옅은 갈색 눈동자. 매력적인 얼굴이었다.

그런데 꽤 어려 보이는걸. 청년이라기보다는 소년에 가까워 보였다. 갓 성년이 된 사람이려나. 미성년자는 이런 무도회에 참석할 수 없으니까. 그래서 라리사도 못 데려왔고.

나는 잔을 받지 않고 그의 얼굴을 올려다보며 물었다.

"누구시지요?"

"아……."

그의 뺨이 살짝 붉게 물들었다. 그는 조금 수줍어하며 말했다.

"해밀튼 후작가의 아드리안입니다. 대공비 전하. 저…… 감히 춤을 청하려 하는데요. 혹시 다음 춤을 약속한 분이 아직 없으시다면……."

아드리안 해밀튼? 어디서 들어본 이름 같은데.

나는 손을 뻗어 샴페인 잔을 받았다. 목마를 때 딱 맞춰서 마실 것까지 가져다주면서 춤을 신청하다니, 이 정도야 받아줄 수 있지.

"좋아요."

아드리안의 표정이 밝아졌다.

천천히 샴페인을 마시며 엘로이즈가 앉았던 쪽을 흘끔 보니, 그녀는 이미 자리를 떠나고 없었다.

마침 다음 곡은 마주르카였다. 발랄하고 경쾌한 춤이라, 갓 성인이 된 청년과 추기에 딱 맞는 곡이었다.

"비전하와 춤을 추게 되어서 영광입니다."

손을 내미는 아드리안의 목소리가 잘게 떨렸다. 수줍음을 타는 것 같은데.

'아? 수줍음?'

그러고 보니 생각났다. 전에 에른스트가 대공저에 놀러 왔을 때 언급했던 이름이었다. 아드리안 해밀튼. 라리사와 친구가 되면 좋을 것 같다고 했었나.

나는 그의 손을 잡으며 빤히 얼굴을 올려다보았다. 연한 갈색 눈동자에 샹들리에 빛이 떨어지자 얼핏 금빛으로도 보였다.

제법 잘생겼고 키도 크고, 매너도 괜찮은 것 같고. 라리사도 조금 수줍어하긴 하는데…… 둘이 잘 어울리려나?

춤이 시작되자 아드리안의 손에 힘이 들어갔다. 어지간히 긴장한 모양인데.

'괜찮아, 꼬마야. 긴장하지 않아도. 이 누님이 춤 하나는 기가 막히게 잘 추니까.'

나는 속으로만 그렇게 생각하며 경쾌하게 스텝을 밟기 시작했다. 마주르카는 계속 뛰어야 해서 나이 많은 사람들은 꺼리는데, 어린애랑 추니까 체력이 넘쳐서 더 재미있었다. 엄밀히 말하면 어린애는 아니지만.

중간중간 아드리안과 눈이 마주쳤다. 갓 무도회에 데뷔했을 게 틀림없는 그는 나를 열심히 쳐다보며 춤을 추었다. 볼이 발그레한 게 꽤 귀여웠다.

'나중에 라리사에게 소개해 줘야지.'

라리사에게 친구를 만들어줄 생각만 하다가 어느새 음악이 끝났다.

'아, 재밌었다. 다음 춤은 뭐더라, 왈츠였나.'

나는 벌써 다음 춤을 출 생각을 하며 아드리안에게 가볍게 인사를 마쳤다.

그리고 플로어를 빠져나오려는데, 파비안과 눈이 마주쳤다.

파비안은 조금 떨어진 곳에 서서 나를 똑바로 쳐다보고 있었다. 그는 웬일로 누구와도 대화하지 않고 그저 홀로 서 있었을 뿐이었다.

눈이 마주친 순간, 주변의 소음이 잦아드는 것 같은 착각이 들었다.

그는 웃지 않았다. 무표정한 얼굴로 홀을 가로질러 내 쪽으로 걸어왔다. 나는 걸음을 멈추고 그가 다가오기를 기다렸다.

"춤은 실컷 추셨습니까?"

파비안이 내게 말을 건 순간, 다시 주변이 온갖 소리로 가득 찼다.

"원하는 만큼 추려면 밤을 다 지새워도 모자라요."

"그렇습니까."

그의 한쪽 입꼬리가 살짝 올라가며 곡선을 그렸다.

"다음 곡은 부디 저와 함께."

허락을 구하는 것인지 명령하는 것인지 알 수 없는 어조로 말하며, 파비안이 손을 내밀었다.

"……좋아요."

파비안이 춤을 청하니 쓸데없이 긴장됐다.

그냥 춤 한 곡 추는 것뿐인데…….

그의 손에 내 손을 얹자, 파비안은 천천히 허리를 살짝 숙이며 내 손등에 입술을 가져다 댔다. 기다란 검은 속눈썹 아래 붉은 눈동자가 살짝 가려졌다가 이내 나를 꿰뚫을 듯 시선을 마주쳐 왔다. 그의 눈에는 고요히 열기가 타오르고 있었다.

'……둘 다 장갑을 끼고 있어서 다행이야.'

하지만 그렇게 안도하는 것도 잠시였다. 손에 꼭 맞는 얇은 실크 장갑 너머로 그의 뜨거운 체온이 전해져 왔다. 손등에서 입술을 떼며, 파비안은 엄지로 내 손등을 살짝 쓸었다.

"……!"

그 감각에 나는 소스라쳤다. 손등을 만졌을 뿐인데 등 한가운데를 쓸어내리는 것처럼 전율이 일었다.

나는 입술을 살짝 깨물며 최대한 자연스럽게 플로어 쪽으로 시선을 돌렸다. 파비안은 그대로 내 손을 쥐고 나를 플로어 가운데로 이끌었다.

그레이트 홀 안은 온갖 소리로 꽉 차 있었다. 그러나 무엇 하나도 선명하게 들리지 않았다. 귀에 물 먹인 솜을 꽉 채운 것처럼 음악과 목소리와 마음의 소리가 한데 뭉쳐 그저 웅얼거리듯 들렸다.

'아…… 그러고 보니 처음 추는 거잖아.'

파비안에 대한 내 마음을 깨달은 뒤, 처음 추는 춤이었다. 그전엔 춤을 가르쳐 준답시고 기초 스텝 한 가지를 처음부터 끝까지 반복했을 뿐이니까. 그것만으로도 충분히 자극적이었는데.

맞잡은 손이 가늘게 떨렸다.

차라리 계속 춤을 가르쳐 주면서 익숙해질 걸 그랬나. 파비안과 함께 춤추는 것이 일과처럼 되었으면 지금처럼 긴장하지는 않을 텐데.

이윽고 음악이 시작되었다. 수백, 수천 번 춤을 춰온 내 몸은 본능처럼 박자에 맞춰 움직였다.

나와 파비안, 두 쌍의 구두가 거울에 비춘 듯 절묘하게 균형을 맞추며 날듯이 플로어 위를 미끄러졌다. 밤하늘처럼 반짝이는 드레스가 펼쳐져 파도처럼, 별의 궤적처럼 내 발걸음을 따라왔다.

'아.'

그는 지금까지 함께 춤춰 본 모든 사람을 통틀어서 나와 가장 잘 맞는 상대였다. 이혼 후에 이런 춤 파트너를 또 만날 수 있을까 싶을 만큼.

등 뒤에 가볍게 얹어 내 몸을 받쳐 주는 손이, 맞잡은 다른 손이, 그리고 무엇보다 내 눈에서 시선을 떼지 않는 그의 눈동자가 자꾸 의식되어 견딜 수가 없었다.

한 바퀴 돌 때마다 더한 환희로 가슴이 떨려왔다.

하지만 이 기분을 들켜서는 안 되겠지.

'아무 말이라도 하자. 아무 말이나……'

나는 가까스로 입을 열었다.

"춤이 정말 많이 늘었네요."

그러자 파비안이 시선을 맞춘 채 대답했다.

"약속을 지키지 않은 사람 때문에 생각보다 덜 늘었습니다. 다른 선생은 마음에 안 들었거든요."

"……그거, 마음에 담아두고 계셨어요?"

"기대했거든요."

바로 그럴까 봐 안 지킨 거랍니다. 그리고 그게 어디 약속이냐, 파비안이 일방적으로 우긴 거지.

"미안해요. 하지만 저도 정말 바빴거든요."

그러자 파비안이 무심한 목소리로 말했다.

"절 피하려던 게 아니고요?"

"……"

순간 말문이 막혔다. 나는 슬그머니 그의 눈을 피해 시선을 내렸다.

"제가 왜 전하를 피하겠어요?"

"그사이 호칭도 멀어졌군요."

나지막한 웃음소리가 귓가에 울렸다. 그의 웃음소리가 가슴에 스며드는 것 같았다.

"마르시아, 당신 말은 안 믿습니다."

"네?"

생각지도 못한 말에 퍼뜩 고개를 들었다. 파비안이 미소 띤 얼굴로 나를 내려다보고 있었다.

"늘 마음에도 없는 말만 하지 않습니까. 불리한 상황을 모면하려고요."

"제가 언제 그랬나요?"

반사적으로 질문이 튀어 나갔다.

"스스로에게 물어보십시오. 누구보다 잘 알고 있을 테니까."

그가 나직하게 웃으며 덧붙였다.

"그리고 당신 거짓말은 티가 난다니까요."

"……."

파비안이 내 귓가에 속삭이듯 물었다.

"제가 싫어졌습니까?"

뭐?

"제가 싫어져서 피한 겁니까?"

"조, 좋아한 적도 없었는데요!"

앗, 방금 너무 크게 말했나. 너무 강한 부정이었나 싶어서 나는 작게 덧붙였다.

"싫어한 적도 없지만요."

"그럼 '좋다'와 '싫다' 중 어느 쪽에 가까운가요?"

너무 좋아서 문제라고…….

그보다 우리 대화는 왜 이렇게 유치한 건데.

나는 파비안의 눈을 노려보았다.

"그건 왜 물으시는데요?"

"알고 싶으니까요."

"대공 전하, 이러지 마세요."

순간, 내 등을 받친 그의 손이 미세하게 굳는 게 느껴졌다. 나는 매몰차게 말했다.

"이러시면 곤란해요. 감정이 끼어들면 계약이 흔들린다고요."

파비안에게 말하고 있었지만, 실은 나 자신에게 하는 말이나 다름없었다.

"우리 관계는 어디까지나 비즈니스잖아요. 거기에 좋아하는지 싫어하는지는 아무 상관 없어요."

그래. 아무 상관 없다. 내가 파비안을 아무리 좋아해 봤자, 우리는 이혼할 거고 결국 남남이 될 테니까.

"그러니까 이런 분위기 만들지 마세요."

파비안의 얼굴에서 서서히 웃음기가 사라졌다.

다음 순간, 그의 팔에 힘이 들어갔다.

"……!"

파비안이 나를 끌어당겨 안은 것이다. 얼굴이 확 달아오르고 목뒤에 솜털이 섰다.

파비안은 아무 말도 하지 않았다. 마음의 소리도 들려오지 않았다.

나는 목이 꺾일 정도로 고개를 들어 간신히 그와 시선을 마주쳤다. 그도 고개를 숙여 나를 내려다보았다. 코끝이 스칠 것처럼 가까웠다.

나는 긴장으로 마른침을 삼켰다.

그런 내 눈을 들여다보는 그의 눈동자가 어떤 열기로 불타올랐다.

아, 그런데 저 표정은 뭘까. 어쩐지……

'괴로워 보이잖아.'

왜지? 계약을 지키자는 말을 했을 뿐인데 왜 괴로워하는 거지?

'서, 설마, 파비안도 나를……?'

나는 순간적으로 떠오른 생각을 필사적으로 부정했다.

'아냐, 그럴 리가 없어. 그래서는 안 돼.'

그리고 혼란 속에서 간신히 아주 작은 목소리로 항의했다.

"이, 이거 계약 위반 아니에요?"

파비안이 흠칫 놀랐다. 그의 눈에서 열기가 순식간에 사그라들었다.

"……미안합니다."

그는 나지막하게 사과하며 팔에서 힘을 풀었다. 그의 품에서 풀려난 나는 잠시 숨을 몰아쉬었다. 어느새 파비안의 표정은 아무 일도 없었다는 듯 평소대로 멀끔하게 돌아가 있었다.

하지만 나는 더 이상 춤에 집중할 수가 없었다. 음악 따위는 귀에 들리지도 않았다. 스텝이 꼬이지 않은 것만 해도 다행이었다.

그렇게 춤이 끝날 때까지 간신히 버텼다. 그리고 음악이 끝나자마자 그의 손을 놓아버리고 도망치듯 발코니로 나갔다.

어느새 한밤중이었다. 나는 밤이슬이 내려앉기 시작한 차가운 대리석 난간에 엎드리듯 몸을 기댔다. 심장이 여전히 뜨겁게 뛰고 있었다.

'아……'

나는 눈을 감았다.

사실 아까 그 접촉을 계약 위반이라고 할 순 없었다. 내 몸에 손대지 않기로 한 조항은 침실 안에서의 접촉에 한정되는 거였으니까. 좀 많이 다정한 포즈여서 그렇지, 왈츠의 허용 범위 안이기도 했고.

하지만…….

너무 친절하니까, 그렇게 너무 다정하니까 이렇게 착각하게 되잖아. 혹시나 파비안도 나를 좋아하는 게 아닐까, 하고. 그럴 리가 없는데. 파비안은 라리사의 왕자님인데.

"제발, 파비안……."

흐느끼듯 그의 이름이 흘러나왔다.

'제발 내게 냉정하게 대해주면 안 될까.'

하지만 이제는 늦었다는 걸 나는 알고 있었다.

이미 불붙은 마음은 시간이 갈수록 더욱 뜨거워질 뿐. 이제 와 그가 날 차갑게 대하더라도 그 상처마저 장작으로 삼아 불길은 더욱 거세지겠지.

그때 발코니 문이 열렸다. 역광으로 얼굴은 보이지 않았지만, 실루엣만으로도 누구인지 한눈에 알 수 있었다.

"……파비안."

그는 손에 유리잔을 두 개 들고 와 말없이 잔 하나를 내게 건넸다. 목이 말라붙을 지경이었기 때문에, 나는 뭔지 묻지도 않고 받아서 꿀꺽꿀꺽 들이켰다. 독하면 독할수록 좋을 거라고 생각하면서.

"……이건."

나는 유리잔과 파비안을 번갈아 가며 쳐다보았다. 그가 가져온 것은 레모네이드였다. 얼음이 들어간 차가운 레모네이드.

파비안이 장난스럽게 웃으며 말했다.

"춤추고 난 직후에 마시는 차가운 레모네이드가 좋다면서요?"

그건 라리사 눈치 보느라 한 말이었는데!

한쪽 입꼬리만 올라간 저 표정. 뻔했다. 다 알고도 일부러 레모네이드로 가져왔겠지. 내 농담 한마디까지 기억하는 그 모습에 나는 허탈하게 웃으며 말했다.

"차가운 위스키예요."

"그거 다 마시고 나면 위스키도 한 잔 가져다드리죠."

파비안이 내 옆으로 다가와 난간에 몸을 기댔다. 팔꿈치가 스칠 정도로 가까운 거리였다. 밤바람을 타고 낯설면서도 어딘가 익숙한 향기가 코끝에 실려 왔다.

그것이 그의 체향이라는 것을 깨달은 순간, 나는 화들짝 난간에서 떨어졌다. 그리고 반쯤 남은 레모네이드를 원샷으로 들이켰다.

"다 마셨어요. 저는 위스키나 가지러 가야겠네요. 그러니 안 가져다주셔도 괜찮아요."

나는 돌아보지도 않고 곧바로 발코니를 빠져나왔다. 사람들은 여전히 음악에 맞춰 춤을 추고 있었다.

'춤은…… 이제 됐어.'

춤을 추지 않아도 할 일은 여전히 많으니까.

나는 머릿속으로 귀족 명단을 헤아리며, 아직 인사를 나누지 못한 사람들 쪽으로 향했다.

왕궁 무도회가 끝나고 며칠이 지난 후였다.

나는 라리사의 손을 잡고 마차에서 내렸다. 도착한 곳은 해밀튼 후작가였다.

"로랑 대공비 전하! 정말로 이렇게 와주실 줄은……. 어서 오세요!"

해밀튼 후작 부인이 우리를 현관에서 맞이했다.

"초대해 주셔서 고마워요, 후작 부인. 초대장을 받고 얼마나 기뻤는지 몰라요."

그렇다. 우리는 해밀튼 후작가의 애프터눈 티 파티에 초대받아 타운하우스를 방문한 것이었다.

예상했던 대로 무도회 직후부터 온갖 파티와 모임의 초대장이 쏟아져 들어왔다. 나는 초대장을 중요도 순으로 나누어 정리한 다음 중요한 모임부터 참석하기로 했다.

해밀튼 후작가는 사교계에 상당히 영향력이 큰 가문이었다. 초대해 줘서 오히려 이쪽이 고마울 지경이었다.

'게다가 여긴……'

나는 후작 부인의 옆을 보고 흐뭇하게 웃었다. 진한 금발의 호리호리한 미소년이 후작 부인과 함께 우리를 맞이했던 것이다.

"대공비 전하, 와주셔서 감사합니다."

아드리안 해밀튼이었다. 아드리안은 나와 눈이 마주치자 발그레하게 뺨을 붉히며 살짝 고개를 숙였다.

"저야말로 고마워요, 해밀튼 영식."

그는 고개를 들고 내 뒤쪽을 기웃거렸다.

"저, 그런데 대공께서는 발걸음 하지 않으시나요?"

"아, 전하는 오늘 선약이 있으셔서 우리 둘만 오게 됐어요."

"그렇군요……."

아드리안이 말꼬리를 흐리며 눈썹을 늘어뜨렸다. 그러자 후작 부인이 웃으며 물었다.

"그러고 보니 여기 귀여운 아가씨께서 바로 동생분이겠군요."

"맞아요. 제 동생 라리사 블리크랍니다. 라리사, 이분은 프란시스 해밀튼 후작 부인이셔."

"안녕하세요, 해밀튼 후작 부인."

"그리고 이쪽은 아드리안 해밀튼 영식. 이제 막 성년이 되었으니, 너하고는 겨우 세 살 차이야."

나는 모종의 기대감을 갖고 라리사와 아드리안이 서로 꾸벅 인사하는 모습을 지켜보았다.

"둘이 나이도 비슷하니까 친하게 지내면 좋겠네요."

"……."

"……."

둘은 약간 당황한 듯 서로를 쳐다보다 이내 시선을 돌렸다. 라리사는 나를, 아드리안은 후작 부인을 쳐다보았다.

"어머, 내 정신 좀 봐. 귀한 손님들을 계속 세워놓았군요. 어서 안으로 들어오세요."

"제가 안내해 드리겠습니다."

후작 부인의 말에 아드리안이 앞으로 나서며 팔을 내밀었다. 에스코트하려는 거겠지.

그런데 그의 손이 향하는 방향이 좀 이상했다.

'나……? 라리사가 아니고?'

나는 아드리안이 내민 팔을 물끄러미 쳐다보았다. 딱히 예의에 어긋나는 것은 아니긴 한데…….

에라, 모르겠다. 현관에 너무 오래 서 있으면 이상하니까, 나는 그냥 그의 팔을 가볍게 잡았다. 아드리안의 얼굴이 밝아졌다.

"이 안쪽 응접실입니다."

타운하우스치고 넓은 응접실에는 늦봄의 꽃으로 장식한 화사한 테이블이 여러 개 놓여 있었다. 그리고 스무 명 남짓한 손님이 화기애애하게 담화를 나누고 있었다.

우리 자리는 가운데 테이블이었다. 먼저 앉아 있던 사람을 보고 라리사와 나는 눈이 휘둥그레졌다.

"아! 라리사!"

윤기 나는 검은 머리를 정성껏 말아 내린 귀여운 소녀가 해맑게 웃으며 손을 흔들었다.

"에이미!"

라리사가 나지막하게 그녀의 이름을 불렀다. 에이미의 옆에 프리마스 백작 부인이 앉아 있다가 자리에서 천천히 일어섰다. 해밀튼 후작 부인이 내 귀에 속삭였다.

"프리마스 백작 부인께서 꼭 드리고 싶은 말씀이 있다고 해서 좌석을 이렇게 배치했답니다."

하고 싶은 말? 내가 고개를 갸웃하자 후작 부인이 말을 이었다.

"혹시 불편하시면 언제든 제게 살짝 말씀해 주세요. 자연스럽게 다른 자리로 바꾸어 드릴 테니까요."

"배려에 감사드려요."

나는 상관없지만 라리사가 불편해한다면 이야기해야지. 하지만 저렇게 표정이 밝아진 걸 보니 괜찮을 것 같았다.

내가 자리에 앉자, 프리마스 백작 부인이 다가와 무릎을 굽히며 정중하게 인사하며 말했다.

"대공비 전하, 제가 두 번이나 무례를 범했었지요. 꼭 사과드리고 싶어요. 정말 죄송했습니다."

중년 부인이 내게 머리를 숙이는 걸 보고 나는 깜짝 놀랐다. 내 안 어딘가에 아직도 유교걸이 조금 남아 있었나 본데.

"처음 뵈었을 때 소문만 믿고 대공 전하가 너무 무서워서 피했는데, 무도회에서 뵙고 보니 소문이 잘못되었다는 걸 금방 알겠더군요. 제가 오해했어요."

"……그렇군요."

내가 어색하게 대답하자, 프리마스 백작 부인이 두 손을 모으고 말을 이었다.

"그리고 비전하의 험담을 늘어놓는 사람들 틈에 가만히 끼어 있었던 것도 죄송합니다. 저라도 말렸어야 했는데, 그땐 차마 말을 꺼낼 용기가 없어서……."

응접실 안이 쥐죽은 듯 조용해졌다. 모두가 우리 테이블에 귀를 기울이고 있었다. 얼굴빛이 희게 질린 에이미가 '어머니……' 하고 중얼거리는 소리가 들렸다.

나는 백작 부인을 바라보았다. 솔직히 놀랐다. 이렇게 많은 사람이 듣고 있는 앞에서 저렇게 사과하다니. 심지어 자기 딸도 다 듣고 있는데. 자존심 강한 귀족이 이러기 쉽지 않았을 텐데. 용기 있는 사람이었다.

'난 이런 사람이 좋더라.'

나는 빙그레 웃으며 말했다.

"자리에 앉으세요, 프리마스 백작 부인. 잘못 끼운 첫 단추는 얼마든지 풀었다가 다시 제자리에 끼우면 되니까요. 제게도 오해를 바로 잡을 기회를 주시겠지요?"

"아…… 물론이지요! 감사합니다, 대공비 전하."

그녀의 표정이 밝아졌다. 두 아이의 긴장했던 표정도 덩달아 풀어졌다. 눈치를 보고 있던 라리사가 얼른 에이미 옆자리로 옮겨 앉았다.

"어서 와, 라리사."

"안녕, 에이미. 저기, 그동안 잘 지냈어?"

"응, 너는? 저번의 그 모자 쓰고 외출해 봤어?"

"아, 응!"

아이들의 인사를 시작으로, 조용해졌던 응접실에 다시 말소리가 살아났다. 나는 다른 파티나 모임에서 안면이 있었던 사람들과 가볍게 인사를 마치고, 향긋한 차와 다과를 즐기기 시작했다.

"그런데 무슨 이야기들을 나누고 계셨나요?"

"아, 콘라트 후작 부인이 왕세자 전하의 무도회에 출석하지 않은 이유에 대해 말하던 중이었어요."

발레리? 파비안의 고모가 아닌가. 그러고 보니 나도 무도회에서 왜 그녀가 보이지 않나 잠깐 궁금해했던 게 기억났다.

내 표정을 보던 한 부인이 말했다.

"어머, 못 들으셨나요? 하긴, 친척 사이라 더더욱 알리고 싶지 않았을지도 모르겠네요."

"네? 무슨 일이라도 있었나요?"

"그게…… 집안에서 사고가 나서 심하게 다쳤다더라고요."

"사고요?"

내가 놀라 묻자, 이야기를 나누고 있던 사람들이 저마다 조금씩 설명해 주었다.

"온실 천장으로 정원수가 쓰러져서 유리가 산산조각 났는데, 콘라트 후작 부인이 하필 바로 아래 있었던 모양이에요."

"여기저기 상처가 났는데, 오른손과 팔을 크게 다쳤나 봐요. 아무래도 흉터가 심하게 남을 것 같다고 하더라고요."

"그나마 손인 게 다행이지요. 장갑을 끼면 될 테니까요."

"목숨을 잃지 않은 게 어디예요."

"그럼요."

어쩌다 저렇게 운 없는 사고를 당했을까. 우리 저택에도 온실이 여러 개 있는데 그런 사고가 났다는 이야기는 아직껏 듣지 못했는데.

"저런, 전혀 몰랐어요. 안됐네요."

나는 괜한 동병상련으로 장갑을 낀 내 오른손을 살짝 쓰다듬었다. 전에 총이 폭발해서 생긴 상처의 흉터는 이제 꽤 흐려져 있었다. 벨만이 만든 특제 연고 덕이었다.

'좀 더 만들어서 보내주라고 할까.'

무심코 그런 생각을 했다가, 이내 마음을 고쳐먹었다. 전에 발레리가 파비안의 음식에 독을 넣었던 기억이 났던 것이다.

'조카를 해치려고 해서 벌받은 거지, 뭐.'

어차피 그 집에도 주치의가 있을 텐데 내가 신경 써서 뭐 하겠어. 목숨이 위험했던 것도 아닌데.

"그런데 어쩌다가 정원수가 쓰러졌대요? 온실이 부서질 정도면 튼튼하고 큰 나무였을 텐데요."

"글쎄요, 얼마 전에 폭풍우가 쳤잖아요? 아마 그 영향이 아닐까요."

발레리의 부상에 대한 이야기는 그 정도에서 자연스럽게 지나가고, 곧 다른 화제가 떠올랐다.

큰 창을 활짝 열어둔 덕에 응접실 안으로 따스한 봄바람이 불어 들어왔다. 그 사이를 꽃향기와 차향이 맴돌았다. 준비된 다과는 맛도 있을뿐더러 보기만 해도 눈이 즐거웠다. 새로운 사람들과의 교제도 재미있고.

무엇보다 날 제일 기쁘게 만든 건 라리사와 에이미였다. 나는 다른 사람들과 이야기를 나누다가도 흘깃거리며 두 소녀를 바라보았다. 둘은 내내 꼭 붙어서 떨어질 생각을 않고 종알거렸다. 정확히는 에이미가 끊임없이 떠들고 라리사는 동그란 눈을 커다랗게 뜨고 고개를 주억거리는 편이었지만.

"참, 비전하. 그 얘기 들으셨어요?"

"네? 무슨 얘기요?"

문득 옆에서 말을 걸어와, 나는 아이들에게서 시선을 뗐다.

"베르나스 남작과 말로니 백작이 결투했다는 얘기 말이에요."

"……결투요?"

맘에 안 드는 자에게 장갑을 던지고 칼싸움하는 그런 거 말인가? 요즘은 장식용이 아니면 검을 가진 사람도 별로 없을 텐데.

"남작 부인의 명예를 두고 결투를 했다는군요! 그런데 말로니 백작이 비겁한 수를 썼대요."

"총에 미리 조작이라도 해뒀다던가요?"

"입회인과 한편이었대요, 글쎄. 열을 세기도 전에 먼저 뒤돌아 쏘았다더군요."

"어머, 비겁하게!"

금지된 결투를 하다니 국왕 폐하가 알면 둘 다 징계감이라는 둥, 그치만 레이디의 명예를 걸고 결투라니 멋지지 않냐는 둥 여러 가지 소감이 오갔다.

'아, 칼싸움이 아니라 총싸움인가 보네.'

뒤돌아서서 열 발자국 걸어간 다음에 신호가 울리면 서로에게 총을 쏘는 뭐 그런 결투인가. 어차피 잘 알지 못하는 사람들 이야기라 나는 굳이 말을 얹지 않고 그냥 듣기만 했다.

'결투라니, 바보 같아.'

그런 건 결국 무력이 강한 쪽이 이기는 거 아닌가. 그러니까 저런 조작이나 하는 거겠지.

"전 잠시 실례하겠어요."

별로 관심도 없고 중요한 이야기도 아니었으므로, 잠시 화장도 고칠 겸 자리에서 일어섰다. 해밀튼 후작 부인이 눈치 빠르게 내게 하녀를 한 명 붙여주었다.

"이쪽입니다."

하녀는 한 층 위에 마련된 휴게실로 안내해 주고 사라졌다. 나는 느긋하게 볼일을 마쳤다.

티 파티로 돌아가려고 복도로 나왔을 때였다. 휴게실 앞 계단참에 누군가가 서 있었다.

"어라, 해밀튼 영식."

이름을 부르자 아직 소년의 얼굴을 한 청년이 고개를 들었다. 아드리안은 나를 기다렸던 것처럼, 눈이 마주치자 내 쪽으로 다가왔다. 그는 쭈뼛거리며 내게 말을 건넸다.

"저, 드릴 말씀이 있어서……."

"그래요? 뭔가요?"

다른 사람 앞에서는 못 할 말인가? 굳이 이렇게 아무도 없는 곳에서 기다리고.

아드리안이 내 눈을 응시하며 입을 열었다. 그의 입에서 나온 말은 엉뚱한 것이었다.

"전 라리사 양보다 비전하와 비슷한 나이입니다."

"네?"

당황스러웠다. 맞는 말이긴 한데. 아드리안은 나보다 한 살 어릴 뿐이니까.

'……그런데 어쩌라고?'

자기는 이제 성인인데, 세 살이나 어린 여자아이와 친구가 되어줬으면 좋겠다고 해서 마음이 불편했나? 그렇다고 나랑 친구 먹을 건 아니잖아?

내가 뭐라고 대답해야 할지 몰라 미간을 좁힌 채로 가만히 서 있자, 아드리안의 얼굴이 서서히 붉게 물들었다. 아무 말도 못 하고 저러고 서 있는 게 어쩐지 좀 딱해서 내가 먼저 말을 꺼냈다.

"그래서 저와 친구가 되고 싶다는 건가요?"

그러자 아드리안의 눈이 잠시 반짝거렸다.

"그래주시겠습니까?"

저런 모습은 영락없는 어린애 같았다. 신체 나이야 한 살 차이라고 하지만, 정신연령의 차이는 훨씬 클 테지. 게다가 우리가 '오늘부터 친구 하자!', '그래!' 할 나이의 애들도 아니고.

"……."

어라, 잠깐. 지금 다시 생각해 보니, 무도회에서 내게 춤 신청하던 태도부터 어쩐지 의심스러웠다. 저렇게 눈을 잘 마주치지도 못하고 툭하면 얼굴이 빨개지는 것이, 만약 단순히 수줍음을 타서 그런 게 아니라면……?

"……실례지만 저 결혼한 건 알고 계시죠?"

내가 아주 조심스럽게 말하자, 아드리안이 펄쩍 뛰며 말했다.

"모, 모를 리가 있겠습니까! 그, 그런 뜻이 아닙니다."

"그럼 진짜 친구가 되자는 건가요?"

의심스러운 눈초리로 쳐다보자, 그가 흠흠, 하고 목소리를 가다듬었다.

"아름답고 현명한 귀부인을 흠모하는 것은 기사의 당연한 소양입니다."

"기사요?"

티 룸이 아니라 다행이었다. 뭔가 마시고 있었더라면 대차게 뿜을 뻔했다.

"그건 옛날이야기잖아요. 요즘 그런 기사가 어디 있죠? 그냥 명예직인 마당에……. 기사 작위를 가지고 계시긴 한가요?"

"아직은 아니지만 원하신다면 받아 오겠습니다."

아니, 그런 이야기가 아니잖아. 수줍음을 타길래 순진하고 귀여운 아이인 줄 알았는데. 지금 내게 흑심을 피력하는 건가?

……설마 아니겠지? 내가 지나치게 넘겨짚은 거지, 지금?

열여섯이래서 영 어린애 같다고만 생각했는데, 다시 보니 키도 나보다 한 뼘은 더 크고 어깨도 넓었다. 비슷한 나이의 누구와는 달리 변성기가 끝난 목소리도 제법 남자다웠다.

……그러니까, 본인은 그렇게 생각하지 않아도 내겐 좀 위협적이었다는 말씀 되시겠다.

나는 슬금슬금 뒷걸음질 쳤다.

그걸 눈치챘는지, 조금 전까지 눈을 빛내며 날 쳐다보던 아드리안의 어깨가 금세 축 늘어졌다. 그는 아쉬운 듯한 목소리로 말했다.

"오늘 대공 전하께서는 왜 안 오셨나요? 초대장에 세 분 성함을 다 썼는데요."

'……말 돌리네?'

아까 처음 현관에서 말했다. 파비안은 선약이 있어서 못 왔다고. 그래도 불편한 주제에서 벗어난 게 기뻐서 친절하게 또 대답해 주었다.

"전하는 급한 볼일이 있어서 잠시 다른 지역에 가 계세요. 아마 내일 저녁이나 되어야 타운하우스로 돌아오실 거랍니다. 하필 일정이 겹쳤거든요."

"그런가요……."

아드리안이 웅얼거리듯 대답했다. 하긴 지금 내가 뭐라고 대답해도 별로 중요하지 않겠지. 어차피 말을 돌리려고 대충 아무 이야기나 꺼낸 걸 텐데.

'그런데 초대장에 세 사람의 이름을 다 썼다고? 어째 뉘앙스가…….'

나는 혹시나 하는 마음에 물었다.

"혹시 해밀튼 영식께서 초대장을 직접 쓰셨나요?"

"예…… 예, 제가 썼습니다."

그는 또 얼굴을 살며시 붉혔다.

초대장을 쓰는 건 안주인의 일일 텐데. 얘도 참 정성이네.

"저, 혹시…… 두 분 전하께서 함께 참석하실 다른 모임이 있으십니까? 그…… 무도회라든지……."

……내 일정은 알아서 뭐 하게?

조금 풀어지려던 마음이 딱 닫혔다.

"그런 건 왜 물으시나요?"

내가 차갑게 묻자 아드리안이 화들짝 놀라며 말했다.

"아, 별다른 의도가 있어서 여쭈어본 건 아닙니다! 정말입니다. 믿어주세요."

믿고 자시고, 그건 대답이 아니잖아. 나는 냉큼 비즈니스적인 미소를 띠었다.

"그래요. 저도 앞으로의 일정은 잘 모르겠네요. 전하가 돌아오신 후 천천히 같이 이야기를 나눠봐야 해서요."

"아……."

"그럼 실례해도 괜찮을까요? 이만 티 파티로 돌아가 보고 싶은데요."

"무, 물론이죠. 제가 에스코트를……."

"감사합니다만 괜찮습니다."

나는 아드리안이 내미는 팔을 거절하고 그를 지나쳐 계단을 내려갔다. 등 뒤로 오감을 기울였지만, 별다른 마음의 소리도, 나를 따라오는 발소리도 없었다.

응접실로 돌아가자 라리사가 걱정스러운 눈초리로 내게 귓속말했다.

"오래 걸렸네요, 마르시아 언니. 무슨 일 있었던 건 아니죠?"

"아무 일도 없었어."

라리사는 고개를 끄덕이고 이내 에이미에게 시선을 돌렸다. 두 사람은 곧 다시 재잘거리기 시작했다.

'뭐 저렇게 할 말이 많을까.'

나는 두 소녀를 흐뭇하게 바라보며 생각했다.

'아드리안과 친구가 됐으면 해서 데려왔는데, 차라리 잘됐네.'

내 얕팍한 계획은 실패했지만, 라리사에겐 이미 더 좋은 친구가 생긴 모양이니까. 스스로 만든 친구가.

내가 뭐라고 라리사의 친구를 마음대로 정해주려고 했을까. 그것도 그런 이상한 애를. 예쁘장하게 생겼지만 좀 이상한 아드리안 해밀튼. 그런 사람보다야, 저렇게 귀엽고 친절하면서도 똑 부러지는 에이미 프리마스가 훨씬 좋지.

'에이미 양, 우리 라리사 잘 부탁해요.'

나는 마음속으로 그렇게 말하고는 어른들 쪽을 향해 고개를 돌렸다. 이때만 해도 아이들이 도대체 무슨 이야기를 저렇게 열심히 나누는지, 나는 꿈에도 몰랐다.

라리사에게는 최근 고민거리가 하나 생겼다.

그것은 마르시아 언니와 대공님에 대한 걱정이었다. 마르시아가 파비안을 자꾸 피해 다녔던 것이다.

그런 낌새가 보였던 건 한 달 전쯤부터였다. 수도로 오면서 나아지는가 싶었는데, 왕세자 주최의 무도회 이후로 다시 눈에 띄게 피하기 시작했다. 게다가 요즘 들어서는 파비안마저 마르시아와 따로 행동하기 시작했다.

그것뿐이면 이렇게 걱정하지도 않을 텐데, 문제는 어쩌다 두 사람이 마주치기라도 하면 서로를 향한 마음의 소리가 들린다는 거였다.

이를테면 오늘 오전에도 그랬다. 마르시아와 라리사가 함께 정원에 나갔다가 들어오던 중, 외출복을 차려입은 파비안과 복도에서 마주쳤다. 두 사람은 냉랭한 표정으로 서로에게 묵례하고 지나쳤다. 그 분위기가 어찌나 차가운지, 라리사조차 파비안에게 인사말 하나 꺼내지 못할 지경이었다.

하지만 그 짧은 순간에도 마음의 소리가 들렸다. 강렬하게.

-오늘도 하필 저렇게 멋있을 게 뭐람. 완전 모델이라니까.

-마르시아 귓가의 장미는 라리사가 꽂아준 건가. 탁월한 선택이야. 꽃이 오히려 그녀의 미모에 한참 못 미치는군…….

라리사는 그 자리에서 얼음이 되어 굳어버렸다.

그러고 보니 어제저녁에도 그랬다. 그제도, 아니, 실은 훨씬 전부터.

파비안의 마음의 소리가 들린 지는 아주 오래되었다. 언제부터였는지 정확히 기억나지 않지만, 그는 언제나 마르시아를 바라보며 조용히 따스한 마음의 소리를 내뿜고 있었다.

'그땐 그저 좀 신기하다고 생각했는데.'

무표정한 얼굴 뒤에 숨은 생각이 더할 나위 없이 부드럽고도 애절했으니까.

그런데 어느샌가부터 마르시아에게서도 마음의 소리가 들리기 시작했다. 짧고 희미하게 시작했던 그 소리는 이제 아주 선명하게 들렸다. 요즘은 둘이 눈만 잠깐 마주쳐도 마음의 소리가 쏟아졌다.

'정말 저 소리가 안 들린단 말이야?'

믿을 수가 없었다. 이렇게 시끄러운데.

낯간지러운 마음의 소리가 폭발할 것처럼 계속 터져 나오는데도 두 사람 다 얼굴에 웃음기 하나 없었다. 냉랭하게 서로에게 말 한마디 하지 않았다. 오직 마음속으로만 숨길 수 없는 말을 털어놓을 뿐이었다.

라리사의 비밀을 아는 마르시아는 동생과 가끔 눈이 마주칠 때마다 입술을 깨물며 딴생각을 하려고 애쓰곤 했다. 하지만 자연스럽게 우러나오는 마음의 소리가 감춘다고 감춰질 리가.

결국 라리사는 두 사람의 마음의 소리를 듣다못해 얼굴을 빨갛게 물들이고 고개를 푹 숙이거나 두 사람 눈에 띄지 않게 방을 빠져나가곤 했다.

오늘도 그녀는 지나치게 달콤한 마음의 소리를 피해서 포투스의 방으로 피신했다.

"아휴……."

"무슨 고민이라도 있으십니까?"

포투스가 라리사 앞으로 슈크림이 담긴 접시를 슬쩍 밀어주며 물었다.

"마르시아 언니랑 대공님이 서로 좋아하면서도 안 그런 척하는 게 고민이에요."

"풉."

라리사는 쿠션을 끌어안으며 포투스를 쳐다보았다.

"도대체 왜 그러는 걸까요?"

"그거야…… 저도 모르지요."

그는 필사적으로 웃음을 참으며 대답했다. 사실 그 이유를 대충 짐작은 했지만, 그는 상사의 연애에 끼어들 생각이 없었다. 말 한마디라도 잘못 꺼냈다가는 자신만 곤란해질 테니까.

"내버려 두면 시간이 알아서 해결해 줄 겁니다."

포투스의 말에 라리사는 포크로 슈크림을 데굴데굴 굴리며 생각했다.

'하지만 이대로 서로 무슨 생각을 하는지 모른 채 오해만 깊어지면 어떡해?'

다른 사람의 속마음이 들린다는 게 이렇게 괴로웠던 적은 또 없었다. 시간이 갈수록 마음의 소리는 점점 더 커지기만 했다.

포투스는 별 도움이 안 된다는 걸 깨닫고 라리사가 찾아간 사람은 새 친구, 에이미 프리마스였다.

에이미는 명쾌한 결론을 내놓았다.

"분명히 사소한 일로 싸운 거야. 아니면 뭔가 오해가 있었던 거지. 이럴 땐 데이트를 해야 해. 로맨틱한 곳에서 단둘이 남으면 곧 화해하게 돼."

"……정말?"

"틀림없어. 결혼한 사촌 언니가 있거든. 좋아하는 사이라면 조그만 계기 하나만 있어도 금세 풀리게 마련이랬어."

그렇구나. 라리사가 동그란 눈을 반짝이며 고개를 끄덕였다.

두 소녀는 마르시아와 파비안을 화해시킬 계획을 짰다. 연애라곤 해 본 적 없는 어린 소녀 둘이서 머리를 맞대 나온 전략은 뻔했다. 마르시아와 파비안을 따로따로 불러내 멋진 레스토랑에서 단둘이 저녁 식사를 하게 만들고, 그 후에는 로맨틱한 오페라를 보게 한다는 계획이었다.

"이럴 때 남자가 보석을 선물하면 딱인데."

에이미가 아쉬운 듯 입맛을 다셨다. 데이트 코스를 짜서 밀어 넣을 순 있지만 선물까지 준비해 줄 수는 없었다.

"어쩔 수 없지. 일단 레스토랑으로 불러내기만 해도 절반은 성공이야, 할 수 있겠어, 라리사?"

"응, 해 볼게."

두 소녀는 결연하게 눈을 빛내며 손을 맞잡았다.

"라리사! 여기야."

"에이미."

먼저 도착한 에이미가 라리사에게 손을 흔들었다.

두 소녀가 만난 곳은 수도에서 가장 잘 나가는 레스토랑 앞이었다. 연인의 데이트 장소로 유명한 곳이었다.

"준비됐지?"

"응."

그들은 서로를 쳐다보며 고개를 한번 끄덕인 다음, 힘차게 레스토랑의 문을 열고 안으로 들어갔다. 기다렸다는 듯, 레스토랑의 지배인이 그들을 맞이했다.

"블리크 영애와 프리마스 영애 되십니까?"

"맞아요."

"절 따라오십시오."

지배인은 두 소녀를 구석 자리로 안내했다. 테이블 옆에 커튼이 드리워져 있어서 바깥을 손쉽게 내다볼 수 있지만 밖에서는 안쪽이 잘 보이지 않는 자리였다.

그들이 자리에 앉자, 지배인이 한 테이블을 가리켰다.

"창가의 저 테이블입니다."

"알겠어요. 감사합니다."

그는 라리사와 에이미에게 차를 한 잔씩 내어주고 자기 자리로 돌아갔다.

"정말 괜찮을까, 에이미?"

"그럼. 지금 수도에서 제일 인기 있는 레스토랑인걸! 없던 로맨스도 생기는 곳이랬어."

시계를 꺼내 시간을 확인하던 에이미가 문득 주변을 둘러보며 말했다.

"그런데 이상하다. 여기만큼 잘 나가는 레스토랑도 없을 텐데 손님이 하나도 없네."

라리사가 아, 하더니 대답했다.

"오늘 통째로 빌렸어."

"뭐? 통째로?"

"응, 저기…… 보좌관님한테 물어보니까 이 정도는 내 용돈으로도 할 수 있대서. 기왕이면 다른 사람들이 없는 게 분위기가 더 좋을 것 같기도 하고."

"……대공가 대단한데?"

에이미가 순수하게 감탄했다.

그때 레스토랑의 문이 열렸다.

"앗, 왔나 봐."

두 소녀는 숨을 죽이고 출입문 쪽을 뚫어져라 쳐다보았다.

먼저 도착한 것은 파비안이었다. 그는 차가운 표정으로 레스토랑 안을 한번 슥 훑고는, 지배인이 안내해 주는 자리에 가서 앉았다.

에이미가 귓속말을 했다.

"저, 저분이 대공 전하셔?"

"응. 그리고 보니 에이미는 아직 만난 적이 없구나."

"어, 엄청 무섭게 생겼다……."

"그런가?"

대공님은 친절하고 따뜻한 사람인데. 라리사는 고개를 갸웃했다.

"멋있는데 무서워."

에이미가 어깨를 움츠렸다. 그러면서도 시선은 파비안에게서 떼지 못하는 모습이었다.

얼마 기다리지 않아, 이번에는 마르시아가 나타났다. 그녀는 레스토랑 안을 두리번거리다, 파비안을 발견하고 흠칫 놀랐다.

파비안이 마르시아를 보고 자리에서 일어섰다. 두 사람은 작은 목소리로 몇 마디 대화를 나누더니, 결국 자리에 앉았다.

에이미가 들뜬 목소리로 말했다.

"좋아, 여기까진 성공이야."

두 사람은 커튼 너머로 몰래 대공 부부를 훔쳐보았다.

잠시 후, 에이미가 미간을 좁혔다.

"너무 멀어서 그런가, 무슨 이야기를 하는지 잘 안 들리네."

"으, 응…… 그런가……."

말소리는 안 들리지만 다른 게 들리는 라리사는 시선을 피하며 대답을 얼버무렸다. 에이미가 걱정스러운 듯 말했다.

"그런데 왜 대화만 하고 주문을 안 하지?"

그러고 보니, 마르시아와 파비안은 웃음기 하나 없이 진지하게 이야기만 나눌 뿐, 음식을 시키려는 기색이 없었다. 심지어 차 한 잔도 주문하지 않았다.

하지만 라리사에게는 들렸다. 마르시아가 나타난 순간부터 뛸 듯이 기뻐하는 파비안의 속마음이. 그리고 예상치 못한 상대의 등장에 놀랐지만 즐거워하는 마르시아의 마음의 소리도.

라리사가 에이미에게 속삭였다.

"그래도 괜찮지 않아? 오해를 풀려면 둘이서 이야기를 나누는 게 중요하니까, 음식은 없어도……."

"아냐. 맛있는 걸 먹으면서 얘기해야 마음이 풀어지지. 배고플 때 빈속으로 대화를 시도하면 오히려 싸우기 쉬운데."

"……그런가?"

"지배인은 뭘 하는 거야, 하다못해 목을 축일 차나 식전주라도 좀 가져다주지 않고."

에이미가 조그만 목소리로 투덜거렸다. 두 소녀는 조마조마한 마음으로 대공 부부를 관찰했다.

잠시 후, 라리사가 뭔가를 깨달았다.

'마음의 소리가 없어졌어.'

테이블에 막 앉을 때만 해도 강하게 들렸던 마음의 소리가 잦아들었다.

'뭔가 심각한 상황이 된 걸까. 괜히 이런 자리를 마련해서 두 사람 사이가 어긋나기라도 하면 어쩌지.'

라리사가 초조해하며 두 손을 꼭 모아 쥐었을 때였다. 마르시아가 자리에서 벌떡 일어섰다. 라리사와 에이미가 화들짝 놀랐다.

"헉, 말다툼이라도 하신 걸까?"

"어떡해……."

그러나 다음 순간, 에이미의 안색이 변했다.

"어? 잠깐……."

마르시아가 그들을 향해 똑바로 다가왔던 것이다. 두 소녀는 눈을 휘둥그렇게 뜨고 서로를 쳐다보았다.

"설마."

설마가 맞았다. 마르시아가 소녀들을 가리고 있던 커튼을 확 젖혔다.

"라리사! ……에이미 양까지?"

"어, 언니!"

"헉, 대공비 전하!"

깜짝 놀란 라리사와 에이미가 서로를 꼭 붙잡았다.

"너희, 여기서 뭐 하는 거야?"

마르시아의 표정에 의심이 깃들었다.

"설마 이 레스토랑이 텅 빈 게……."

"극은 여기까지다. 라리사, 그리고 에이미 양."

굵직한 저음의 목소리가 들렸다. 생각지도 못한 사람에게 이름이 불린 에이미가 창백해진 얼굴로 마르시아의 뒤로 시선을 옮겼다.

어느새 파비안도 가까이 다가와 있었다. 그는 팔짱을 낀 채 엄격하게 말했다.

"이 뒤는 관람 불가야. 아이들은 이만 집으로 돌아갈 시간이다."

입꼬리가 슬쩍 올라간 게 아무래도 웃는 것 같긴 했지만, 에이미는 기절할 정도로 무섭다고 생각했다.

라리사는 풀이 죽어 고개를 푹 숙였다.

"네."

"……예."

딱, 하고 파비안이 손가락을 튕겼다. 그러자 어딘가에서 웬 시커먼 남자 두 명이 나타났다.

"라리사와 프리마스 영애를 집까지 안전하게 데려다주도록."

"알겠습니다, 대공 전하."

라리사와 에이미는 두 명의 경호원과 함께 마차에 올라야 했다.

"미안, 라리사. 들킬 줄은 몰랐는데."

"아냐. 어쩔 수 없지."

멀어지는 레스토랑을 바라보며 두 소녀는 우울한 눈빛을 교환했다.

한편, 레스토랑의 창 너머로 라리사와 에이미를 태운 마차가 사라지는 것을 확인한 마르시아는 한숨을 내쉬며 도로 자리에 앉았다.

"꼬마들이…… 참 어이가 없네요. 우리를 만나게 하려고 둘이서 작당한 거란 말이죠? 이러지 않아도 같은 집에 사는데 말이에요."

그녀는 고개를 내저으며 중얼거렸다.

"오늘은 모처럼 라리사와 단둘이 외식하는 줄 알았는데."

"라리사 대신 저는 안 되겠습니까?"

파비안의 말에 마르시아가 고개를 들었다. 그는 깍지 낀 두 손을 테이블 위에 얹은 채 그녀를 응시하고 있었다.

"해산물 좋아하지요? 이 레스토랑은 굴과 새우 요리가 유명합니다."

둘 다 그녀가 좋아하는 것들이었다.

'아, 맛있겠……'

막 반색하려던 찰나였다. 순간 합리적인 의심이 들었다.

"……파비안, 설마 알고 있었어요?"

마르시아가 의심의 눈초리로 묻자 파비안이 엷게 웃었다. 그가 이 깜찍한 계획에 대해 알게 된 건 바로 엊그제였다.

라리사는 에이미가 추천한 레스토랑을 예약하고 싶었지만 어떻게 해야 하는지 알지 못했다. 그래서 포투스에게 조언을 구했다. 레스토랑을 왜 통째로 빌리려 하느냐는 질문에 결국 라리사는 계획을 조금씩 털어놓았다.

포투스는 데이트 작전에 찬성하며 아주 협조적으로 그녀를 도왔고, 한편으로는 그대로 파비안에게 일러바쳤던 것이다.

"이런 종류의 계획은 한쪽이 미리 알고 있는 편이 더 잘 풀릴 테니까요."

포투스의 그 말이 맞았다. 몰랐더라면 작은 선물 하나 준비해 오지 못할 뻔했으니까.

마르시아가 그냥 돌아가자는 말을 꺼낼까 봐, 파비안이 서둘러 말했다.

"라리사는 제가 알고 있다는 걸 몰랐을 겁니다."

"그렇다면······."

"기왕 이렇게 된 거, 식사를 즐기는 게 어떻습니까. 굴, 드실 거지요? 알제트강 하구에서 매일 아침 따 오는 신선한 굴로 유명한데요."

오늘 아침에 딴 신선한 굴이라니.

'에라, 모르겠다. 저녁 한 끼 같이 먹는 것쯤이야 괜찮겠지. 여기서 식사 제안을 거절하고 바로 집에 돌아가면 라리사가 더더욱 실망할지도 몰라. 이 정도 장단은 맞춰주자. 배도 고프고.'

결국 그녀는 고개를 끄덕였다.

식사가 나오길 기다리면서 마르시아는 창밖을 내다보았다.

알제트강이 유유히 도시를 가로질러 흐르고, 반짝거리는 수면 위로 하얀 증기를 내뿜는 유람선이 지났다. 유람선 승객들이 든 알록달록 화려한 양산들이 시선을 끌었다.

'경치가 정말 좋네.'

커다란 레스토랑에 파비안과 둘만 남아 불편했던 심정이 조금씩 녹아갔다.

음식마저 훌륭했다. 신선한 굴은 향긋했고 새우는 입안에서 탱글탱글 씹혔다. 차갑게 식힌 샴페인을 한 입 머금자 절로 가벼운 신음이 나올 지경이었다.

"고작 아이들 계략에 넘어가다니 어이없지만, 이것만큼은 인정해야겠네요. 장소 하나는 기가 막히게 잘 골랐어요. 정말 맛있네요."

마르시아가 황홀해하는 표정을 짓자 파비안은 포크를 드는 것도 잊어버렸다.

"원하신다면 얼마든지 수도에 머물러도 됩니다."

"처음부터 한 달만 머물기로 한 거잖아요. 조만간 돌아가야죠. 그냥 여기 있는 동안에 많이 먹어둘래요. 다음엔 진짜로 라리사와 저녁 먹으러 와야겠어요."

"이 집 셰프를……."

"네?"

"아무것도 아닙니다."

주방장을 로랑가에서 사적으로 고용하겠다고 하면 마르시아가 싫어할 테지. 안 그런 것 같아도 은근히 원칙주의자니까.

"디저트는 뭘로 할까요?"

파비안은 적당히 말을 돌렸다.

식사가 끝날 때쯤 지배인이 분홍색 봉투를 얹은 접시를 가져왔다.

"아까 그 꼬마 숙녀분들께서 미리 맡겨두신 겁니다."

파비안이 봉투를 열었다. 안을 들여다본 그가 픽 웃으며 내용물을 꺼냈다.

"오페라 티켓입니다."

"……그것도 발코니 좌석이네요."

꼬마들의 철저한 준비에 마르시아도 웃고 말았다. 티켓에 적힌 제목을 보니, 요즘 소문난 오페라였다. 아주 달콤하고 감동적인 사랑 이야기라고 했던가.

"가고 싶으십니까?"

파비안의 질문에 마르시아가 떨떠름한 표정을 지었다. 사실 그다지 탐탁지 않았다.

'전에 오페라 극장에서 있었던 사건이 좀 강렬했어야지.'

"으음……."

마르시아가 쉽사리 대답하지 않자, 파비안이 한쪽 입꼬리를 올리며 웃었다.

"그럴 줄 알았습니다."

그는 좌석표를 도로 봉투에 넣어 접시 위에 내려놓았다.

식사가 끝났지만, 그는 이대로 저택으로 돌아갈 생각은 눈곱만큼도 없었다. 모처럼 라리사가 마련해 준 기회였다. 들켰지만 상관없었다. 마침 맛있는 걸 먹어서인지 마르시아도 기분이 좋아 보였다.

집 안에서 마주쳐도 말 한마디 제대로 하지 않고 그저 묵례만 했던 게 벌써 며칠째인데, 오늘은 드디어 조금이지만 대화도 나눴다. 오랜만에 듣는 그녀의 목소리가 얼마나 좋은지. 조금이라도 더 오래 같이 있고 싶었다. 그녀의 목소리를 한마디라도 더 들을 수 있을 테니까.

"대신 산책은 어떻습니까?"

"산책이요?"

파비안이 창밖을 눈짓했다.

"알제트강 다리 위에서 보는 일몰이 아름답기로 유명합니다. 요즘은 강변에 가로등도 설치되었으니 걷기에도 나쁘지 않을 테죠."

마르시아가 창밖을 내다보았다. 해 질 녘이 다가오자 알제트강의 수면이 점차 따뜻한 빛깔로 물들어가고 있었다. 그러고 보니 이대로 같은 마차를 타고 함께 저택으로 돌아가면 저녁 먹은 게 없을 것 같기도 했다.

"음…… 좋아요."

그녀의 대답에 파비안의 표정이 보일 듯 말 듯 밝아졌다. 그는 가슴께를 살짝 더듬었다. 안주머니에 넣어 놓은 작은 상자가 손끝에 느껴졌다.

'이걸 직접 줄 기회가 생기면 좋을 텐데.'

파비안이 자리에서 일어서서 마르시아에게 손을 내밀었다.

"그럼, 가실까요?"

마르시아는 아주 잠깐 망설이다 그 손을 잡고 일어섰다.

강변까지는 그리 멀지 않았다. 잘 포장된 강둑을 따라 십 분 정도 걷자 다리가 나왔다. 마차가 세 대쯤 나란히 지나가도 충분할 만큼 넓은 다리였다.

다리 한가운데 도착했을 때는 마침 강물이 해를 적시기 직전이었다. 도시는 온통 붉게 물들었고, 수면이 황금빛으로 타들어갔다.

시원한 강바람에 머리카락이 흩날렸다. 마르시아는 자신의 금발을 귀 뒤로 넘기며 무심코 파비안을 쳐다보았다.

파비안은 석양이 아니라 그녀를 바라보고 있었다. 정확히는 석양에

물든 그녀의 얼굴을. 그의 눈에는 이제 곧 강바닥으로 처박힐 태양보다 그녀의 금발이 더욱 환하게 빛나 보였다.

"파비안?"

그의 이름을 부르는 저 붉은 입술. 의아함이 떠오른 초록 눈동자에 붉은 태양 빛이 스며들어 있었다.

파비안의 목울대가 움직였다.

"아……."

파비안의 시선이 제 입술에 머무른 것을 깨달은 마르시아의 가슴이 철렁 내려앉았다. 두 뺨에 따끈하게 열이 올랐다. 마르시아는 당황하며 시선을 돌렸다.

마침 반대쪽 강둑에 서 있는 커다란 건물이 눈에 들어왔다. 시계탑이었다. 그녀가 시계탑을 가리키며 아무 말이나 던졌다.

"여기서 보는 경치도 이렇게 좋은데, 저 꼭대기에서 보면 굉장하겠네요."

"그렇겠지요."

파비안은 그녀에게서 눈을 떼지 않고 대답했다.

"혹 가보셨나요?"

"……글쎄요. 보통 외부인은 시계탑 안에 들어갈 수 없습니다."

"아…… 그렇군요."

마르시아는 어딘가 아쉬운 표정이었다. 하지만 그보다 더 아쉬운 것은 파비안이었다. 그는 마르시아가 지금 당장 타운하우스로 돌아가자고 할까 봐 애가 닳았다.

딱 십 분만 더 같이 있고 싶었다. 아무 말도 하지 않아도 상관없었다. 그저 옆에서 함께 걷기만 해도 좋았다. 저택에서는 각자의 공간이 따로 있어 그녀는 언제나 도망쳐 버렸지만, 지금 이곳에선 그럴 수 없지 않은가.

파비안은 침착을 가장한 목소리로 말했다.

"들어갈 수는 없지만, 시계탑 근처까지 가보는 것도 나쁘지 않지요. 저기까지 걸어갔다가 돌아갈까요?"

"좋은 생각이에요."

사실 아쉬운 것은 마르시아도 마찬가지였다. 해는 움직이는 게 눈에 보일 정도로 빨리 떨어졌다. 벌써 돌아갈 시간이라니. 그렇다고 이제 와 오페라에 갈 생각도 없었고, 데이트를 연장할 생각도 없었다.

'하지만 조금쯤 더 걷는 것 정도야 괜찮겠지. 그냥 함께 걷는 것뿐이니까.'

그들은 아주 천천히 걸었다. 서로 말은 하지 않았지만, 함께 걷는 시간이 줄어드는 것이 너무나 아쉬웠다.

반대편 둑에는 드문드문 가로등이 밝혀져 있었다. 그래도 해가 떨어지자 제법 어두워졌다.

그렇게 말없이 다리를 거의 다 건넜을 때였다.

"......?"

마르시아가 이상한 느낌에 고개를 들고 주위를 둘러보았다.

'뭔가 들은 것 같았는데.'

하지만 딱히 눈에 띄는 것은 없었다. 사람들이 드문드문 평화롭게 걷고 있을 뿐이었다.

'잘못 들었나 보네.'

그렇게 생각했을 때였다. 경호하느라 몇 발짝 뒤에서 따라오던 제이크가 어느새 그들 앞에 나타났다. 그는 딱딱한 표정으로 두 사람에게 나직하게 속삭였다.

"이제 그만 돌아가시는 게 좋겠습니다."

파비안의 눈빛이 날카롭게 바뀌었다. 그는 실크해트를 고쳐 쓰는 척하며 눈동자를 굴려 주변을 둘러보았다. 마르시아도 고개를 끄덕였다. 안 그래도 어딘가 찜찜하던 차였다.

그들이 막 발걸음을 돌리려던 찰나였다.

탕!

강변에 총성이 메아리쳤다.

"윽……."

파비안의 앞에 서 있던 제이크의 얼굴이 일순 고통으로 일그러졌다. 그러나 그것도 잠시, 그는 품에서 총을 꺼내며 외쳤다.

"피하십시오! 지금 당장!"

마르시아가 비명이 터져 나오려는 입을 제 손으로 막았다. 파비안이 이를 지그시 사리물며 뒤를 흘끗 돌아보았다.

그들은 이미 다리를 다 건너왔다. 이제 와 되돌아가기에는 늦었다. 마차는 다리 건너편에 있었고, 넓은 다리 위는 지나치게 노출되어 숨을 만한 곳이 전혀 없었다.

파비안은 마르시아의 어깨를 한 팔로 끌어당겨 안으며 총소리가 들린 반대쪽으로 달렸다. 뒤이어 총격음이 한 발 더 터져 나왔다. 총알은 파비안의 옷자락에 구멍을 내고 지나가 다리의 돌난간에 박혔다.

"파비안!"

마르시아가 소스라쳤다.

"빗나갔습니다."

파비안은 자기 몸으로 마르시아를 가리며 침착하게 말했다.

뒤늦게 상황을 깨달은 사람들이 비명을 지르며 사방으로 달아났다.

"지금입니다. 저쪽으로!"

제이크가 혼란을 틈타 그들 곁으로 달려와 숨을 곳을 찾아 방향을 알려주었다. 파비안과 마르시아가 온 힘을 다해 달렸고, 제이크가 그 뒤를 따라 달리며 뒤쪽을 향해 총을 두세 발 쏘았다.

앞쪽은 좁다란 골목길이었다. 건물 사이의 그늘로 숨어든 순간, 기다렸다는 듯이 길 끝에서 얼굴을 가린 괴한이 나타났다.

"죽어라!"

그러나 괴한보다 파비안이 빨랐다. 품속에서 번개처럼 빠져나온 그의 리볼버가 불을 뿜었다.

괴한이 총을 떨어뜨리며 그 자리에 쓰러졌다. 제이크가 뒤쪽을 살피는 사이 파비안이 괴한의 멱살을 잡고 두건을 벗겼다.

"누가 보냈나?"

괴한은 대답하지 않았다. 그러나 그의 마음속에 떠오른 이름을 마르시아가 들었다.

'도미닉!'

몇 번이고 파비안을 해치려 했던 그의 숙부가 이번에는 물량 공세를 퍼부은 것이었다.

파비안이 대답 없이 그를 노려보는 괴한을 내려다보며 비웃었다. 이 정도로 그를 몰아붙일 사람은 어차피 단 한 명뿐이었다.

"내 숙부님이시겠지. 말하지 않아도 뻔해."

파비안의 말에 괴한의 안색이 변했다.

그 순간 괴한이 마음속으로 저주의 말을 내뱉으며 이를 꽉 물었다.

만약을 위해 준비했던 독약을 깨물어 삼킨 것이었다. 괴한의 입에서 핏줄기가 흐르고, 그의 고개가 이내 한쪽으로 떨어졌다.

소리 없는 단말마가 해일처럼 마르시아를 덮쳤다.

"헉……"

그녀는 충격으로 비틀거렸다.

"마르시아!"

파비안이 재빨리 달려와 쓰러지지 않도록 그녀를 붙들었다. 마르시아는 창백한 얼굴로 파비안의 가슴에 매달렸다.

'지금 기절하면 안 돼!'

손발이 벌벌 떨리고 눈앞이 새카매졌지만 그녀는 이를 악물고 죽음의 소리를 버텨냈다.

파비안이 제 옷깃을 꼭 쥔 마르시아를 내려다보았다. 눈앞에서 사람이 죽었으니 충격을 받는 것도 당연했다. 그녀를 마주 안고 등을 쓸어주며 진정시키고 싶었지만, 그럴 틈이 없었다.

파비안은 대신 그녀를 번쩍 안아 들었다.

"눈 감고 그냥 저를 꼭 잡으십시오."

그는 마르시아를 안은 채 적의 시체를 뛰어넘어 달렸다.

"다, 달릴 수 있, 어요."

마르시아가 덜덜 떨며 말했다. 이가 딱딱 부딪칠 지경이었다. 파비안은 대답 없이 그녀를 더 꼭 붙잡아 안았다.

뒤쪽을 엄호하며 달려온 제이크가 외쳤다.

"아직 몇 명 더 있는 것 같습니다!"

파비안이 흘끗 그를 돌아보며 낮게 말했다.

"시계탑으로 간다."

시계탑까지는 그리 멀지 않았다. 제이크가 시계탑을 흘끔 쳐다보며 말했다.

"제가 길을 뚫겠습니다."

그가 순식간에 빈 탄창을 채우고 시계탑을 향해 앞장섰다. 파비안이 마르시아를 안고 그 뒤를 따랐다.

'마음의 소리가……!'

마르시아가 그녀만이 들을 수 있는 작은 소리를 듣고 고개를 번쩍 들었다. 평소였다면 마음의 소리가 들려온 방향을 정확히 알기 어려웠겠지만, 지금 그녀는 오감이 예민해져 있었다.

"가로등 옆 왼쪽 골목에 수상한 자가!"

제이크의 총구가 바로 그쪽으로 향했다.

-빌어먹을, 어떻게 알았지!

숨어 있던 자가 위치를 들키자 곧바로 제이크에게 덤벼들었다. 제이크가 망설임 없이 방아쇠를 당겼다.

탕!

여지없이 죽음의 소리가 터져 나왔다.

마르시아는 피가 날 정도로 입술을 깨물며 파비안의 어깨를 움켜쥐었다.

'정신 차려. 여기서 기절하면 안 돼.'

그녀는 필사적으로 되뇌었다.

'파비안이…… 잘못될지도 몰라. 지금이야말로 마음의 소리를 잘 들어야 해.'

마르시아는 경련에 가까울 정도로 몸을 심하게 떨었지만 가까스로 기절하지 않고 죽음의 소리를 견뎌냈다. 파비안이 죽을지도 모른다고 생각하니 생판 모르는 자의, 아니, 파비안을 죽이려 한 자들의 죽음은 아무것도 아니었다.

'그저 끔찍한 소리일 뿐이야. 그냥 개가 짖는 소리 같은 거야. 정신 차려, 마르시아.'

그 순간 희미한 마음의 소리가 하나 더 들렸다.

"파비안! 뒤쪽이에요!"

마르시아가 쥐어짜듯 파비안의 귀에 대고 외치자, 그가 순식간에 골목에 쌓인 나무통 뒤로 몸을 숨겼다.

파비안은 마르시아를 안쪽에 내려놓고 나무통에 몸을 붙인 채 조심스레 뒤쪽을 살폈다. 사람 그림자 하나가 재빨리 건물 뒤로 숨는 게 눈에 들어왔다.

'……도대체 어떻게 안 거지?'

파비안은 마르시아를 흘끔 쳐다보았다. 그녀의 얼굴에 핏기라고는 하나도 없었다. 이마에는 식은땀이 송골송골 맺혀 기절하기 직전인 것처럼 보였다.

"조금만 참아요."

파비안이 나직하게 말하면서 동시에 방아쇠를 당겼다.

"으악!"

총을 맞은 자에게서 비명이 터져 나왔으나, 죽지는 않았다. 어깨에 총을 맞은 괴한이 총을 바닥에 떨어뜨렸다.

그 순간을 놓치지 않고 제이크가 번개처럼 달려가 그를 끝장내 버렸다. 그리고 그 뒤를 따라오던 다른 놈까지 순식간에 해치웠다.

"아, 아아……."

마르시아가 신음을 흘리며 양손으로 귀를 막았다. 그런다고 안 들릴 소리가 아니었지만, 뭐라도 하지 않고는 버틸 수가 없었다. 한계였다.

"마르시아, 조금만 버텨요. 곧 시계탑이니까."

파비안이 그녀를 다시 번쩍 안아 들었다.

'시계탑 안으로 들어갈 수 없다고 했으면서…….'

그의 품에서 힘없이 흔들리면서 마르시아가 생각했다.

시계탑은 담장으로 둘러싸여 있었다. 제이크가 담장을 넘어 들어가 살그머니 뒷문을 열었다. 그 틈으로 마르시아를 안은 파비안이 재빨리 숨어들었다.

시계탑 뒤쪽에는 사람 손이 타지 않은 듯 방치된 정원이 있었다. 파비안은 마르시아를 조심스럽게 내려준 다음, 허리를 숙여 탑 근처의 가시덤불 아래로 들어갔다.

그는 가시덤불 바로 뒤쪽의 벽돌을 어깨로 눌러 밀었다. 그러자 벽돌이 밀리면서 성인 한 명이 겨우 드나들 수 있는 틈이 생겼다.

"안으로 들어가요, 어서!"

마르시아가 제일 먼저, 그다음으로 제이크가 안으로 들어갔다. 마지막으로 들어온 파비안은 주변을 살펴 아무도 없는 것을 확인하고 재빨리 벽돌을 원위치로 돌려놓았다.

파비안은 탑 안쪽을 가로질러 가서 출입문에 빗장을 단단하게 걸었다. 그리고 익숙한 손놀림으로 입구 옆에 걸려 있던 램프의 불을 켰다.

"괜찮아요? 다친 곳은 없습니까?"

파비안이 걱정스러운 표정으로 얼른 마르시아에게 다가왔다.

"전 괜찮아요. 다친 곳은 없는 것 같아요. 그보다 제이크가……."

마르시아가 벽에 기대앉아 숨을 고르는 제이크를 돌아보았다.

"후우……. 어깨를 조금 스쳤을 뿐입니다."

제이크가 상의 주머니에서 작은 상자를 꺼냈다. 안에는 붕대와 소독약 등 응급 약이 조금 들어 있었다.

"도와주지."

파비안이 능숙한 손길로 응급처치를 했다. 그가 제이크의 상처를 돌보는 동안, 마르시아는 조마조마한 심정으로 귀를 기울였다.

얼마 지나지 않아 바깥에서 마음의 소리가 들려왔다. 몇 명인가가 욕설을 내뱉으며 그들을 찾아 헤매고 있었다.

-제길, 도대체 어디에 숨은 거야. 여자를 달고 있었으니 멀리 못 갔을 텐데.

마르시아는 숨을 죽였다. 다행히 그 소리는 잠시 후 점차 멀어져 갔다. 그들이 시계탑에 숨은 것을 전혀 눈치채지 못한 게 틀림없었다.

마침내 마음의 소리가 아예 들리지 않게 되자, 신경 줄을 죄던 날선 긴장이 탁 풀렸다.

'이제 안전하다고 말해줄 수 있으면 좋을 텐데.'

그녀는 입을 다물고 파비안이 제이크의 팔에 붕대를 단단하게 감는 것을 가만히 지켜보았다. 응급처치가 무사히 끝나자 제이크가 길게 한숨을 내쉬었다.

"아무도 크게 다치지 않아서 다행이군요."

파비안이 눈살을 찌푸렸다. 다친 사람이 할 말이 아니었으니까. 그나마 어깨의 스친 상처 하나로 끝난 것이 다행이었다.

"이번엔 제법 많이 보냈군. 숙부가 어지간히 궁지에 몰린 모양이야."

마르시아가 입술을 깨물었다. 국왕을 무사히 알현했으니 이제 그들의 결혼을 함부로 취소시킬 수 없게 되었고, 왕세자의 무도회에 주빈으로 참석했으니 왕가의 비호까지 등에 업은 것으로 보였을 터였다. 그렇다고 이렇게 대담하게 나올 줄이야.

제이크가 눈살을 찌푸리며 말했다.

"이렇게 총소리가 많이 났는데 경관이 오지 않았습니다. 미리 매수했든지, 다른 쪽으로 시선을 돌려놓은 겁니다."

"지금 나가면 위험하겠군. 일단 날이 밝을 때까지는 여기 있는 게 좋겠어."

파비안이 마르시아에게 시선을 돌렸다.

"여기 있으면 당분간은 안전할 겁니다. 밤에는 탑 안에 아무도 없으니까요. 탑지기도 퇴근했을 겁니다."

마르시아가 고개를 끄덕였다. 혹시나 그들이 다시 근처로 돌아오더라도 그녀가 먼저 눈치챌 수 있을 것이다.

안정을 찾은 마르시아는 시계탑 안을 천천히 둘러보았다. 생각보다 넓은 공간 중심에는 나선 계단이 끝없이 솟아 있었다.

"미안합니다. 이런 곳에서 밤을 보내게 해서……."

파비안의 목소리가 가라앉았다.

'눈앞에서 사람이 죽는 꼴을 보게 하다니.'

마르시아의 비명과 핏기가 가신 얼굴, 공포에 질려 떨던 그녀가 파비안의 뇌리에 박혀 사라질 생각을 하지 않았다.

후회가 휘몰아쳤다. 산책을 가자며 억지를 부리지만 않았어도. 그냥 꼬마들 계획대로 얌전히 오페라를 보러 가기만 했더라도. 아니, 데이트하려고 고집부릴 게 아니라 아이들을 돌려보낼 때 함께 돌아갔었더라면.

-젠장, 다 내 잘못이야. 마르시아의 안전이 우선인데, 쓸데없이 욕심을 부려서…….

자책하는 파비안의 속마음은 고스란히 마르시아에게 들렸다.

사실, 듣지 않아도 알 수 있었다. 그녀를 바라보는 파비안의 눈빛을 잠시 보기만 해도 무슨 생각을 하는지 다 들리는 것 같았으니까.

거기에 다른 사람을 향한 원망은 조금도 없었다.

마르시아는 짐짓 밝은 목소리를 냈다.

"외부인은 못 들어오는 곳이라더니, 결국 안으로 들어왔네요. 도대체 여기 들어오는 방법은 어떻게 알았어요?"

파비안이 그녀를 물끄러미 쳐다보았다. 그는 작게 한숨을 쉬고는 자기 겉옷을 벗어 마르시아의 어깨에 둘러 주며 대답했다.

"수도에서 아카데미 생활을 하던 시절 우연히 알게 되었습니다. 가끔 마음이 답답할 때 오곤 했었죠."

"몰래 숨어들다니, 말썽꾸러기였네요. 그럼 맨 꼭대기도 가보셨나요?"

파비안은 마르시아의 노력에 장단을 맞춰주기로 했다.

"이거 들켰군요. 네, 가봤습니다."

"어떤가요?"

"비뚤어진 사춘기 소년의 마음을 사로잡을 정도는 됩니다."

"와아."

마르시아가 탄성을 냈다. 그 탄성이 꾸며낸 것으로는 들리지 않아, 파비안은 가볍게 웃고 말았다.

"올라가 보고 싶으십니까?"

"으음…… 궁금하긴 하네요."

사실 시계탑 위의 풍경보다 더 궁금한 것은 따로 있었다.

'비뚤어진 사춘기 소년이라니, 그런 시절이 있었구나.'

사춘기 시절에는 어땠을까. 자기 입으로 비뚤어졌다고 하다니.

'분명히 귀여웠겠지.'

어린 파비안이라니, 상상만 해도 지친 마음이 치유되는 것 같았다. 마르시아가 멋대로 상상하며 히죽 웃었다.

그러자 그걸 오해한 제이크가 말했다.

"그러지 말고 그냥 갔다 오시죠."

"……응?"

"언제 또 시계탑에 와보겠습니까? 아래쪽은 제가 지키고 있을 테니까 두 분께서는 위에 올라갔다가 오십시오."

"아무리 그래도 부상자를 내버려 두고 어딜 가라는 거야. 그럴 거면 그냥 다 같이 가든가."

마르시아가 당황하자, 파비안이 대뜸 말했다.

"크로포드 경은 고소공포증이 있습니다. 여기서 쉬는 게 그도 마음이 편할 겁니다."

"어, 제가…… 그렇죠! 맞습니다. 저는 고소공포증이 있어서 높은 곳은 안 되겠습니다."

"……정말인가요?"

마르시아가 눈을 좁혔다. 제이크가 씩 웃자, 파비안이 거 보란 듯이 마르시아에게 손을 내밀었다.

"계단이 제법 깁니다. 걸을 수 있겠습니까? 힘들다면 제가 안고 가지요."

"걸어서 올라갈 수 있어요."

그녀를 안고 까마득하게 높은 계단을 오르겠다는 말에 마르시아가 화들짝 놀라 고개를 내저었다. 그녀는 파비안의 손을 잡지 않고 일어섰다. 내민 손이 민망할 만도 하건만 파비안은 '그럼' 하며 계단으로 향했다.

시계탑 꼭대기까지 끝없이 이어진 계단을 올라가니, 정말로 아름다운 밤 풍경이 기다리고 있었다.

하늘에는 별이 빛나고, 달빛에 알제트강이 반짝거렸다. 강 너머로 노이만 왕국의 수도가 펼쳐져 있었다. 저 멀리 왕궁도 한눈에 들어올 정도였다. 집집마다 켜진 무수한 불빛이 근사한 도시의 야경을 만들어냈다.

"가슴이 탁 트이는 기분이네요."

마르시아가 기둥에 기대어 싸늘한 밤공기를 깊이 들이마셨다. 마음이 답답할 때 오곤 했다더니, 과연 그럴 만했다.

파비안이 난간에 몸을 기대며 그녀를 물끄러미 바라보다가 입을 열었다.

"마르시아."

"네?"

"제게 숨기는 게 있죠?"

파비안의 붉은 눈동자가 그녀의 눈을 똑바로 쳐다보았다. 이럴 때 그에게 거짓말을 해 봤자라는 걸, 마르시아는 이제 알았다.

"많아요, 숨기는 거. 그럼 안 되나요?"

그녀가 웃으며 농담처럼 되물었지만 파비안은 웃지 않았다.

"그중 하나를 제가 조금 전에 알아낸 것 같은데."

"뭔데요?"

마르시아가 마른침을 삼켰다. 파비안은 눈치가 빠르고 감이 좋았다. 이번엔 또 뭘 들킨 걸까.

"혹시 살기를 느끼는 거 아닙니까?"

"살…… 뭐라고요?"

무슨 판타지 소설도 아니고. 생각지도 못한 말에 그녀는 웃음을 터 뜨릴 뻔했다. 그러자 파비안이 미간을 좁히며 말을 고쳤다.

"살기라고 하니까 어폐가 있군요. 그보다는 누군가를 해하려 하는 자를 알아챈다고 하면 어떨까요. 마치 그 의도를 읽는 것처럼 말입 니다."

마르시아의 심장이 덜컥 내려앉았다. 그녀는 필사적으로 소리 내어 웃었다.

"네? 하하, 무슨 소리예요, 파비안. 그런 사람이 어디 있어요?"

"그렇죠. 저도 처음엔 그렇게 생각했습니다. 말도 안 된다고. 그런 데 당신은 보통 사람이 아니지 않습니까?"

파비안이 난간에 기댄 채 가슴 앞으로 팔짱을 꼈다. 그의 얼굴이 살짝 삐딱하게 기울어졌다.

"당신의 동생은 다이아몬드 눈물을 흘립니다. 하지만 당신의 눈물 은 그냥 보통 눈물이었습니다. 그렇다면 뭔가…… 다른 특수한 체질 을 모친께 물려받았을 수도 있다고 생각하는데요. 어떻습니까?"

놀라웠다. 그의 추측은 거의 정답이었다. 어머니가 마녀였기 때문 일까. 보통 사람이라면 생각도 하지 못할 추측을 하다니. 하필 이런 쪽으로 생각이 유연했다.

마르시아가 미간을 찌푸렸다.

'저 말을 하려고 일부러 제이크를 내버려 두고 여기까지 올라온 거 였구나.'

꼭대기의 경치 같은 건 그저 핑계였던 거야.

"그거 말 되네요. 그런데 전 그냥 보통 사람이 맞아요. 라리사가 어머니를 많이 닮았을 뿐이에요."

어차피 심증일 뿐이었다. 그녀는 무조건 우겼다. 그러자 파비안이 고개를 기울인 채 나지막하게 웃었다.

'참, 내 거짓말은 딱 보면 안다고 했잖아.'

이번에도 마찬가지일까. 마르시아가 어깨를 살짝 움츠렸다.

"처음 거지 소년 때는 우연이라고 생각했습니다. 당신이 주머니를 강조했던 것도, 그 주머니에서 독 묻은 칼이 나온 것도 역시 우연일 수도 있겠다고 생각했죠."

파비안이 팔짱을 풀고 난간에서 몸을 일으켰다. 그는 마르시아에게 바싹 다가섰다.

"식사에 독이 섞였다고 몰래 알려주셨을 땐, 적의 끄나풀이었던 건 아닌가 의심했습니다. 모종의 이유로 적을 배신하고 제게 돌아선 것은 아닐까, 하고."

마르시아가 한 발짝 뒤로 물러섰다. 그녀의 등에 시계탑의 기둥이 닿았다. 그가 손만 뻗으면 그녀는 파비안과 기둥 사이에 갇히고 말 정도로 가까워졌다. 파비안은 그 상태로 창백하게 질린 얼굴의 마르시아를 내려다보았다.

"왜 당신은 자꾸 이런 사건에 말려드는 걸까. 왜 날 죽이려는 사람들 앞에 뛰어들어서 나 대신 공격을 당하는 걸까."

지독하게 가라앉은 목소리로, 파비안이 말했다.

"조금 전에 확신했습니다. 암살자들이 숨어 있는 위치를 어떻게 알았는지, 납득 가능하게 설명해 주신다면 믿어드리지요."

마르시아는 숨도 제대로 쉬지 못하고 그를 올려다보았다.

'그냥 우연히 거기 숨어 있는 게 보였다고 하려고 했는데.'

그런 변명이 통할 것 같지 않았다.

"세상에. 들킬 거라곤 정말 생각도 못 했는데……."

그녀는 이마를 손으로 짚으며 길게 한숨을 내쉬었다. 그리고 체념하듯 털어놓았다.

"그래요. 전 다른 사람들의 생각을 들을 수 있어요. 나쁜 생각에 한해서지만요."

파비안은 전혀 놀란 기색이 아니었다. 마르시아의 말을 의심하지도 않았다.

"……들키지 않게 조심하셔야겠군요."

그의 말에 마르시아가 헛웃음을 지었다.

"지금까지 제 능력을 알아맞힌 건, 아니, 의심하기라도 한 건 파비안, 당신이 처음이에요. 라리사조차 모른다고요."

정말인가. 파비안이 한쪽 눈썹을 밀어 올렸다.

마르시아가 초조하게 말을 이었다.

"오늘 같은 일만 아니었더라면 파비안도 몰랐을 거잖아요. 당신만 비밀로 해주시면 돼요. 비밀로 해주실 거죠?"

파비안은 고개를 끄덕이는 대신, 심각한 얼굴로 되물었다.

"나쁜 생각이면 다 들리는 겁니까?"

"그렇다기보다, 부정적이거나 악의를 품은 생각이 들리는 편이에요. 주로 욕설이 들어갔을 때가 제일 잘 들리고, 저에 대한 험담이라거나……. 뭐, 대충 그렇죠."

마르시아는 풀이 죽어서 대답했다.

'욕설에, 자신에 대한 험담이라니.'

파비안은 듣고도 믿을 수가 없었다. 도대체 언제부터 그런 소리를 들었던 걸까. 부모에게 물려받은 능력이라면, 설마 태어나던 순간부터 였을까.

그녀라면 듣고도 속으로 삭이기만 하고 모른 척해왔겠지. 얼마나 괴로웠을까. 얼마나 힘들었을까.

마르시아는 성년이 된 지 이제 겨우 일 년 남짓 지났을 뿐이었다. 지금까지 도대체 어떻게 버텨낸 걸까.

가슴이 아팠다. 파비안은 당장 그녀를 품에 끌어안고 싶었다. 체온을 나눠주고 이마에 입을 맞추며 힘든 일이 있다면 말해달라고, 다 해결해 주겠다 말하고 싶었다. 당신을 욕한 자들을 전부 눈앞에서 치워 버리겠노라고.

그러나 그는 마르시아를 향해 팔을 뻗다가 흠칫 멈췄다.

'……계약서.'

'마르시아의 몸에 손대지 않을 것'이라는 항목이 사무치게 가슴에 박혔다. 아까처럼 어쩔 수 없는 경우가 아니라면 그녀에게 손대서는 안 됐다. 그렇게 약속했으니까. 계약 위반이라며 마르시아가 이혼장을 들이밀면 그들 사이는 그걸로 끝이었다. 파비안의 표정이 차갑게 굳었다.

마르시아가 그를 물끄러미 올려다보았다.

"제 가장 큰 비밀을 알아버리셨네요. 이제 어쩌실 건가요?"

"……아무것도 하지 않을 겁니다."

그녀의 초록색 눈동자가 흔들렸다. 그는 마음의 소리를 듣지 못하지만 그녀의 눈빛은 읽을 수 있었다. 그녀의 눈에 담긴 것은 혼란과 불신, 그리고 불안이었다.

파비안이 안타까움에 제 가슴을 그러쥐며 쥐어짜듯 말했다.

"마르시아, 제발. 저는 당신의 남편이지 않습니까……."

어쩌다 이렇게 된 걸까. 눈앞에 있는 건 그의 단 하나뿐인 아내인데, 그는 그녀를 안고 위로조차 해줄 수 없었다.

'나는 왜 그딴 계약서를 썼지? 세상에 둘도 없는 멍청이가 아닌가.'

적어도 이혼 증서에 제 손으로 먼저 사인은 하지 말았어야지. 하다못해 자기 입으로 약속을 잘 지킨다는 헛소리라도 하지 말았어야지.

표정으론 드러나지 않았으나 그의 마음은 후회와 자책으로 물들었다.

"아……."

마르시아가 가늘게 신음을 흘렸다. 미간이 안타까움으로 좁아졌다. 그러다 그녀는 입술을 깨물고 시선을 돌리며 얼른 표정을 지우려 했다.

그 순간 파비안은 눈치챘다. 마르시아가 그의 자책하는 마음을 들었다는 것을.

'젠장…….'

맹세코 그녀에게 죄책감을 심어주려던 건 아니었다.

그는 한 손으로 얼굴을 쓸어내렸다. 그리고 천장을 올려다보았다가, 크게 숨을 들이켜고 천천히 내쉬며 다시 마르시아를 쳐다보았다.

그녀가 그에게 실망하지는 않았을지, 한심하다고, 못 믿을 놈이라고 생각하는 것은 아닐지. 그는 안절부절못하며 마르시아의 반응을 살폈다.

'아. 그렇군.'

불현듯 어떤 깨달음이 그를 덮쳐왔다.

언젠가 파비안은 그렇게 생각한 적이 있었다. 계약이든 뭐든, 그와 결혼한 이상 마르시아는 그의 것이라고.

하지만 그게 아니었다.

'그녀가 내 것인 게 아니라, 내가 그녀 것이었어.'

마르시아의 손짓 하나, 눈짓 하나에 그는 일희일비했다. 단언컨대 지금 그녀는 말 한마디로 그를 기쁨에 날뛰게 만들 수도, 절망에 빠져 허우적거리게 만들 수도 있었다.

더 이상 이렇게 지낼 수는 없었다. 계약에 붙들려 감정을 죽이고 그녀를 지척에서 바라보면서도 모른 척하며 살 순 없었다. 계약이 끝나자마자 그를 떠나가게 둘 수도 없었다.

"마르시아."

파비안이 그녀의 이름을 부르자, 마르시아의 눈동자가 그를 바라보았다. 가느다랗게 떨리는 그 눈동자를 마주하자 그는 더 이상 견딜 수 없었다.

그는 천천히 한쪽 무릎을 꿇었다.

"왜, 왜 이러세요."

당황한 마르시아가 그를 일으키려 했다. 희고 가느다란 손이 그의 어깨를 짚었다. 파비안은 제 손을 뻗어 그 손을 가볍게 쥐며 그녀를 올려다보았다.

"더는 제 감정을 속이지 못하겠습니다. 마르시아, 당신을 좋아합니다. 당신이 좋아서, 사랑스러워서 견딜 수가 없습니다."

마르시아가 숨을 들이켰다. 그녀의 얼굴은 새하얗게 질렸다.

'거절인가……'

정말 단순히 계약 관계였을 뿐이었나. 그녀의 마음에 그는 조금도 자리 잡지 못했나.

가슴이 찢어질 것 같았다.

마르시아가 창백한 얼굴로 입을 열었다.

"마, 마음에도 없는 말씀을 하실 거라면……."

그녀의 목소리는 심하게 떨리고 있었다. 파비안은 마르시아의 눈을 바라보면서 그녀의 손끝에 조심스레 입을 맞추었다.

"계약서를 파기하자고는 하지 않겠습니다."

파비안이 억눌린 듯한 소리로 말하더니, 마르시아의 손등에 그의 이마를 가져다 댔다.

"거기 써 있는 말을 전부 지킬 테니, 제발 이혼하자고만 하지 말아 주시면 안 되겠습니까?"

다시 고개를 든 파비안의 표정이 너무 애절해서, 마르시아는 입술을 깨물며 다른 손으로 제 가슴을 부여잡았다.

"부탁입니다, 마르시아. 계약이 끝난 후에도 그냥 제 곁에 있어주십시오. 지금처럼 다른 방을 써도 좋고 한마디도 하지 않아도 좋으니, 떠나지만 말아주세요."

"아, 안 돼요. 그러면 안 돼요."

마르시아가 파비안의 손에서 제 손을 끌어당겨 빼냈다.

"또 '싫어요'가 아니라 '안 돼요'로군요."

파비안이 어딘가 상처받은 듯한 얼굴로 천천히 자리에서 일어섰다.

"왜죠? 그놈의 예지몽 때문입니까?"

"그래요."

마르시아가 균형을 잃고 비틀거리며 외쳤다.

"당신은 라리사를 괴롭힌 자들을 다 없애 버려야 하니까요! 그리고 라리사와 결혼해서 영원히 행복하게……."

여기는 동화책 속이니까. 그리고 당신은 라리사의 왕자님이니까.

'그게 아니라면 지금까지 내가 저지른 일은 다 뭐가 되는 건데?'

파비안이 팔을 뻗어 마르시아가 쓰러지지 않도록 단단히 받쳤다.

"아뇨, 그 예지몽은 이미 깨어졌습니다."

"네?"

"라리사는 더 이상 불행하지 않습니다. 그 아이를 구해낸 건 로랑 대공이 아니라 마르시아, 당신입니다. 전 결단코 당신을 죽이지 않을 테고, 이고르는 제가 손대지 않고도 자멸했어요."

마르시아의 눈이 커졌다.

"정말 손대지 않으셨나요?"

"맹세하지요."

마르시아가 그를 뚫어져라 쳐다보았다. 파비안의 눈빛은 그것이 진실이라고 말하고 있었다.

동화책대로라면 라리사를 학대한 이고르를 그가 죽였어야 했다. 그러나 파비안은 이고르를 내버려두었다. 이고르가 자업자득으로 죽긴 했으나, 그것은 그의 운일 뿐. 원작과는 일치하지 않았다.

마르시아가 지금껏 철석같이 믿어 왔던 원작이 계속 어긋나고 있었다.

마르시아의 시선이 흔들렸다. 그러자 파비안은 상체를 가볍게 숙여 그녀가 자신의 눈을 볼 수 있도록 했다.

"마르시아. 설사 우리가 이혼한다 하더라도 제가 라리사에게 프러 포즈하면 과연 그 아이가 받아줄까요? 정말로 라리사가 절 사랑할 것 같습니까?"

'그래야 해. 원래 그래야 했다고. 그렇지 않으면……'

그렇게 필사적으로 생각했지만, 마르시아의 마음 깊은 곳에서 불안과 의심 또한 솟아났다.

파비안의 말이 맞았다.

'지금도 봐, 파비안과 날 데이트 시키겠다고 이렇게까지 한걸.'

하지만 그러면 원작 동화는? 라리사의 행복은?

'그리고 내 미래는⋯⋯.'

마르시아는 두려웠다. 혹시 그녀가, 원작에선 없었던 자신의 존재가 라리사가 가져야 할 행복을 빼앗은 건 아닌지.

그도 그럴 게, 파비안은 이렇게나 좋은 사람이었다. 그의 관심이, 친절이, 애정이 사실은 라리사에게 향했어야 했는데. 그걸 빼앗아 버린 거라면⋯⋯.

마르시아가 다시 시선을 피하자, 파비안은 그녀의 코앞으로 바짝 얼굴을 들이밀었다. 그의 눈에서 지옥 같은 불길이 타올랐다.

"그러면 제 마음은, 이 찢어질 것만 같이 괴로운 마음은 어디로 가는 겁니까? 전 당신이 아니면 안 됩니다."

그 말이, 그녀가 아니면 안 된다는 말이 마르시아의 심장 깊은 곳을 찔렀다. 그녀는 두 손으로 얼굴을 가렸다. 그리고 절망적으로 털어놓았다.

"나, 나도 당신이 좋아요. 실은 파비안 당신이 좋아서 미칠 것 같다고요."

파비안의 머릿속에서 거대한 종이 울렸다. 믿을 수가 없었다.

"이게 다 당신 탓이에요. 왜 그렇게 잘나서 나까지 당신을 사랑하게 만들어요? 계약이나 잘 지키고 이혼한 다음 라리사랑 둘이서 행복하게 살면 될걸!"

아무 말이나 마구 내뱉는 마르시아의 목소리가 심하게 떨리고 있었다.

파비안은 그녀의 두 손을 조심스레 잡아 끌어내렸다. 그녀는 저항하지 않고 그가 하는 대로 내버려 두었다.

"제 눈을 보세요."

파비안의 말에 마르시아가 흐려진 눈으로 고개를 들었다.

"지금처럼 셋이서 행복하게 잘 살면 돼요. 처음 라리사가 입을 연 날, 기억하십니까? 말을 하게 된 기념으로 제가 선물을 주고 싶다고 했었죠."

기억한다. 잊을 수 있을 리가 없었다.

갖고 싶은 것은 아무것도 없다며, 라리사가 말했다.

"지금 이대로도 너무나 행복한걸요."

마르시아의 눈에 눈물이 차올랐다.

파비안이 나직하게 말을 이었다.

"라리사가 성년이 되었다고 제가 그 아이를 내쫓을 사람처럼 보이십니까? 말했죠, 라리사는 이미 제 가족이나 마찬가지라고요."

"아……."

"라리사의 행복이 결혼에 달려 있다고 생각하는 건 아니겠지요. 라리사는 그런 아이가 아니지 않습니까. 당신도 그런 사람이 아니고요."

마르시아가 눈을 감았다. 가득 고였던 눈물이 뺨을 타고 흘러내렸다.

"하지만 당신은 라리사와 결혼할 운명이었는데……."

파비안이 엄지손가락으로 천천히 그녀의 눈물을 닦아내며 속삭였다.

"삶의 수많은 가능성 중에서 결과로 나타난 것만을 운명이라고 부르는 겁니다. 미래에 무슨 일이 있을지 미리 재단해서 운명이라는 말로 가두어 버리면 되레 거기에 갇혀 버리고 말겠죠."

파비안의 말에, 천천히 깨달음이 왔다. 마르시아가 조그맣게 읊조렸다.

"당신 말처럼…… 저는 갇혀 있었던 거군요."

원작의 엔딩에. 멋대로 운명이라고 짐작했던 전개에 갇혀 있었다.

처음부터 그녀 자신은 죽을 운명에서 벗어나리라고 결심했으면서도, 라리사와 파비안은 그 운명에 가둬두어야 한다고 굳게 믿었다.

그녀는 모순덩어리였다.

눈물이 멈추지 않았다.

"마르시아."

그녀를 부르는 목소리에 마르시아는 눈을 떴다. 눈앞에 그녀가 사랑하는 남자가 있었다. 파비안의 두 눈동자에 그녀의 모습이 비치고 있었다.

"파비안……."

떨리는 목소리로 그의 이름을 부르자, 파비안이 나직하게 말했다.

"제가 지금 아주 나쁜 마음을 먹었는데, 들리십니까?"

마르시아가 무심코 의아한 표정으로 귀를 기울였다. 그에게선 아무 소리도 들려오지 않았다. 그녀는 작게 고개를 저었다.

"안 들려요. 아무것도."

눈물을 닦아주던 그의 손이 부드럽게 뺨을 감싸 쥐었다.

"지금 계약서를 위반하려는데, 안 들립니까?"

"안 들려요."

어느새 그들은 서로의 숨결이 느껴질 만큼 가까운 거리에서 서로의 눈동자를 바라보고 있었다. 그들은 서로의 눈동자가 보석처럼 아름답다고 생각했다.

"당신에게 키스하고 싶은데."

파비안의 목소리가 가슴에 번지듯 울렸다. 마르시아가 속삭이듯 대답했다.

"안 들리는 걸 보니 나쁜 마음이 아닌가 봐요."

파비안의 고개가 가볍게 기울어졌다. 이내 그녀의 입술에 따스하고 부드러운 감각이 와 닿았다.

첫 입맞춤은 짧았다. 그러나 너무나도 달콤해, 그녀가 지금까지 쌓아 올렸던 견고한 마음의 벽을 순식간에 무너뜨렸다. 두 사람의 시선이 다시 마주친 순간, 그들은 더 이상 망설이지 않았다.

한참 뒤에야 격정적인 키스가 끝나고 두 사람의 입술이 떨어졌다. 파비안의 품에 안겨 숨을 몰아쉬던 마르시아의 손에 무언가 딱딱한 것이 닿았다.

"……?"

그녀가 무심코 파비안의 가슴팍을 더듬자, 파비안이 '아', 하며 상의 주머니에서 작은 상자를 꺼냈다. 그는 새삼스럽게 얼굴을 붉히며 말했다.

"작은 선물입니다. 기회를 봐서 드리려고 가져왔는데……."

뭘까, 선물이라니.

마르시아가 상자를 받아 열자, 안에는 목걸이가 들어 있었다. 그녀의 눈동자 색과 꼭 같은 초록빛의 에메랄드 목걸이였다.

"와, 예뻐요⋯⋯."

마르시아가 감탄하자, 파비안이 조심스레 물었다.

"제가 걸어드려도 되겠습니까?"

"네. 고마워요."

마르시아가 그녀의 금발을 한데 모아 쥐자 희고 가녀린 목덜미가 드러났다. 파비안은 잠시 멈칫했으나, 이내 서투른 손길로 그녀의 목에 목걸이를 걸어주었다.

"어때요?"

마르시아가 고개를 살짝 기울이며 물었다.

예상대로였다. 파비안은 심장이 터질 것처럼 뛰는 것을 느끼며 미소 지었다.

"아름답습니다."

그의 시선은 마르시아에게서 떨어질 줄을 몰랐다.

"세상이 원래 이렇게 아름다웠나?"

침대에서 벌떡 일어난 나는 초여름 오후의 강렬한 햇빛에 대고 외쳤다. 그리고 헤실헤실 웃으며 창밖을 내다보았다. 타운하우스의 정원이, 구름 하나 없는 쨍한 하늘이, 눈에 들어오는 모든 것이 죄다 반짝거리는 것 같았다.

심지어 거울에 비친, 눈이 퉁퉁 부은 내 얼굴까지도.

나는 화장대 위에 얌전히 놓인 에메랄드 목걸이를 조심스레 쓰다듬으며 중얼거렸다.

"꿈이 아니었어."

좋아하는 사람이 생겼는데 그 사람도 날 사랑한대! 어머, 그런데 우린 이미 결혼한 사이네!

"꺄."

나는 침대에 몸을 던져 베개를 끌어안고 데굴데굴 굴렀다.

잠시 그렇게 주접을 떨고 나니 점차 흥분이 가라앉으며 어젯밤, 아니, 오늘 아침의 기억이 떠올랐다.

우리는 시계탑에서 밤새 머무르다가 아침 해가 뜨자마자 빠져나왔다. 그리고 무사히 타운하우스로 되돌아왔다.

이른 아침이라 라리사는 자고 있을 시간이었다. 하지만 침실에 가니 이미 일어나 나를 기다리고 있었다.

"혹시 자고 있을 때 언니가 돌아오면 꼭 깨워달라고 했었거든요!"

라리사의 두 눈이 아주 초롱초롱했다.

"데이트한 거예요? 밤새? 둘이서?"

"잠깐, 라리사. 네가 생각하는 그런 거 아냐."

내가 당황해서 손을 내저으며 부정하자 라리사가 고개를 갸웃하며 물었다.

"제가 생각하는 거요?"

아차, 무슨 생각을 하는 거야, 마르시아. 라리사는 아직 어린애라고.

나는 어젯밤에 있었던 일을 떠올리지 않으려고 필사적으로 노력하며 딱딱하게 말했다.

"음…… 결과적으론 잘됐어. 그동안 고민하던 문제가 해결됐거든."

"아, 그럼 둘이 화해했어요? 그러니까 어제 데이트는 성공이었단 말이네요?”

“그게 그렇게 되나…….”

“와아!”

라리사가 기쁜지 팔짝 뛰며 내 품에 안겨들었다.

“에이미 말이 맞았어요. 서로 좋아하니까 데이트할 기회를 마련해 주면 알아서 화해할 거랬는데.”

나는 라리사의 동그란 뒤통수를 쓰다듬어 주다가 흠칫 놀랐다.

“그…… 그러니까 전부터 알고 있었구나. 서로 좋아한다는 거…….”

“그럼요. 오래전부터.”

“……난 몰랐는데.”

하긴, 라리사에겐 마음의 소리가 다 들렸겠구나.

몰랐다는 내 말에 라리사가 고개를 들더니 동그란 눈을 깜빡거리며 말했다.

“정말요? 하지만 다른 사람들은 전부 다 알고 있었는데요.”

“…….”

“보좌관님도 시간이 해결해 줄 테니 내버려 두라고 하셨고, 소피아와 데이지도 원래 첫사랑은 좀 어설픈 법이라고 했고, 또…….”

으아, 그만해, 라리사. 나 혼자만 눈이 멀었던 건 잘 알겠으니까.

민망함과 부끄러움에 절로 몸이 배배 꼬였다.

“무사히 화해해서 얼마나 기쁜지 몰라요!”

무사했던 건 아니지만.

게다가 막상 이렇게 라리사의 얼굴을 보니 괜한 죄책감이 드는 건 어쩔 수 없었다.

로랑 대공가에 온 이유를 라리사에게 말해줄 때, 오래전에 꾼 예지몽 때문이라는 핑계를 댔었다. 때문에 라리사는 내 계획을 정확히 알지 못했다. 서로의 목적을 위해 결혼했다가 이혼할 생각이라는 데까지는 말했지만, 그 뒤에 어떻게 할 계획이라는 건 말해준 적이 없으니까.

'영원히 모르는 편이 낫겠지. 라리사를 위해서도.'

나는 속으로 사과하며 라리사를 꼭 끌어안았다.

"으앙, 라리사!"

사랑해, 내 동생. 우리 예쁜 라리사.

그러자 라리사가 나를 마주 끌어안으며 조그맣게 속삭였다.

"나도요……."

품 안이 따스했다. 행복해서 녹아내릴 것 같았다.

"조금이라도 힘들거나 어려운 일이 생기면 언니한테 꼭 말해야 해. 네가 행복하게 지내는 게 내겐 정말 중요하니까."

진실을 숨기기로 한 내가 할 수 있는 말은 고작 이런 것뿐이었다. 라리사는 내 품에 안긴 채 고개를 작게 끄덕였다.

"마르시아 언니도 고민거리가 생기면 말해줘야 해요. 이번처럼 마음속에 숨겨두지 말고요."

"……응."

"해결해 주겠다고 장담은 못 하지만, 같이 고민할 테니까요."

그 말에 나는 웃음을 터뜨렸다. 그러자 라리사도 고개를 들고 해맑게 웃었다.

"그래, 고마워."

나는 라리사의 머리를 쓰다듬어 주었다.

"그럼 언니는 좀 자야겠어……."

안심이 되자 급격하게 피로가 몰려왔다. 그렇게 나는 침대로 몸을 던졌고, 순식간에 잠에 빠져들어 오후가 다 돼서야 일어난 것이었다.

'일단 세수부터 하고 내려가서 뭘 좀 먹어야겠어.'

나는 씻고 옷을 갈아입은 후 아래층으로 향했다. 그런데 계단을 내려가자 말소리가 들려왔다.

"그렇게 다리 위에서 석양을 구경하던 중에 네 언니가 물었지. 저 건너편에 시계탑이 있는데, 그 위에서 보는 풍경이 어떠하냐고."

"그래서요?"

파비안이 라리사에게 어젯밤에 무슨 일이 있었는지 설명해 주고 있었다.

"원래 시계탑은 아무나 들어갈 수 있는 곳이 아니지만, 나는 사실 몰래 들어갈 방법을 알고 있었어."

"정말요? 어떻게 알았어요?"

"어린 시절엔 말썽꾸러기였거든."

"대공님이요?"

"그래. 이런 건 본받지 마라. 하여튼 그렇게 마르시아와 함께 시계탑에 올라갔단다. 꼭대기에서 보는 밤 풍경이 정말 아름다웠지."

그는 암살자에게 쫓긴 부분을 뭉텅 잘라내 버렸다.

"그렇게 둘이서 나란히 밤 풍경을 구경하다가 누가 먼저랄 것도 없이 화해했단다. 마음이 풀어져서 그대로 탑 꼭대기에서 잠들고 말았지."

듣다 보니 어젯밤 일이 생각나 가슴이 간질거렸다.

그나저나, 파비안이 저렇게 수다스럽다니.

파비안이 내 거짓말은 티가 난다고 했지만, 나도 이젠 파비안이 거짓말할 때를 알 수 있었다. 그는 다른 사람을 속여 넘기려 할 때 말이 길어지니까. 진짜 하고 싶은 말은 단도직입적으로 확 찔러 들어가고 말이야.

지금도 라리사에게 어젯밤 집에 들어올 수 없었던 진짜 이유를 숨기려다 보니 말이 길어지고 있잖아. 물론 암살자 얘길 빼는 건 나도 찬성이지만.

쓴웃음을 짓는데, 파비안의 말이 이어졌다.

"어제 너희의 계획은 아주 훌륭했어. 하지만 다음부터는 내게 미리 말해주렴. 그런 일이라면 언제나 적극적으로 협력하지. 마르시아에게만 비밀로 하면 돼."

"그럴게요!"

아니, 뭐라고? 이 이상 가만히 듣고 있으면 안 되겠다 싶어 나는 얼른 거실로 들어갔다.

"무슨 얘기를 그렇게들 재밌게 해요?"

파비안과 라리사는 불이 켜지지 않은 벽난로 앞에 나란히 앉아 발걸이 의자에 발까지 올리고 수다를 떨고 있었다.

"마르시아 언니! 일어났어요?"

라리사가 쪼르르 달려오며 나를 반겼다. 꼭 안아준 다음 머리를 쓰다듬고 고개를 들어보니, 파비안도 자리에서 일어서서 이쪽을 쳐다보고 있었다.

내가 밀린 잠을 자는 사이 파비안은 목욕을 한 모양이었다. 그의 얼굴에 피곤한 기색은 보이지 않았고, 대신 검은 머리카락이 살짝 젖어 있었다. 늘 단정한 그가 웬일로 셔츠 단추도 두어 개 풀고 있었다.

나는 얼굴을 살짝 붉히며 시선을 돌렸다.

'으아, 저 사람이 날 좋아한다고 생각하니까 평소처럼 말을 못 꺼내겠어!'

게다가 차림새는 왜 저렇게 유혹적인 거야. 아니, 내가 지금 라리사 앞에서 무슨 생각을 하는 거람.

먼저 말을 건 것은 파비안이었다.

"좀 쉬셨습니까?"

"어…… 네, 네. 자고 나니까 정신이 드네요."

아직 좀 덜 든 것 같긴 하지만.

그때 라리사가 내 품에서 벗어나며 말했다.

"데이지에게 애프터눈 티와 다과를 좀 가져다달라고 할게요!"

그러더니 몸을 휙 돌려 달려 나가 버렸다.

"아, 라리사."

안 나가도 되는데. 그냥 여기 있어주지! 단둘이 있으려니 어색하단 말이야…….

엉거주춤 서 있으려니, 파비안이 긴 의자 위에 놓인 쿠션을 적당히 정리해 내가 앉을 자리를 마련해 주었다. 내가 의자에 엉덩이를 붙이자, 파비안이 옆자리에 앉았다.

파비안에게서 면도용 비누와 목욕 향유의 냄새가 은은하게 풍겼다. 자꾸 열린 셔츠 사이로 시선이 향할 것만 같아 나는 괜히 손가락을 꼼지락거렸다.

파비안이 먼저 내게 말을 걸었다.

"오늘은 뭘 하실 예정입니까?"

"아, 저녁에 무도회가 있어요. 저…… 혹시 같이 가주시겠어요?"

"무도회에요?"

"네. 같이 가주세요. 춤도 추고요. 이런 말 하기 좀 그렇지만, 파비안만 한 댄스 파트너도 없어서요."

파비안의 얼굴이 확 밝아졌다.

"기쁘군요. 그게 정말입니까?"

"진짜예요. 이혼하면 다시는 이런 파트너와 춤출 일이 없겠다고 미리 실망하기까지 한걸요."

내가 솔직하게 털어놓자, 파비안의 입꼬리가 씰룩거렸다. 그게 어쩐지 귀여워서 나는 소리 내어 웃고 말았다.

"그 말이 그렇게 좋아요?"

파비안이 달아오른 얼굴을 한 손으로 쓸어내렸다.

"당신과 춤추는 건 저 혼자뿐이었으면, 하고 수도 없이 바랐거든요."

"……언제부터요?"

"당신이 춤을 가르쳐 준 날부터요."

아. 그 대답에 긴장이 사르르 풀렸다.

그는 춤을 싫어하던 사람이었다. 그런데 어느새 내게 이렇게 물들어 있었다.

'나도 조금씩 파비안의 빛깔에 물들어가겠지.'

우린 서로를 좋아하니까.

나는 천천히 파비안의 어깨에 머리를 기댔다. 파비안의 어깨가 경직되는 것이 느껴졌지만, 그것도 잠시뿐이었다.

우리는 그렇게 서로에게 기대어 앉아 도란도란 이야기를 나누며 오후를 보냈다.

8장

자라지 못한 아이를 위한 레퀴엠

빌레인이 기나긴 유산 상속 절차를 마치고 마침내 금광을 손에 넣은 것은 장례식으로부터 보름이 지나서였다. 금광의 가치는 그가 생각했던 것보다 훨씬 높았다.

그 돈이면 작위를 살 수도 있었다. 수도에 타운하우스를 마련하고 상류층 사교계에 낄 수도 있을 것이다. 그렇게만 된다면…….

'이 오라버니를 우습게 본 동생들의 죄부터 물어야겠지.'

빌레인은 회심의 미소를 지었다.

"그전에 한 판만."

결국 유산을 물려받은 빌레인이 가장 먼저 한 일은 도박판으로 달려가는 것이었다.

보통 도박장에 상주하는 사람은 그놈이 그놈이지만, 그날따라 처음 보는 남자가 하나 있었다. 빌레인은 신중하게 그 남자의 실력을 가늠했다.

'초짜로군.'

가볍게 시작하기에 딱 알맞은 상대였다. 초짜와 같은 테이블에 앉으며 빌레인은 그렇게 생각했다. 그런데 초짜에게 자꾸 운이 붙었다.

'제기랄. 판돈을 적게 올려서 그래. 돈으로 눌러 버리자. 딱 한 판만 더……'

그리고 정신을 차리고 보니 그는 금광 소유권 증서까지 판돈에 때려 박고 말았다.

"이거 참 고맙소, 형씨."

'초짜'는 입이 귀 끝까지 걸려서는 금광 증서를 집어 들고 도박장을 나가려 했다.

"이 자식, 거기 서! 처음부터 날 속인 거지? 그거 내놓지 못해!"

화가 머리끝까지 솟은 빌레인이 덤벼들었지만, 오히려 얻어터진 건 그였다. 기절할 때까지 얻어맞고 깨어나 보니 초짜는 이고르의 유산을 가지고 사라지고 말았다.

그렇게 미치기 딱 일보 직전에, 딱 맞춰 그를 찾는 사람이 있었다. 도미닉이었다.

'로랑 백작에게 매달리면 도와줄지도 몰라.'

빌레인은 도움을 청할 생각으로 도미닉의 부름에 응했다.

"……"

터덜터덜 백작저의 응접실로 들어오는 빌레인을 본 도미닉이 눈살을 찌푸렸다. 빌레인의 눈이 반쯤 풀려 있었던 탓이었다.

"……부친이 세상을 떴다고 들었는데, 많이 힘든가 보군. 그동안 어떻게 지냈나?"

도미닉이 슬쩍 떠보자, 빌레인은 똥 씹은 얼굴로 어떤 못된 놈에게 속아서 유산을 통째로 빼앗겼다는 이야기를 했다.

도미닉은 혀를 한 번 차고 말했다.

"허, 안됐군. 내가 도울 만한 일은 없는가? 그 못된 놈을 찾아줄 수도 있을 텐데 말일세."

"아, 백작님! 정말 감사합니다. 안 그래도……."

"단."

도미닉이 반색하는 빌레인의 말을 가로막았다.

"전에 했던 약속을 먼저 지키면 도와주겠네."

"무슨 약속 말씀이시죠?"

"대공비의 약점을 알고 있다고 했었지? 사람들에게 알려지면 당장 대공비 자리에서 물러서게 될 만한 추문이 있다고 하지 않았나."

빌레인이 흐린 눈을 깜빡였다. 분명 그런 제안을 했었지만 오래전 일인 데다, 그사이 많은 일이 일어나 반쯤 잊고 있었던 것이다.

"그건 없었던 일로 하신 줄 알았는데요. 하도 연락이 없으셔서."

"때를 기다렸을 뿐이야."

도미닉이 강조하듯 말했다.

"자네가 잃은 유산을 되찾도록 도와주지. 대신 대공비의 약점이 뭔지 말하게. 지금 당장, 솔직하게 전부 다 털어놓는 경우에만 도와줄 걸세."

빌레인은 의심스러운 눈초리로 도미닉을 쳐다봤지만, 결국 받아들이는 수밖에 없었다.

"……좋습니다."

그렇게 빌레인은 라리사와 지하실에 얽힌 비밀을 죄다 털어놓았다.

처음에 도미닉은 빌레인의 말을 믿지 않았다.

"허! 말도 안 되는 소리. 솔직히 말해야만 도와주겠다고 하지 않았나? 유산을 되찾고 싶지 않은 모양이지? 하긴, 작위도 없는 한미한 가문의 유산이래 봐야……."

그러자 빌레인이 어이없다는 듯 대꾸했다.

"왜 이러십니까. 제 아버지가 조카분에게 금광을 받은 걸 설마 모르시는 것도 아닐 테고."

물론 도미닉은 금광에 대해 알고 있었다. 모른 척하려던 것을 들켰지만 그는 딱 잡아뗐다.

"그랬나? 그래도 거짓말이나 일삼는 자를 도와줄 마음은 없네."

"거짓말이 아닙니다!"

빌레인이 억울해했다. 그는 주먹을 꽉 쥐었다가 풀더니, 뭔가 생각난 듯 다시 입을 열었다.

"……그렇다면 보여 드리죠. 막내가 눈물 흘리는 걸 말입니다. 그러면 절 믿어주시겠죠?"

도미닉은 빌레인을 뚫어질 듯 지켜보다가 천천히 시가에 불을 붙였다.

"좋아. 그렇다면 기회를 한번 만들어줄 테니, 동생을 데려와 보게."

빌레인은 곰곰이 생각하다가 대답했다.

"백작님의 목적은 결국 마르시아를 끌어내리는 것 아닙니까?"

"그런 셈이지."

"그렇다면 굳이 라리사를 데려올 게 아니라 그냥 사람들 앞에서 눈물을 흘리게 하면 될 텐데요. 그다음에 마르시아가 어릴 때부터 계속 때렸다고 고발하면 끝인데……."

도미닉이 눈살을 찌푸렸다.

"그 여자가 동생을 때렸다는 걸 사람들이 믿겠나? 게다가 두 사람 사이는 아주 좋아 보였단 말일세."

"막내 몸에는 흉터가 많습니다. 그게 증거죠. 제가 직접 증언할 생각은 없지만, 필요하다면 다른 증인도 데려올 수 있습니다."

빌레인은 유모를 대신 재판장에 증인으로 세울 생각이었다. 그러나 도미닉은 고개를 저으며 강하게 말했다.

"일단 내가 개인적으로 확인하는 게 먼저야. 그러니까 내 앞에 데려오게."

"······알겠습니다. 금광을 되찾게 도와주는 거나 잊지 마시죠."

빌레인이 비틀거리며 가고 난 후, 커튼 뒤에서 소리 없이 니코스가 나왔다. 도미닉은 그쪽을 돌아보지도 않은 채 입을 열었다.

"저놈 왜 눈이 저렇게 풀렸나?"

"아마도 약을 한 것 같습니다."

허! 도미닉이 혀를 찼다.

"약쟁이를 어떻게 믿나. 일이 정리되면 적당히 처리하게. 아, 그전에 저 집 유모 먼저 확보해 두고. 아무리 그래도 만일을 위해 증언할 사람이 하나쯤은 있어야 할 테니."

"알겠습니다."

"그래서 금광 소유권 증서는?"

"여기 있습니다."

니코스는 품속에서 돌돌 말린 증서를 꺼내 도미닉에게 내밀었다. 도미닉이 증서를 펼쳐 대강 확인하며 말했다.

"그 도박사가 일을 잘 해주었군. 관에 넣을 때 저승길 노잣돈이나 넉넉히 같이 넣어주게."

"예, 백작님."

도미닉이 시가 연기를 깊이 들이마셨다.

"저놈 말이 진짜라면 드디어 그 여자를 내쫓을 수 있을지도 모르겠
군. 파비안도 물러나고 나면 그 불쌍한 여자애는 갈 곳이 없을 테니,
마음 넓은 새 대공이 돌봐주어야겠어."

그러니까 나 말이지.

시가 연기가 자욱하게 방을 채웠다. 도미닉이 소파에 몸을 깊이 묻
으며 중얼거렸다.

"마녀에 요정이라니, 세상에 인간 아닌 것들이 이렇게 많았군. 참
말세야, 말세."

니코스가 고개를 끄덕이며 동의했다. 그러느라 도미닉과 니코스는
정문을 나가던 빌레인의 눈에서 흐린 빛이 사라지고 발걸음이 흐트러
짐 없이 변한 것을 알지 못했다.

시간은 순식간에 흘러, 수도에 머물기로 한 한 달이 거의 다 지나
갔다.

대공령으로 돌아가기 전, 대공 부부는 라리사와 함께 야유회에 참
석하기로 했다. 장소는 알제트강 상류. 물이 잔잔하게 흐르고 초원이
넓게 펼쳐진 곳이었다.

슬슬 날이 더워지던 참이라 수많은 사람이 강가의 야유회에 참석
했다. 음식과 술을 즐기며 이야기를 나누는 사람들이 대부분이었지

만, 몇몇은 근처에서 사냥이나 낚시를 하기도 했다. 아이들은 자기들끼리 몰려다니며 꽃을 따거나 나무를 타며 놀았다.

"에이미!"

사람들 틈에서 친구를 발견한 라리사가 해맑은 얼굴로 손을 흔들며 달려갔다. 그 모습을 보며 마르시아가 흐뭇하게 미소 지었다.

파비안과 마르시아는 사람들과 인사를 나누며 주변을 둘러보았다.

콘라트가 사람들은 보이지 않았지만 저 멀리 로랑 백작 부부가 보였다. 엠마는 언제나처럼 피곤한 표정으로 조용히 나무 그늘에 앉아 있었고, 도미닉은 그런 아내를 내버려 두고 다른 사람들과 큰 소리로 이야기를 나누고 있었다.

그러다 순간 도미닉과 파비안의 시선이 마주쳤다.

"……."

파비안이 그를 노려보았지만, 도미닉은 아무것도 못 봤다는 듯 고개를 돌려 다시 떠들기 시작했다.

'가는 곳마다 마주치는 게 여간 귀찮은 일이 아니군.'

파비안은 결국 암살자를 보낸 것이 도미닉이라는 증거를 찾지 못했다. 심증만 있을 뿐. 다른 사람들이 보고 있는 야유회에서야 도미닉도 파비안을 어찌하지 못하겠지만, 파비안도 도미닉을 다그칠 수 없는 것은 마찬가지였다.

"……괜찮아요?"

마르시아가 파비안의 팔을 가볍게 쓰다듬으며 물었다. 파비안이 고개를 끄덕였다.

"그보다 저기 좀 봐요, 파비안."

마르시아가 넓게 펼쳐진 풀밭을 가리켰다. 악단이 음악을 연주하고, 몇몇 사람이 모여서 풀밭 위에서 춤을 추고 있었다. 쌍쌍이 모여 정해진 춤을 추는 사교댄스가 아니라, 제각기 내키는 대로 추는 가벼운 춤판이었다. 그러고 보니 오늘은 음악도 평소와 달랐다. 무도회와 달리 둥둥 울리는 북소리와 묵직한 첼로의 선율이 어딘가 야성을 깨우는 듯한 느낌이었다.

마르시아의 눈이 반짝거렸다.

"풀밭 위에서 춤추는 건 처음이네요. 우리도 가요!"

그녀가 파비안의 손을 잡아끌었다. 파비안은 그저 웃으며 마르시아가 이끄는 대로 순순히 끌려갔다.

마르시아가 춤추기 시작하자 얼마 지나지 않아 그녀 주위에 사람들이 모여들어 동그랗게 원이 생겼다. 워낙 춤을 잘 추는 탓이었다.

"아앗."

금발을 휘날리며 빙글빙글 돌던 마르시아가 발을 헛디뎠다. 비틀거리는 그녀를 파비안이 얼른 품에 안았다.

"신발이 걸리적거리네요."

구두 굽이 풀뿌리에 걸린 모양이었다. 그녀는 조그맣게 투덜거리더니, 곧 신발을 벗어 던졌다.

"어머, 대공비 전하!"

"남사스럽게!"

주변에서 웅성거리는 소리가 들려왔으나 그녀는 개의치 않았다. 아예 미끄러운 실크 스타킹까지 벗어버리고 맨발로 춤을 추기 시작했다.

휘날리는 치맛자락 아래로 언뜻언뜻 하얀 두 발이 드러났다. 음악에 맞춰 리드미컬하게 풀밭을 디디는 발놀림이 한없이 가볍고 경쾌했다.

파비안은 그녀에게서 눈을 떼지 못했다. 춤추는 것도 잊고 하염없이 그녀를 바라보고 서 있던 파비안에게 마르시아가 웃으며 손을 내밀었다.

"이리 와요."

파비안이 그녀의 손을 잡자 상쾌한 웃음소리가 터져 나왔다. 파비안도 곧 자기 신발을 벗어 던지고 기꺼이 춤판에 끌려 들어갔다.

"대공 전하마저!"

그가 나서자 마르시아의 행동거지를 질책하던 사람들도 결국 눈치를 보며 하나둘씩 신발을 벗었다. 풀밭 위는 곧 맨발로 춤추는 사람들로 가득해졌다.

"어머, 어머……."

춤추는 마르시아와 파비안을 에이미가 발그레한 얼굴로 힐끔거렸다. 그러자 라리사가 에이미의 귀에 속닥거렸다.

"에이미 네 말이 맞았어. 결국 그날 밤에 둘이 화해하셨다더라고."

"그래서 저렇게 눈에서 꿀이 뚝뚝 떨어지는구나. 대공 전하 표정 좀 봐. 춤의 요정에게 홀리기라도 한 것 같아."

대공 부부의 표정이 전에 봤을 때와는 영 딴판이었다. 전에 레스토랑에서 봤을 때는 로랑 대공이 그렇게 무서웠는데, 오늘 저렇게 아내에게 홀딱 반한 것 같은 얼굴을 보니 신기하게도 전과 인상이 완전히 달라 보였다. 그에게 눈부신 미소를 돌려주는 대공비도 너무나 행복해 보였다.

"……뿌듯하다."

에이미는 두 사람의 행복에 도움이 됐다고 생각하자 조금 기뻐졌다.

"가자, 에이미. 대공님 소개해 줄게."

라리사가 손을 내밀자, 에이미는 황급히 두 손을 내저었다.

"아, 아냐! 안 그래도 되는데? 아직 두 분 춤추고 계시니까, 나중에."

전만큼 무섭지 않을 뿐 에이미는 로랑 대공이 여전히 조금 불편했다. 친절하고 아름다운 로랑 대공비는 괜찮지만.

'아, 하지만 레스토랑에서 갑자기 커튼을 걷었을 땐 대공비 전하도 조금 무서웠던 것 같기도…….'

에이미는 얼른 말을 돌렸다.

"그보다 레모네이드 마시러 가지 않을래?"

"응, 좋아!"

라리사는 방긋 웃으며 에이미를 따라나섰다.

점심 무렵 시작된 그날의 야유회는 해 질 녘까지 이어질 예정이었다. 초대받은 사람들은 적당히 자기가 원하는 시간에 왔다. 물론 일찍 돌아가는 사람도 있었다.

조금 늦은 시간에 야유회 장소에 도착한 이 중에는 리샤르도 있었다. 그는 아버지인 도미닉이 들르라 해서 억지로 오긴 했지만, 썩 내키지 않아 늑장 부리다 느지막이 온 참이었다.

리샤르는 타고 온 말의 고삐를 하인에게 건네주고 눈으로 로랑 백작 부부를 찾았다. 도미닉과 엠마는 마침 근처에 있었다.

"저 왔습니다."

"왔구나, 리샤르. 왜 이렇게 늦었느냐."

"이깟 야유회 좀 늦으면 어때서요."

리샤르가 투덜거리자, 도미닉이 화내기 전에 엠마가 얼른 입을 열었다.

"지체 높은 귀족들이 많이 오는 곳에는 너도 자주 나와서 눈도장을 찍어야 한다고 그러지 않았니."

"네."

리샤르는 귀찮다는 표정으로 딴 곳을 쳐다보았지만 그래도 모친의 말에 용케 대답은 했다.

"해밀튼 후작가의 막내 좀 보거라. 아드리안 그 애는 그렇게 숫기가 없어도 미리부터 눈도장을 찍어놓으니 사교계에 잘 스며들었잖니."

"후작가의 후광 때문이었겠죠."

투덜거리는 아들을 보며 엠마는 이마를 짚었다.

"우리 가문도 해밀튼 후작가보다 모자라지는 않아. 가서 사람들과 인사나 좀 나누고 오렴. 이 어미는 머리가 아프구나."

"네, 어머니."

리샤르는 도미닉이 그를 붙잡기 전에 얼른 발걸음을 뗐다. 한심하기 짝이 없는 야유회 따위에 나온 것도 귀찮은 일이었지만, 부친의 손에 이리저리 끌려다니며 수염을 기른 아저씨들과 인사나 하는 것은 더욱 귀찮았기 때문이었다.

그는 주머니에 손을 꽂은 채 풀밭 위를 걸으며 주변을 둘러보았다. 악단이 자리 잡은 곳이 제일 먼저 그의 눈길을 끌었다. 악단 주변에 사람들이 모여 춤을 추고 있었다.

'맨발이네?'

야외용 정장을 차려입은 사람들이 죄다 신발을 벗어 던지고 춤추는 광경은 참 생경했다. 그중에 제일 가운데에서 춤추는 금발의 여자가 확 눈에 띄었다.

'대공비잖아?'

제법 잘 추네. 거기까지 생각했다가, 순간 믿을 수 없는 장면을 본 리샤르는 입을 딱 벌리고 제 눈을 비볐다.

파비안이었다. 그는 소년 같은 얼굴로 활짝 웃으며 마르시아와 함께 춤추고 있었다.

'저 녀석이 춤이라니! 게다가…… 저런 표정도 지을 줄 알았나.'

놀라웠다. 그의 사촌은 언제나 차갑게 굳은 얼굴이었다. 리샤르가 지금껏 본 파비안의 웃는 얼굴이라곤 한쪽 입꼬리만 간신히 올라간, 비웃는 표정뿐이었다.

저렇게 웃으니 생판 다른 사람 같았다. 원래 저런 구석이 있는 사람이었나? 아니면 대공비가 바꿔놓은 것일까.

'아, 잠깐. 저 두 사람이 여기 있다는 건…….'

리샤르는 순간 눈을 커다랗게 뜨고 다급하게 주변을 둘러보았다.

예상대로였다. 조금 떨어진 언덕 근처에 들꽃이 흐드러지게 피어 있었는데, 그 한가운데에 눈부신 은발의 소녀가 있었다.

'젠장, 블리크 영애도 온 줄 알았더라면 시간 맞춰 올걸.'

리샤르는 재빨리 자신의 옷매무새를 살폈다. 다행히 평소에도 외모에 좀 신경 쓰는 편이라, 오늘 차림새도 그리 나쁘지 않았다.

주머니에서 손을 빼고 머리카락을 손으로 눌러 다듬은 다음, 그는 빠른 걸음으로 언덕을 향해 걸었다. 가까이 가서야 라리사의 옆에 있는 검은 머리의 소녀가 눈에 들어왔다.

'에이미 프리마스잖아?'

오가며 몇 번 인사한 적이 있어 기억하고 있었다.

두 사람은 함께 들꽃을 꺾어 화관을 만들고 있었다. 에이미가 화관을 라리사의 머리에 씌워주자, 라리사도 자기가 만든 화관을 들어 올렸다. 뭐가 그리 재미있는지 두 소녀는 화관을 보며 까르르 웃었다.

'아…….'

리샤르가 숨을 들이켰다. 화관을 쓰고 환하게 웃는 라리사는 눈부시게 아름다웠다. 심장이 아파올 지경이었다.

그런데 리샤르가 가까이 다가가자 두 소녀의 얼굴에서 웃음기가 사그라들었다. 두 소녀는 조금 어리둥절한 얼굴로 그를 바라보았다.

"안녕하세요, 블리크 영애. 그리고 오랜만이네요, 에이미 양."

"안녕하세요, 리샤르 군."

그가 건넨 인사에 대답한 것은 에이미였다. 리샤르가 자연스럽게 라리사의 손에 들린, 만들다 만 화관을 눈짓했다.

"화관을 만드는 중인가 보네요. 저도 끼워주시죠."

"우리 둘이 잘 놀고 있었는데요. 그치, 라리사?"

"으, 으응."

방해된다는 듯한 에이미의 말에 라리사가 머뭇거리며 대답했다. 하지만 리샤르는 다른 곳으로 갈 기미를 보이지 않았다.

"에이미 양. 잘 모르나 본데, 블리크 영애는 제 친척이거든요?"

"그렇구나. 근데 제 친구이기도 한데요."

어딘가 시비를 거는 듯한 리샤르의 말투에 에이미가 생긋 웃으며 받아쳤다.

"너무 오랜만이라 반가워서 이야기를 나누고 싶은 것뿐이에요."

리샤르가 어깨를 으쓱했다.

"얼마나 오래 못 봤는지, 그사이 키도 자란 것 같고."

"……정말요?"

라리사가 눈을 동그랗게 떴다. 그 반짝이는 눈동자를 본 에이미가 고개를 저었다.

라리사 얘는 키 작은 게 은근히 콤플렉스인 것 같다니까.

"그런데 왜 친척 사이에 존대까지 해? 이름도 아니라 꼭 모르는 사람들처럼 격식까지 차려서 성으로 부르고."

라리사에게 한 말이었지만, 리샤르가 허둥거리며 반색했다.

"그, 그럼 말 놔도 되나? 이름 불러도 돼? 그래! 그, 그, 그럼 그러지 뭐!"

그러더니 허락도 받지 않고 소녀들의 맞은편에 털썩 주저앉았다. 얼굴에 떠오른 기쁜 기색을 숨길 생각도 하지 않는 것 같았다.

라리사는 조금 놀랐지만 별말 하지 않았고, 에이미는 그를 곁눈으로 째려보며 말했다.

"댁이 말 놓으면 나도 말 놓을 거야. 우리끼리 노는 중이었다고! 화관 만들 줄은 알아?"

그러자 리샤르가 코웃음을 쳤다.

"당연하지. 이 리샤르 님이 화관 따위도 못 만들 줄 알고?"

그는 주변을 둘러보더니 자리에서 벌떡 일어났다. 근처에는 야생 장미가 가득 자라 있었다. 가시 때문에 라리사와 에이미가 손도 대지 못한 장미 덩굴에 리샤르가 성큼성큼 다가갔다.

"잘 보라고."

리샤르가 작은 주머니칼을 꺼냈다. 장미를 한 아름 따 온 그는 주머니칼로 가시를 슥슥 깎아내더니, 순식간에 장미 화관을 엮어냈다.

에이미가 놀라며 말했다.

"진짜로 잘 만드네! 거짓말일 줄 알았는데."

"훗."

리샤르의 코가 하늘 높은 줄 모르고 솟았다. 어릴 때 모친에게 배워둔 보람이 있었다.

라리사도 만들다 만 자기 화관은 무릎에 내려놓고 리샤르가 만든 장미 화관을 보며 감탄했다.

"와…… 정말 예쁘다."

라라사의 목소리에 조금 전까지 거들먹거리던 리샤르의 얼굴이 순식간에 빨갛게 물들었다. 리샤르가 흘끔흘끔 라리사의 눈치를 보았다.

'은발에 빨간 장미가 정말 잘 어울릴 텐데……'

하지만 라리사의 머리에는 이미 에이미가 들꽃으로 만든 수수한 화관이 자리 잡고 있었다.

'저걸 벗길 수도 없고, 어쩐다.'

그가 망설이는 사이, 에이미가 냉큼 말했다.

"내가 써봐도 되지?"

"어어?"

화관은 순식간에 에이미의 손으로 넘어갔다. 에이미는 자기 머리 위에 조심스레 화관을 얹었다. 리샤르가 돌려달라고 하려는데, 라리사가 작은 두 손을 모아 쥐며 말했다.

"너무 예뻐, 에이미!"

"그래?"

"응, 검은 머리에 빨간 장미가 정말 잘 어울려. 천사 같아."

라리사의 칭찬에 에이미가 해맑게 웃었다. 그러자 라리사도 덩달아 환하게 웃었다.

그 얼굴을 멍하니 쳐다보며, 리샤르는 화관 따위는 이제 아무래도 좋다고 생각했다.

"라리사."

그가 나직하게 이름을 부르자, '응?' 하는 표정으로 라리사가 시선을 돌렸다. 리샤르는 두근거리는 마음으로 물었다.

"만든 김에 하나 더 만들어줄까?"

그러나 라리사는 고개를 도리도리 저었다.

"내 건 벌써 에이미가 만들어줬는걸."

"그, 그럼 마실 거 갖다줄까? 참! 아니면 배 탈래? 노는 내가 저으면 되니까."

허둥거리는 그를 라리사가 가만히 쳐다보다가 고개를 돌렸다.

'마음에 안 드는 건가.'

리샤르의 얼굴이 새빨개졌다.

그러나 실상은 그 반대였다. 라리사는 어찌해야 할 줄 몰라 시선을 돌린 것뿐이었다.

'……이상해.'

그녀는 고개를 갸웃했다. 리샤르가 자신을 좋아한다는 건 쉽게 알 수 있었다. 마음의 소리가 들리니까.

하지만 그것뿐이라면 이렇게 어색하지는 않을 것이다. 라리사 주변에는 그녀를 아끼는 사람으로 가득했다. 그 덕에 라리사는 자신을 향한 호의 어린 마음의 소리를 늘 들어왔다.

그런데 리샤르의 것은 다른 사람들의 마음의 소리와 결이 조금 달랐다. 고용인들의 것과도, 파비안이나 마르시아가 서로를 향해 내는 소리와도 달랐다.

'뭐가 다른 거지?'

리샤르의 마음의 소리를 듣고 있자니 어딘가 자꾸만 어색한 기분이 들었다. 조금 쑥스러운 것 같기도 하고.

라리사는 어색함을 피하려 자리에서 일어섰다. 마침 잔디밭에서 연주되던 음악이 막 끝났다.

"아, 춤이 끝났나 봐. 가자, 에이미. 대공님 소개해 줄게."

"으, 으응."

에이미는 그다지 내키지 않는 표정이었지만, 라리사를 따라 일어섰다.

'……설마 날 피해서 도망가는 건가.'

리샤르가 뾰로통한 얼굴로 냉큼 따라붙었다.

가보니 춤이 막 끝나 사람들이 흩어지고 있었다. 파비안은 어디 갔는지 보이지 않았고, 마르시아가 홀로 이마에서 반짝이는 땀방울을 닦으며 쉬고 있었다.

그녀는 아이들이 다가오는 걸 보고 반색했다.

"라리사, 에이미. 세상에, 예뻐라! 둘 다 화관이 너무 잘 어울리네."

두 소녀가 방긋 웃으며 마르시아에게 다가갔다.

마르시아 옆에 한 발짝 떨어져 서 있던 금발의 호리호리한 청년이 어색한 미소를 지으며 그 모습을 쳐다보다가, 문득 고개를 돌렸다. 리샤르를 발견한 그는 보일 듯 말 듯 얼굴을 찌푸렸다.

"……리샤르 로랑."

"아드리안 해밀튼?"

리샤르도 눈살을 찌푸렸다.

"뭐야, 넌. 춤이라도 췄나? 어울리지도 않게."

리샤르의 퉁명스러운 말에 아드리안이 움찔하며 대꾸했다.

"네 알 바 아니잖아, 리샤르."

"하, 이게 뭐야. 모처럼 휴가까지 내서 아카데미를 벗어났는데 여기서 널 또 봐야 돼?"

리샤르가 한 손으로 이마를 짚으며 투덜거리자, 마르시아가 입을 열었다.

"리샤르 군, 안녕. 해밀튼 영식, 둘이 아는 사이인가 봐요?"

"그…… 제가 아카데미의 상급생입니다."

아드리안이 작은 목소리로 대답하는데 리샤르가 건들거리며 물었다.

"이 음침한 녀석이 도대체 뭐가 좋다고 붙어 있는 겁니까? 친해요?"

말끝에 '요'자만 붙였지, 예의라곤 없는 말에 마르시아가 고개를 저으며 대답했다.

"음침하다니. 그저 부끄럼을 좀 타는 성격일 뿐인데. 그리고 딱히 붙어 있는 건 아냐. 그도 지금 막 왔거든."

'저쪽에서 일방적으로 쫓아온 거지만.'

마르시아는 아드리안이 조금 귀찮았지만, 굳이 입 밖으로 내지는 않았다.

그때 파비안이 음료수를 두 잔 손에 들고 돌아왔다. 그는 조금 놀라며 멈칫했다.

'조금 전까지만 해도 나와 마르시아 둘뿐이었는데.'

그런데 지금은 마르시아가 아이들에게 와글와글 둘러싸여 있었다. 라리사와 에이미까지는 그렇다 쳐도, 춤 한 번 같이 춘 게 다인 아드리안에, 무려 리샤르까지 모여서 저렇게 떠들고 있다니.

'대단하군.'

아무래도 그의 아내는 아이들과 금세 친해지는 모양이라고, 파비안은 생각했다. 그게 또 사랑스러워서 절로 웃음이 났다.

"하하."

파비안이 소리 내어 웃자, 아이들이 깜짝 놀라며 그를 돌아보았다. 제일 놀란 것은 리샤르였다.

'아까도 바보같이 웃고 있더니만, 지금은 아예 소리 내서 웃잖아?'

그때였다. 아드리안의 눈빛이 확 바뀌었다. 조금 전까지만 해도 수줍음을 띠던 옅은 갈색 눈동자가 흥분으로 반짝거렸다.

"저, 대, 대공 전하……."

마른침을 삼키며 아드리안이 말을 꺼냈다. 하지만 그의 목소리는 너무 작았다. 그의 목소리를 들은 것은 바로 옆에 서 있던 리샤르뿐이었다.

"대공님!"

아무도 아드리안을 신경 쓰지 않는 사이, 라리사가 에이미의 손을 잡고 파비안에게 다가갔다.

"제 친구 에이미 프리마스예요. 전에 제대로 인사도 못 하고 헤어져서, 꼭 정식으로 소개해 드리고 싶었어요. 에이미, 이쪽은 파비안 로랑 대공님."

"아, 안녕하세요!"

도망치기엔 이미 엎질러진 물이었다. 에이미는 무릎을 굽히며 인사했다. 아직도 조금 무서워서 시선은 내리깐 채였다.

"라리사와 친구 사이라니, 반갑군. 라리사의 친구는 곧 대공가의 친구야."

고개를 숙인 채 듣는 파비안의 목소리는 의외로 다정하고 부드러웠다. 에이미가 살그머니 고개를 들었다. 파비안이 웃는 얼굴로 그녀를 내려다보고 있었다.

"둘이 잘 지냈으면 좋겠구나. 어려운 일이 있으면 언제든 말하거라. 힘닿는 데까지 도울 테니까."

'어라, 전에 봤을 땐 웃고 있어도 그렇게 무서웠는데.'

파비안은 아주 친근하게 웃고 있었다. 그를 감싼 분위기는 부드럽고 호의적이었다.

놀란 에이미의 팔을, 라리사가 헤실헤실 웃으며 끌어당겨 팔짱을 꼈다. 그 광경을 마르시아가 따스한 눈길로 바라보았다.

'마음이 따뜻해지는 것 같아.'

부드러운 분위기에 저마다 입가에 미소가 걸렸다.

그렇지 못한 것은 리샤르와 아드리안뿐이었다. 몇 발짝 떨어진 곳에 서 있던 아드리안의 어깨가 축 늘어졌다. 그는 저 화기애애한 분위기에 끼어들기엔 용기가 부족했다.

쭈그러든 아드리안을 본 리샤르가 혀를 찬 다음, 그의 어깨를 툭툭 두드려 주었다. 괜히 동병상련을 느끼고 만 탓이었다.

그러다가 뭔가를 떠올린 듯 리샤르가 낮은 목소리로 다그치듯 물었다.

"그런데, 해밀튼. 너 설마 라리사 양에게 관심 있는 건 아니겠지?"

그러자 아드리안이 한심하다는 눈빛으로 그를 쳐다보았다.

"……내가 너 같은 줄 알아?"

"아니면 됐고."

리샤르가 아드리안의 등을 퍽 쳤다. 그러다 문득 아드리안에 대한 어떤 사실이 생각났다.

"아, 잠깐. 해밀튼, 너 분명 마법사나 마녀에 관심이……."

아드리안이 화들짝 놀라 리샤르의 입을 손으로 틀어막았다.

"조, 조용히 해!"

물론 리샤르는 아드리안의 손을 쉽게 뿌리쳤다. 그가 보기에 아드리안은 그냥 비실비실한 녀석일 뿐이었다.

리샤르의 얼굴에 비웃는 듯한 웃음이 떠올랐다. 안 봐도 뻔하다는 표정이었다.

반대로 아드리안의 얼굴에는 낭패감이 서렸다.

"하, 파비안 녀석에게 흑심이 있어서 그렇게 대공비 주변을 알짱거렸던 거군. 왜, 저 녀석에게 직접 다가갈 용기는 안 났나 보지?"

"그런 거 아니라니까. 그리고 제발 목소리 좀 낮춰."

"흐흥."

아드리안이 쩔쩔매자 리샤르가 코웃음 치며 가슴 앞으로 팔짱을 꼈다.

"좀 불쌍해서 말해주는데, 저 자식은 네 관심 분야랑 아무 상관도 없어. 마녀의 피를 잇긴 했지만 그냥 그것뿐이라고. 마녀인 모친도 오래전에 세상을 떠났고, 저놈은 마력을 한 방울도 물려받지 못했어."

"네가 뭘 안다고 그런 소릴 하는 거야."

아드리안이 중얼거렸다.

"적어도 네가 붉은 눈의 혈통에 관심이 많다는 건 알지. 아카데미 도서관에서 그런 책 빌려 가는 놈은 너뿐이거든."

리샤르가 코웃음을 치며 말을 이었다.

"마녀의 아들인 건 맞지만 그냥 보통 사람이니까 꿈 깨라고."

"시끄러워. 마력 유무는 관계없어. 나는 그냥 저분을 존경하는 것뿐이니까."

아드리안이 발끈했다.

"도대체 이런 놈을 왜 자꾸 수줍음 탄다고 그러는지 모르겠네."

리샤르가 고개를 젓는데, 마르시아가 다가왔다.

"둘이서 뭘 그렇게 속닥거려? 아까는 티격태격하는 것 같더니, 친한가 보네."

"아니거든요."

"그, 그런 거 아닙니다."

둘이 동시에 손을 내저으며 서로에게서 한 발짝 멀어지자, 마르시아가 웃었다.

"여하튼 방해하지 않을게요, 해밀튼 영식, 리샤르 군. 우리는 뱃놀이를 하러 가기로 해서요. 그럼 같은 아카데미 학생들끼리 재밌게 놀아요."

그녀는 손을 흔들더니 양팔로 라리사와 에이미의 팔짱을 끼고 파비안과 함께 강가로 사라졌다.

덩그러니 남겨져 멍하니 대공 부부 일행이 사라지는 것을 보던 두 사람은 서로에게 화를 냈다.

"너 때문이잖아, 해밀튼."

"무슨 소리야? 리샤르 너만 오지 않았더라면 대공 전하께 무사히 인사를 드렸을 텐데."

"시끄러워. 인사는 나중에 해도 되잖아. 너 때문에 라리사가 가버렸다고."

"너야말로 그 아이는 또 볼 수 있잖아."

"……그건 내 맘대로 안 돼."

리샤르는 한숨을 내쉬며 잔디밭에 털썩 주저앉았다.

야유회가 한참 무르익고, 마르시아가 뱃놀이를 마쳤을 무렵이었다. 뒤늦게 야유회에 참석한 한 청년이 사람들의 눈길을 끌었다.

"어머, 저분 좀 보세요."

"못 보던 분인데……."

눈부신 금발에 선명한 초록빛 눈동자를 가진 젊은 남자였다. 그는 말쑥하게 차려입고 사람들에게 스스럼없이 인사를 건넸다.

"안녕하세요, 전 빌레인 블리크라고 합니다."

"블리크라고요? 어디서 들어본 것 같기도 한데……."

"로랑 대공비의 예전 성이니까요. 그렇습니다. 제가 대공비의 오빠랍니다."

제 얼굴이 아름다운 것을 잘 아는 빌레인이 느긋하게 친근한 미소를 지어 보였다. 이내 미혼 여성들 틈에서 작은 소란이 일었다.

근처에서 차가운 백포도주를 홀짝이던 마르시아가 물었다.

"무슨 일이죠?"

"글쎄요, 방금 새로운 손님이 도착한 모양인데요."

손님들이야 아까부터 계속 오고 있었는데, 특별한 사람인가. 그녀는 궁금해하며 소란의 중심으로 시선을 옮겼다. 그리고 그만 잔을 떨어뜨리고 말았다.

'빌레인!'

잔이 깨지는 소리에 파비안이 놀라 물었다.

"왜 그래요, 마르시아?"

"비, 빌레인이에요."

마르시아의 안색이 하얗게 질렸다.

빌레인이 왜 여기에 있는 걸까? 이고르가 남긴 유산과 영지 문제는 벌써 다 정리된 걸까.

마르시아가 소름이 돋아 몸을 바르르 떨었다. 혹시 라리사를 다짜고짜 끌고 가려고 온 건가? 이고르가 그랬던 것처럼.

"라리사……! 일단 라리사부터 숨겨야 해요."

그녀는 주변을 두리번거렸다. 그런데 라리사의 모습이 어디에도 보이지 않았다.

"라리사가 안 보여요!"

마르시아가 당황하자, 파비안이 그녀를 진정시키듯 말했다.

"에이미 양도 안 보이는군요. 아마 둘이 함께 놀고 있을 겁니다."

그는 곧바로 제이크를 불러 라리사를 찾아보도록 지시했다.

그때, 등 뒤에서 익숙한 목소리가 들려왔다.

"하하, 이게 누구야?"

마르시아가 입술을 깨물며 뒤를 돌아보았다. 빌레인이 소리 내어 웃으며 성큼성큼 다가왔다.

파비안이 앞으로 나서며 그를 가로막았다.

"그쪽이 빌레인 블리크 씨겠군요."

"맞습니다."

빌레인이 웃으며 대답하자, 파비안이 손을 내밀었다.

"파비안 로랑 대공입니다."

"아, 대공이시군요. 이렇게 만나 뵙게 되어 영광입니다."

빌레인은 파비안이 내민 손을 마주 잡으며 살가운 표정으로 친근하게 인사했다. 그리고 파비안의 어깨너머로 커다랗게 말했다.

"하하, 내 동생. 잘 있었어? 이게 얼마 만이야."

빌레인이 그녀를 아는 체하자 결국 마르시아는 표정을 구기고 말았다.

"대공 전하, 잠시 동생과 둘이 이야기할 수 있도록 자리를 좀 비켜 주시겠습니까?"

파비안이 마르시아를 쳐다보았다. 허락을 구하는 것이었다. 마르시아가 작게 고개를 끄덕이자 그는 몇 발짝 뒤로 물러났다.

"좀 걸을까?"

"그러든가."

마르시아의 퉁명스러운 대답에도 빌레인은 여유로웠다.

"그렇게 집을 뛰쳐나가고 난 뒤로는 처음 보네. 그새 결혼도 했다지?"

"말 돌리지 말고 할 말이나 해."

"아버지 장례식에 얼굴도 안 비치고 말이야. 새 삶을 즐기느라 친정에는 신경 쓸 겨를도 없나 봐?"

"장례식 안 갔다고 여기까지 온 건 아니지? 여긴 도대체 어떻게 온 거야?"

마르시아가 눈빛으로 말했다. 당장 꺼져 줬으면 좋겠는데.

빌레인이 그녀를 아래위로 훑어보았다.

"어떻게 오긴, 대공비 전하의 하나뿐인 오빠인데 당연히 와야지."

"친한 척하지 마."

마르시아의 차가운 말에 빌레인이 발걸음을 멈추고 낮은 목소리로 위협하듯 말했다.

"네가 나한테 그렇게 큰소리쳐도 되는 입장이야? 응? 네 남편이 네가 라리사에게 한 짓을 알게 되면 어떻게 될 것 같아? 네가 지금 누리는 그 호사, 다 날아가는 거야."

역시, 그런 말을 할 줄 알았다. 마르시아가 기죽지 않고 받아쳤다.

"그딴 협박은 안 통할걸. 파비안은 이미 다 알고 있으니까."

"뭐?"

의외라는 듯, 빌레인이 놀란 표정을 지었다. 하지만 그것도 잠깐, 그는 곧 다시 느물거리며 말을 이었다.

"흐음, 그것참 대단한데. 그 애길 다 듣고도 그냥 넘어갔단 말이지? 하지만 여기 모인 사람들은 네 남편처럼 그렇게 쉽게 넘어가 주진 않을걸."

"그래? 그럼 한번 저질러 보든가. 사람들이 오늘 처음 본 작위도 없는 낯선 사람과 대공비인 내 말 중에 어느 쪽을 믿을지 말이야."

마르시아가 세게 나오자, 빌레인이 즐겁다는 듯 웃었다.

"아, 그건 어려울 것 없지. 살아 있는 증거가 있으니까. 사람들 앞에서 라리사 눈물 한 방울만 뽑으면 간단한데."

"……."

설마, 아무리 그래도 빌레인이 그럴 리는 없다고, 그녀는 반사적으로 생각했다. 라리사의 비밀을 발설하지 않는 것은 블리크가 사람들의 절대적인 규칙이었다.

'이렇게 라리사를 인질로 나를 협박해서 진짜 원하는 것을 받아가려는 거겠지.'

물론 '진짜 원하는 것'이 라리사일 가능성도 있었다. 빌레인은 어릴 때부터 집요한 구석이 있었으니까.

"……유치하게 이딴 협박이나 하자고 온 건 아니잖아. 원하는 게 있어서 온 거 아니야?"

-물론 있지, 원하는 거. 당연한 거 아냐? 배신자 같으니.

금광을 고스란히 물려받고도 모자랐단 말인가.

마르시아가 숙이고 나오자, 빌레인이 오히려 목소리를 높였다.

"아아, 우리 귀여운 막내는 도대체 어딜 갔을까? 오랜만에 보는 오빠한테 인사도 하지 않고 말이야."

그 말을 들은 파비안이 결국 그들 곁으로 다가왔다. 그러나 다가온 것은 파비안만이 아니었다. 도미닉도 마르시아에게 다가왔다. 만면에 미소를 머금은 채, 다른 사람들까지 데리고서.

"대공 전하! 내 귀한 조카님, 그리고 대공비 전하."

도미닉이 큰 소리로 입을 열었다.

'……무슨 꿍꿍이지?'

마르시아가 불안으로 눈살을 찌푸렸다. 파비안도 마르시아도 그의 인사를 받아주지 않았지만, 도미닉은 별로 개의치 않는 듯했다. 오히려 그는 빌레인을 보고 마치 처음 만나는 것처럼 말을 걸었다.

"아! 자네가 바로 빌레인 블리크겠군."

"그렇습니다."

"대공비 전하의 친오빠라지? 한눈에 알겠군. 빼어난 외모가 아주 똑 닮았으니 말일세."

"과찬이십니다."

빌레인이 쑥스러운 듯 고개를 숙였다. 연기일 게 뻔한 그 광경을 보는 마르시아의 얼굴이 점점 굳어졌다. 도미닉은 아랑곳하지 않고 말을 이었다.

"케플란 지방에 거대한 금광도 소유하고 있다고 들었네만, 그건 원래 대공의 것이 아니었던가?"

"맞습니다. 대공 전하께서 기꺼이 내어주셨습니다."

그 말에 사람들이 감탄하며 호의적인 시선을 보냈다.

"어머……!"

"과연, 전하께서는 가족을 아주 아끼시는군요."

그러자 빌레인이 마르시아의 어깨를 감싸 안으며 귓속말을 했다.

"걱정 마. 아까 한 말은 농담이었어. 나도 어디 지체 높은 아가씨 하나 꼬셔서 결혼으로 인생 좀 펴볼까 하고 온 거니까, 인상 펴."

"이 손 떼."

마르시아가 날카롭게 말하며 빌레인의 팔을 쳐냈다. 사람들이 놀라 그들을 쳐다보자, 빌레인이 여유롭게 말했다.

"이런, 오빠가 오랫동안 찾아오질 않아서 섭섭했구나. 이제라도 왔으니까 그만 화내렴."

"헛소리 말고 당장 꺼져."

마르시아가 사람들의 시선에 아랑곳하지 않자, 빌레인이 소리 내어 웃으며 양손을 들어 보였다.

"어이쿠. 지금은 일단 돌아갈 테니, 다음에 만날 땐 화를 풀어두렴, 사랑하는 동생아. 하하하."

그러더니 그는 돌아서서 도미닉과 다른 사람들에게 말했다.

"결혼했어도 아직 철들려면 멀었나 봅니다. 하긴, 제 눈에는 아직도 어린 동생일 뿐이거든요."

"대공비께서 아주 젊긴 하지요."

"오누이는 다투면서 자라는 법이니까요."

몇몇 사람이 이해한다는 듯이 고개를 끄덕였다.

"전 여기서 이만 실례하겠습니다. 동생이 화가 나면 무섭거든요. 그럼 남은 시간 부디 즐겁게 보내십시오."

빌레인은 모자를 벗어 작별 인사를 했다. 그리고 뒤돌아서 마르시아에게 씩 웃어주고는 말을 매어둔 쪽으로 사라졌다.

'진짜로 그냥 돌아간다고? 정말 단순히 결혼할 상대를 찾으러 온 거란 말이야?'

마르시아는 빌레인의 뒷모습에 의심의 눈초리를 보냈다. 아까 잠깐 들린 마음의 소리는 뭔가 다른 꿍꿍이가 있는 것 같은 느낌이었는데.

'그나저나 라리사를 찾으러 간 제이크는 왜 아직도 돌아오지 않는 걸까.'

마르시아가 초조하게 입술을 잘근잘근 씹었다.

'아무래도 예감이 좋지 않아. 나도 라리사를 찾아봐야겠어.'

불행히도 마르시아의 감은 맞아떨어졌다. 얼마 지나지 않아 제이크가 창백한 얼굴로 돌아왔던 것이다.

"라리사 아가씨와 프리마스 영애가 아무리 찾아도 보이지 않습니다."

"……."

마르시아가 이마를 짚으며 비틀거렸다. 파비안이 얼른 그녀를 부축하며 제이크에게 명령했다.

"당장 사람을 풀어서 주변을 샅샅이 뒤지도록. 야유회가 소란스러워져도 상관없다."

"알겠습니다."

에이미는 얼마 후 조금 떨어진 선착장에서 기절한 채로 발견되었다. 정신을 차린 에이미는 울면서도 분명하게 증언했다.

"키가 큰 금발 남자였어요. 라리사의 이름을 알고 있었어요. 그 남자가 이름을 부르니까 라리사가 그 자리에서 꼼짝도 하지 못했어요. 그리고……."

그 뒤는 아무것도 기억하지 못했다.

'기절시켰구나. 협력한 자가 있었어.'

범인이 누구일지는 뻔했다. 빌레인과 서로 처음 본 것처럼 행동했지만 실은 그렇지 않은 사람.

마르시아는 당장 도미닉에게 달려갔다. 멱살을 쥐고 흔들고 싶은 심정을 억누르며 그녀가 외쳤다.

"내 동생을 어쨌어요? 빌레인이 어디로 간 거냐고요!"

"저런, 동생을 못 찾으셨나? 오빠도 잃어버렸고? 안타까운 소식이지만, 비전하의 가족 일을 왜 나한테 물으시는지 모르겠군."

도미닉이 가당치도 않다는 듯 웃으며 대답했다. 그러나 마르시아가 노린 것은 그의 입에서 나온 대답이 아니었다.

-하하, 멍청하긴. 꼴좋다! 빌레인 그놈이 성공했군.

이럴 줄 알았어!

"빌레인을 데려온 건 로랑 백작 당신이잖아요!"

"무슨 소리지? 그는 입장하면서 분명 대공비 전하의 이름을 댔다고 들었는데 말이오. 자기가 초대해 놓고 애먼 사람에게 뒤집어씌우지 마시오."

-어디서 버릇없게 삿대질이야, 이 여자가! 미끼나 물고 빨리 사라지시지. 영원히 말이야.

'미끼?'

"당신이 숨겨줬죠? 어디로 보냈냐고요!"

"거참, 어이가 없군. 어이, 파비안. 부인 좀 잘 챙기지?"

도미닉이 비웃음이 가득한 얼굴로 어깨를 으쓱하곤 그녀를 피해 멀찍이 가버렸다.

마르시아는 일부러 화가 나 어찌할 줄 모르는 것처럼 행동했다. 도미닉이 시야에서 완전히 사라지자, 그녀는 재빨리 파비안에게 속삭였다.

"알아냈어요."

그때였다. 말발굽 소리와 함께 말 한 마리가 급하게 두 사람에게 달려왔다. 말에서 내린 것은 아드리안이었다.

"기, 기차역입니다!"

아드리안이 숨을 몰아쉬며 말했다.

"그자가 커다란 가방을 가지고 기차에 탔습니다. 행선지는 생제르망역이었어요."

생제르망역은 블리크 저택에서 그나마 가장 가까운 기차역이었다. 마르시아와 파비안이 서로 눈빛을 교환했다.

아드리안이 말을 이었다.

"리샤르가 그 남자를 따라 같은 기차에 탔습니다."

"리샤르가요?"

마르시아가 깜짝 놀라 되물었다.

"라리사 양이 안 보인다고 하자마자 혹시 모른다며 절 끌고 기차역에 갔습니다. 거기서 그 남자를 발견하고 자기는 따라갈 테니 저더러 빨리 사람들에게 알리라고……."

"그 녀석이……."

이야기를 듣던 파비안이 신음을 흘리듯 중얼거렸다.

반 시간 전, 기차역에 도착한 리샤르가 말에서 내려 역 안으로 뛰어들어 갔다. 그는 라리사의 행방을 알 수 없다는 소식을 듣자마자 기차역으로 온 참이었다. 어차피 인력을 풀어 근처를 뒤지는 건 대공가가 알아서 잘할 테니, 자기는 먼 곳부터 찾아봐야겠다는 단순한 생각이었다.

'분명히 블리크가의 그놈이 저질렀을 거야. 처음 봤을 때부터 수상했어. 수도에 타운하우스도, 친척도 뭣도 없는 집안이니 갈 데는 고향뿐이겠지.'

고향이든 어디든 제일 빨리 도망치려면 기차만 한 수단이 없었다.

마침 기차가 정차 중이라 역은 타고 내리는 사람들로 심하게 붐볐다. 그는 재빨리 역 안을 훑어보았다.

"리샤르, 차, 찾았어?"

뒤늦게 그를 따라 들어온 아드리안이 숨을 몰아쉬었다. 그에게 숨 돌릴 틈도 주지 않고 리샤르가 군중 안으로 뛰어들었다.

'저놈인가!'

표 파는 창구 앞, 화사한 금발의 남자가 방금 막 산 기차표를 쥐고 기차에 오르고 있었다. 다른 손에는 가방을 들고 있었는데, 꽤나 무거운지 질질 끌다시피 들어 올렸다. 작은 여자아이라면 충분히 들어갈 만한 커다란 가방이었다.

리샤르는 당장 창구로 달려가 판매원을 윽박질렀다.

"방금 그 금발 남자가 산 표, 어디행이지? 어서 말해!"

리샤르의 기세에 눌린 판매원이 입을 열었다.

"새, 생제르망역인데요."

"같은 걸로 한 장. 어서!"

그는 금화를 던지고 판매원이 내민 표를 낚아챘다.

"그, 금화? 거스름돈……."

"필요 없어. 해밀튼!"

리샤르가 아드리안을 돌아보며 말했다.

"당장 돌아가서 이 사실을 알려. 그 자식이든, 그 자식 부인이든 빨리! 나는 일단 저놈을 따라갈 테니까."

그는 대답도 듣지 않고 곧바로 기차를 향해 달려가, 금발의 남자가 탔던 칸에 올랐다. 열차 칸을 재빨리 훑었지만 눈에 띄는 금발은 보이지 않았다.

'제길, 벌써 다른 칸으로 옮겨 갔나.'

경적이 길게 두 번 울리고, 이내 열차가 서서히 움직이기 시작했다. 이제 내릴 수 없다.

'하지만 그건 빌레인도 마찬가지야.'

리샤르는 이를 갈면서 객실을 이동하며 천천히 승객들을 살펴보았다. 필요하다면 일등칸 문도 일일이 다 열어볼 생각이었다.

그러나 금발의 남자를 발견한 곳은 그의 예상을 벗어난 장소였다.

'찾았다.'

의외로 그는 삼등칸에 타고 있었다. 리샤르에게 보인 것은 남자의 뒤통수와 복도에 아무렇게나 내려놓은 커다란 가방이었다.

'……삼등석이라고? 거기다 가방을 저렇게 아무 데나 대충 내려놓고.'

순간 위화감이 들었다. 리샤르는 성큼성큼 다가가 그자의 어깨를 확 잡아당겼다.

"뭐야?"

상대방이 눈썹을 찡그리며 리샤르를 쳐다보았다.

"……너야말로 뭐야?"

리샤르가 되물었다. 남자는 빌레인이 아니었다. 머리카락 색만 같은 다른 사람이었다.

리샤르는 눈을 크게 떴다가, 곧바로 그자의 가방에 달려들었다.

"어어! 뭐 하는 거요!"

남자의 항의에도 아랑곳하지 않고 그는 가방을 열어젖혔다. 가방은 심지어 잠겨 있지도 않았다. 리샤르는 가방 안을 들여다보고 주먹을 꽉 쥐었다.

"……돌덩이잖아."

안에 들어 있는 것은 수박만 한 돌덩어리였다.

'내가 단순히 사람을 잘못 봤다고? 그럴 리가!'

리샤르의 주먹이 부르르 떨렸다. 그는 휙 고개를 돌려 금발 남자를 노려보았다.

'착각이 아니야. 이 자식, 그 블리크가 놈하고 똑같은 옷을 입었어. 설령 우연히 복장이 같다고 쳐도, 이런 고급 정장을 입는 놈이 삼등석에 탄다고?'

게다가 일부러 무겁게 보이게 만든 커다란 가방까지. 작정하고 속이려 든 것이 틀림없었다.

"하, 젠장. 이제 다음 역까지 내리지도 못하는데."

지금 이 순간에도 빌레인에게 끌려가고 있을 라리사를 생각하니 속에서 열불이 솟았다.

"너 누구야? 아니, 널 보낸 게 누구지?"

"허, 참, 도대체 무슨 소린지. 나, 남의 가방은 왜 막 뒤지고 그러쇼?"

리샤르의 질문을 남자는 콧방귀를 뀌며 흘려 넘기려 했다. 그런데 그 동작이 꼭 리샤르의 시선을 피하려 고개를 돌리는 것 같아 보였다. 어딘가 켕기는 게 있는 것처럼.

그것을 눈치챈 리샤르가 미간에 주름을 잡으며 외쳤다.

"연기가 서툴잖아!"

그는 순식간에 팔을 뻗어 남자의 머리카락을 잡아당겼다.

"으앗, 제기랄!"

남자가 재빨리 자기 머리를 감싸 쥐려 했으나 늦었다. 가발이 벗겨지고 갈색 곱슬머리가 드러났다.

"하! 이럴 줄 알았지."

리샤르는 가발을 바닥에 내팽개쳤다.

"이래도 잡아떼려고? 지금 당장 대답하지 않으면 다음 역에서 경관에게 넘기겠어. 어디 경관 앞에서도 거짓말하나 볼까?"

리샤르가 경관을 들먹이며 큰 소리로 윽박지르자 주변의 시선이 두 사람에게 쏠렸다. 수군거리는 소리가 삼등칸 안을 가득 채웠다.

그러자 남자가 한숨을 푹 쉬었다. 이윽고 그는 고개를 삐딱하게 들고 리샤르를 쳐다보며 입을 열었다.

"이러지 마시죠, 리샤르 도련님. 로랑 백작님이 다 어련히 알아서 하시는 일인데."

"……뭐?"

말해준 적도 없는 자신과 부친의 이름이 남자의 입에서 나오자 리샤르의 표정이 굳었다.

"다 도련님의 아버님 명령을 받고 한 일이라고요."

남자가 쐐기를 박듯 말을 이었다.

"뭐, 저야 백작가에 널린 수많은 사병 중 하나니까 기억하지 못하실지도 모르겠지만, 저는 도련님 얼굴을 알거든요. 그러니까 경관은 부르지 마시고요, 얌전히 저택으로 돌아가시죠."

리샤르가 충격받은 표정으로 물었다.

"지금…… 누구의 분장을 한 건지 알고 한 거 아니야?"

"글쎄요."

남자가 태연하게 어깨를 으쓱했다. 리샤르가 재차 물었다.

"그러니까 지금 빌레인 블리크가 라리사 양을 납치했는데, 그걸 내 아버지가 도왔단 얘기잖아?"

"그게 그렇게 됩니까? 아, 도련님. 저는 머리가 나빠서 모르겠는데요."

남자가 이죽거렸다.

리샤르는 혼란스러운 표정으로 천천히 고개를 들었다. 차창 밖의 풍경이 달리는 열차의 속도만큼 빠르게 지나가고 있었다. 그는 두 손으로 머리를 감싸 쥐었다.

남자의 정체를 알게 된 리샤르가 그를 붙잡지도, 그렇다고 내버려두고 기차에서 뛰어내리지도 못하고 전전긍긍하던 그 시점. 마르시아와 파비안이 탄 마차가 수도의 기차역에 도착했다. 그들은 허겁지겁 매표창구로 향했다.

"생제르망행 다음 기차는 언제지?"

"이제 곧 도착할 겁니다."

"이 역에서 다른 역으로 전신을 보낼 수도 있나?"

"아, 예. 사무실 쪽으로 가보십시오."

파비안은 고개를 끄덕이고 기차표를 두 장 샀다. 그리고 사무실에 들러 대공의 이름으로 생제르망역과 그 사이에 낀 모든 역에 전신을 보냈다. 경관을 대기시켰다가 커다란 가방을 든 금발의 젊은 남자가 보이면 반드시 잡아두라는 내용이었다.

전신을 보내고 나니 마침 딱 맞춰 기차가 하얀 증기를 뿜으며 역 안으로 서서히 들어왔다.

"어서 가요."

마르시아가 파비안을 재촉했다. 그들은 곧바로 기차에 올랐다. 마치 생제르망역까지 가는 것처럼 보이도록. 두 사람은 좌석으로 가는 대신 반대쪽 끝 칸으로 이동했다.

그들은 일부러 미끼에 걸린 척하는 중이었다.

역으로 오는 마차 안에서 마르시아가 파비안에게 말했다.

"로랑 백작이 속으로 그랬어요. '수도 외곽 부두에 있는 외딴 창고를 자기가 무슨 수로 찾을 건데?'라고요."

그 말을 들으려고 일부러 빌레인이 어디로 갔느냐고 대놓고 물으며 시비를 걸었다. 마음의 소리로 정보를 알아낸 후에는 아무것도 못 들은 척하느라 진땀을 뺐다.

마르시아의 말을 듣자마자 파비안이 마차를 따라오던 제이크를 불렀다. 그는 제이크에게 다른 길로 빠져 미행을 따돌린 후, 따로 부두로 향하도록 지시했다. 그리고 미끼를 문 척 기차를 탔다.

기차가 출발하기를 기다리며 마르시아가 중얼거렸다.

"라리사가 무사해야 할 텐데……."

이고르가 대공저에 찾아왔던 날이 자꾸 떠올라, 자꾸만 심장이 조여들었다. 파비안이 차창 밖을 살피며 말했다.

"어디로 갔는지 알아냈으니, 최대한 빨리 뒤쫓아가면 됩니다. 만일을 위해 각 역에 전신도 보내놓았으니 너무 걱정 마십시오."

마르시아는 불안한 표정으로 고개를 끄덕였다.

'제발 조금만 버텨줘, 라리사. 지금 바로 구하러 갈 테니까.'

그때 기적이 울렸다. 기차가 출발하려는 것이다.

"지금이에요!"

그들은 재빨리 기차에서 내려 다른 사람들 틈에 섞여들었다. 기차역을 빠져나오며 파비안이 재빨리 주위를 살폈다.

"따라오는 자는 없는 것 같군요. 적어도 이걸로 잠깐 눈속임은 됐을 겁니다."

이제 대여 마차를 잡을 차례였다.

'빨리 가야 하는데.'

운이 좋지 않았는지, 눈에 띄는 마차가 없었다. 그런데 그때, 길 건너편에서 익숙한 목소리가 들렸다.

"어라, 아르노? 아, 아니지. 지금은 아르노가 아니지."

파비안과 마르시아가 동시에 그쪽을 쳐다보았다.

녹색 색안경을 쓴 남자가 그들에게 손을 흔들었다. 아이반이었다.

빌레인은 찌푸린 얼굴로 낡은 짐마차에서 내렸다. 짐마차는 승차감이 아주 엉망이었다. 마부가 그의 얼굴을 보더니 웃으며 말했다.

"하하! 귀족 나리께는 아무래도 불편하실 만도 하지요. 그럼 당장 짐을 내려 드리겠습니다."

"됐어. 내가 하지."

빌레인은 짐칸으로 가 직접 가방을 내렸다. 마부가 따라붙어 손을 비비며 물었다.

"이 창고에 볼일이 있으신가 봐요? 저, 돌아갈 때는 어떻게 하실 겁니까? 이 근처엔 진짜 아무것도 없어서 마차 없이는 한참을 걸으셔야 할 텐데……."

"닥치고 이만 꺼져. 어디 가서 나나 이 창고에 대해 발설하면 목숨이 날아간다는 걸 명심하고."

"아…… 예, 예에, 나으리."

빌레인이 마부에게 금화를 한 닢 던져 주었다. 마부는 그걸 받고 굽신거리며 짐마차를 끌고 사라졌다.

마차가 보이지 않게 되자, 빌레인은 뒤집어쓰고 있던 검은 가발부터 벗어젖혔다.

"갑갑해 뒈지는 줄 알았네."

그리고 투덜거리며 가방을 끌고 창고 안으로 들어갔다. 안은 제법 넓었지만 자질구레한 것들이 쌓여 있었다. 물품을 쌓아두기 위한 창고였기 때문에 창문은 없었다.

빌레인은 콧노래를 부르면서 램프에 불을 켜고 가방을 열었다. 가방 안에는 라리사가 기절한 채 잠들어 있었다.

"다 왔어, 일어나."

빌레인이 라리사를 흔들어 깨웠다. 라리사가 작게 신음하며 눈을 떴다.

가늘게 흔들리던 시선이 빌레인과 마주치자 라리사의 몸이 순식간에 굳었다. 그걸 확인한 빌레인이 싱긋 웃으며 주머니에서 접이식 칼을 꺼냈다.

"옛날 생각 나네, 그렇지?"

그는 칼을 펴서 라리사의 손발을 묶고 있던 밧줄을 끊었다. 풀려난 아이를 그대로 두고 빌레인은 한 걸음 뒤로 물러서서 팔짱을 꼈다.

"뭐, 내키면 거기 앉든가."

그는 턱짓으로 옆에 놓인 나무 상자를 가리켰다. 하지만 라리사는 가방 안에 쪼그린 채 일어나지 못했다.

창문 하나 없이 폐쇄된 공간 안에 빛이라고는 램프 하나뿐이었다. 빌레인이 괜히 옛날 생각난다고 한 게 아니었다. 이곳은 무섭도록 블리크 저택의 지하실을 연상시켰다.

어두운 곳에 홀로 빌레인과 단둘이 남겨진 라리사는 반사적으로 몸을 덜덜 떨었다. 눈을 질끈 감고 귀를 막으려는 찰나, 전과 결정적으로 다른 점이 하나 떠올랐다.

'구름……'

그녀는 더 이상 구름 속에 숨어 있지 않았다. 몸과 정신을 따로 떼어 놓고 구름 위에서 자기 자신을 내려다보며 현실에서 도망치지 않았다.

'전에도 가방에 들어갔었지.'

라리사는 처음 가방에 들어갔다가 나왔을 때를 떠올렸다. 마르시아의 도움으로 저택을 탈출했을 때였다.

어둠 속에서 한참 동안 쭈그리고 있다가, 갑자기 가방이 열리자 생전 처음 보는 곳에 도착해 있었다. 그 순간의 강렬한 기억을 아직도 잊을 수 없었다.

눈부신 햇빛과 숲속의 맑은 공기, 바람이 나뭇가지를 스치는 소리와 새소리. 그 모든 것이 그녀에게는 눈앞에서 폭탄이 터지는 것 같은 충격이었다.

라리사가 눈을 가리며 숨을 헐떡이자 마르시아가 말했었다.

"괜찮아, 괜찮으니까 숨 쉬어. 크게 들이쉬고, 내쉬고."

심호흡을 하고, 천천히 발밑을 느껴보라고. 냄새를 맡고, 소리를 들어보라고. 네가 있는 곳이 어딘지 온몸으로 느껴보라고.

라리사는 마르시아의 말을 떠올리며 심호흡을 했다. 조심스레 주변의 냄새를 맡고 발 디딘 곳의 감촉을 느꼈다. 그리고 스스로에게 말했다.

'그래, 여긴 그 지하실이 아니야.'

먼지 냄새는 났지만, 지하실 특유의 축축하고 퀴퀴한 냄새는 나지 않았다. 오히려 어딘가 조금 짠 내가 나는 것 같기도 했다. 발밑은 차가운 돌바닥이 아니라 촘촘히 깔린 나무판자였다.

자세한 건 모르겠지만 이것 하나만은 확실했다. 이곳은 지하실이 아니다. 그러니까 예전과 같은 상황도 아닐 것이다.

라리사는 덜덜 떨면서도 필사적으로 생각했다.

'그 지하실이 아니라면 틈을 봐서 도망칠 수도 있을 거야.'

적어도 이곳은 이중 철문으로 잠겨 있지 않을 테니까.

라리사는 용기를 내어 고개를 들었다.

"오라버니."

의연하게 말하려 했지만 목소리는 그녀를 배신했다. 덜덜 떨리는 목소리가 꼭 새끼 염소 같았다. 그래도 라리사는 끝까지 말을 이었다.

"왜, 왜 절 납치한 건가요?"

그러자 빌레인이 놀라 입을 벌렸다.

"이게 말을 다 하네?"

그는 라리사를 아래위로 훑어보다가 이내 얼굴을 일그러뜨렸다.

"……넌 입 다물고 있을 때가 나았어."

빌레인의 말투가 바뀌고 어조가 낮아졌다. 라리사는 그 목소리가 무엇을 의미하는 건지 알았다. 화가 난 것이다.

그 뒤에 항상 어떤 일이 일어나는지도 잘 알아서 절로 어깨가 움츠러들었다. 하지만 그녀의 용기만은 움츠러들지 않았다. 라리사는 떨면서도 분명하게 말했다.

"전 그렇게 생각하지 않아요. 말을 하게 돼서 얼마나 좋은데요."

그래. 내가 말하기 시작하니까 마르시아 언니가 울었단 말이야. 그러면서 날 사랑한다고 했어. 그리고 이젠 나도 언니에게 사랑한다고 말할 수 있다고.

"이제 뭘 할 건데요? 또 제가 울 때까지…… 때, 때릴 건가요?"

빌레인이 고개를 삐딱하게 기울이고 경이로워하는 눈길로 그녀를 내려다보았다.

"그럼 어쩔 건데?"

"……울지 않을 거예요."

라리사는 두 손으로 치맛자락을 꼭 쥐었다.

"어떻게 해도 제가 오라버니를 위해 눈물 흘릴 일은 없을 거예요."

"흐음, 그래? 그러고 보면, 넌 자랄수록 점점 눈물이 없어졌지. 어릴 땐 잘 울었는데 말이야."

빌레인이 팔짱을 낀 채 주변을 둘러보았다. 그의 시선이 창고 구석에 가서 멎었다. 그곳엔 흑단으로 만든 신사용 지팡이가 하나 놓여 있었다. 그는 성큼성큼 걸어가 그 지팡이를 집어 들었다.

"많이 컸네, 우리 막내."

지팡이를 들고 뒤돌아선 빌레인의 얼굴에 비릿한 미소가 떠올랐다.

그의 손에 들린 지팡이를 보자, 라리사는 아찔해졌다. 하지만 그럴수록 그녀는 눈을 크게 뜨고 빌레인을 똑바로 쳐다보았다.

"맞아요. 전 많이 컸어요."

목소리에서 떨림이 조금씩 줄어들었다.

"잘 먹어서 살도 찌고, 키도 조금 컸어요. 전 앞으로도 계속 자랄 거예요. 다른 아이들만큼 커질 거예요. 그리고 보통 사람처럼 살 거라고요."

햇빛 아래서 마르시아와 나란히 말을 달리고, 에이미와 시시콜콜하게 떠들며 차를 마시고, 목련 나무의 그네에 앉아 책을 읽을 것이다.

그녀는 이제 알았다. 그런 삶이 얼마나 소중한지. 다른 사람들과 이야기를 나누는 게, 사랑하는 사람들과 함께 시간을 보내는 게 얼마나 행복한 일인지.

더는 지하실에 갇혀서 바깥세상을 꿈꾸지도 못하는 삶으로는 되돌아가지 않을 것이다. 다시는 구름 속으로 숨지 않을 것이다.

"어디 해 봐요. 그래 봤자 오라버니는 결코 다시 제 영혼을 가두어 둘 수 없을 테니까요."

라리사의 결연한 말에 빌레인의 표정이 서서히 바뀌었다. 그의 표정은 어딘가 울컥한 것 같기도 하고 슬픈 것 같기도 했다. 아니, 그보다 혼란스러워하는 표정이었다.

그를 마주 보고 선 라리사가 마른침을 삼켰다.

빌레인은 잠시 아무 말도 하지 않고 서 있다가, 서서히 이를 악물었다. 그러고는 지팡이를 움켜쥔 손을 들어 올렸다.

"넌 그럴 자격이 없어."

"……!"

라리사가 두 팔을 들어 몸을 보호하듯 가리면서 눈을 질끈 감았다.

그때였다. 누군가가 창고 문을 두드렸다. 빌레인이 지팡이를 쥔 채로 뒤를 돌아보았다.

똑똑똑. 똑 똑.

문 두드리는 소리에 특정한 리듬이 반복되었다. 빌레인이 문가로 다가가 다른 리듬으로 안쪽에서 문을 두드렸다. 곧 바깥에서 남자 목소리가 들렸다.

"빌레인. 접니다, 카터."

그러자 빌레인이 창고 문을 열어주었다.

안으로 들어온 것은 몸집이 커다란 사내였다. 그는 광목천으로 덮인 바구니를 하나 들고 있었다.

카터가 창고 안으로 들어오자 빌레인이 뒤쪽을 기웃거렸다.

"뭐야? 너 혼자야? 백작님은 안 오시나?"

"백작님께서는 내일 오실 겁니다."

카터의 대답에 빌레인이 분통을 터뜨렸다.

"뭐라고? 그럼 지금 나더러 이딴 창고에서 하룻밤을 보내란 얘기야?"

"걱정 마시죠. 저도 함께 있을 거니까요."

"화장실도 없고 침대도 없는데! 기다리게 할 거면 왜 이딴 곳을 고른 거냐고."

"고작해야 하룻밤인데 좀 참으시죠. 화장실이야 그냥 바깥에 싸면 되잖아요. 어차피 이 근처엔 아무도 안 오니까."

카터가 핀잔을 주면서 들고 온 바구니를 내려놓았다. 빌레인이 턱짓으로 바구니를 가리키며 물었다.

"그건 뭐야?"

"배고플까 봐 요기라도 하시라고 가져왔습니다."

바구니를 덮은 천을 치우니 안에는 구운 닭 한 마리와 빵 몇 조각, 사과 두 알과 포도주가 한 병 들어 있었다. 닭은 식긴 했지만 향신료를 아끼지 않고 구웠는지 좋은 냄새가 났다.

빌레인은 그러고 보니 허기가 졌다는 걸 뒤늦게 깨달았다. 그는 큼직한 상자 위에 바구니를 내려놓고 그 옆에 앉았다.

"카터, 넌 안 먹어?"

"전 먹고 왔습니다."

카터가 심드렁하게 대답하며 근처 다른 상자 위에 앉았다. 그러자 빌레인이 바구니에 손을 뻗었다.

닭 다리를 큼지막하게 뜯어내서 입에 가져가던 빌레인은 문득 라리사를 돌아보았다. 그는 쯧, 하고 혀를 차더니 닭 다리를 도로 내려놓았다. 그리고 라리사의 팔을 잡아끌고 와 바구니 맞은편에 억지로 앉혀 놓았다.

"먹어."

빌레인이 바구니를 눈짓하자, 라리사가 놀란 눈으로 그를 쳐다보았다. 그 눈빛에 빌레인이 확 짜증을 냈다.

"아, 왜 이래. 내가 널 굶겨 죽이려고 데려온 줄 알아? 빨리 먹어."

그러고는 닭 다리를 집어 들어 먹기 시작했다. 라리사는 그의 눈치를 보다가 슬금슬금 바구니에 손을 뻗어 사과를 하나 집어 들었다. 라리사가 오물오물 사과를 조금씩 먹는 걸 보며 빌레인이 코웃음을 쳤다.

"그렇게 먹어가지고 잘도 크겠네."

"사, 사과는 몸에 좋아요."

"그래, 뭐 그렇겠지."

그는 포도주 병을 집어 들고 이로 코르크 마개를 땄다. 그리고 병째로 한 모금 들이켜더니, 눈썹을 치켜올리며 말했다.

"응? 제법 질 좋은 걸 가져왔잖아."

빌레인이 포도주 병을 든 채 카터를 쳐다보자, 카터가 어깨를 으쓱했다.

"진짜 안 먹어? 배 안 고프면 이거라도 같이 마시든가."

"됐습니다."

카터는 빌레인의 제안을 딱 잘라 거절했다. 그리고 무심한 눈길로 빌레인이 먹고 마시는 것을 지켜보았다.

빌레인은 식욕이 왕성했다. 그는 라리사가 손도 대지 않은 기름진 닭을 혼자 거의 다 먹어치웠고 포도주도 반병이나 비웠다. 반면 라리사는 사과 한 개를 겨우 다 먹었을 뿐, 더는 식욕이 없어 그저 얌전히 앉아 빌레인이 식사하는 걸 물끄러미 바라보았다.

'마르시아 언니와 대공님이 분명 날 찾고 있을 거야.'

성인 남자 둘이 지키고 있는 창고에서 그녀가 혼자 달아날 방법은 없었다. 라리사는 두 손을 모아 쥐고 대공 부부가 빨리 그녀를 데리러 오기를 빌었다.

그런데 그때였다. 포도주를 목구멍에 콸콸 들이붓던 빌레인이 마시다 말고 손으로 눈을 비볐다.

"어…… 이거 뭐지."

그는 느릿하게 눈을 깜빡거렸다.

"무어야, 이거…… 이상한, 데…….."

혀가 잘 돌아가지 않는 것처럼 그의 말투가 약간 어눌해졌다. 그 순간 빌레인의 손에서 포도주 병이 미끄러져 떨어졌다. 바닥에 떨어진 병이 와장창 소리를 내며 깨졌다. 안에 들어 있던 핏빛 포도주가 쏟아져 바닥에 쫙 퍼졌다.

빌레인이 멍한 눈으로 바닥을 쳐다보며 말했다.

"어어……? 왜 내 손이……."

그는 굼뜨게 몸을 움직여 상자에서 일어서려 했다. 그러자 카터도 자리에서 천천히 일어섰다. 그의 시선이 빌레인을 집요하게 관찰하고 있었다.

그 눈빛을 본 빌레인이 입을 열었다.

"너, 너 이 자식…… 여기 뭘…… 넣은 거야……."

카터가 침착하게 대답했다.

"뭐긴 뭐야, 독이지. 백작님께서 꼬마 아가씨만 챙기고 넌 필요 없으니 처리하라고 하셨거든."

"하……!"

빌레인이 비틀거리면서 일어섰다. 그걸 보고 카터가 눈썹을 들어 올리며 중얼거렸다.

"포도주를 반병이나 비웠으면 치사량의 세 배는 먹은 셈인데. 독을 그만큼이나 먹고도 일어서다니……."

카터를 똑바로 노려보며 빌레인이 한 걸음을 뗐다. 다리가 당장에라도 넘어질 것처럼 후들거렸다. 카터는 가슴 앞으로 팔짱을 낀 채 그 광경을 쳐다보며 말했다.

"이봐, 그냥 내가 빨리 끝내주고 싶은 마음도 없는 건 아냐. 하지만 타살의 흔적이 남으면 곤란해서 말이야. 그러니까 이렇게 기다리는 걸 이해해 주게. 그 독은 몸에 흔적이 안 남는 거거든."

"너…… 너……."

빌레인이 끈질기게 한 걸음을 더 떼자, 카터가 한숨을 쉬었다.

"도로 앉지그래. 그러다가 멋대로 쓰러져서 몸에 타박상이라도 생기면 내가 곤란하거든."

빌레인이 그의 말을 들을 기미가 보이지 않자, 카터가 다가갔다. 억지로라도 부축해서 도로 상자에 앉히려는 생각이었다.

카터가 빌레인의 어깨를 잡으려던 순간, 빌레인이 재빠르게 움직였다. 그의 손에서 아까 라리사의 밧줄을 끊어줄 때 썼던 접이식 나이프가 번쩍였다.

"……!"

그 광경을 보고 있던 라리사가 두 손으로 제 입을 틀어막았다. 카터의 입에서 신음이 흘러나왔다.

"으윽…… 네놈! 어, 어떻게……."

빌레인이 불분명한 발음으로 대답했다.

"네가 친절하게 다 말해줬으니까, 그 답례로 나도 친절하게 설명해 주지. 나는 원래 술이나 약이 안 들어. 그러니까 독약도 안 들거든?"

카터의 육중한 몸이 바닥으로 천천히 쓰러졌다. 그의 몸에서 흘러나온 피가 바닥에 쏟아진 포도주에 섞여 들어갔다. 빌레인은 화를 내며 카터의 몸을 걷어찼다.

"그렇다고 안 아픈 건 아냐! 알겠어? 독이 아주 안 듣는 것도 아니고, 안 죽는 것뿐이지 정화하는 데는 시간이 걸린다고!"

제기랄. 빌레인이 욕설을 내뱉으며 몸을 돌렸다. 그리고 비틀거리며 라리사에게로 다가갔다.

대공 부부를 태운 자동차가 수도 외곽 지역을 미친 듯 달렸다. 아이반이 운전대를 잡은 채 쾌활하게 말했다.

"대공가에 연락해 보니 글쎄 파비안이 수도에 갔다잖아요? 그래서 운전 테스트도 해 볼 겸, 수도 사람들에게 광고도 할 겸 와본 거죠."

"그, 그렇군요."

"제가 또 이번 시제품은 사 인승으로 만들어봤거든요!"

하필 기차역에서 만난 것은 아이반이 생제르망 역에서 수도까지 시제품을 기차로 운반했기 때문이었다. 막 역을 떠나 대공가의 타운하우스로 향하려던 중, 우연히 그들을 만난 것이었다.

기술 개발을 거듭한 아이반의 자동차는 이제 고급 마차만큼이나 빨랐다. 덕분에 그들은 제이크를 중간에 따라잡을 수 있었다.

그리고 얼마 후, 그들은 목적지에 도착했다.

"분명 저기예요. 틀림없어요."

마르시아가 낡은 창고 건물을 가리키며 작게 속삭였다. 부두에서 조금 떨어진 곳에 위치한 외딴 창고. 도미닉이 말한 조건에 딱 맞았다. 그들은 창고에서 보이지 않는 위치에 숨었다.

파비안이 눈짓하자, 제이크가 아무 소리도 내지 않고 창고 건물로 다가갔다. 창문이 없어 안을 들여다볼 방도가 없었다. 대신 그는 귀를 문에 가져다 댔다. 잠시 후, 제이크가 안전하다는 손짓을 했다.

파비안이 늘 가지고 다니는 리볼버를 꺼냈다.

"마르시아, 당신은 호위들과 함께 여기서 기다려요."

마르시아가 입술을 살짝 깨물며 고개를 끄덕였다.

"전하, 저희가 먼저 들어가겠습니다."

"안에 들어가는 건 나 혼자다. 내가 괜찮다고 하면 그때 들어오도록. 비상시에는 총을 쏴서 알리겠다."

파비안은 호위들의 제안을 단칼에 거절했다. 혹시라도 라리사가 눈물을 흘렸다면, 파비안과 마르시아 외 다른 어느 누구도 그 장면을 봐서는 안 되기 때문이었다.

제이크가 문 앞에서 대기하기로 하고, 파비안이 아주 조심스레 문을 열었다. 그는 숨을 깊이 들이쉰 다음, 리볼버를 내밀고 번개처럼 안으로 들어갔다.

"……!"

창고 안에 있는 것은 단 한 사람이었다. 몸집이 큰 남자가 바닥에 쓰러져 피를 흘리고 있었다.

파비안이 총을 겨눈 채로 그에게 다가가자, 카터가 신음을 흘렸다. 그는 파비안의 얼굴을 보더니 고통 속에서도 조금 놀란 표정을 지었다.

"큭…… 대공……."

한눈에 보기에도 심한 부상이었다. 파비안이 총을 내리며 눈썹을 찌푸렸다.

"내 얼굴을 아는군. 일개 필부가 아닌 모양이지. 로랑 백작이 보냈나?"

카터는 대답하지 않았다. 파비안이 개의치 않고 그의 상처를 살폈다. 잠시 후 그는 고개를 저었다. 피를 너무 많이 흘렸던 것이다.

"크로포드 경."

"예."

파비안이 부르자 제이크가 안으로 들어왔다.

"약상자 가지고 있나?"

"여기 있습니다."

제이크가 품에서 작은 상자를 꺼냈다. 그는 마르시아가 독 나이프에 당한 이후로 항상 구급약이 든 상자를 가지고 다녔다.

파비안이 카터를 향해 말했다.

"보다시피 약과 붕대가 든 상자다. 이제부터 네 대답 여부에 따라 상처를 치료하고 의사에게 데려갈지 말지 결정하겠다."

"사, 살려……."

"그럼 묻는 말에 대답해. 여기 빌레인 블리크와 대공비의 여동생이 있었지?"

카터가 간절한 표정으로 고개를 끄덕였다.

"그 상처는 빌레인과 싸워 생긴 건가? 어쩌다 싸운 거지, 같은 편이 아니었나?"

"도, 독……."

"독을 먹였다고?"

파비안의 표정이 싸늘하게 굳었다.

"누구에게 먹였지?"

"빌레…… 인……."

그걸로 충분했다. 도미닉이 빌레인을 이용해 라리사를 납치하고,

그를 배신해 죽이려다가 실패한 것이다. 이 남자는 빌레인을 죽이고 라리사를 도미닉에게 데려가는 역할이었을 테고.

빌레인과 라리사가 보이지 않는 걸 보면 일단 이곳에서 도망친 모양이었다.

'독에 당한 채 도망쳤으면 얼마 가지 못했겠군.'

파비안이 고개를 끄덕이자, 제이크가 곧바로 구급상자를 열었다. 그러나 소독약과 붕대를 꺼내기도 전에 카터의 숨은 끊어졌다.

잠시 후, 등 뒤에서 마르시아의 목소리가 들렸다.

"……죽었군요."

파비안이 뒤돌아보니, 마르시아가 당장에라도 기절할 것 같은 파리한 얼굴로 문설주에 간신히 기대어 서 있었다. 파비안이 황급히 달려가 그녀를 부축했다.

"전 괜찮아요."

파비안이 말해주지 않아도 그녀는 안에서 무슨 일이 있었는지 대강 짐작할 수 있었다. 그때 제이크가 외쳤다.

"대공 전하, 이것 좀 보십시오."

그의 손에는 작은 약병이 하나 들려 있었다. 죽은 남자의 옷 주머니에서 나온 것이었다.

"빌레인에게 쓴 독일지도 모릅니다."

"혹은 그 해독약일 수도 있겠군."

파비안이 약병을 받아 주머니에 챙겨 넣었다. 안에 든 것이 무엇인지 나중에 알아보기 위해서였다.

지금은 빌레인이 라리사를 데리고 어디로 도망쳤는지 알아내야 했다. 그는 재빨리 창고 안을 훑어보았다. 닭 뼈와 빵 몇 조각이 담긴 바구니, 바닥에 뒹구는 깨진 포도주 병이 바로 눈에 들어왔다.

"보아하니 여기서 식사도 했군. 아마 독이 든 식사였겠지."

"로랑 백작이 쓴 독이라면 가볍지 않았을 텐데, 분명 멀리 못 갔을 겁니다."

그러자 마르시아가 망설이다 파비안에게 조용히 말했다.

"빌레인에겐 독이 안 들어요. 생각보다 멀리 갔을 수도 있어요."

그때였다. 마르시아의 말을 증명하듯 밖에서 호위병 하나가 외쳤다.

"여기 핏자국과 생긴 지 얼마 안 된 말발굽 자국이 있습니다!"

"말을 타고 도망쳤군."

파비안이 눈썹을 찌푸리며 창고 밖으로 달려나갔다.

그 무렵, 빌레인은 카터가 타고 온 말을 훔쳐 타고 달아나는 중이었다. 마르시아의 걱정과 달리 빌레인은 그다지 멀리 가지 못했다. 치사량의 몇 배나 되는 독을 먹었기 때문에, 요정의 힘으로도 정화하는 데 시간이 오래 걸렸던 것이다.

설상가상으로 수도에 온 지 얼마 안 된 빌레인은 근처 지리에도 무지했다. 무작정 한 방향으로 달린 그는 운 좋게도 부두 근처에 버려진 낡은 집을 발견했다.

'일단 저기에서 몸이 회복될 때까지 숨어 있어야겠어.'

말을 세운 빌레인이 내리려다가 몸을 제대로 가누지 못해 굴러떨어졌다.

"아……!"

그러자 손목이 밧줄로 묶여 빌레인의 허리와 연결되어 있던 라리사가 덩달아 말에서 떨어졌다. 밧줄이 겨우 서너 뼘 길이밖에 되지 않았기 때문이었다.

"윽."

의도치 않게 라리사의 쿠션이 되고 만 빌레인이 신음을 토해냈다.

'제기랄, 얼마나 독한 걸 쓴 거야.'

빌레인이 비틀거리며 억지로 몸을 일으켰다. 그가 버려진 집 안으로 들어가자, 라리사도 밧줄에 연결된 채 끌려 들어갔다. 안에 들어가자마자 제일 먼저 눈에 띈 것은 먼지투성이의 의자였다. 그는 숨을 몰아쉬며 의자에 기대어 앉았다.

여기까지 도망쳐 온 것도 용할 지경이었다. 그는 이제 손가락 하나 까딱할 힘도 남아 있지 않았다.

빌레인의 이마에서 식은땀이 줄줄 흘러내렸다. 라리사가 그 옆에 서서 그를 빤히 쳐다보았다.

"……."

그러다 묶인 손을 뻗어 빌레인의 상의 주머니에 집어넣었다. 그걸 저지할 힘조차 없던 빌레인이 움찔 놀라며 중얼거렸다.

"……뭐 하는 거야?"

주머니에서 꺼낸 라리사의 작은 손에는 접이식 칼이 들려 있었다.

하, 빌레인이 코웃음을 치며 라리사를 쳐다보았다.

"왜. 나 찌르게? 할 거면 심장을 노려서 한 번에 잘 찔러. 애매하게 아픈 건 사양이니까."

빌레인이 비웃었다.

라리사는 말없이 나이프를 편 다음, 꼬물거리며 빌레인과 자기 손목을 연결한 밧줄을 끊었다. 양손이 자유롭게 되자, 나이프를 도로 접어 옆 테이블에 내려놓았다.

빌레인이 멍한 표정으로 그녀를 쳐다보았다.

라리사는 자기 주머니에서 손수건을 꺼내더니, 조심스레 빌레인의 이마에 맺힌 식은땀을 닦아주기 시작했다.

"뭐, 뭐야!"

빌레인이 버럭 화를 냈다. 그러자 라리사가 흠칫 놀랐다. 그녀는 어깨를 움츠리며 말했다.

"무, 물을 어디서 떠 오는지 몰라서⋯⋯."

물을 떠 올 수 있으면 어쩌겠다는 걸까. 빌레인은 그저 어이가 없어 할 말을 잃은 채 라리사를 쳐다보았다.

잠시 후 라리사가 조그만 목소리로 물었다.

"독을 다 정화하는 데 얼마나 걸려요?"

"알아서 뭐 하게."

빌레인이 신경질을 냈다. 라리사는 그냥 커다란 눈을 두어 번 깜빡일 뿐, 그의 말에 대답하지 않았다.

얼마 후 그는 뭔가에 홀린 것처럼 말했다.

"두세 시간은 더 걸릴 것 같은데."

그러자 라리사의 가느다란 목소리가 다시 물었다.

"그럼 안 죽어요?"

"하, 빌어먹을! 내가 죽었으면 좋겠냐?"

"음⋯⋯ 솔직히 말해도 돼요?"

내가 아까 뭐랬어, 입 다물고 있을 때가 나았다니까. 빌레인이 눈살을 찌푸렸다.

"······됐어. 말하지 마."

그는 입속으로 욕설을 중얼거렸다.

독 때문인지 아니면 독을 정화하는 데 힘을 너무 많이 쓴 건지 눈이 자꾸 감기려 했다. 그는 눈이 감길 때마다 마구 머리를 흔들며 깨어 있으려고 애썼다.

그 광경을 라리사가 빤히 쳐다보고 있었다. 빌레인이 힘없이 말했다.

"도망갈 생각하지 마······."

그러자 라리사가 조금 떨리는 목소리로 대답했다.

"저, 말 탈 줄 알아요."

"그래서 뭐?"

"그러니까 오라버니가 눈 감으면 밖에 매어놓은 말 타고 가버릴 거예요."

하, 젠장. 빌레인이 고개를 저으며 말했다.

"그러면 왜 지금 당장 그렇게 하지 않는 건데?"

"말을 타고 걷게 할 순 있지만 달리진 못해서요. 오라버니가 정신을 잃어서 확실하게 못 따라오게 되면 그때 갈 거예요."

어이가 없어진 빌레인이 화를 냈다.

"너 바보냐? 그걸 왜 미주알고주알 다 얘기하는 건데?"

"어차피 오라버니는 절 못 죽이니까요."

라리사의 침착한 대답에, 빌레인이 입을 딱 벌렸다.

"때리는 것밖에 더하겠어요?"

그리고 보아하니 지금은 때릴 힘도 없는 것 같은데.

라리사는 맞은편에 놓인 의자에 가서 앉았다. 그녀는 가정교사에게 배운 대로 허리를 펴고 꼿꼿이 앉아 빌레인을 똑바로 쳐다보았다.

그가 언제 눈을 감는지 똑똑히 보겠다는 듯이.

빌레인은 짜증을 내며 반쯤 누웠던 자세를 반듯하게 고쳤지만, 그게 그가 지금 할 수 있는 전부였다. 그는 눈을 부릅뜨고 라리사를 노려보았다.

빌레인과 마르시아는 모르는 사람이 봐도 남매인 걸 알 정도로 닮았지만, 라리사를 향한 빌레인의 시선은 마르시아와 판이하게 달랐다. 언제나 애정이 가득한 마르시아의 눈빛과 달리 빌레인의 눈에 담긴 것은 의심과 경멸이었다.

라리사는 떨리는 두 손으로 치맛자락을 꼭 쥔 채 생각했다.

'나라고 생각하는 걸 전부 입 밖으로 내놓는 건 아니에요, 오라버니.'

그녀는 마르시아와 파비안이 오는 걸 기다리고 있었다.

'언니가 날 찾으러 올 거니까. 내가 어설프게 이상한 곳으로 도망쳤다가 언니가 날 못 찾으면 안 돼.'

마르시아가 찾아오는 것과 빌레인이 회복하는 것 중 어느 쪽이 빠를지의 승부였다. 물론 라리사는 마르시아에게 목숨을 걸었다.

어느새 해가 지고 날이 어두워졌다.

라리사와 빌레인은 어둠 속에서 서로를 노려보며 꼼짝 않고 앉아 있었다. 상처 입은 맹수와 작은 토끼가 대치한 것 같은 상황에서 먼저 움직인 것은 라리사였다. 테이블 위에 놓여 있던 램프를 끌어당긴 것이다.

"너…… 불 켜지 마……."

"하지만 너무 어두운걸요."

램프엔 다행히도 기름이 조금 남아 있어 불이 붙었다.

'이걸로 분명 바깥에서도 이 집이 보일 거야.'

라리사는 창밖을 흘끔거리지 않으려고 애썼다. 이 작은 램프 불빛이 마르시아가 그녀를 찾는 걸 도와줄 거라고 생각하면서.

램프 불이 깜빡이는 걸 보면서 빌레인은 조용히 주먹을 쥐었다 폈다 해 보았다. 몸에 힘이 조금씩 돌아오고 있었다.

'앞으로 한 시간…… 아니, 반 시간이면 되겠군.'

조금만 더 버티면 되겠다고 생각했을 때였다.

스르륵, 출입문이 소리도 없이 열렸다. 램프를 켰어도 안이 어두워, 빌레인은 문이 열린 것을 곧바로 눈치채지 못했다.

"웬 바람이……."

"움직이지 마."

그가 깨달았을 때는 이미 파비안이 안에 들어와 총을 겨누고 있었다.

"하, 젠장…… 아까 문을 안 잠갔었나."

빌레인이 중얼거렸다. 파비안이 총을 든 채 서서히 다가가면서 라리사에게 눈짓했다.

"라리사, 이리 와."

"그렇겐 안 되지!"

의자 위에 늘어져 있던 빌레인이 용수철처럼 튀어 올라 라리사에게 덤벼들었다.

탕! 그 순간 파비안의 총이 불을 뿜었다.

"크악!"

빌레인의 몸이 크게 휘청거렸다. 하지만 끝내 라리사가 도망치기 전에 붙잡았다. 그는 비틀거리며 테이블 위에 놓아두었던 접이식 나이프를 움켜쥐었다.

빌레인의 허벅지에서 피가 울컥 흘러내렸다. 그가 고통으로 일그러진 표정으로 빈정거렸다.

"머리를 쐈어야지. 부인의 오라비라고 봐주려 했나?"

파비안이 찌푸린 얼굴로 빌레인의 이마에 총구를 겨누었다.

"라리사!"

어느새 안으로 들어온 마르시아가 비명을 질렀다. 그녀는 당장 라리사에게 달려가려 했다. 그러자 빌레인이 나이프를 라리사의 목에 가져다 대며 외쳤다.

"거기서 꼼짝 마! 그 이상 다가오면 나도 뭘 할지 모르니까."

마르시아가 새파래진 얼굴로 그 자리에 멈춰 섰다. 협박이 통하자 빌레인이 다소 침착하게 말했다.

"좋아. 대공 전하는 그 총 이리로 던져."

파비안이 순순히 총을 바닥에 내려놓고 빌레인 쪽으로 밀어 보냈다. 빌레인은 씩 웃으며 허리를 숙여 총을 집어 들려 했다.

"……윽."

그러나 허벅지에 난 상처가 아파 몸을 웅크릴 수가 없었다.

'그래, 일단 저자에게서 총은 빼앗았으니까.'

그는 대신 한쪽 발을 총 위에 올려 밟았다.

그때 마르시아가 안절부절못하며 말했다.

"빌레인. 걔는 놔주고 나랑 얘기해. 원한다면 내 남편도 나가라고 할 테니까."

파비안은 순간 눈살을 찌푸렸지만, 아무 말도 하지 않았다.

"하하! 이 인질극이 진짜 먹히네? 네가 언제부터 얠 아꼈다고. 예전 같았으면 죽든 말든 상관도 안 했을 텐데."

빌레인이 바람 빠지는 듯한 소리로 웃었다.

"아, 하긴, 언젠가 그랬었지. 그만 때리라면서 귀걸이를 빼 줬었어. 아니, 목걸이였나? 그때부터 어딘가 이상한 것 같긴 했었지."

그의 발음은 조금 어눌했다. 아직 해독이 덜 된 게 분명했다. 마르시아가 눈을 가늘게 뜨며 말했다.

"정화의 능력을 가지고도 그 독은 정화가 안 되나 보지?"

"반대야. 정화가 되니까 여태껏 살아남은 거지."

"그런 것치고는 안색이 나쁜데. 지금 꽤 괴롭지 않아? 나 해독제 가지고 있는데."

빌레인이 눈을 부릅떴다.

"……헛소리."

"헛소리 아냐. 아까 창고에서 네 칼에 맞아 쓰러진 놈이 해독제를 갖고 있었어."

마르시아가 눈을 좁히며 빌레인의 반응을 살폈다. 헛소리라고 하면서도 귀를 쫑긋 세우는 것이, 먹힐 것 같았다. 그녀는 파비안을 눈짓하며 말을 이었다.

"지금 파비안 주머니 안에 들어 있거든? 라리사를 놔준다면 해독제 줄게."

"마르시아 말이 맞다. 독을 쓰는 자라면 만약을 위해 해독제를 가지고 다니는 건 상식이니까."

파비안이 침착하게 맞장구를 치며 주머니에서 작은 약병을 꺼내 보였다. 빌레인이 잠시 혼란스러운 표정을 지었다. 그러다 이내 큭큭 웃었다.

"안 넘어가. 어차피 조금만 더 버티면 다 해독될 텐데, 뭐 하러."

안 그래도 그는 지금 회복 시간을 버느라 일부러 떠드는 중이었다.

'몸이 회복되어도 다리에 총을 맞아서 도망치긴 어려울지도 모르겠지만. 빌어먹을!'

마르시아가 초조해하며 말했다.

"도대체 왜 라리사를 붙잡고 있는 거야? 금광을 통째로 물려받았잖아! 억지로 눈물을 흘리게 하는 것보다 금광이 훨씬……."

그러다 그녀는 흠칫하며 중얼거렸다.

"설마……."

빌레인이 히죽거리며 시인했다.

"그 설마가 맞아. 날렸어, 도박으로."

마르시아의 눈에 구제 불능 쓰레기를 보는 듯한 경멸의 빛이 떠올랐다. 빌레인은 아랑곳하지 않고 말을 이었다.

"그래서 난 얘가 꼭 필요하게 됐거든."

빌레인이 라리사의 어깨를 꾹 쥐어 눌렀다. 라리사가 눈을 질끈 감았다. 아픔을 참는 것이다. 꽤 아플 텐데도 그녀는 신음 하나 흘리지 않았다.

마르시아가 안타까움에 입술을 깨물고, 파비안은 눈썹을 찌푸리며 조용히 주먹을 말아쥐었다. 그 모습을 보며 빌레인이 고소하다는 듯 웃었다.

"그리고 말이야, 킥킥……. 한 번 돈을 가져봤더니 알겠어. 어지간한 재산보다 얘가 낫더라고. 데리고만 있으면 계속 벌리잖아."

빌레인의 말에 마르시아가 그를 노려보았다.

거짓말. 단순히 돈을 노린 것이라면 도미닉까지 끌어들일 필요는 없었다.

"……그 이유가 아니지?"

도미닉이 빌레인을 없애고 라리사를 손에 넣으려 한 걸 봐서는, 라리사의 비밀을 도미닉에게 불어버린 게 아닌가 하는 의심마저 들 지경이었다.

마르시아의 말에 빌레인이 움찔하는 것 같더니, 돌연 표정을 바꾸며 언성을 높였다.

"세상에 나한테 도움되는 게 하나도 없어! 아비란 놈은 저 혼자 멋대로 죽어버리고, 동생놈들은 감히 오라비를 거역하질 않나, 동생의 남편이란 놈은 총질이나 하고."

나이프를 쥔 빌레인의 손이 부들부들 떨렸다. 칼날이 금방이라도 라리사의 뺨을 스칠 것 같았다.

'안 돼! 라리사……!'

말싸움이나 할 때가 아니었다. 라리사가 빌레인의 손에 있는 한, 이것은 질 수밖에 없는 싸움이었다. 마르시아가 떨리는 목소리로 입을 열었다.

"알겠어."

그녀는 빌레인을 똑바로 쳐다보며 천천히 무릎을 꿇었다.

"내가, 내가 잘못했어, 오빠. 미안해."

"마르시아 언니!"

"그러니까 라리사는 놔줘. 걘 아무 잘못도 없어. 화풀이는 나한테 하면 되잖아."

빌레인의 눈이 커졌다. 그는 라리사를 꼭 붙잡은 채 킥킥 웃기 시작했다.

"모르는 소리 마. 우리가 이렇게 살게 된 건 다 애 때문이야."

"……그게 무슨 소리야?"

마르시아는 슬슬 화가 나기 시작했다. 블리크 일가는 라리사의 눈물을 갈취해 살아오지 않았나. 그런데 그 은혜도 모르고, 빌레인의 말투는 오히려 라리사를 질책하는 것 같았다.

"아무것도 모르는 주제에. 좋아, 내가 진실을 알려주지."

그는 씨근거리며 입을 열었다.

"너희는 어머니가 죽은 줄 알고 있지? 얠 낳다가 말이야."

"그럼 아니야?"

"넌 그때 너무 어려서 기억을 못 하는 모양이지만, 난 일곱 살이었어. 다 생생하게 기억한단 말이야. 어머니가 죽었다고? 천만에!"

빌레인의 목소리가 점점 격앙되었다. 그는 시뻘게진 얼굴로 외쳤다.

"그 여자는 죽은 게 아니야. 우릴 버리고 요정계로 돌아갔어!"

"……그게 무슨 소리야?"

마르시아가 혼란스러운 표정으로 몸을 일으켰다.

"지금껏 이고르 그 새끼가 한 말을 다 믿었겠지. 인간과 요정이 종을 뛰어넘는 사랑을 했다고. 그 거짓부렁을 말이야. 아니, 적어도 어머니는 그 자식을 사랑한 적이 없었어. 어쩌다 우연히 요정을 붙잡은 인간이 계약을 강요했을 뿐이야. 아이 셋을 낳을 때까지 함께 살아야 한다는 계약!"

"……계약?"

어머니와 아버지가 계약 결혼을 했단 말이야? 그것도 강제로?

'설마…… 거짓말이지?'

마르시아는 충격으로 말을 잇지 못했다. 빌레인의 말대로 그녀는 라리사가 태어날 무렵은 아무것도 기억하지 못했다. 빌레인의 말이 진짜인지 아닌지 알 도리가 없었다.

"요정은 약속을 어기지 못하는 존재잖아. 어머니는 세 번째 아이를 낳자마자 인간계를 떠난 거야. 계약에서 풀려나 자유로운 존재가 되었으니까!"

빌레인이 악에 받쳐 소리쳤다.

"알겠어? 얘 때문에 어머니가 떠났다고! 얘가 태어나지 않았더라면 어머니는 계속 여기서 살았을 거라고!"

라리사의 얼굴이 창백하게 질렸다.

"내가 얠 괜히 때린 줄 알아? 아, 돈 되니까. 그래, 그것도 맞지. 그런데 돈은 있으면 좋지만 없어도 별로 상관은 없거든?"

-내게서 엄마를 빼앗아갔어!

빌레인의 마음의 소리가 얼핏 들려왔다. 그 소리를 듣는 순간 마르시아의 이성이 되돌아왔다.

"겨우…… 겨우 그런 이유야?"

저 어린아이를, 그런 어린애 투정 같은 이유로 모질게 때렸다고?

"어머니가 떠난 걸 왜 라리사 탓으로 돌리는 거야? 그게 왜 얘 탓이냐고! 라리사, 저런 헛소리 듣지 마. 절대 네 잘못이 아니야."

빌레인이 히스테릭하게 웃기 시작했다.

"킥킥……. 그래, 나도 한때는 그렇게 생각했지. 그래서 지금까지 입 다물고 있었잖아! 다 너희를 생각해서 그런 거라고. 하지만 네가 아무것도 모르면서 이 애를 애지중지하니까 점점 열이 받아서 견딜 수가 있어야 말이지."

마르시아는 눈을 가늘게 뜨고 빌레인을 훑어보았다. 그의 허벅지가 피로 축축하게 젖어 있었다.

'아무래도 독에 중독된 데다가 출혈까지 겹쳐서 제정신이 아닌 것 같은데.'

그녀는 파비안에게 몰래 눈짓을 했다. 파비안은 빌레인을 한 번 쳐다보더니, 천천히 뒤로 물러나기 시작했다. 마르시아는 일부러 빌레인에게 계속 말을 걸어 그를 도발했다.

"도박에, 술에 빠져서 인생을 낭비한 주제에. 그게 다 라리사 탓이라고?"

"내가 괜히……."

"네가 그렇게 능력이 없으니까 그 나이 먹고도 엄마 타령이지!"

그녀는 빌레인의 말을 잘라먹으며 외쳤다.

"뭐, 동생들이 '감히' 오빠를 거역해? 그럼 안 하게 생겼어? 가랑이에 살점 하나 달고 운 좋게 몇 년 일찍 태어났다고 뭐라도 된 줄 아나 본데, 연장자답게 굴어야 오빠 취급을 해주지!"

"뭐……?"

빌레인의 입이 충격으로 딱 벌어졌다. 마르시아가 턱을 쳐들며 말했다.

"한심하긴. 라리사가 너보다 백 배는 어른스러워."

"이, 이년이……!"

그 순간, 파비안이 빌레인에게 덤벼들었다. 파비안이 빌레인의 손목을 후려쳐 나이프를 떨어뜨리고 순식간에 바닥에서 리볼버를 집어 들었다.

파비안이 빌레인의 머리에 총을 겨누었다.

"아이를 놓아줘."

그의 목소리가 지옥에서 올라온 것처럼 어둡게 끓었다.

"큭…… 큭큭……."

빌레인은 웃기만 하고 라리사를 놓아줄 생각을 하지 않았다.

"어서."

파비안의 총구가 빌레인의 관자놀이를 쿡 찔렀다. 그렇게 세 사람의 실루엣이 한데 엉켜 있을 때였다.

탕!

파비안이 방아쇠를 당기기도 전에 다른 총소리가 울려 퍼졌다.

"……!"

고통에 겨운 마음의 소리가 들렸다. 마르시아가 비명을 질렀다.

순식간에 파비안이 몸을 던져 라리사를 붙잡고 감싸 안으며 바닥으로 굴렀다. 그 직후 빌레인도 바닥에 쓰러졌다.

"라리사! 파비안!"

마르시아가 그쪽으로 달려가려 하자, 파비안이 낮게 외쳤다.

"안 돼! 오지 마십시오. 밖에 저격수가……!"

마르시아가 흠칫 놀라며 그 자리에 멈춰 섰다. 그러고 보니 총성은 바깥에서부터 들린 것이었다. 창문을 돌아보니 어느새 유리가 깨져 있었다.

파비안이 즉시 팔을 뻗어 테이블 위에 놓여 있던 램프의 불을 꺼버렸다. 어둠이 순식간에 그들을 집어삼켰다.

"……."

어둠과 정적 속에서 그들은 잠시 움직이지 않고 몸을 최대한 낮춰 바닥에 붙어 있었다.

두 번째 총소리는 들리지 않았다. 불빛이 없으니 적도 그들이 보이지 않는 것이다.

이윽고 파비안이 조심스레 움직였다. 그는 라리사를 몸으로 보호하며 창문 근처로 다가갔다. 그의 발걸음마다 깨진 유리가 짜각거리는 소리를 냈다.

"큭큭큭……."

빌레인의 입술 사이에서 웃음소리가 흘러나왔다. 총알이 가슴을 관통하면서 갈빗대를 건드리기라도 했는지, 몸을 조금만 움직이려 해도 통증이 심했다. 뇌리에 도미닉의 깔보는 듯한 얼굴이 떠올랐다.

'독에, 총까지……. 이게 뭐야, 젠장. 날 배신한 그 백작 놈의 뒤통수를 갈겨줘야 하는데.'

"큭…… 쿨럭."

웃으니까 입에서 피가 울컥 흘러나왔다. 그는 간신히 고개를 돌려 옆을 쳐다보았다. 파비안이 한 팔로 라리사를 보호하고, 다른 손에는 리볼버를 든 채로 창밖을 살피고 있었다.

타앙! 탕! 총성이 또 울렸다. 깜짝 놀란 라리사가 어깨를 움츠리며 파비안의 옷자락을 움켜쥐었다.

"쉿, 괜찮아. 우리 편이다."

파비안이 라리사의 등을 가볍게 두어 번 토닥거렸다. 아닌 게 아니라 총성은 멀리서 몇 발이 이어졌다. 제이크를 비롯한 대공가의 호위병이 적과 교전을 시작한 듯했다. 첫 총격음으로 위치를 파악한 것이다.

-젠장, 대공의 개들이 갑자기 도대체 어디서 나타난 거야!

-아악! 어깨가, 내 어깨가!

마르시아에게 마음의 소리가 들렸다. 거리가 좀 되는지 또렷하게 들리지는 않았다.

'꽤 멀리 있는 모양이니, 움직여도 괜찮겠지.'

그녀는 몸을 한껏 웅크린 채 재빨리 라리사와 파비안에게 다가갔다.

"라리사! 괜찮니?"

"언니!"

그리 위험하지 않다고 판단한 파비안이 안고 있던 팔을 풀자, 라리사가 마르시아의 품에 달려들었다.

자매는 서로를 꼭 끌어안았다. 마르시아가 라리사의 머리를 쓰다듬고, 두 뺨을 감싸 쥐며 다친 곳은 없는지 확인하고, 또다시 품에 끌어안았다.

"언니가 미안해. 라리사, 지켜주지 못해서 정말 미안해……."

마르시아의 목소리가 젖어들었다. 그것은 라리사도 마찬가지였다.

"언니가 와줄 줄 알았어요. 언니와 대공님이 올 것만 믿고 기다렸어요."

그 장면을 한 발짝 떨어진 옆에서 파비안이 따뜻한 시선으로 바라보고 있었다.

셋 중 아무도 빌레인을 신경 쓰지 않았다.

'이럴 수가 있나?'

빌레인의 입가에서 오기 어린 웃음이 사그라들었다. 얼마 전까지만 해도 그가 블리크가에서 가장 귀한 존재였는데. 지금은 그가 업신여겼던 두 동생에게 무시당하며 죽어가고 있었다.

'아, 아니군. 나름대로 일관성이 있잖아.'

어머니에게 버려졌고, 잠시 손을 잡았던 자에게 배신당했다. 그의 인생은 배신당하고 버려지는 일뿐이었다.

"크큭……."

눈앞이 점차 흐려졌다.

마지막으로 어머니를 보았던 날이 떠올랐다. 함께 데려가 달라고 울며 조르는 그의 작은 손을 뿌리치던 어머니. 오래되어 흐릿해진 기억 속에, 오로지 또렷한 것은 라리사와 꼭 닮은 어머니의 얼굴뿐이었다.

'배신자.'

빌레인의 얼굴에 비웃음 비슷한 것이 떠올랐다. 그의 숨이 잦아들다가 마침내 멈추었다.

"……!"

마르시아가 순간 파르르 몸을 떨며 입술을 깨물었다. 그녀는 라리사가 아무것도 보지 못하도록 가슴에 꼭 끌어안았다. 자매를 지켜보던 파비안이 황급히 빌레인에게 시선을 돌렸다.

빌레인은 눈을 부릅뜬 채 천장을 노려보며 누워 있었다.

"……"

파비안은 그를 잠깐 쳐다보다가 조용히 허리를 숙이고 팔을 뻗어 그의 눈을 감겨주었다.

마르시아는 빌레인에게서 등을 돌린 채 입을 꾹 다물고 있다가, 잠시 후에 말했다.

"여기서 탈출해야 해요."

아이반이 혼자 도망친 게 아니라면, 아직 그들이 타고 온 자동차가 근처에 있을 터였다. 밖에 적이 몇 명이나 있는지 모르겠지만 최대한 빨리 이곳을 벗어나야 했다. 혹시라도 적이 가까이 다가와 이 집에 불을 지르기라도 하면 큰일이니까.

"라리사, 저 테이블 밑에 숨어 있어. 파비안, 잠깐 뒷문으로 나가서 자동차가 아직 그대로 있나 좀 살펴보고 올게요."

"마르시아! 차라리 제가……."

"아니, 파비안보다 제가 가는 게 나아요. 전 주변에 적이 있는지 아닌지 바로 알 수 있으니까요. 조심할게요!"

파비안이 말릴 새도 없이, 마르시아는 뒷문 쪽으로 달려갔다.

"이런……."

파비안은 혀를 내두르며 재빨리 창가로 달려갔다. 혹여라도 적들이 마르시아 쪽으로 시선을 돌리지 못하게 해야 했다.

그는 일부러 슬쩍 창문 너머로 자기 모습을 내보였다.

퍽! 이쪽을 보고 있었는지, 빗맞은 적의 총알이 창틀을 쪼개 놓았다. 파비안이 한쪽 입꼬리를 끌어 올려 웃으며 총알이 날아온 쪽으로 방아쇠를 당겼다.

파비안의 총소리를 뒤로하고, 마르시아가 조심스레 뒷문을 열고 주변을 살폈다.

'……아무도 없는 것 같지?'

다행히 사람 그림자는 보이지 않았고, 근처에서 발소리나 마음의 소리도 들리지 않았다. 적들의 시선은 건물 앞쪽에 집중된 듯했다.

'아까 저쪽 큰 나무들 사이에 자동차와 말을 세웠었지.'

그녀는 건물 그림자에 숨어 살금살금 발걸음을 옮겼다.

'있다!'

말들은 보이지 않았지만 아이반의 자동차는 아까 세워둔 그대로 서 있었다. 그리고 불안에 가득한 누군가의 마음의 소리가 들려왔다.

-죽는다! 틀림없이 죽고 말 거야!

'아이반…… 인가?'

가까이 가보니, 예상대로 마음의 소리는 아이반의 것이었다. 지붕이 없는 자동차의 앞좌석 아래 바닥에 아이반이 엎드려서 양손으로 귀를 틀어막고 덜덜 떨고 있었다.

'그래도 혼자 도망치진 않았네.'

마르시아가 그의 어깨를 두드렸다.

"아이반!"

화들짝 놀란 아이반이 간신히 고개를 들었다. 그의 얼굴은 막 울음을 터뜨리기 직전이었다.

"부, 부인……."

겁을 잔뜩 먹은 게 분명했지만, 마르시아는 그를 달래줄 생각이 없었다.

"운전해요, 빨리! 여기서 도망쳐야 하니까."

"그, 그게…… 못 움직이겠……."

그는 가엾게도 몸을 너무 심하게 떨었다. 얼마나 오래 웅크리고 있었는지 몸이 뻣뻣하게 굳어 있었다. 아이반이 꾸물꾸물 미적거리자 마르시아가 낮게 외쳤다.

"에잇, 비켜요. 내가 할 테니."

빙의하기 전의 일이지만, 그녀는 운전면허도 땄다.

'1종 보통이었다고. 트럭도 몰아봤단 말이야!'

자동차가 아니라 자동차의 할애비라도 몰아야 했다. 그녀는 재빨리 운전석에 올라탔다. 하지만 운전대를 잡고 발밑을 내려다보자마자 당황하고 말았다.

'헉! 페달이 없잖아?'

가속 페달도, 브레이크 페달도, 기어변속을 위한 클러치 페달도 없었다. 그녀는 아직도 몸을 웅크리고 있는 아이반에게 외쳤다.

"이거 어떻게 움직이는 거죠? 시동은 걸려 있는 거예요?"

"예, 예! 그, 그, 그…… 밸브를 여시면. 운전대 제일 가운데 있는 밸브를 돌리세요. 엔진으로 스팀을 보내는 밸브입니다."

아이반은 고개를 들지도 않고 대답했다. 그러고 보니 운전대에는 방향 전환을 위한 것 말고도 휠이 여러 개 겹쳐 있었다. 제일 가운데 있는 작은 휠을 돌려 여니, 자동차가 서서히 움직이기 시작했다.

'이게 가속 페달 같은 거구나.'

"브레이크는요!"

"배, 밸브를 도로 잠그세요. 아니면 옆쪽의 스틱을 뒤쪽으로 당기면 급제동이 걸릴 겁니다."

아이반의 말대로 해보니 그리 어렵지 않은 것 같았다. 전에 자동차 공장에 갔을 때보다 훨씬 더 쉽고 편하게 운전할 수 있도록 개량을 거친 모양이었다.

마르시아가 마지막으로 물었다.

"후진은요?"

"……."

아이반에게서는 아무 대답도 들려오지 않았다. 그녀가 재차 물었다.

"아이반! 후진은?"

"……후진!"

그때까지 고개를 처박고 떨기만 하던 아이반이 갑자기 번쩍 고개를 들었다. 생기가 하나도 없던 그의 붉은 눈동자에 광기가 깃들었다.

"그렇구나! 말이 끄는 게 아니니, 옆이나 뒤로 움직일 수도 있겠군! 이 생각을 왜 못했지? 바퀴를 뒤로 굴리려면 구동계를 완전히 반대로……. 아냐. 전부 다 뒤집을 필요는 없고……."

아이반이 속사포처럼 중얼거렸다. 마르시아가 고개를 내저었다. 아이반의 도움을 받기는 그른 것 같았다.

'할 수 있어, 마르시아. 일단 가서 파비안과 라리사부터 태우고, 뒷일은 그때 생각하자.'

마르시아가 운전대의 밸브를 돌려 열자 자동차가 서서히 움직이기 시작했다. 그런데 나무 그늘에서 벗어나자마자 저 앞쪽에서 마음의 소리가 들렸다.

-저게 도대체 뭐지?

바로 다음 순간, 사람 그림자가 튀어나왔다. 조금 전 혼란스러워하는 마음의 소리를 낸 자였다.

"거기 멈춰!"

남자가 마르시아를 향해 총을 겨누었다.

'헉.'

마르시아가 재빨리 머리를 숙이자 탕! 소리와 함께 뭔가가 귓가를 스쳐 지나가는 느낌이 났다.

'……맞을 뻔했어.'

눈앞이 아득해졌다. 동시에 오기가 생겼다.

'내가 여기서 죽을 줄 알고?'

그녀는 입술을 꽉 깨물었다 놓으며 소리 높여 외쳤다.

"죽기 싫으면 거기서 당장 비켜!"

그리고 가속 밸브를 가차 없이 끝까지 열어버렸다. 자동차에 순식간에 속도가 붙었다. 마르시아의 머리카락이 사정없이 휘날렸다.

자동차가 똑바로 적을 향해 달렸다. 그녀는 적을 노려보며 핸들을 꾹 눌러 쥐었다. 비키지 않으면 마지막의 마지막에 가서 핸들을 꺾을 생각이었다.

그러나 남자는 오히려 그녀를 노려보며 총구를 들어 올렸다.

'제발 비켜!'

마르시아가 눈을 질끈 감으려던 찰나였다.

"제, 젠장!"

적은 마르시아가 핸들을 꺾기 직전, 아슬아슬하게 옆으로 몸을 날려 비켰다. 그녀가 안도의 한숨을 내쉬는 순간이었다.

탕! 누군가가 총을 쏘았다. 마르시아가 반사적으로 몸을 움츠렸다.

"컥!"

조금 전까지 차를 막고 섰던 남자가 신음을 토했다.

'우리 편이구나!'

파비안이었을까, 제이크였을까. 아니면 다른 호위병들일 수도 있었다. 하지만 딴생각을 할 겨를 따윈 없었다.

마르시아가 큰 소리로 외쳤다.

"파비안! 라리사를 데리고 뒷문으로 와요!"

적이 제아무리 빠르게 달려와 봤자, 자동차보다 빠를 순 없을 것이다.

그녀는 브레이크 스틱을 당기며 핸들을 확 꺾었다. 끼익! 차가 크게 흔들리면서 바퀴의 고무 타이어가 찢어지는 듯한 소리를 냈다. 방향 전환을 마치자마자 스틱을 놓았다. 덕분에 속도를 거의 그대로 유지할 수 있었다.

"이렇게 거친 운전이라니……!"

마르시아의 드리프트에 아이반의 눈이 마구 흔들렸다. 어느새 바닥에서 몸을 일으킨 그가 순식간에 조수석에 몸을 붙여 앉았다. 그는 '아하, 이래서였구나' 하고 중얼거리며 재빨리 안전벨트를 맸다.

뒷문이 가까워지자 마르시아가 얼른 핸들을 돌려 밸브를 닫았다.

'앗, 속도가 아직도 빠르잖아.'

시제품이라 그런지, 그녀가 몰아봤던 자동차들만큼 제동이 빠르게 되지 않았다.

파비안이 라리사와 함께 뒷문에서 빠져나오는 게 보였다. 그런데 자동차의 속도가 문 앞에 맞춰 멈출 수 있을 만큼 줄어들지 않았다. 마르시아가 파비안에게 외쳤다.

"안 되겠어요. 한 바퀴 더 돌고 올게요!"

"아니, 방향 틀지 말고 그대로 이쪽으로 오십시오!"

어쩌려는 걸까?

자동차가 문에 가까워진 순간이었다. 파비안이 라리사를 어깨에 걸치듯 한 팔로 안아 들더니, 뒷좌석으로 훌쩍 뛰어올랐다.

"……위험하잖아요!"

깜짝 놀란 마르시아가 뒤를 돌아보았다. 라리사를 좌석에 조심스레 내려놓는 파비안과 눈이 마주쳤다.

"마르시아, 당신……."

그의 붉은 눈동자가 반짝이고 있었다. 새삼스럽게 또다시 반한 것만 같은 눈빛이었다.

뭐, 뭔데? 왜 그런 눈빛인 건데?

마르시아가 당황하며 운전대를 가리켰다.

"우, 운전하실래요?"

그녀의 질문에 파비안이 고개를 저었다. 그는 웃으며 말했다.

"계속하십시오. 전 제가 잘하는 걸 하겠습니다."

파비안은 순식간에 리볼버의 빈 탄창을 채우고, 그들을 쫓아오는 적을 향해 총을 겨누었다.

"니코스! 니코스 어딨어!"

로랑 백작가의 타운하우스로 돌아온 리샤르가 도미닉의 비서 이름을 불렀다. 그는 다음 역에서 내려서 바로 되돌아왔지만, 그가 추적할 수 있었던 건 거기까지였다. 이미 대공 부부는 다른 단서를 잡아 사라진 후였다.

빌레인이나 대공 부부가 어디로 향했는지 리샤르로서는 알 도리가 없었다. 혹시나 해서 야유회 장소로 돌아가 보았으나, 야유회는 이미 엉망으로 끝나 아무도 남아 있지 않았다. 아드리안마저도 어디 갔는지 보이지 않았다.

'설마 내가 준 잘못된 정보를 믿고 다음 기차에 타서 그 멀리까지 가진 않았겠지. 파비안이 나처럼 멍청하지 않았어야 할 텐데.'

그는 절망적인 심정으로 생각했다.

'역시 아버지에게 직접 물어보는 수밖에 없나.'

그러나 이내 리샤르는 고개를 저었다. 도미닉이 그에게 진실을 알려 줄 리가 없었다. 대신 다른 아이디어가 떠올랐다.

'아버지의 명령이었다면, 니코스가 알고 있을 거야.'

도미닉이 하는 일은 대부분 비서인 니코스를 거쳤다. 아무 단서도 없이 혼자 이리저리 뛰어다니는 것보다 니코스에게서 정보를 빼내는 편이 몇 배는 빠를 터였다.

그래서 리샤르는 곧장 백작가의 타운하우스로 향했다. 마침 니코스는 거기 있었다.

"저를 찾으셨습니까, 리샤르 도련님."

니코스가 나타나자, 리샤르가 그에게 덤벼들듯이 말했다.

"당신은 다 알고 있지? 아버지가 무슨 짓을 했는지 말이야!"

"무슨 말씀이신지."

"아버지가 빌레인 블리크와 짜고 라리사 양을 납치했잖아! 어디로 갔냐고!"

리샤르가 거침없이 외쳤지만, 니코스의 포커페이스에는 흔들림이 없었다.

"아무리 물어보셔도 저는 아무것도 말씀드릴 수 없습니다."

"당장 말해. 나는 이 집안의 후계자야. 알 자격이 있다고!"

"아니요. 도련님은 아직 성인이 되지 않으셨습니다. 어린아이는 어른의 배려와 보살핌을 받으면 됩니다. 그뿐입니다."

니코스는 단호했다. 그러자 리샤르가 말을 내뱉었다.

"됐어, 다른 사람에게 물어보면 되니까!"

그는 곧바로 경비대장에게 찾아갔다. 그는 백작가 사병들의 총 책임자였다. 리샤르가 캐묻자 경비대장은 곤란하다는 듯 말했다.

"리샤르 도련님. 백작님께서 말씀해 주시지 않는 데는 다 이유가 있는 겁니다."

"당신도 날 어린애 취급하겠다는 거야?"

"실제로 어리시지 않습니까."

그는 리샤르의 말을 귓등으로도 들으려 하지 않았다. 집안을 물려받으면 잘라 버리겠다고 협박해 봐도 돌아오는 것은 코웃음뿐이었다.

'난 이 집안의 후계자인데.'

그는 로랑 백작가의 이인자여야 했다. 그런데 실은 저택 안의 모든 사람이 다 그를 어린애라고 생각하고 있었다. 겉으로만 고개를 숙이며 그저 비위를 맞춰줬을 뿐이었던 것이다.

그는 충격에 빠져 생각했다.

'아버지의 허락 없이는 난 아무것도 아니었어.'

그가 쥐고 있는 권력은 허상이었다. 실권은 다른 사람들 손에 있었다.

그때 도미닉이 방에서 내려왔다.

"웬 소란이냐, 리샤르."

도미닉의 얼굴을 보자 다시 화가 치솟았다.

"아버지! 어떻게 이러실 수가 있죠?"

리샤르가 외쳤다.

"죄 없는 어린 소녀에게 무슨 짓을 하신 겁니까!"

"블리크가의 그 아이 말이냐? 올바른 보호자에게 돌아간 것뿐이다."

"아뇨, 본인의 의사와 상관없이 납치당한 거잖아요! 그것도 아버지의 명령으로⋯⋯."

짝!

도미닉의 두꺼운 손바닥이 리샤르의 뺨을 내리쳤다. 리샤르가 제 뺨을 감싸 쥐고 충격받은 눈으로 도미닉을 쳐다보았다.

"겨우 그런 것 때문에 이렇게 온 집안에 소란을 일으키다니. 당장 네 방으로 가거라."

"그런 것이라니요. 파비안 그놈이 아버지께 가야 할 자리를 빼앗아 간 거야 알지만, 라리사 양은 아무 관련도 없잖아요!"

"관련이 없다고? 그 계집아이의 정체를 알면 너도 놀라 나자빠질 게다."

"……정체요?"

라리사의 정체가 뭐 어쨌단 말인가. 리샤르가 눈썹을 찌푸렸지만, 도미닉은 그 이상 말해주지 않았다.

"시간이 지나면 깨닫게 될 거다. 결국 이게 다 널 위한 일이란 걸 말이야."

"어린 여자아이를 보호자에게서 억지로 떼놓는 게 절 위한 거라고요?"

"제대로 된 보호자에게 보낸 거야. 대공비 같은 뻔뻔한 여자가 아니라."

도미닉의 말에 리샤르가 입을 꾹 다물었다. 그는 빌레인에 대해 아는 게 별로 없었다. 그가 아는 건 라리사가 제 발로 빌레인을 따라나서지 않았을 거라는 사실과 그 배후에 도미닉이 있다는 것뿐이었다.

이상하게도 그 순간 떠오른 건 마르시아의 얼굴이었다. 자기 동생을 끔찍이도 아끼던 대공비. 그 여자가 라리사의 제대로 된 보호자가 아니라니, 말도 안 된다.

그때 도미닉이 혀를 끌끌 차며 말했다.

"뭣들 하느냐, 리샤르를 자기 방으로 보내지 않고."

도미닉의 말에 하인 하나가 리샤르에게 다가갔다.

"자, 도련님. 주인님 말씀을 들으셔야죠."

아이를 달래는 듯한 말투에, 리샤르는 화가 치솟았다. 그는 하인의 손을 뿌리치며 도미닉에게 외쳤다.

"절 위한 거라고요? 핑계 대지 마세요. 결국 전부 아버지 본인을 위한 일이잖아요!"

리샤르가 뒤돌아 뛰쳐나갔다. 잠자코 지켜보고 있던 니코스가 물었다.

"붙잡아 올까요?"

"내버려 둬. 제까짓 게 돌아오지 않고 배기겠어? 갈 데도 없을 텐데. 그보다 그쪽은 어떻게 되었지?"

"지금쯤 독이 든 식사를 마쳤을 겁니다."

니코스의 보고에 도미닉은 만족스러운 표정으로 고개를 끄덕였다.

'여기 있던 내 말 어디 갔지?'

현관문 앞에 세워 두었던 리샤르의 말이 사라졌다. 그새 마구간에 데려간 모양이었다.

"당장……."

아니다. 리샤르는 하인을 불러 말을 데려오게 하려다 그만두었다.

'어차피 하인들도 다 날 아무것도 할 줄 모르는 어린애라고 생각하고 있겠지.'

지금은 이 집안의 그 누구와도 말을 섞고 싶지 않았다. 그는 콧잔등에 잔뜩 주름을 잡은 채 건물 뒤쪽에 있는 마구간으로 향했다.

그런데 막 모퉁이를 돌기 전, 수상한 장면이 눈에 띄었다.

'……뭐 하는 거지?'

하인 전용 출입구 앞에 허름한 마차가 한 대 세워져 있었다. 그리고 하인 복장을 한 건장한 남자 둘이 마차에서 여자를 하나 끌어내 건물 안으로 나르고 있었다. 여자는 꽁꽁 묶여 있었고, 축 늘어진 게 아무래도 의식이 없는 것 같았다.

'저건 또 누구야.'

리샤르는 눈썹을 찌푸렸다. 평소였다면 하인들이 무슨 짓을 하든 그냥 지나쳤을 것이다. 아니, 애초에 하인들만 드나드는 문 쪽에 올 일조차 없었다.

하지만 지금은 그의 아버지가 빌레인이 라리사를 납치하게 만든 장본인이라는 것을 알고 난 직후였다.

'……'

리샤르는 주먹을 꾹 쥐고 눈가를 문질렀다. 지금까지 그의 등 뒤에서 이런 일이 얼마나 벌어지고 있었던 것일까.

'수상해.'

직감이 그의 등을 떠밀었다. 그는 조용히 하인 전용의 문으로 다가갔다.

"은근히 무겁네, 이 여자."

"원래 기절한 사람은 다 무거워. 보고하러 가기 전에 일단 여기 창고에 가둬두자."

"깨어나진 않겠지?"

"깨어나 봤자 묶여 있으니 문제없어."

저택에 다 왔으니 안전하다고 생각했는지 두 남자는 별 거리낌 없이 소리 내어 대화했다. 리샤르는 구석에 숨어서 그들이 여자를 창고에 내려놓고 위층으로 올라가는 것을 확인한 다음, 창고 안으로 들어갔다.

창고 바닥에 묶인 채 쓰러져 있는 것은 생전 처음 보는 중년 여자였다. 입에는 재갈까지 물려 있었다.

혼자서 기절한 사람을 데리고 나갈 자신은 없었다. 리샤르는 여자의 어깨를 잡아 흔들었다.

"으으……."

다행히도 여자는 신음을 흘리며 눈을 떴다. 비명이라도 지를까 봐 리샤르는 재갈 위를 제 손으로 눌러 막았다.

"쉿. 조용히 한다고 약속하면 재갈을 풀어주겠어."

여자가 눈을 동그랗게 뜨고 열성적으로 고개를 끄덕였다. 리샤르는 재갈을 풀어주고 물었다.

"당신 누구야?"

여자는 재빨리 리샤르를 훑어보았다. 눈치가 빠른 여자였다. 옷차림과 말투에서 리샤르가 귀족 자제인 것을 알아보고 곧바로 존대를 했다.

"저, 전 할리라고 합니다."

"그래. 할리. 그래서 누구라고?"

"블리크가에서 유모로 일하고 있습니다."

"……블리크가."

역시 라리사와 관련 있는 사람이었다. 리샤르의 직감이 맞았던 것이다.

"왜 잡혀 온 건데?"

"저도 몰라요. 잠시 저택 앞에 나갔는데 다짜고짜……."

유모가 애처롭게 대답했다. 하지만 반은 거짓말이었다. 그녀는 납치된 이유를 대충 짐작하고 있었다.

둘 중 하나일 것이다. 빌레인이 도박 빚을 갚지 못하고 도망쳐서 재수 없게 말려든 것이든가, 아니면 지하실의 비밀을 알게 된 누군가가 그녀에게 진실을 캐물으려는 것이었다. 어느 쪽이든 입을 잘못 놀렸다가는 좋은 꼴을 못 볼 게 뻔했다.

그래서 그녀는 적어도 상황을 정확히 파악하기 전까지 입을 꾹 다물기로 했다. 대신 주위를 둘러보며 물었다.

"여긴 어디죠? 도련님은 어느 가문의 자제분이신가요?"

"그건 알 거 없어."

리샤르는 인상을 썼을 뿐, 더 캐묻지 않았다. 블리크가의 유모라면 라리사나 빌레인을 맡아 키웠을 것이다. 리샤르 자신의 유모를 생각해 보면, 이 여자가 뭘 알 거라고는 생각되지 않았다.

'그저 뭐라도 약점을 잡으려 납치해 온 거겠지.'

"탈출시켜 줄 테니 조용히 따라와."

"가, 감사합니다, 도련님!"

"알겠으니까 입 다물어."

리샤르는 유모의 몸을 묶고 있던 밧줄도 풀어주었다. 그리고 몰래 나가 자신의 말에 유모도 함께 태워 무사히 빠져나왔다.

그가 유모를 데리고 갈 만한 곳은 한 군데뿐이었다. 대공가의 타운하우스.

"리샤르 로랑이다. 문 열어!"

그는 말에서 내리지도 않고 대문 앞에서 막무가내로 외쳤다. 백작가에서도 유모가 없어진 걸 금세 알아챘을 것이다. 추적자가 금방이라도 등 뒤에 나타날까 봐 마음이 조급했다.

로랑이라는 이름에 문지기가 허락을 구하러 안으로 뛰어들어갔다.

"여, 여긴 어디……."

등 뒤에 탄 유모가 불안해하며 주위를 두리번거렸다. 타운하우스라고 부르기 힘든 거대한 규모의 대저택을 앞에 둔 그녀는 불안해졌다.

설마…….

리샤르가 대답했다.

"걱정 마. 당신과 아주 잘 아는 사람이 있는 곳이니까. 적어도 아까 거기보다는 안전할걸."

그때 대문이 안으로 열렸다.

"들어오시죠, 리샤르 님."

무표정한 얼굴로 그를 맞이한 것은 포투스였다.

✦

대공가의 타운하우스가 소란스러워진 것은 한밤중이 다 되어서 였다.

"주인님께서 돌아오셨다!"

초조하게 응접실을 서성이던 리샤르가 그 말을 듣자마자 곧바로 현 관으로 뛰쳐나갔다. 마침 파비안이 안으로 들어오다 그와 눈이 마주 쳤다.

"리샤르?"

리샤르의 시선은 곧바로 파비안의 품으로 향했다. 그의 팔에 축 늘 어진 라리사가 안겨 있었다. 라리사의 두 눈은 조용히 감겨 있었다.

"……!"

리샤르의 안색이 창백해졌다. 설마, 설마. 그가 차마 입을 떼지 못 하고 있는데, 옆에서 마르시아의 목소리가 들렸다.

"쉿."

그녀는 검지를 입술에 가져갔다.

"조용히 해. 잠들었으니까."

"아……."

잠든 거였구나.

잔뜩 긴장했던 리샤르의 양어깨에서 힘이 빠져나갔다. 그가 안도의 한숨을 내쉬는 걸 보고 마르시아가 엷게 미소 지었다.

"침실에 데려가 눕히고 올 테니 잠시 기다려 줘."

리샤르는 마르시아의 말대로 얌전히 응접실로 돌아가서 기다렸다. 잠시 후, 마르시아와 파비안이 돌아왔다.

"……."

리샤르는 늘 파비안만 보면 빈정거리거나 시비를 걸곤 했었다. 하지만 이제 와서는 그럴 수가 없었다. 그는 죄인의 아들이었다. 그래서 그는 어색하게 침묵을 유지하며 파비안이나 마르시아 둘 중 아무나 입을 열기를 기다렸다.

먼저 말을 꺼낸 것은 마르시아였다.

"리샤르 군. 라리사가 실종되었다는 소식을 듣고 제일 먼저 기차역으로 달려갔다며? 범인인 것 같은 사람을 목격하고 일부러 알려주기도 했고."

언제나 그에게 뾰족하게 굴던 마르시아의 말투가 오늘따라 상냥했다. 입가엔 부드러운 미소까지 짓고 있었다. 그가 도와주려고 했다는 걸 알기 때문인 걸까.

하지만 그의 아버지가 저지른 일이 없어지는 것은 아니었다. 리샤르는 풀이 죽은 채 대답했다.

"그래 봤자 다 소용없는 짓이었잖아요. 엉뚱한 놈이나 쫓아갔으니……."

파비안이 고개를 가로저었다.

"아니, 그렇지 않아. 도움이 되었다. 네가 먼저 따라가 준 덕분에 우리가 미행 없이 빌레인을 뒤쫓을 수 있었거든."

"고마워. 라리사를 찾으려고 애써줘서."

파비안에 이어 마르시아까지. 생각지도 못한 칭찬과 감사의 말에 리샤르는 파란 눈을 크게 떴다가, 이내 들릴 듯 말 듯 작게 쳇, 소리를 내며 시선을 돌렸다.

"고맙다는 말은 넣어두시죠. 아무래도 라리사 양을 납치한 범인의 뒤에 제…… 아버지가 있는 것 같으니까."

투덜거리는 말투였지만 끝으로 갈수록 목소리가 작아졌다.

"어머? 거기까지 알고 있었어? 언제부터 알았지?"

"……기차에 탄 다음부터요."

"아하."

마르시아도 파비안도 전혀 놀란 것 같지 않았다.

'그럼 아버지가 사주한 일이란 걸 알고도 내게 고맙다고 했단 말이야?'

리샤르가 고개를 푹 숙였다.

"……라리사 양은 괜찮은 거죠?"

"아무 데도 다치지 않았어."

그렇다면 됐다. 리샤르가 슬그머니 자리에서 일어섰다.

"사람을 좀 데려왔는데, 옆방에서 기다리고 있을 겁니다."

"누군데?"

리샤르는 대답 없이 옆방 문을 노크했다. 그러자 감시할 겸 함께 기다리던 포투스가 문을 열어주었다.

옆방에서 나타난 사람을 보고 마르시아가 깜짝 놀랐다.

"……유모!"

"마르시아 아가씨?"

포투스는 기다리면서 유모에게 아무것도 설명해 주지 않았다. 마르시아를 보자 유모는 안심하면서도 동시에 불안해했다.

마르시아 또한 유모가 별로 반갑지 않았다. 그래서 표정이 어딘가 떨떠름했다.

그들을 지켜보던 파비안이 리샤르에게 물었다.

"어떻게 된 거지?"

"우리 저택으로 납치되어 왔길래 내가 몰래 빼돌렸어…… 요."

"아."

파비안은 순식간에 도미닉의 속내를 눈치챘다.

'빌레인을 너무 급히 죽인 게 아닌가 했는데, 보험을 들어두었었군.'

라리사를 성공적으로 손에 넣고 유모까지 납치했다면, 그다음 수순은 뻔했다. 마르시아를 법정에 세우려던 것이겠지. 현실적으로 유죄 판결을 받긴 어렵겠지만 구설수에 오르기에는 충분했다. 대공비로서 자격이 없다는 주장을 할 수 있게 되는 것이다.

'숙부의 계획이 단단히 어그러졌겠어.'

그는 새삼스레 그의 사촌을 바라보았다. 리샤르는 어디까지 알고 저지른 것일까. 파비안이 입을 열었다.

"밀린 이야기가 많겠군요, 마르시아. 잠시 두 사람이 이야기를 나누도록 자리를 비워 드리지요. 리샤르, 잠시 옆방으로 건너가지."

파비안이 그렇게 핑계를 대며 리샤르를 데리고 옆방으로 이동했다. 사실 리샤르가 조금 더 마음 놓고 편하게 이야기할 수 있도록 하기 위함이었다. 아무래도 유모가 듣는 곳에서 하기 껄끄러운 이야기이기도 했다.

파비안이 리샤르에게 자리를 권하며 말을 꺼냈다.

"우선 고맙다는 인사부터 해야겠군, 리샤르. 저 사람을 데려와 준 게 나나 비에겐 정말 큰 도움이 될 거야."

"……그래?"

왤까. 단순한 유모가 아니었나? 리샤르가 되묻기 전에 파비안이 먼저 말했다.

"그 말은 네 아버지가 네게 단단히 화가 났을 거라는 뜻도 된다."

리샤르가 얼굴을 조금 구겼다.

"어떻게 된 거야? 왜 아버지가 라리사 양을……. 아버지는 내가 라리사 양의 정체를 알면 놀랄 거라고 했어. 그리고."

파비안이 굳은 표정으로 그를 응시했다.

"계속 말해봐."

"라리사 양을 납치한 건 친오빠였고. 그것도 모자라 블리크가의 유모까지 납치했지. 전부 대공비와 관련 있는 사람들……."

"그럼 짐작되는 게 있을 텐데."

물론 있었다. 방법은 모르겠으나 그의 아버지는 대공비를 공격하려 한 것이다.

믿고 싶지 않았다.

도미닉이 욕심 많은 사람이라는 것 정도는 리샤르도 알았다. 그 꼴이 우스워 아버지를 은근히 무시해 왔던 그였으니까.

마땅히 도미닉에게 갔어야 할 작위를 파비안이 비겁한 수단으로 가로챘다. 그의 아버지는 자기 것을 되찾으려는 것뿐이었다.

……라고 생각해 왔었다.

'하지만 이건 아니잖아.'

혈통과 마음가짐이야말로 귀족을 귀족답게 만들어주는 것이었다. 그것이 도미닉의 가르침이었다.

그런데 아무 잘못도, 관련도 없는 여자아이를 납치하다니. 정체는 무슨 정체란 말인가. 비겁했다. 긍지 높은 귀족이 할 만한 일이 아니었다. 그런 모습을 보이다니. 그것도 하필 파비안에게.

리샤르는 고개를 푹 숙였다. 무릎에 얹은 주먹이 부들부들 떨렸다. 화가 났다. 동시에 부끄러웠다.

파비안이 그런 리샤르를 가만히 쳐다보다가 입을 열었다.

"그래서 앞으로 어떻게 할 거지? 지금 당장 집으로 돌아갔다가는 별로 좋은 꼴을 보지 못할 텐데."

"……집엔 안 가."

"가출이라. 그냥 여기 잠시 머무르지그래?"

"뭐?"

파비안의 제안에 리샤르가 흠칫 놀라며 고개를 들었다.

"……그럴 순 없어."

그럴 면목이 없었다. 도미닉을 대신해 사과해도 모자랄 판인데.

"아카데미 기숙사로 돌아갈 거야."

"흠……. 그래, 그편이 나을지도 모르겠군."

파비안이 뭔가 생각하는 듯한 표정을 짓다가 한 손으로 머리카락을 쓸어넘겼다.

"방을 내어줄 테니 적어도 오늘 밤은 머물도록 해. 원하는 만큼 더 있어도 상관없다."

리샤르는 뭐라고 말하려는 듯 얼굴을 찌푸리고 입을 벌렸다가, 도로 다물며 작게 고개를 끄덕였다.

지금은 그저 라리사의 얼굴을 한 번 더 보고 싶었다.

한편, 파비안이 리샤르와 포투스를 데리고 옆방으로 건너가자 응접실에는 마르시아와 유모만 남았다.

"오랜만이네, 유모."

"아가씨……."

유모가 머뭇거리다 입을 열었다.

"라리사 아가씨를 데리고 계신다면서요? 빌레인 도련님이 아주 화가 났던데요."

"그래. 그랬었지."

마르시아는 씁쓸하게 대답했다.

"아가씨가 사라진 날 집안이 어찌나 발칵 뒤집혔던지. 사실은 얼마 못 가 바로 붙잡혀 돌아오실 거라고 생각했는데, 한참을 안 돌아오시더니 결국 결혼 소식이 들려오더군요."

유모가 황홀한 눈으로 화려하게 장식된 응접실을 둘러보았다.

"아가씨가 대공비라니. 눈으로 보고서도 믿기지 않네요."

못 믿을 만도 하다고 마르시아가 생각했다. 유모가 기억하는 그녀는 골치 아픈 망나니에 가까웠으니까.

"라리사 아가씨는……."

유모가 그녀의 눈치를 슬쩍 보며 말을 꺼냈다. 마르시아는 딱 잘라 대답했다.

"잘 지내. 다른 아이들처럼 평범하게 말이야."

"어머…… 그렇군요. 잘됐네요."

그녀는 의외라는 듯 놀란 표정을 지었다. 그것을 본 마르시아가 눈썹을 모았다.

'설마 내가 라리사를 새 지하실에 가둬두었으리라고 생각했던 건 아니겠지.'

"유모. 물어보고 싶은 게 있어. 어머니에 대한 일인데."

"돌아가신 마님이요?"

"……그래."

마르시아가 심호흡을 한 후 입을 열었다.

"어머니는 정말 돌아가셨어? 실은 어디 다른 곳으로 갔다거나……."

유모의 표정이 조금 굳어졌다.

"빌레인 도련님을 만나셨군요. 도련님이 늘 하던 말씀이죠."

"그래서 그게 정말이야?"

"아가씨. 저는 마님께서 돌아가셨다고 들었어요. 제가 일하기 시작한 건 돌아가신 이후예요. 전 돌아가신 마님을 뵌 적도 없어요. 단 한 번도요."

"그래…… 그렇구나."

"노스트랜드에 오래 살았던 이웃들이나, 주인님의 친구분들이라면 아실지도 모르겠네요."

그렇게까지 하고 싶지는 않았다. 어머니가 죽었건 살아서 도망쳤건, 마르시아와 라리사에게는 하등 관련 없는 일이니까. 그보다 도미닉의 마수를 피해 안전하게 살아남는 게 훨씬 중요했다.

마르시아가 유모를 똑바로 쳐다보며 입을 열었다.

"이제 블리크가에 유모를 필요로 하는 사람은 아무도 없어. 그러니 저택으로 돌아가지 않아도 좋아. 당신은 해고야."

"……네?"

유모의 안색이 하얗게 질렸다. 마르시아가 씁쓸하게 웃었다. 이제 빌레인이 어떻게 되었는지 말해줄 차례였다.

리샤르를 손님방으로 보내고 나서 파비안은 잠시 응접실에 앉아 있었다. 마디가 굵고 긴 손가락이 의자 팔걸이를 천천히 두드렸다.

아이들에겐 죄가 없다. 그것은 그가 늘 해오던 생각이었다.

아직 어린 라리사도, 채 성인이 못 된 리샤르도 결국 어른들의 잇속에 휘말려 이리저리 끌려다녔을 뿐이었다. 어른들을 휘두른 것은 돈과 지위, 그리고 명예였다.

'도미닉을 처리해야겠어.'

도미닉은 그를 몇 번이나 죽이려 했고, 아내의 동생을 납치하려 했으며, 결국 아내의 오빠를 죽였다. 그리고 무엇보다, 마르시아를 죽이려 했다.

'문제는 증거인가.'

도미닉이 저지른 일에 물증은 없었다. 그가 파비안에게 보낸 암살자들은 모두 죽거나 도망쳤고, 남긴 물건엔 아무 흔적도 없었다. 물증이 없으니 정식으로 고발해서 재판에 넘길 수는 없었다.

물론 재판에 넘길 생각도 없었다. 재판을 해 봤자 결국 집안싸움인데다, 둘 다 귀족이라는 게 문제였다. 도미닉도 유서 깊은 로랑가의 일원인지라 기껏해야 근신 처분을 받거나 벌금을 좀 내는 정도에서 그칠 터였다.

'그런 가벼운 처벌로 끝나게 둘 순 없지.'

파비안이 한쪽 입꼬리를 끌어 올리며 웃었다.

그는 문득 세상을 떠난 전 대공을 떠올렸다. 인생의 마지막 순간에 손자를 사랑하게 되어 유언장까지 새로 작성한 프레데릭.

그는 순수한 귀족 혈통을 가진 못난 막내아들보다 마녀의 피를 이은 영리한 손자가 차기 대공에 더 적합하다는 결정을 내렸다. 그 아들이 손자에게서 목숨과 함께 대공위를 빼앗으려 하리라는 생각을 하지 못했을 리가 없었다.

파비안은 할아버지의 얼굴을 떠올리며 쓴웃음을 지었다.

'할아버지의 유지를 생각해서 딱 일 년만 참아주려 했었는데.'

전 대공이 원했던, 피바람 불지 않는 권력의 이양은 실패로 돌아갔다.

'암살 따위로 편하게 죽도록 내버려 둘 수는 없지.'

파비안은 주머니에서 작은 약병을 꺼냈다. 빌레인을 독살하려던 도미닉의 부하가 가지고 있었던 약병이었다. 파비안은 그 약병을 손에서 몇 번 굴리다가 포투스에게 건네주었다.

"안에 든 게 뭔지 자세히 알아와 주게. 가능한 한 빨리."

"이틀 안에 알아오겠습니다."

포투스가 약병을 받아 들었다.

그 무렵, 도미닉은 야유회 이후 일어났던 일에 대해 보고를 받았다. 고성과 함께 집무실의 집기가 좀 부서졌고, 도미닉이 집어 던진 물건에 맞은 니코스의 이마가 찢어져서 피가 흘렀다.

"어떻게 이렇게까지 했는데도 실패냔 말이냐!"

도미닉이 분노로 씩씩거렸다. 이젠 인정해야 했다. 파비안을 암살할 방법은 없었다. 할 수 있는 모든 방법을 써보았다. 그러나 독살도, 저격도, 물량 공세도 모두 실패했다.

유일하게 성공한 것은 아무짝에도 쓸모없는 빌레인을 죽인 것뿐. 그러나 그것은 설상가상으로 역효과가 나고 말았다. 블리크가의 유모를 놓쳤기 때문이었다. 멍청한 부하 놈들이 밧줄을 허술하게 묶기라도 했는지, 유모는 흔적도 없이 사라져 버렸다.

"어떻게든 대공비를 끌어내려야 하는데."

그것이 그에게 남은 유일한 방법이었다.

하지만 증인을 놓쳤으니 함부로 고발할 수도 없었다. 라리사를 납치해서 증거로 삼는 방법은 실패로 돌아갔다. 빌레인은 이제 죽었으니 족칠 수도 없었고, 그가 말해준 라리사에 대한 비밀이 진짜인지 확인할 방법도 없었다.

"빌어먹을."

도미닉이 욕설을 퍼부으며 애꿎은 책상을 주먹으로 내려쳤다. 그는 막다른 곳에 몰려 있었다. 이대로 가만히 있다가는 꼼짝없이 대공위를 그 반쪽짜리에게 빼앗기게 생겼다.

그때 손수건으로 이마의 상처를 누르고 있던 니코스가 입을 열었다.

"백작님. 제게 생각이 하나 있습니다."

"뭔데."

니코스가 가까이 다가가 도미닉의 귀에 뭐라고 소곤거렸다. 다 듣고 난 도미닉이 탐탁잖은 표정으로 말했다.

"별로 마음에 드는 방식이 아닌데."

"하지만 아주 간단하죠. 게다가 백작님께 손해가 전혀 없는 방법입니다."

"……그건 그렇군."

도미닉은 팔짱을 끼며 중얼거렸다.

"소문을 낸다…… 라."

"사실에 적당히 거짓을 섞으면 됩니다. 그 여자가 실은 악독하다는 게 알려지면, 그다음 일은 사교계 사람들이 알아서 다 해줄 겁니다. 대공과 국왕 폐하께 항의가 들어갈 테니까요. 산더미처럼 말이죠."

"흐음."

도미닉은 허공을 바라보며 생각에 잠겼다.

라리사가 유모를 직접 만나는 일은 일어나지 않았다.

'절대 안 될 일이지.'

빌레인을 보고도 잘 견뎌내긴 했지만, 가뜩이나 힘들었을 텐데 괜히 유모까지 마주치게 해 더 힘들게 할 필요는 없었다.

유모는 아침이 되기도 전에 타운하우스를 떠났다. 파비안이 대공령 안 깊숙한 곳으로 보내 버린 것이었다. 물론 감시 겸 호위를 딸려 보냈다. 지낼 곳은 마련해 주었으나 사실상 유배나 다름없었다. 아마 유모는 평생 그곳에서 나오기 어려울 것이다.

늦은 아침, 내가 잠에서 깨어났을 때는 이미 유모의 모습은 보이지 않았다. 그 소식을 전해주며 소피아가 속삭였다.

"마님, 안색이 좋지 않으세요."

"……조금 피곤해서 그래. 괜찮아."

푹 자고 났더니 몸은 멀쩡했다. 그러나 어제 있었던 일들 때문에 정신적인 후유증이 남아 있었다. 끔찍한 죽음의 소리를 몇 번이나 들은 데다, 그중엔 사이가 나쁘긴 했으나 어쨌든 혈육이었던 자의 것도 있었으니 그럴 만도 했다.

"라리사는……."

라리사의 침대를 돌아보고 나는 깜짝 놀랐다. 라리사가 식은땀을 흘리며 끙끙 앓고 있었다.

"……라리사!"

"벨만 선생님을 모셔 올게요, 마님."

소피아가 황급히 방을 나섰다.

다행히도 라리사는 단순히 앓아누운 것이었다. 전처럼 충격을 받아 마음의 문을 걸어 잠그지는 않았다. 심하게 놀란 것뿐이니, 이삼 일만 누워 쉬면 나을 거라는 주치의의 말에 나는 가슴을 쓸어내렸다.

"전 괜찮아요, 언니."

"누워 있어. 벨만 선생님 말 들었지? 좀 쉬어야 해."

나는 일어나려는 라리사를 말렸다. 그리고 침대 곁에 앉아서 수건에 차가운 물을 적셔 이마를 닦아주었다.

그런데 문밖에서 자꾸 누군가의 마음의 소리가 들렸다.

-의사가 오다니 무슨 일이지? 어젠 다치지 않았다고 했잖아. 설마…….

불안에 싸인 그 소리의 임자는 쉽게 짐작이 갔다. 모른 체할까, 했는데 어제 그의 행동이 생각났다. 라리사를 찾아 기차역까지 달려가고, 이곳에 찾아와 한밤중까지 우리가 돌아오길 초조하게 기다렸다. 선물까지 가지고서.

"밖에 혹시 리샤르 있으면 잠깐 들어와도 좋다고 해줘."

"예, 마님."

예상대로 문밖을 서성이던 것은 리샤르였다.

"비전하, 라리사. 좋은 아침……."

침대에 누운 라리사를 본 리샤르의 표정이 어두워졌다.

라리사의 얼굴은 열이 올라 온통 발그레했고, 호흡이 불안정했다. 리샤르는 어쩔 줄 몰라 하다 침대 곁으로 다가오지도 못하고 멀찍이 서 고개를 푹 숙였다.

"……미안."

그러자 라리사가 조그맣게 말했다.

"왜 리샤르가 미안해해?"

"그, 그건."

리샤르는 말을 잇지 못했다.

-우리 아버지가 저지른 일이니까…….

리샤르의 죄책감을 일부 엿들은 나는 새삼스러운 눈길로 그를 바라보았다. 제멋대로인 중2병 환자라고 생각했는데 의외로 상식이 있었다. 아니, 그사이에 변한 걸까. 그러고 보니 처음 봤을 때에 비하면 좀 더 자란 것 같기도 했다.

리샤르가 우물쭈물하다가 침대 근처로 다가왔다.

"많이 아파?"

라리사가 고개를 저었다.

"이삼일쯤 푹 쉬면 나을 거랬어."

"아…… 다행이다."

리샤르가 눈에 띄게 안심한 표정을 지었다.

"나, 난 가봐야 해. 아카데미로 돌아가려고. 가기 직전에 잠깐 들른 거야. 괜찮은지……."

그는 손바닥으로 제 허벅지를 문질렀다. 어지간히도 긴장했나 보다.

"……걱정돼서."

"벌써 돌아가? 온 줄도 몰랐는데."

"으, 응."

라리사는 더 있다 가라고 붙잡지 않았다. 대신 이불을 끌어당기며 조그맣게 물었다.

"놀러 올 거지?"

"……그래도 될까?"

"응. 또 화관 만들어줘."

라리사가 열이 오른 와중에도 배시시 웃으며 말하자, 리샤르가 고개를 푹 숙였다. 그는 목덜미까지 빨개져 있었다.

그새 좀 친해졌나 보네? 나는 어리둥절해져서 두 아이를 번갈아 쳐다보았다.

얼마 후 라리사는 잠이 들었다. 나는 소피아에게 병간호를 잠시 맡기고 리샤르와 함께 침실을 나섰다.

"대공비 전하, 그럼 전 가보겠습니다."

내게 꾸벅 머리를 숙이는 리샤르의 얼굴은 아직도 발그스레했다. 첫인상과 어쩜 이렇게 달라졌는지, 신기할 정도였다.

"그럴 리는 없겠지만, 혹시 집에서 쫓겨나거든 대공가로 와."

갈 곳 없는 아이에게 방 한 칸 정도야 얼마든지 내줄 수 있으니까. 하지만 내 친절한 제안이 농담이라고 생각했는지, 리샤르는 픽 웃으며 사라졌다.

그 뒷모습을 잠시 바라보는데, 뒤에서 누가 날 불렀다.

"아, 부인! 여기 계셨군요."

돌아보니 아이반이 이쪽으로 걸어오고 있었다.

"아이반. 간밤엔 푹 쉬었나요?"

"네, 침대가 어찌나 푹신한지 아주 잘 잤습니다."

그는 뒤통수를 긁적이더니, 주변을 둘러보고 작은 목소리로 말했다.

"드릴 말씀이 있는데요. 전에 부탁하신 건에 대해서."

전에 부탁한 거라니, 설마……!

내가 기대감에 눈을 빛내며 쳐다보자, 아이반이 머쓱해하며 웃었다.

"어제 말씀드렸어야 했는데, 급하게 이동하고 또 총격전도 벌어지고 해서 까먹었지 뭐예요."

"그래서 그분을 만나 뵀나요? 뭐라고 하시던가요?"

"이본느 할머니가 만나보겠으니 데려오라고 하셨어요."

마녀가 우릴 만나준다니!

나는 기쁜 나머지 아이반의 손을 덥석 잡고 흔들었다.

"정말 고마워요, 아이반!"

"만나주겠다고만 했지, 문제를 해결해 준다고는 안 하셨는데요."

"그게 어디예요! 아이반 씨가 있었으니까 만나주시기라도 하는 거잖아요."

라리사를 괴롭혀 온 능력이나 어두운 과거와 트라우마, 몸에 남은 무수한 흉터……. 그중 하나만이라도 없앨 수만 있다면.

가슴이 벅차올랐다. 아이반이 싱글싱글 웃으며 함께 내 손을 흔들었다.

"그럼 언제 어디로 찾아가면 될까요?"

"저랑 같이 가시면 됩니다. 수도엔 얼마나 더 계실 건가요?"

"곧 대공령으로 돌아갈 거예요. 며칠 뒤에 있는 무도회 하나만 참석하고 돌아가기로 했거든요."

원래 야유회를 마지막으로 떠날 예정이었다. 하지만 라리사도 앓아누웠고, 파비안도 처리할 일이 남았다며 며칠만 더 머물자고 했으니까.

"그렇군요. 전 오늘 오후에 연구실로 다시 돌아갈 예정입니다. 빨리후진 기능 추가를 좀……. 머릿속으로 설계도를 새로 그려보긴 했는데, 아무래도 공장의 설비가 필요해서……."

자동차 얘기를 시작하니 아이반이 또 자신만의 세계에 빠져들려 했다. 나는 얼른 아이반의 눈앞에다 손을 흔들었다.

"그럼 먼저 돌아가 계시면 저희가 그쪽으로 찾아가는 게 어떨까요?"

"아, 예! 그렇지. 그러시죠. 오실 때 맞춰서 휴가를 낼 수 있을 겁니다."

"연락할게요. 고마워요, 아이반."

"뭘요."

그는 순박하게 웃으며 머리를 긁적이고는, 파비안에게도 이야기해야겠다며 복도를 걸어 사라졌다.

라리사는 이틀 만에 자리를 털고 일어났다.

마르시아는 라리사가 행여 잘못될까 봐 품에 안고 다니다시피 하며싸고돌았다. 밖에 나갈 일이 생기면 반드시 두 명 이상의 호위와 동행했다.

'대공저로 돌아가면 저택에서 한 발짝도 나가지 않겠어. 파비안이 완벽하게 대공이 될 때까지.'

우리의 결혼 증서에 새겨진 날짜로부터 일 년. 남은 기간이 좀 길지만, 그걸로 라리사와 나의 목숨을 지킬 수 있다면 얼마든지 할 수 있다.

하지만 오늘 밤 무도회만큼은 참석해야 했다. 왕세자 부부가 참석하는 규모가 큰 무도회였다. 수도에 머무는 동안 가까워진 사람들에게 마지막 인사를 하기에 딱 알맞았다.

'이번에 돌아가면 내년 봄까지는 못 볼 테니까.'

마르시아는 그런 심정으로 아름답게 차려입고 로비로 내려갔다.

먼저 채비를 끝낸 파비안이 기다리고 있었다. 그런데 그는 혼자가 아니었다. 외출복을 차려입은 포투스와 이야기하는 중이었다. 포투스는 어딘가에서 지금 막 돌아온 것 같았다.

'그러고 보니, 어제 포투스를 못 봤네.'

포투스가 다급하게 파비안에게 뭐라고 속삭이자, 그의 표정이 빙하처럼 차갑게 얼어붙었다. 무슨 중요한 얘기라도 하는 것일까.

마르시아는 고개를 갸우뚱하며 계단을 내려갔다. 그녀의 구둣발소리가 또각거리며 로비에 울리자, 파비안이 고개를 들었다.

"마르시아."

파비안의 얼굴에서 차가움이 눈 녹듯 사라졌다. 그는 사르르 웃으며 마르시아에게 팔을 내밀었다.

"무슨 일이에요?"

마르시아가 그의 팔에 손을 얹으며 물었다. 파비안이 그녀를 마차로 에스코트하며 말했다.

"무도회에서 돌아온 후에 말씀드리겠습니다. 별로 즐거운 이야기는 아니라서요."

마르시아는 별생각 없이 고개를 끄덕였다.

무도회장에 도착하자, 아는 사람들이 여기저기 눈에 띄었다. 레오니드를 비롯한 파비안의 친구들과, 해밀튼 후작 부인이나 프리마스 백작 부인 같이 마르시아와 친분이 있는 사람들. 그리고 저 멀리에 엘로이즈와 도미닉도 보였다.

"우리 왕세자 전하께 인사드리러 가요."

마르시아는 파비안의 팔을 잡아끌었다. 도미닉의 얼굴을 다시는 보고 싶지 않았다. 이런 사교계 행사 때마다 계속 마주쳐야 한다니 끔찍했다.

'그래도 대공령으로 돌아가면 한동안 마주칠 일 없을 테니까.'

그런데 파비안이 움직이지 않았다. 그는 석상처럼 서서 도미닉을 노려보았다.

그때 누군가가 그들에게 말을 걸었다.

"대공 전하, 비전하."

무릎을 굽히며 우아하게 인사하는 사람은 프리마스 백작 부인이었다. 인사를 마친 그녀는 걱정 어린 얼굴로 입을 열었다.

"블리크 영애는 괜찮은가요? 무사히 찾으셨다고는 들었는데, 저도 그렇고 에이미도 너무나 걱정했어요. 이렇게 무도회에 참석하신 걸 보니 안심이 되네요."

라리사의 안부를 묻는 말에 마르시아가 미소 지었다.

"걱정해 주셔서 고마워요, 백작 부인. 라리사는 그날 밤 무사히 돌아왔답니다. 따님은 괜찮나요? 제 모자란 오빠 때문에 영애도 고생이 많았죠."

-감히 내 딸에게까지 손대다니, 정말 못된 놈이야. 대공 부부도 고생이 많겠어. 하지만 어쩌겠어, 어느 가족에게나 골칫덩이는 한 명쯤 있는 법이지.

프리마스 백작 부인에게서 빌레인에 대한 분노와 함께 마르시아를 측은해하는 마음의 소리가 들려왔다.

"에이미는 괜찮아요. 다친 곳도 없고요. 그저 블리크 영애를 얼마나 걱정했는지 모른답니다."

"어머……. 라리사가 그 말을 들으면 기뻐할 거예요."

백작 부인은 빌레인 이야기는 입 밖에 내지 않았다. 남의 가정사라고 생각해 말을 얹지 않으려는 것이었다.

"대공비 전하."

"아, 해밀튼 후작 부인."

백작 부인과 이야기하고 있자니, 다른 사람들도 몇몇 가까이 다가와서 라리사가 무사한지 물었다. 마르시아가 일일이 대답하고 감사 인사를 했다.

-뻔뻔하긴, 저렇게 고개를 빳빳이 들고 있다니.

순간 들려온 마음의 소리에 쭈뼛, 솜털이 섰다. 라리사 이야기를 하느라 정신이 팔린 사이, 무도회장 안에 그녀를 향한 마음의 소리가 점차 늘어나고 있었다.

'응?'

마르시아가 어리둥절해하며 주변을 둘러보았다.

몇몇 사람이 마치 죄인이나 범죄자를 보는 것 같은, 경멸과 혐오가 담긴 시선으로 그녀를 쳐다보고 있었다. 그러다 그녀와 눈이 마주치자 급히 시선을 피했다.

'……뭐지?'

마르시아가 오싹함에 양손으로 어깨를 끌어안았다.

그때, 술렁거리는 사람들 쪽에서 누가 그녀를 향해 똑바로 걸어왔다. 엘로이즈였다. 허리를 꼿꼿이 펴고 우아하게 걷는 그녀의 뒤로, 전에 본 적 있는 키가 큰 갈색 머리 청년이 졸졸 따라왔다.

"안녕하세요, 대공비 전하."

"아, 안녕하세요, 엘로이즈."

"잠시 드릴 말씀이 있어서."

그녀는 차가운 표정으로 마르시아에게 바싹 다가서더니, 귓속말을 했다.

"도미닉 숙부가 이상한 소문을 흘리고 있어요."

"……이상한 소문이요?"

"엊그제부터였어요. 사교계 행사란 행사엔 전부 참석해서 소문을 흘리는 모양이에요. 아직 모르시는 것 같길래."

엘로이즈는 새침한 표정으로 한 발짝 물러섰다.

"무슨 소문이죠?"

"글쎄요, 굳이 제 입으로 말씀드리고 싶진 않네요. 전 솔직히 안 믿거서요."

그녀는 할 말 다 했다는 듯 뒤를 돌아보았다.

"그럼 갈까요, 제프리."

"에, 엘로이즈. 조금 더 자세히 설명드리는 게……."

"더러운 말을 입에 담고 싶지 않으니, 이 정도면 충분해요."

엘로이즈는 마르시아에게 눈인사를 하고는 쩔쩔매는 남자와 함께 사라졌다. 마르시아가 중얼거렸다.

"⋯⋯더러운 말?"

옆에서 듣던 파비안의 표정이 어둡게 가라앉았다.

소문의 내용은 금방 알 수 있었다. 도미닉이 지하실에 관한 소문을 흘리고 있었다.

"동생을 가두고 학대했대요, 글쎄."

"그 작고 가녀린 아이를 말입니까?"

"지금은 대공비가 되었으니 아끼는 척하지만, 실은 소매를 조금 걷기만 해도 팔이 흉터투성이래요."

"괜히 고향에서 악녀라 소문났던 게 아니었군요."

거기에 꾸며 낸 이야기까지 덧붙여졌다. 오빠인 빌레인이 야유회까지 찾아와서 라리사를 데려갔던 건, 악녀인 마르시아에게서 불쌍한 막냇동생을 보호하려던 거라는 이야기였다.

"⋯⋯그래도 결국 집안일인데, 남들이 참견할 일은 아니지요."

"무슨 말씀이세요, 저런 여자가 대공비라니, 얼마나 끔찍한 일이에요!"

마침내 도미닉이 바라던 말이 나오기 시작했다. 그의 입가에 잔인한 미소가 떠올랐다.

"그럼요. 제 조카를 도와 영지를 다스려야 할 텐데, 저런 자격 없는 여자가 대공비라니, 큰일이지요."

그가 큰 소리로 그렇게 말하던 찰나였다.

-도를 넘었군. 더는 못 참아주겠어.

파비안의 마음의 소리에, 마르시아가 흠칫하며 옆을 돌아보았다. 파비안이 속삭였다.

"잠시만 참으세요."

그의 붉은 눈동자가 용암처럼 타올랐다.

파비안이 도미닉에게로 성큼성큼 발걸음을 옮겼다. 그에게서 뿜어져 나오는 서늘한 기운에, 주변의 사람들이 주춤주춤 뒤로 물러섰다. 구둣발 소리가 도미닉에게 가까워지자 주변이 순식간에 조용해졌다.

도미닉이 만면에 비웃음을 띠고 파비안을 쳐다보았다.

"……조카님이시네. 무슨 일이지?"

파비안과 시선이 마주치자, 도미닉은 순간 마른침을 삼켰다. 그의 눈빛에 압살당할 것만 같았다.

다음 순간, 도미닉의 얼굴에 찰싹, 소리와 함께 장갑이 후려쳐졌다. 파비안의 장갑이었다.

"도미닉 로랑. 결투를 신청한다."

파비안의 목소리가 무도회장 안에 울려 퍼졌다. 도미닉의 얼굴을 후려친 흰 실크 장갑이 바닥으로 툭 떨어졌다. 장갑 떨어지는 소리가 들릴 정도로 주위가 조용했다.

도미닉의 입이 충격으로 천천히 벌어졌다. 고작해야 장갑으로 맞은 뺨이 아플 리가 없건만 도미닉은 주먹으로 얻어맞은 것처럼 눈을 부릅떴다.

마르시아가 두 손으로 제 입을 가렸다.

"……파비안!"

결투 신청이라니!

무도회장이 순식간에 소란스러워졌다.

"지금 무슨!"

"대, 대공이 결투 신청을?"

도미닉이 뺨을 감싸 쥐고 파비안을 노려보며 소리쳤다.

"이 자식이 감히, 숙부한테!"

"당신은 대공비를 모욕했다."

파비안은 눈빛뿐 아니라 목소리마저 이글이글 끓어올랐다. 도미닉이 차라리 파비안을 모욕했더라면 그는 웃어넘겼을지도 모른다.

"근거도 없는 헛소문을 함부로 떠들어대는데 어떻게 가만히 두란 말이지?"

"근거가 없다고? 모르는 소리! 다 증인이⋯⋯."

펄펄 뛰던 도미닉이 큭, 하고 이를 악물었다. 그에겐 증인이 없었다. 빌레인은 제 손으로 죽였고 유모는 놓쳐 버렸으니까.

파비안이 가슴 앞으로 팔짱을 끼며 턱을 치켜들었다.

"증인이 있을 리가 없지. 처음부터 끝까지 날조된 헛소리니까."

"아니야! 대공비의 오빠에게 직접 들은 이야기라고!"

"그래? 그럼 데려와서 증언시켜 보시지. 지금처럼 다들 보는 앞에서 말이야."

제기랄. 도미닉은 입속으로 욕설을 중얼거렸다.

"결투는 금지되어 있어. 국왕 폐하의 명령을 거역할 셈이냐?"

"하지만 다들 암암리에 하고 있지."

실제로 자이트 2세가 결투를 금지한 것은 겨우 몇 년 전이었다. 그러나 아무리 국왕의 명령이라 할지라도 몇백 년간 이어져 온 결투는 쉽게 사라지지 않았다. 아직도 명예를 지키기 위해서 장갑을 던지는 자들이 많다는 것은 잘 알려진 사실이었다.

파비안이 차갑게 웃으며 말을 이었다.

"내 아내의 명예를 더럽힌 건지, 아니면 그 말이 사실인지는 신께서 알려주실 거다. 결투는 신성하고, 신께서는 정의로운 자의 편에 깃드는 법이니."

"헛소리! 마녀의 자식인 주제에 신의 이름을 부를 셈이냐?"

"붉은 눈을 가진 자 또한 신의 피조물이다. 신께서는 모든 이를 굽어살피시지 않나?"

파비안은 신을 믿지 않았다. 그러나 무도회장에는 신실한 귀족들이 가득했다. 결투를 통해 신이 진실로 옳은 자의 손을 들어준다는 오래된 믿음은 아직까지도 굳건했다.

"대공 전하의 말이 맞습니다. 신성한 결투를 놓고 거짓을 말하는 자에게는 신벌이 떨어지는 법이니까요."

"……어쩜!"

"대공께서 비전하를 정말 아끼시나 봐요!"

무엇보다 여성의 명예를 건 결투라니, 이처럼 자극적인 일이 또 있을까. 여론이 파비안 쪽으로 기울기 시작했다.

"하하! 재미있군."

소란스러운 가운데, 누군가 큰 소리로 웃으며 다가왔다. 에른스트였다.

"와, 왕세자 전하!"

사람들이 그에게 자리를 비켜주었다. 에른스트는 재미있다는 듯이 그들을 쳐다보았다.

'왕세자마저?'

말문이 막힌 도미닉에게, 파비안이 바짝 다가섰다. 그는 도미닉의 귀에 대고 씹어뱉듯이 말했다.

"할아버지께 썼던 독을 빌레인에게도 쓰셨더군."

도미닉이 이를 갈며 대답했다.

"……무슨 소린지 모르겠는데."

"전 대공을 살해한 죄로 이대로 재판장에 끌려갈 테냐, 아니면 내게 총을 쏠 기회라도 쥐어볼 테냐."

도미닉은 파비안을 무시하고 에른스트를 향해 외쳤다.

"왕세자 전하! 이자가 국왕 폐하의 명을 따르지 않는데 말려주시지 않고 뭐 하십니까?"

감히 왕세자에게 이래라저래라 윽박지르는데도, 에른스트는 싱글싱글 웃으며 대답했다.

"아, 로랑 백작. 이건 대공 말에 일리가 있는 것 같은데 말이야. 선제공격을 날린 건 그대가 아닌가."

"전하!"

"그리고 대공이 로랑 백작가로 군대를 이끌고 쳐들어가는 것보다야 이게 나을 것 같소. 신사답고 말이지."

에른스트가 어깨를 으쓱하더니, 가까이 다가와 도미닉의 어깨를 두드렸다.

"백작, 걱정 말게. 내가 친히 참관하도록 하지. 부정이 끼어들 여지 없이, 신의 저울추만으로 승부를 가리도록 말이야."

"……."

도미닉이 다시금 말문을 잃었다. 그를 둘러싼 사람들이 외쳤다.

"로랑 백작! 결투 신청을 받았는데 도망칠 셈입니까?"

"남자답게 받아들이셔야죠!"

파비안이 한 손을 들자, 사람들이 입을 다물었다. 그들은 흥미 가득한 눈으로 파비안과 도미닉을 번갈아 쳐다보느라 정신이 없었다. 파비안이 입을 열었다.

"이 자리에서 비에게 진심으로 사과하고 전부 거짓말이었다고 맹세한다면 결투 신청을 거둬들이겠다."

허! 도미닉이 기도 안 찬다는 표정으로 파비안을 쏘아보았다.

'이렇게 모욕을 줘놓고 말이야? 빌어먹을, 그렇겐 안 되지!'

그의 주먹이 부들부들 떨렸다. 귀족에게서 명예를 빼면 남는 게 있기는 한가? 공개적으로 사과하라니, 그의 자존심이 용납할 수 없는 일이었다.

'아니, 잠깐.'

분노로 이를 갈던 도미닉이 뭔가를 떠올리고 눈을 흡떴다.

이건 기회였다. 그는 지금까지 어떻게 해도 파비안을 죽이지 못했다. 그런데 지금 제 발로 걸어 들어와 합법적으로 죽여달라고 말하고 있지 않은가. 그는 속으로 음흉하게 웃으며 말했다.

"좋아. 받아들이겠다. 대신 무기와 장소는 내가 정하겠어."

"좋을 대로. 시간은 내일 동틀 무렵으로 하지."

파비안은 돌아서기 전, 에른스트에게 고개를 숙여 감사를 표했다.

"왕세자 전하께서 참관하신다니 영광입니다."

"신의 선택이 더럽혀지지 않도록, 공정한 결투를 지켜보겠네."

파비안은 도미닉에게 싸늘한 시선을 던진 후 고개를 돌렸다. 주변을 둘러싸고 있던 군중이 뒤로 물러섰다. 파비안은 성큼성큼 걸어 마르시아에게로 다가갔다.

"파비안."

마르시아가 걱정스레 그의 이름을 불렀다. 파비안은 정중하게 고개를 숙이며 그녀의 손등에 키스한 후 말했다.

"돌아갑시다, 마르시아."

마르시아는 입을 꾹 다물고 고개를 끄덕였다.

그녀가 다시 입을 연 것은 돌아가는 마차 안에서였다. 아무도 듣는 귀가 없게 되고서야 마르시아가 말했다.

"파비안, 결투라니요! 신이 손을 들어준다니, 그럴 리가 없잖아요."

게다가 도미닉이 한 말의 절반은 사실이었다. 적어도 지하실에 대해 떠들었던 부분만큼은.

"저도 같은 의견입니다. 기쁘군요."

파비안이 웃으며 대답했다.

"세상에 신이 있을 리가 없죠. 있더라도 방관이나 할 테고."

"파비안."

"걱정 마십시오. 저는 총이든 검이든 이길 자신이 있습니다. 그리고……."

파비안이 조심스레 손을 내밀어 마르시아의 뺨을 쓰다듬었다.

"저는 아내의 명예가 걸린 결투에서 질 만큼 어리숙하지 않습니다."

아내의 명예가 걸린 결투.

마르시아는 조금 화가 났다. 그녀는 파비안의 손을 잡아 부드럽게, 하지만 단호하게 끌어내렸다. 그리고 파비안의 눈을 똑바로 쳐다보았다.

"파비안. 저는 당신에게 제 명예를 지켜달라고 부탁하지 않았어요. 무엇보다 전 당신이 그런 데 목숨을 거는 걸 바라지 않아요."

"마르시아……."

파비안이 가볍게 고개를 저었다. 그는 마르시아의 손을 두 손으로 감싸 쥐었다.

"'그런 데'라니요. 당신의 명예는 제 명예보다 소중합니다."

파비안이 마르시아의 손끝에 입을 맞추었다. 그의 길고 검은 속눈썹이 눈동자에 그림자를 드리웠다. 이윽고 파비안이 고개를 들자 붉은 눈동자가 불꽃처럼 타올랐다.

"그리고 전 그놈을 제 손으로 직접 응징할 기회가 생겨서 오히려 기쁩니다."

그 순간, 마르시아는 들었다. 파비안에게서 흘러나온 소리를. 그것은 말의 형태를 갖춘 것은 아니었지만, 그녀는 느낄 수 있었다.

……복수심이었다.

아, 설마.

"……처음부터 이럴 작정이었군요. 제 명예 따위는 핑계였죠?"

파비안은 고개를 저었다.

"어떤 형태로든 그놈에게 도전장을 내밀 생각은 하고 있었습니다. 하지만 이런 식으로 하려던 것은 아니었습니다."

-당신을 모욕하는 순간 너무 화가 나서.

가슴을 찌를 듯 날카로운 마음의 소리가 들렸다. 마르시아는 한순간 말문이 막혔다. 파비안이 말을 이었다.

"아까 약속했었죠. 포투스가 가져온 소식을 말씀드리지요."

아. 마르시아가 고개를 끄덕였다.

"제 할아버지는 역시 살해당한 것이었습니다. 도미닉 숙부에게."

"……뭐라고요?"

경악한 마르시아에게 파비안이 간략히 설명했다.

빌레인을 독살하려던 자가 가지고 있던 약병에 든 것을 분석해 보니 섭취시 혼수상태에 빠져 발작을 일으키다 죽게 되며, 사망 후 시체에 아무런 흔적이 남지 않는 극독이었다고.

전 대공의 사인과 똑같은 증세였다. 그리고 도미닉이 그 독을 손에 넣은 시점이 대공의 사망 시기보다 며칠 앞섰다.

마르시아는 아주 잠깐 마주했던, 생전의 전 대공을 떠올렸다.

'좀 꼬장꼬장해 보이긴 했지만, 손자를 사랑하는 할아버지였어.'

도미닉은 무려 자기 아버지를 죽인 것이다. 이윽고 그녀의 마음속에서도 분노가 솟아올랐다.

"좋아요. 말리지 않을게요."

"그럴⋯⋯."

"대신, 저도 참관하겠어요."

"마르시아!"

파비안이 펄쩍 뛰었다.

"안 됩니다. 위험할지도 모릅니다."

"위험한 건 당신이겠죠. 제 명예를 거셨으니, 저도 참관할 자격이 있어요."

마르시아는 고집스레 덧붙였다.

"그리고 제가 당신을 위험에서 보호할 거예요. 아내의 명예를 지키는 게 남편의 의무라면, 이건 제 의무니까요."

도미닉이 더러운 수를 쓴다면 알아챌 수 있을지도 모른다. 아니, 반드시 알아챌 것이다.

'파비안의 목숨이 걸렸으니까.'

마르시아는 지그시 입술을 깨물었다.

최종장

동화 속 악역의 해피 엔딩

새벽녘, 결투 장소로 지정된 오래된 사냥터에는 안개가 옅게 끼어 있었다. 아직 땅 위로 떠오르지 않은 태양이 어슴푸레하게 주위를 밝히기 시작할 무렵이었다. 이른 시간임에도 불구하고 모두가 시간에 맞춰 도착했다.

파비안은 자신의 입회인으로 레오니드를, 도미닉은 친구인 베르너 남작을 선택했다. 에른스트가 심판을 맡았고, 마르시아는 특별 참관인으로 자리했다. 만일의 사태를 대비해 양측 모두 의사를 대기시켰다. 그 외의 관객은 없었다.

차가운 공기에 마르시아가 가볍게 어깨를 떨었다.

모두가 숨죽이고 서로를 노려보는 가운데, 에른스트가 입을 열었다.

"다들 모였군. 그럼 이제 시작하지."

에른스트가 도미닉을 향해 물었다.

"무기는 가져왔소?"

"여기 있습니다. 왕세자 전하."

도미닉이 선택한 무기는 피스톨이었다. 그는 금장식이 아로새겨진 고풍스러운 피스톨 두 자루가 담긴 상자를 에른스트에게 내밀었다.

"허, 수석총이라니. 적어도 십 년은 됐겠군. 이런 오래된 총을 가져온 이유라도 있는가?"

"부친께 물려받은 겁니다."

"흠."

심판을 맡은 에른스트가 결투 당사자들을 대신해 두 자루의 총을 살펴보았다.

"아무 이상 없군."

상자에는 피스톨 외에도 총알과 화약이 함께 들어 있었다. 에른스트는 모두가 보는 앞에서 직접 총알을 장전했다. 한 자루에 딱 한 발씩이었다.

"자. 가져가게."

도미닉이 서슴없이 한 자루를 쥐고 물러났다. 자연히 남은 한 자루는 파비안의 차지가 되었다.

에른스트가 도미닉에게 물었다.

"그런데 망토를 입은 채로 쏠 텐가?"

모두의 시선이 도미닉에게 쏠렸다. 그는 풍성한 망토로 몸을 감싸고 있었다. 몸의 실루엣이 잘 드러나지 않게 해서 총알이 빗나가게 하려는 얄팍한 시도였다.

파비안의 입술이 엷게 호선을 그렸다. 비웃음이었다.

"얼마든지 껴입어도 전 상관없습니다."

"……이 자식!"

도미닉은 얼굴이 벌게졌지만 망토를 벗으려 들지는 않았다. 냉정한 눈으로 그를 잠시 쳐다보던 에른스트가 시선을 돌리며 입을 열었다.

"규칙을 확인하도록 하지. 양측이 한 발씩 쏘되, 목 위로는 쏘지 않는다. 겨냥은 목 아래로만. 거리는 각각 열다섯 걸음. 동의하는가?"

파비안과 도미닉이 고개를 끄덕여 동의 표시를 했다.

"양쪽의 총이 모두 발사되면 명중 여부와 관계없이 결투는 종료된다. 상대방을 해치고 싶지 않다면 하늘을 향해 쏠 것."

두 사람의 이글거리는 눈빛을 확인한 에른스트가 쓴웃음을 지으며 덧붙였다.

"하지만 그럴 일은 없어 보이는군."

도미닉이 파비안을 노려보며 마음속으로 외쳤다.

-이 악마 같은 놈. 지금까지 잘도 끈질기게 버텨왔다만, 오늘 이 자리가 네 무덤이 될 거다!

한 발짝 뒤에서 그들을 바라보던 마르시아가 초조하게 두 손을 모아 쥐었다. 도미닉이 계속해서 마음속으로 욕설과 비웃음을 퍼붓는 것이 들려왔지만, 하필 그중에 그녀가 원하는 정보는 없었다.

'로랑 백작이라면 분명히 총에 손을 댔을 텐데.'

어디에 어떻게 손을 댔는지만 알 수 있다면.

파비안에게 알려줄 수도 있고, 아니면 아예 총의 결함을 지적해 결투 자체를 무효로 돌릴 수도 있었다. 하지만 도미닉은 총에 대해서는 전혀 생각하고 있지 않았다.

다른 때라면 일부러 자극하는 말을 던져보기라도 할 텐데. 지금은 그럴 수 있는 상황이 아니었다. 게다가 에른스트가 살펴본 후 문제없다고 선언한 뒤라, 아무 근거도 없이 의심의 말을 꺼냈다간 왕세자를 모욕한 셈이 되어 오히려 파비안에게 불리해질 수도 있었다.

마르시아는 애꿎은 입술만 잘근잘근 씹으며 오가는 마음의 소리에 최대한 귀를 기울였다.

'혹시나 잘못되어서 파비안이 다치면 어쩌지. 하지만 그렇다고 여기서 도미닉을 놓아주면 처벌할 방법이……'

파비안을 향한 걱정과 도미닉을 해치워 주었으면 하는 바람이 교차했다. 그러나 마르시아가 어떻게 해 볼 새도 없이 결투는 시작되었다.

에른스트가 한 손을 들었다.

"그럼 양측 입회인은 물러서고, 두 사람은 이리로."

에른스트의 앞에 파비안과 도미닉이 각자의 피스톨을 쥔 채 등을 대고 섰다.

"열다섯 걸음 앞으로."

두 사람은 거침없이 저벅저벅 열다섯 걸음을 걸어간 후, 뒤돌아 서로를 마주 보았다. 에른스트가 주머니에서 하얀 손수건을 꺼내 높이 쳐들었다. 그가 손수건을 놓는 것이 신호였다.

에른스트가 손수건을 놓기 직전, 파비안의 시선이 잠시 마르시아에게 머물렀다. 한순간에 판가름 나는 승부인데 적에게서 눈을 떼다니. 마르시아가 화들짝 놀라며 파비안을 쳐다보았다. 그리고 두 사람의 눈이 아주 잠깐 마주쳤다.

'아……'

그 순간 뭔가가 가늘게 그녀의 심장을 관통하는 듯한 느낌이 들었다. 열정과 침착함이 공존하는 눈빛. 그 눈에 두려움이나 불안은 한 조각도 없었다. 그 눈빛을 마주한 순간, 마르시아의 마음속에서도 불안이 사라졌다.

'그래. 파비안이 질 리가 없어.'

마르시아는 사랑하는 사람에게 작게 고개를 끄덕였다.

다음 순간, 파비안의 시선은 이미 도미닉을 향해 있었다.

바로 그때였다. 에른스트가 손수건을 놓았다. 하얀 손수건이 새벽 안개를 타고 두 사람 사이로 작은 새처럼 날아들었다.

두 남자가 번개같이 총을 든 손을 들어 올렸다.

파비안이 도미닉보다 빨랐다. 총구가 섬광처럼 궤적을 그리고, 도미닉의 심장을 향하는 순간. 파비안이 방아쇠를 당겼다.

철컥.

그러나 화약이 터지는 소리는 들려오지 않았다. 그 대신 묵직한 쇠붙이 소리가 울렸다.

"……어?"

그 광경을 지켜보던 레오니드가 신음을 흘렸다.

파비안의 총은 발사되지 않았다. 제대로 작동하지 않은 것이다.

"하하!"

도미닉이 큰 소리로 웃으며 자기 총의 방아쇠를 당겼다.

탕! 주변을 뒤흔드는 소리와 함께 총알이 발사되었다.

"파비안!"

마르시아가 비명을 질렀다. 당장 달려가려는 그녀를, 레오니드가 말렸다.

"비전하, 안 됩니다."

"파, 파비안이……."

"괜찮습니다. 그는 멀쩡해요."

뭐?

마르시아가 놀라 고개를 들었다. 그의 말대로였다.

파비안은 쓰러지지 않았다. 쓰러지긴커녕 눈썹 하나 찌푸리지 않았다. 놀란 것은 마르시아뿐이 아니었다. 그녀보다 더 놀란 것은 도미닉이었다. 그는 눈을 부릅뜨고 파비안을 쳐다보았다.

"비, 빗나갔나? 그럴 리가!"

도미닉이 발을 옮기려던 순간이었다. 에른스트가 외쳤다.

"백작! 움직이지 마시오! 아직 결투가 끝나지 않았으니까."

"뭐라고요?"

"총이 둘 다 발사되어야 한다고 아까 말했잖소. 움직이면 기권으로 간주하겠소."

그의 말대로였다. 파비안의 총알은 발사되지 않았다. 그는 아직 총을 쏘지 않은 셈이었다.

-빌어먹을!

도미닉이 얼굴을 일그러뜨렸다.

-차라리 이 결투를 무효로 돌려야 해. 격철에 손댄 걸 들켰다간……

그 순간, 마르시아의 눈이 반짝 빛났다. 그녀는 큰소리로 항의했다.

"어떻게 한 자루는 멀쩡한데 다른 한 자루가 고장일 수 있죠? 비겁하게 일부러 한쪽에만 손댄 건 아닌가요? 격철 같은 델 말이에요!"

-저년이 지금 무슨 소릴!

도미닉의 마음의 소리가 비명처럼 울렸다.

"쉿, 대공비. 정숙하시오. 방금 말했듯 아직 결투가 끝나지 않았소."

아무것도 모르는 에른스트가 그녀에게 엄하게 경고했다. 그러나 동시에 파비안의 한쪽 입꼬리가 매끈한 곡선을 그리며 올라갔다.

그는 침착하게 피스톨의 격철을 자세히 살펴보았다. 격철 아래, 쉽게 눈에 띄지 않는 안쪽에 작은 금속 조각이 끼어 있는 것이 보였다.

'아하. 이래서였군.'

에른스트가 못 본 것도 당연했다. 겉으로만 봐서는 전혀 알 수 없도록 교묘하게 처리되어 있었으니까.

파비안은 다른 손으로 주머니에서 무엇인가를 꺼냈다. 애용하는 만년필이었다. 그는 만년필 뚜껑을 연 다음, 펜촉 끝을 격철 아래에 밀어 넣었다. 펜촉이 휘고 잉크가 샜지만 몇 번 시도한 끝에 그는 이물질을 제거해 냈다.

"큭……."

도미닉의 얼굴에서 점차 핏기가 사라졌다. 그는 그 자리에 가만히 서서 파비안이 총을 고치는 것을 전부 지켜보아야만 했다.

무려 왕세자가 입회한 자리였다. 다른 입회인도 한 명은 후작, 다른 한 명은 남작으로, 쉽게 무시할 수 있는 존재가 아니었다. 게다가 저 반쪽짜리와 결혼한 여자까지 그를 뚫어질 듯 노려보고 있었다.

지금까지 보이지 않는 곳에서 온갖 더러운 수를 다 써왔지만, 이 자리에서 도망치기엔 그의 자존심이 너무 강했다. 그는 부들부들 떨며 속으로 욕설과 저주를 퍼부었다.

"자, 그럼."

손질을 끝낸 파비안이 차가운 미소를 지으며 피스톨을 들어 올렸다. 총을 겨눈 채, 그가 말했다.

"대공비의 명예를 실추시킨 것에 대해 사과하고, 전 대공을 사망에 이르게 한 독약을 들고 재판정에 가겠다고 약속하면 쏘지 않겠다."

'전 대공을 사망에 이르게 한 독약'이라는 말에 입회인들의 눈이 커졌다.

－……끝났군.

절망의 소리와 함께, 도미닉이 외쳤다.

"……쏴!"

탕!

파비안은 조금도 망설임 없이 방아쇠를 당겼다. 이번에는 총알이 제대로 발사되었다.

도미닉의 망토가 크게 출렁였다. 눈속임하려던 망토는 결국 그에게 아무 도움도 되지 않았다. 도미닉의 거구가 천천히 앞으로 쓰러졌다.

"결투는 대공의 승리로군!"

에른스트가 큰 소리로 선언했다.

"대공비의 명예는 회복되었소. 앞으로 사교계에서 어제와 같은 말이 한마디라도 나온다면, 왕세자의 이름으로 용서하지 않겠소."

에른스트의 말이 끝나자마자 도미닉의 입회인, 베르너 남작이 헐레벌떡 쓰러진 친구에게로 달려갔다.

"의사! 의사!"

그는 쓰러지긴 했으나 죽지 않았다. 대기하던 의사 또한 얼른 도미닉에게 달려갔다.

마르시아는 그들에게 눈길도 주지 않고 파비안에게 향했다.

"파비안!"

"……마르시아."

마르시아는 파비안의 품에 달려들었다. 파비안이 총을 바닥에 떨어뜨리고 그녀를 감싸 안았다.

"……어? 파비안?"

뭔가 이상한 낌새에 마르시아가 소스라치게 놀라며 그의 품에서 벗어났다. 그녀의 손바닥에 질척하게 피가 묻어났다. 레오니드가 외쳤다.

"벨만 선생! 빨리 이 자식을 좀 봐주게. 이 미친놈을 말이야!"

도미닉의 총은 빗나간 것이 아니었다. 파비안은 총을 맞았던 것이다. 그저 내색하지 않고 버텼던 것뿐. 마침 겉옷도 검은색인 데다 안개까지 껴서 그가 피를 흘리고 있다는 걸 아무도 알지 못했다.

"레오니드, 호들갑 떨지 말게. 마르시아, 전 괜찮습니다. 조금 스쳤을 뿐입니다."

파비안이 침착하게 말했지만, 재빨리 다가온 벨만이 어린아이를 혼내는 듯한 말투로 지시했다.

"헛소리 마십시오, 전하. 빨리 겉옷이나 벗으세요. 맞은 자리가 어딥니까?"

파비안이 쓴웃음을 지었고, 마르시아와 레오니드가 얼른 겉옷을 벗는 걸 도왔다. 벨만이 끙, 하고 앓는 소리를 냈다.

"아, 이런. 이거 수술해야겠는데. 빨리 타운하우스로 돌아가야겠습니다. 그나마 멀지 않아서 다행이군요. 일단 지혈부터……."

벨만이 얼른 응급처치를 시작했다. 그 광경을 지켜보던 에른스트가 혀를 내둘렀다.

"총을 맞고도 버텼단 말이오?"

"비의 명예가 걸렸으니까요."

"그대는 정말……."

그 말을 마지막으로, 벨만과 레오니드가 양쪽에서 파비안을 부축해서 마차에 태웠다. 마르시아도 함께 마차에 올랐다.

-파비안, 이 자식……. 가만두지 않겠어…….

도미닉의 마음의 소리에, 그녀는 뒤를 돌아보았다. 도미닉 측의 의사가 어두운 얼굴로 그에게 응급처치를 하고 있었다. 도미닉은 눈을 부릅뜨고 파비안과 마르시아를 노려보았다. 욕설을 퍼부을 것처럼 입이 벌어졌으나, 그 입에서 나온 것은 피거품뿐이었다.

타운하우스에 도착하자마자 파비안은 수술을 받았다. 몸에 박힌 총알을 빼내는 간단한 수술이었다. 다행히 총알이 뼈도 장기도 거의 건드리지 않아서 회복은 빠를 예정이었다. 금세 상처를 꿰매고 방을 나온 벨만이 고개를 저으며 마르시아에게 말했다.

"굳이 총을 맞아야 한다면 이렇게 맞으면 될 정돕니다."

"농담이 어째 좀 처절하네요, 선생님."

"그만큼 기적이었다는 표현입니다. 들어가 보세요, 비전하. 방금 마취에서 깨어나셨습니다."

벨만의 허락이 떨어지기 무섭게 마르시아가 방 안으로 뛰어 들어갔다. 파비안은 등 뒤에 쿠션을 받치고 수술대 대용으로 삼았던 긴 의자에 반쯤 누워 있었다. 열린 셔츠 사이로 가슴팍에 감은 흰 붕대가 눈에 띄었다.

"마르시아."

파비안이 문가에 서서 손으로 입을 가린 그녀를 보며 미소 지었다. 마르시아가 떨리는 목소리로 입을 열었다.

"어떻게 그렇게 무모할 수가 있어요? 총을 맞았으면 버틸 게 아니라 바로 벨만 선생님을 불렀어야죠."

파비안의 미소가 쓴웃음으로 변했다.

"그렇게 하지 않으면 안 되는 때였으니까요."

"당신의 목숨보다 소중한 건 없어요."

"안 죽었지 않습니까."

그러자 마르시아의 눈썹이 꿈틀거렸다. 그녀는 드레스 자락을 움켜쥐었다.

"만에 하나 잘못되기라도 했으면 어쩔 뻔했어요? 절 과부로 만들 작정이었냐고요."

일이 이렇게 되고 보니 처음부터 그따위 결투를 하지 말았어야 했다는 생각이 자꾸 들었다. 도미닉은 언젠가 죗값을 치르게 됐을 것이다.

'애초에 못 하게 했어야 했는데.'

하지만 무도회장에서 파비안이 장갑으로 도미닉의 뺨을 후려치던 장면이 너무 짜릿했다. 그래서 그녀는 그 자리에서 바로 말리지 못했다. 그게 잘못이었다. 이제 와 붕대를 감고 누워 있는 파비안을 보자니 가슴이 찢어질 듯 아팠다.

"말리지 않은 제 잘못이에요."

"마르시아, 당신 잘못은 조금도 없어요."

파비안이 쿠션에서 상체를 일으켰다. 의자에서 일어서려는 걸 보고 그녀는 화들짝 놀라며 얼른 달려갔다.

"일어나지 마세요!"

마르시아가 그의 어깨에 살짝 손을 얹으며 말리자, 파비안이 그 손을 감싸 쥐었다.

"……미안합니다."

나지막한 목소리가 이어졌다.

"잘못했습니다. 다신 그러지 않을게요."

진심으로 잘못을 뉘우치는 것 같은 말투에 마르시아의 표정이 살짝 풀어졌다. 그 표정을 곧바로 알아챈 파비안이 싱긋 웃었다.

"그리고 마르시아, 당신이 도와줬잖아요. 믿었다니까요."

금세 장난스럽게 변한 파비안의 말투에 마르시아가 도로 표정을 굳혔다.

"제가 도미닉의 속마음을 못 들었으면 어쩔 뻔했어요?"

중요한 내용이 들려오지 않아서 내내 초조했는데.

"제게 눈빛을 보냈잖아요. '파비안, 저만 믿어요'라고요."

"안 보냈어요!"

"이상하네요. 전 그런 사인을 받았는데."

천연덕스러운 파비안의 대답에 마르시아는 고개를 가볍게 저으며 한숨을 내쉬었다.

"……됐어요. 이미 지나간 일이고. 앞으로는 자신의 목숨을 아끼겠다고 약속해요."

"제 목숨을 아끼겠습니다."

파비안이 가슴팍에 가볍게 손을 얹으며 맹세했다. 그러고서야 마르시아는 마음이 좀 놓였다. 그녀는 긴 의자 옆 좌석에 털썩 앉았다.

"이제 수도 생활은 질렸어요. 빨리 집으로 돌아가고 싶네요."

지나가는 것처럼 한 말이었는데, 파비안이 눈을 크게 뜨고 놀란 표정으로 그녀를 바라보았다.

"……왜요?"

혹시 아직도 수도에서 할 일이 남았나? 하던 찰나, 파비안이 되물었다.

"방금 '집'이라고 하셨습니까?"

"……제가 그랬나요?"

"네. 집으로 돌아가고 싶다고 하셨습니다."

파비안이 팔을 뻗어 마르시아의 손을 잡았다. 그의 눈망울이 전에 없이 기쁜 빛을 띠었다.

집이라니. 그녀는 지금까지 대공저를 단 한 번도 집이라고 부른 적이 없었다. 대공저는 대공저였고, 타운하우스는 타운하우스였다. 그 어디도 그녀는 '집'이라 지칭하지 않았다. 언젠가 떠나리라고 생각했기 때문이었을 것이다.

하지만 마르시아가 이제 그곳을 집이라 부른다. 그들이 함께 돌아갈 곳, 함께 살아갈 곳으로.

"집으로! 그래요, 집으로 돌아가야죠. 그럼요. 당신 집이고, 우리 집이죠."

파비안이 자리에서 벌떡 일어섰다.

"앗, 일어나지……."

"……윽."

당황한 마르시아가 말릴 틈도 없이, 파비안이 가슴께를 부여잡으며 도로 주저앉았다.

그녀가 대공저를 집이라고 불렀던 것이 그리도 좋았을까. 아픔을 참느라 눈썹이 찌푸려졌지만, 그의 입은 웃고 있었다. 행복하게.

마르시아의 입에서 풋, 하고 웃음이 새어 나왔다.

"당신, 그런 모습 처음 봐요."

"경박하죠. 실망하셨습니까?"

"인간적이고…… 귀여워요."

마르시아가 파비안의 이마에 쪽, 하고 가볍게 입을 맞추었다. 그러자 파비안의 몸이 경직되었다. 이내 그의 목덜미가 화끈 달아올랐다.

다음 순간, 파비안의 팔이 그녀의 허리에 감겼다. 두 사람은 살며시 이마를 마주 댔다. 붉은 눈동자와 초록 눈동자가 서로를 마주 보았다.

"그래요. 돌아가요, 우리. 집으로……."

파비안이 나지막하게 말하며 마르시아의 입술에 입을 맞추었다. 그녀의 양 볼이 붉게 물들었다. 가벼운 입맞춤이 농밀한 키스로 변하는 건 순식간이었다.

"앗, 아픈데 이러면 안……."

그녀의 항의를 파비안이 집어삼켰다. 아찔한 열기가 순식간에 옮겨 붙었다. 마르시아의 팔이 파비안의 목덜미를 감싸 안았다.

파비안은 근신 처분을 받았다. 결투를 금지한 국왕의 명을 어겼으니, 영지로 돌아가 부를 때까지 나오지 말고 대기하라는 명령이었다.

"근신 같은 징계는 없는 거나 마찬가지. 어차피 집으로 돌아갈 예정이었으니까, 잘됐어."

집으로 돌아간다. 파비안이 씩 웃었다.

그의 부상도 확인할 겸 타운하우스에 들른 레오니드가 고개를 기울이며 말했다.

"자네 묘하게 신난 것 같은데."

"착각이야."

아니, 착각이 아닌 것 같은데. 레오니드는 파비안의 들뜬 것 같은 얼굴을 보며 생각했다.

'하긴, 수도에서 워낙 여러 가지 일이 있었으니……. 영지로 돌아가는 게 후련할 수도 있겠지.'

레오니드는 부상 때문에 타운하우스에서 꼼짝하지 않던 파비안에게 도미닉의 소식을 들고 왔다.

"로랑 백작은 여태껏 혼수상태라더군. 총알이 영 좋지 못한 곳에 맞았나 본데."

"그렇군."

"이대로 영영 깨어나지 못할 가능성도 있다는 모양이야."

파비안이 가볍게 눈살을 찌푸렸다. 실은 죽일 작정으로 쐈다. 하지만 부상을 입은 후였기 때문에 조준이 흔들리고 말았다.

"그 정도면 깨어나더라도 회복하는 데 오래 걸리겠군."

"그렇겠지. 의사가 몇 달라붙었는데 하나같이 고개를 저었다고 하니까."

숨통을 끊어놓지 못한 건 아쉽지만, 일단 지금은 그 정도로 됐다. 한동안 도미닉이 그들을 방해하는 일은 없을 것이다.

레오니드는 그 밖에도 여러 가지 소식을 전해주었다.

결투에서 파비안이 이겼다는 소식은 그날 점심 무렵엔 이미 수도 전체에 퍼졌다는 것. 도미닉이 비겁한 수를 썼음에도 불구하고 파비안이 투혼을 발휘해 이겼다는 게 매우 드라마틱하게 강조되어 사교계에서 내내 회자되고 있다는 것. 파비안의 처분이 근신으로 끝난 것은 에른스트가 뒤에서 힘을 보탰기 때문이라고도 말해주었다.

"아무래도 왕세자 전하가 심판으로 참석하셨던 터라, 국왕 폐하께서도 큰 벌을 내리기 어려우셨던 게지. 참고로 왕세자 전하도 한 달 근신 처분을 받으셨네."

"전해줘서 고맙군, 레오니드."

"뭘. 나중에 저택으로 찾아가겠네."

레오니드가 돌아간 뒤, 파비안은 당장 대공저로 되돌아가겠다고 선언했다. 소피아의 감독 아래 하녀들이 부지런히 짐을 싸기 시작하자, 라리사가 눈을 동그랗게 뜨고 마르시아에게 물었다.

"돌아가는 거예요? 저택으로요?"

"응. 전에 말했잖아. 수도엔 한 달만 머무를 거라고. 대공 전하도 갑자기 몸이 안 좋아져서, 돌아가서 쉬기로 했어."

마르시아는 결투에 대한 이야기를 라리사에게 숨겼다. 친오빠인 빌레인이 세상을 떠난 것도 얼마 되지 않았다. 파비안에 대한 이야기는 천천히 해도 될 터였다.

"한 달이 벌써……."

한 달은 벌써 일주일 전에 지났다. 라리사가 책상 위에 놓인 달력을 시무룩한 얼굴로 내려다보았다. 마르시아는 쓴웃음을 지었다.

"왜 그래, 라리사. 이곳이 대공저보다 더 마음에 들었어?"

"아, 아뇨."

라리사가 도리도리 고개를 저었다.

"이제 에이미를 못 만날지도 모른다고 생각하니까……."

"아."

"하지만 쿠키를 다시 볼 수 있는 건 기뻐요! 쿠키가 절 잊어버리진 않았겠죠?"

풀이 죽었는데도 애써 웃는 걸 보고 마르시아가 미소 지었다.

"쿠키가 널 잊었을 리 없어. 그리고 에이미 양도 얼마든지 다시 만날 수 있어."

"정말요?"

"그럼. 에이미 양을 우리 저택으로 초대하면 되지. 기차로 이틀이니 그리 멀지도 않은걸. 와서 이삼 주 머물다 가면 좋겠네."

"그래도 돼요?"

라리사의 표정이 환해졌다. 마르시아가 웃으며 고개를 끄덕였다.

"물론이지. 프리마스 백작 부부의 허락을 받아야 하겠지만, 어지간해서 거절하진 않을 거야."

대공가의 초청이니까 거절할 리 없다. 오히려 저쪽에서도 환영일 것이다. 마르시아는 동생의 머리를 부드럽게 쓰다듬어 주고 시선을 돌렸다.

그러나 잠시 후, 라리사의 표정은 다시 시무룩해졌다. 실은 고민거리가 하나 더 있었던 것이다.

'에이미는 저택으로 초대할 수 있지만, 리샤르는?'

마르시아가 리샤르를 그다지 반가워하지 않았던 것을, 라리사는 기억하고 있었다. 그래서 차마 물어볼 수가 없었다.

'……놀러 오겠다고, 또 화관 만들어주겠다고 약속했는데.'

언니가 좋아하지 않는 사람을 손님으로 초대해도 되는 걸까. 전에도 초대받지 않았는데 찾아왔으니까, 이번에도 알아서 찾아오지 않을까?

라리사는 손가락만 꼬물거리다가 포옥 한숨을 쉬었다.

대공저로 돌아온 바로 이튿날이었다. 파비안이 대뜸 말을 꺼냈다.

"언제가 좋겠습니까? 마음 같아서는 오늘 당장 가고 싶은데요."

"가요? 어딜요?"

내가 깜빡한 계획이라도 있었나? 앗, 설마.

"마녀를 만나러 가야지요."

설마가 역시나였다. 나는 쓴웃음을 지었다. 물론, 라리사를 생각하면 나도 당장 가고 싶긴 하다. 하지만…….

"파비안, 당신 근신 중이잖아요?"

그러자 파비안이 씩 웃었다.

"안 들키면 되지요."

그로부터 한 시간 후. 파비안과 나, 그리고 라리사는 생제르망역으로 향하는 기차에 타고 있었다. 추진력 하나는 대단하다니까.

우리는 눈에 띄지 않도록 수수한 복장을 했다. 파비안이 미리 준비해 놓은 옷들이었다. 파비안은 앞머리를 내리고 모자를 깊숙이 눌러써서 눈동자 색깔이 드러나지 않도록 했다.

셋이 함께 기차를 탄다는 사실에 라리사는 그저 즐거워했다.

"기차를 탈 때마다 늘 놀랍고 즐거운 일이 있었으니까요. 이번에도 기대돼요!"

"라리사, 실은 말이지. 그게……."

나는 기차 안에서 라리사에게 오늘 여행의 목적을 말해주었다. 마녀를 만나러 가는데, 라리사의 괴로운 기억과 상처를 없앨 수 있는지 부탁해 보려 한다고. 열심히, 하지만 트라우마를 건드리지 않도록 최대한 조심스럽게 설명했다.

"……제 상처를요?"

"응. 만나보기 전에는 어떤 분인지, 어떤 마법을 쓸 수 있는지 알 수가 없어. 그래서 일단 찾아가 보는 거야."

"아……."

라리사는 다소 복잡한 표정이었다. 궁금한 것이 많은 것 같았지만, 나도 대답해 줄 수 있는 게 없었다.

생제르망역에 도착하자, 키가 멀대같이 큰 남자가 우리를 향해 손을 흔들었다. 아이반이었다.

"아르노! 그리고 부인. 여깁니다."

자동차 공장까지 갈 것도 없이 아이반이 기차역으로 마중 나와 있었다. 파비안이 출발 전 미리 전갈을 넣어뒀던 것이다. 아이반은 녹색 색안경을 쓰고 짐 가방까지 하나 챙겨 나왔다.

"네가 라리사구나. 나는 아이반이야."

"안녕하세요?"

라리사가 꾸벅 인사하자, 아이반의 얼굴에 헤벌쭉 웃음꽃이 피었다. 왜 웃는지 말하지 않아도 알겠다. 우리 라리사가 좀 많이 귀엽지. 나는 흐뭇하게 고개를 끄덕였다.

간단하게 인사를 마친 후, 아이반이 앞장섰다. 그는 이미 대여 마차를 한 대 불러두었다.

"자동차가 아니네요?"

"이본느 할머니가 어디 사신다고 광고하고 싶지 않아서요."

그렇지, 참. 자동차를 타고 가면 지나치게 눈길을 끌겠지. 나는 납득하며 대여 마차에 올랐다.

마차로 두 시간쯤 달려 도착한 곳은 어딘가의 숲이었다.

"여기서부터는 걸어야 합니다."

아이반은 제대로 된 길도 없는 숲을 서슴없이 걸어 들어갔다. 우리도 그를 따라 숲길을 한참 걸었다.

"여깁니다."

아이반이 가리킨 곳은 까마득히 솟은 절벽이었다. 절벽은 온통 나무 덩굴로 뒤덮여 있었다.

"절벽인데요?"

"여기가 입구라는 거, 꼭 비밀로 해주셔야 돼요."

그렇게 속삭이더니, 아이반은 절벽을 뚫고 안으로 쑥 들어갔다.

"어…… 어?"

깜짝 놀라 자세히 보니, 절벽에는 한두 사람이 지나갈 수 있을 만한 크기의 동굴이 뚫려 있었다. 나무 덩굴이 그 입구를 가리고 있었을 뿐이었다. 아주 간단한 눈속임이었지만 모르는 사람은 그냥 지나칠 게 틀림없었다.

우리는 아이반을 따라 안으로 들어갔다. 아주 짧은 동굴이라 안에 들어가니 반대쪽 출구가 바로 눈에 보였다.

출구를 벗어나자 탁 트인 공간이 나왔다.

"와!"

라리사가 감탄하는 소리가 들렸다. 그럴 만도 했다.

시냇물이 졸졸 흐르고 커다란 나무 사이로 오후의 햇살이 떨어졌다. 그리고 나무 아래, 해가 잘 드는 곳에 작은 집이 한 채 있었다. 창가에는 색색의 꽃이 핀 화분까지 놓여 있었다.

"요정의 집 같아요!"

"그러게, 정말."

라리사의 말대로 동화책에 그려져 있을 것 같은 아름다운 집이었다.

"이본느 할머니! 저 왔어요."

아이반이 집으로 다가가면서 큰 소리로 말했다. 그러자 이내 문이 열렸다.

"……왔냐?"

문에서 나온 것은 붉은 눈의 여성이었다. 할머니라는 호칭과 어울리지 않게 마흔 살 언저리로 보이는 얼굴이었지만 머리는 희게 세어 있었다. 커다란 키에 길쭉길쭉한 팔다리가 아이반과 닮았다. 나도 꽤 큰 편인데, 그녀는 나보다도 키가 훨씬 컸다.

이본느 할머니는 우리를 보고도 놀란 표정이 아니었다. 그저 아이반에게 이렇게 물었다.

"쟤네가 걔네냐?"

"네, 할머니."

우리가 인사를 하기도 전에, 그녀가 문을 활짝 열며 말했다.

"어서들 들어와. 네가 마르시아? 그리고 네가 라리사겠구나. 거기 너는 아르노고. 아이반에게 이야기 정말 많이 들었지. 전해 들은 대로 생겼구나."

"아, 안녕하세요. 저……."

"이본느라고 불러. 그냥 편하게 할머니라고 하든지."

소박하게 꾸며진 집 안은 의외로 넓었다. 우리는 응접실을 겸하는 부엌의 식탁 주변에 둘러앉았다.

"넌 뭣 하러 그걸 아직까지 쓰고 있다니?"

"아, 참. 오래 쓰고 있으면 깜박한다니까요."

아이반이 색안경을 벗어 내려놓았다.

"아……!"

라리사의 눈이 동그래졌다. 지금까지 녹색 색안경을 쓴 탓에, 라리사는 아이반도 붉은 눈이라는 걸 몰랐던 모양이었다. 아이의 순수한 놀람에는 조금도 무례한 느낌이 없었다.

"하하, 놀랐어?"

아이반이 뒤통수를 긁적이며 웃었다. 라리사가 황급히 고개를 저었다가, 이내 작은 소리로 대답했다.

"조금요. 대공님 말고도 붉은 눈을 가진 사람은 처음 봤어요."

나는 새삼스러운 마음으로 식탁에 모여 앉은 사람들을 둘러보았다.

'그러고 보니 묘한 구성이네. 다섯 명 중 세 명은 마법사의 혈통을 타고났고, 두 명은 요정의 혈육이고.'

'보통 사람'은 한 명도 없었다. 어쩐지 마음이 좀 편해지는 것 같았다.

나는 조심스레 말문을 뗐다.

"저, 이본느 할머니. 저희가 이렇게 찾아온 이유는요."

"잠깐."

이본느가 손을 들며 내 말을 끊었다. 그녀는 씩 웃으며 말했다.

"그전에 식사부터 할까? 그리고 오늘은 늦었으니 자고들 가. 먼 길 왔는데 다시 돌아가려면 얼마나 힘들겠어. 이 집에 손님이 온 게 얼마 만인지!"

이곳에 혼자 살아서일까. 그녀는 아주 즐거워 보였다.

"아이반! 그거 가져왔지? 빨리 내놓거라."

"어휴, 할머니도 참."

아이반이 가져온 짐가방을 열었다. 막연히 옷가지가 들어 있으려니 생각했었는데, 안에서 나온 건 커다란 종이 꾸러미였다.

어라, 그런데 뭔가 맛있는 냄새가 났다. 놀랍게도 꾸러미 안에서 나온 건 아주 먹음직스러운 돼지고기 파이였다.

"이 녀석이 돼지고기 파이 하나는 잘 만들거든. 민트 젤리를 곁들여 먹으면 그렇게 맛있단다. 참, 젤리는 내가 만들어 놨다, 아이반. 어서 오븐에 데워 와."

아이반이 투덜거리면서 부엌으로 향하자, 이본느가 말했다.

"저 녀석은 쓸데없는 걸 만들 게 아니라 파이 가게를 차렸어야 했어. 에잉, 쯧쯧. 기계? 기계가 다 뭐람! 약을 쓸 줄도 모르고 말이야. 제 할머니를 하나도 안 닮았다니까."

그런 것치고 아이반과 이본느는 꽤 닮았는데.

그때 라리사가 조심스럽게 이본느를 불렀다.

"저어, 할머니?"

"오냐."

"할머니는 할머니 같지 않은데 왜 할머니세요?"

"어머, 호호호! 그렇지, 내가 내 나이로 안 보이긴 하지!"

라리사의 질문에 이본느가 즐거운 듯 소리 내어 웃었다.

"그건 다 내가 약을 잘 만들어서란다."

그녀는 곧 이야기를 늘어놓기 시작했다.

이본느의 전문 분야는 약학이었다. 그녀는 기상천외한 약을 잘 만들었는데, 그중에는 피부 주름에 탁월한 효과를 가진 연고도 있었다.

"매일같이 바르고 있단다. 덕분에 서른 살은 젊어 보이지. 호호호!"

"아니, 그러시다면……."

내가 깜짝 놀라자, 이본느가 웃었다.

"쉿, 나이는 짐작만 하거라, 아가야."

"그런 엄청난 연고를 내다 팔면 불티나게 팔릴 텐데요!"

"살아 있는 마녀가 아직도 남아 있다고 널리 알릴 필요야 없잖니. 나야 살날이 얼마 안 남았지만 적어도 화형대 위가 아니라 침대에서 죽고 싶구나."

"아…… 죄송해요. 제가 생각이 짧았어요."

하지만 워낙 젊어 보이는 얼굴이라 죽을 날 운운하니 영 안 어울렸다. 그때 라리사가 물었다.

"저어, 할머니. 할머니가 마녀예요?"

"그래. 내 눈을 보고도 몰랐니? 붉은 눈은 마법사의 자질을 타고났다는 표시란다."

라리사가 고개를 저었다.

"대공님은 마법을 쓸 줄 모르는데."

"저런. 모자란 아이네."

이본느의 농담에 파비안은 쓴웃음을 지었고, 라리사는 두 손을 모아쥐고 초롱초롱한 눈으로 말했다.

"멋있어요. 정말 동화 같아요."

"호호호! 그러니?"

이본느가 웃으며 라리사의 머리를 쓰다듬었다. 마침 때맞춰 아이반이 파이가 담긴 접시를 날라 왔다.

"자, 다 됐습니다."

민트 젤리를 곁들인 따끈한 돼지고기 파이를 다들 한 입씩 먹고는 이내 눈이 동그래졌다. 파이는 놀라울 정도로 맛있었다.

"정말 할머니 말씀대로 파이 가게를 차려야겠는데."

파비안마저도 그렇게 말할 정도였다. 화기애애한 분위기에서 식사를 마치고 나자, 아이반이 식후의 차까지 내왔다.

그리고 드디어 우리를 쳐다보는 이본느의 눈빛이 진지해졌다.

"어디 보자, 그래서 너희 둘 모친이 요정이라고?"

"네."

"응, 그래 보이네."

이본느가 나와 라리사의 눈을 뚫어져라 들여다보며 말을 이었다.

"둘 다 인간이 아닌 부분이 좀 있구나. 작은 애는 더 많고."

"그게 보이세요?"

내 눈에는 우리 둘 다 평범한 사람으로 보이는데. 빌레인도 그랬고.

"인간이 아닌 자들을 조금 볼 수 있거든. 죽은 자의 영혼이라거나…… 뭐 그런 것들 말이야."

이본느가 눈살을 살짝 찌푸리며 대답했다.

"실은 그쪽은 내 언니가 전문이었어. 아이반의 할머니 말이야. 나는 그냥 언니 어깨너머로 좀 배우다 말았을 뿐이지."

전문'이었다'면…… 이미 돌아가신 거겠지.

"이리 가까이 와보거라. 조금 자세히 들여다봐야겠구나."

이본느가 손을 뻗어 내 뺨을 감싸 쥐고 코끝이 스칠 것처럼 가까운 거리에서 내 눈을 들여다보았다. 붉은 눈동자에 복잡한 감정이 스며들더니, 그녀는 나지막하게 읊조리듯 말하기 시작했다.

"아…… 그래. 역시 그렇구나. 요정계와 연이 닿아 있어. 이러니 영향을 안 받을 수 없지."

이본느는 라리사의 눈도 한참 들여다본 후, 우리에게 물었다.

"그래서 내가 뭘 해줬으면 좋겠니?"

나는 꿀꺽 마른침을 삼켰다.

"라리사의 아픈 기억을 지워주실 수 있나요?"

"기억을 없애달라고?"

이본느가 날카로운 눈빛으로 날 쳐다보았다.

나는 마른침을 삼켰다.

"저…… 아이반 씨에게 어디까지 들으셨어요?"

아이반에게 설명해 주긴 했지만 그건 몇 가지 중요한 전제를 생략한, 간략한 설명이었다.

라리사가 내 옆에 앉아 있었다. 나는 이 아이가 다 듣는 앞에서 다른 사람들에게 지하실에 대한 이야기를 해야만 한다. 손에서 식은땀이 배어났다.

그때 파비안이 자리에서 일어섰다. 그는 친근한 손길로 아이반의 어깨를 툭툭 두드렸다.

"우린 산책이나 좀 할까? 후진 장치 개발은 어떻게 되고 있나?"

"아! 그렇지. 궁금해할 줄 알았다니까."

아이반이 환한 표정으로 파비안을 따라 벌떡 일어서서 함께 밖으로 나갔다. 문이 닫히자 이본느가 말했다.

"껄끄러운 이야기인가 보지? 그렇다면 말하지 않아도 돼."

"아뇨, 그게."

"어차피 못 하니까."

"……네?"

순간 가슴에 묵직하게 뭔가 쿵, 하고 얹힌 것 같았다.

"뭘 그리 놀라? 말했잖니, 내 전문 분야는 약학이라고. 일정 기억만 지우는 약은 못 만들어."

이본느가 손끝으로 찻잔 손잡이를 매만지며 여상스럽게 말을 이었다.

"기억을 몽땅 다 잃게 할 수는 있지. 하지만 그걸 바라는 건 아닐 거 아냐?"

"물론 아니에요."

나는 얼른 고개를 저었다. 그러자 이본느가 시선을 옮기며 라리사에게 물었다.

"너는 어떻게 생각하니? 네 언니가 아픈 과거를 지우고 싶다는데."

"음…… 실은 오면서 생각해 봤는데요."

두 손으로 찻잔을 감싸 쥐고 있던 라리사가 말을 끊고 나를 쳐다보았다. 커다란 녹색 눈동자가 천천히 깜빡였다. 라리사는 나를 바라본 채 대답했다.

"저는 굳이 과거의 기억을 지우지 않아도 괜찮아요."

'……뭐?'

설마 라리사가 괴로운 기억을 없애지 않아도 된다고 할 줄이야. 나는 마른 입술을 축였다.

라리사가 시선을 돌려 이본느를 바라보았다.

"전…… 그 기억을…… 마주 봐야 한다고 생각해요. 제가 잊어버린다고 해서 없었던 일이 되는 건 아니니까요. 물론 무섭긴 해요. 하지만 없었던 일로 만든다고 제가 행복해지는 건 아니에요. 그건 별개인 것 같아요."

라리사의 말에 나는 숨을 죽였다. 이본느는 별다른 말 없이 라리사의 독백을 듣고 있었다.

라리사는 나와 이본느를 번갈아 쳐다본 다음 자기 찻잔 안을 쳐다보았다. 그리고 더듬더듬 과거의 일을 털어놓기 시작했다.

"실은 예전 일을 아주 또렷하게 기억하지는 못해요. 언제나 구름 속에 숨어서 현실을 부정하고 받아들이지 않았거든요."

'구름?'

라리사 입으로 과거의 이야기를 듣는 것은 나도 처음이었다.

라리사의 기억은, 대부분 지하실에서 혼자 가만히 웅크리고 있었던 것이었다. 그 외의 것들은 어둡고 두려운 무언가로 뭉뚱그려져 있었다. 그러다 지하실에서 벗어난 순간부터 조금씩 구체적으로 변했다.

"예전엔 거의 아무것도 기억하지 못했어요. 하지만 시간이 지나면서 조금씩 옛날 일을 기억할 수 있게 된 것 같아요."

이고르가 막무가내로 찾아왔을 때는 너무 무서웠다고 털어놓았다. 잊었다고 생각했던 것들이 이고르를 마주한 순간 무의식에서부터 솟아올라 그녀를 공포로 물들였다.

그러나 얼마 전 빌레인을 만났을 때는 달랐다. 두렵고 무서웠지만, 대들고 맞설 수 있었다.

"저는 이제 과거의 저 자신을 마주 볼 용기가 생겼으니까요."

라리사가 고개를 들었다. 이 아이의 눈동자가 이렇게 굳건한 힘을 가지고 있었던가.

"과거의 그림자가 남아 있어도 저는 행복할 수 있어요. 오히려 괴로운 기억을 가졌기 때문에 용기를 낼 수 있어요. 이제 누구도 절 그런 상황으로 몰아넣을 수 없을 거예요."

나는 울컥해서 가슴에 손을 얹었다. 가슴속 한군데가 찌르르하게 아팠다.

이본느가 진지한 표정으로 부드럽게 말했다.

"강한 아이구나, 라리사."

"네. 저는 행복하거든요. 그렇죠, 마르시아 언니?"

라리사가 웃으며 내게 고개를 돌렸다. 나는 차마 말이 나오지 않아 그저 고개를 주억거리기만 했다. 뭐라고 한마디라도 했다가는 눈물이 나올 것만 같았다.

"언니가 참 여리구나. 라리사가 고생이 많겠어."

이본느가 반쯤 비어 있던 내 찻잔에 차를 더 부어주었다. 아직 따뜻한 차에서 희미하게 하얀 김이 올라왔다. 나는 차로 목을 축인 후 입을 열었다.

"그렇다면 몸의 흉터라도……. 그건 가능할까요?"

그러자 이본느가 밝은 목소리로 대답했다.

"흉터 없애는 건 내 전문이지. 주름살도 없애는데 흉터쯤이야."

"아……!"

가슴에 얹힌 돌이 반쯤 사라진 것 같았다. 이본느가 라리사에게 물었다.

"잠깐 보여줄 수 있겠니?"

"네."

여름이었지만 라리사는 손목까지 내려오는 긴팔 드레스에 실크 스타킹까지 챙겨 입었다. 라리사는 고개를 끄덕이고 소매를 걷어 올렸다. 오랜 시간에 걸쳐 여러 겹으로 쌓인 흉터가 모습을 드러냈다.

이본느가 눈썹을 치켜올렸다. 그녀는 잠시 말이 없었다.

라리사가 소매를 도로 내리자, 이본느가 소리 내어 웃었다.

"이 정도라면 얼마든지 가능해. 그러니까 전신이 이렇다는 거지? 약을 많이 만들어줄 테니, 아예 약욕을 하면 보름 안에 사라질 거야."

"그게 정말인가요?"

내가 반색하자 이본느가 보란 듯이 고개를 끄덕이며 대답했다.

"그래. 원래 타고났던 피부 결 그대로 살릴 수 있어. 이 정도야 거뜬하지."

겨우 보름. 여기까지 마녀를 찾아온 보람은 벌써 차고도 넘쳤다. 아무리 자신의 과거를 받아들이겠다고 하더라도, 몸에 상처가 남아 있는 것과 없는 것에는 큰 차이가 있을 테니.

'라리사의 삶에서 큰 짐 하나를 덜었어.'

나는 희망에 부풀었다. 곧 라리사도 보통 아이들처럼 여름에 짧은 소매로 된 드레스를 입을 수 있게 된다. 어른이 되어 이브닝드레스를 입을 때도 목과 어깨를 시원하게 드러낼 수 있을 것이다.

자기 몸을 내려다보고, 거울을 들여다볼 때마다 옛날 일을 떠올리지 않아도 될 테지.

"정말 감사합니다. 감사하다는 말로는 모자라요. 이 은혜를 어떻게 갚아야 할지……."

"아직 안 끝났단다, 애야."

이본느가 싱글싱글 웃으며 말했다.

"부탁하고 싶은 게 더 있지 않니?"

아 참, 그렇지. 더 중요한 것이 남았다.

이본느가 라리사를 향해 물었다.

"요정의 눈물을 흘리고, 다른 사람이 마음속으로 생각하는 것이 들린다고?"

"네. 사람들이 좋은 생각을 하면 들려요. 서로 아끼고 사랑하고 행복해하는 소리요."

"어머나, 그것참."

라리사의 대답에 이본느가 고개를 끄덕였다.

나는 입을 꾹 다물고 그녀를 쳐다보았다. 마음의 소리를 듣는 것은 나도 마찬가지니까. 하지만 이 능력에 대해 알고 있는 것은 파비안뿐이었다. 그를 제외하고는 아무에게도 이야기하지 않았다. 누구에게도 말할 생각은 없었다. 특히 라리사에겐 더더욱. 라리사만큼은 끝까지 몰랐으면 하니까.

이본느가 라리사에게 말했다.

"요정을 닮아서 그렇구나. 미안하지만 요정의 눈물은 내가 어찌할 수가 없어. 그건 네 몸의 절반이 요정이라, 그냥 타고난 거야. 약으로 너의 태생까지 바꿀 수는 없거든."

라리사는 순순히 고개를 끄덕였다.

"하지만 다른 사람의 생각이 들리는 건 어떻게 해 볼 수 있을 것 같기도 하구나."

나는 두 사람 몰래 숨을 들이켰다. 심장이 두근거렸다. 저주 같은 마음의 소리에서 벗어날 수 있을지도 몰라!

이본느가 살짝 인상을 찌푸렸다.

"그런데 어떻게 보면 참 유용하고 도움이 되는 능력이 아니니. 정말 없애고 싶은 게냐? 너희 엄마가 물려준 유산이기도 한데."

라리사가 고개를 살짝 갸웃했다.

"보통 사람들은 다른 사람의 마음속 소리가 들리지 않는다면서요?"

"못 듣지. 그래서 다른 신호로 열심히 짐작해 보곤 하지. 겉과 속이 다르진 않을까 불안해하기도 하고 말이야."

이본느의 대답에 라리사가 배시시 웃었다.

"그럼 저와 같네요. 저도 아무 소리도 들려오지 않는 사람은 무슨 생각을 하고 있을지 궁금해하곤 했거든요."

나는 참지 못하고 대화에 끼어들었다.

"세상의 따스한 말이 들려오지 않으면 괴롭지 않겠어?"

라리사는 웃으며 고개를 저었다.

"아뇨, 마르시아 언니. 전 알아요. 그런 건 들리지 않아도 다들 알 수 있을 거예요. 따스한 생각을 할 때 사람들은 표정이 달라지는걸요."

"하지만……."

"어떤 사람들은 간혹 사랑하는 마음을 숨기고 싶어 하기도 하더라고요. 남들이 몰랐으면 하는 생각까지 듣고 싶지는 않아요. 그 사람의 비밀을 저도 지켜주고 싶어요."

아, 우리 라리사. 언제 벌써 이렇게 어른이 되었을까. 블리크 저택에서 막 데리고 나왔을 땐 의사 표현도 제대로 하지 못하는 아기 같았는데.

라리사는 이본느를 향해 말했다.

"어머니의 유산이라면 이미 다른 걸 받았어요. 제가 어머니를 제일 많이 닮았다고 했거든요."

"좋아. 그럼 이 할머니가 애써보마. 너무 기대는 말고, 약이 잘 들을지 아닐지 지금으로썬 말하기 어렵거든."

"네."

이본느는 약을 만드는 데 걸리는 시간을 말해주었다.

"다 되면 손자놈을 통해 보내주마."

이본느가 자신만만하게 말했다.

"그럼 아가야, 이야기가 끝난 것 같으니 나가서 아이반과 그 친구를 불러와 주겠니?"

"네, 할머니."

라리사가 생긋 웃으며 예의 바르게 대답하고는 집 밖으로 통통 튀어 나갔다. 라리사까지 내보낸 후 이본느가 내게 물었다.

"자, 그래서 네 비밀은 뭐지? 넌 뭘 고치고 싶은 게냐?"

아무 말도 안 했는데. 그렇게 티가 났나.

나는 라리사가 금세 돌아올까 봐 문가를 힐끗거리며 재빨리 말했다.

"마음의 소리가 들리지 않게 하는 약, 이 인분으로 만들어주실 수 있을까요?"

그러자 이본느가 딱하다는 듯 혀를 찼다.

"너도니?"

"네. 라리사와는 들리는 게 좀 다르지만요."

"그래. 어차피 만드는 것, 어려울 것 없지. 증상이 좀 달라도 같은 원인에서 비롯한 것이니 네게도 들을 거다."

그녀는 흔쾌히 수락했다.

"사례를 어떻게 해드려야 할까요?"

실은 파비안과 미리 이야기해 두었다. 이본느가 대가로 바라는 것이 있다면 가능한 한 뭐든 들어주기로. 그렇지 않더라도 뭐든 다 해드리고 싶을 지경이었다. 라리사의 인생을 바꿔줄 그런 약을 다른 어디에서 구할 수 있단 말인가.

그런데 이본느는 수수께끼 같은 말을 했다.

"걱정 말거라. 미래에서 벌써 받았단다."

"네?"

그때 문이 벌컥 열렸다. 파비안과 라리사, 아이반이 왁자지껄 떠들며 안으로 들어왔다. 라리사는 무려 아이반의 어깨에 무등을 타고 있었다.

"이야기가 잘 끝났다고 들었습니다."

파비안이 정중하게 허리를 굽히며 이본느의 손등에 경의의 표시로 입을 맞추었다.

"사례를 하고 싶습니다. 혹 원하는 것이 있으십니까?"

이본느가 '부부가 똑같은 소릴 하는구나'라며 유쾌하게 웃었다.

"그럼 우리가 쉬는 동안 가서 아이반과 돼지고기 파이를 더 만들어 놓거라!"

"……예?"

"너희가 와서 내가 먹을 파이가 그만큼 줄어들었잖니. 아이반! 네 친구와 파이 좀 더 만들어라. 그리고 차도 더 내 오고. 라리사, 이리 오렴. 이 할머니랑 이야기나 하자꾸나."

이본느가 순식간에 상황을 정리했다.

남자들이 순순히 부엌에서 돼지고기를 다지고 파이 반죽을 만드는 동안, 나와 라리사는 향긋한 차를 마시며 느긋하게 이본느와 수다를 떨었다.

"이곳에서 혼자 사시면 적적하지 않으세요?"

"꼭 그렇지만은 않단다. 마을에 종종 내려가거든."

"마을에요? 그러다가……."

잘못해서 누군가가 앙심을 품고 신고라도 하면 재판에 넘겨질 텐데.

내 표정이 심각했던 모양이다. 이본느가 큰 소리로 웃으며 말했다.

"걱정 마. 마을에 나갈 때는 눈 감고 장님 행세를 하거든. 아무도 내가 마녀인 걸 모른단다. 그리고 아이반이 이런 것도 만들어 줬지."

그녀는 서랍에서 색안경을 꺼냈다. 아주 진한 색의 렌즈가 끼워져 있었다. 저건 마치…….

'선글라스잖아.'

이본느가 척, 하고 색안경을 썼다.

"실수로 눈을 뜨더라도, 봐라. 내 눈동자가 빨간색인 줄은 전혀 모르겠지?"

큰 키, 긴 백발을 휘날리며 선글라스를 쓰고 씩 웃는 이본느는 지나치게 멋있었다. 나만 그렇게 생각한 게 아니었다.

"와아……."

선글라스를 쓴 사람을 본 적이 없는 라리사도 저렇게 감탄할 정도인걸.

"오히려 더 눈에 띄는 거 아니에요?"

"호호호! 눈에 띄지. 다들 괴짜 장님 아줌마라고 부른단다. 내가 갑자기 안 보이면 오히려 다들 걱정할걸. 무슨 일이라도 생긴 거 아니냐고 말이야."

"그건 진짜예요."

밀가루 반죽을 밀대로 밀면서 아이반이 은근슬쩍 대화에 끼어들었다.

"저도 가끔 할머니 따라 마을에 내려가는데, 할머니를 모르는 사람이 없더라고요. 마녀인 걸 들키더라도 다들 감싸줄 것 같던데요."

"거봐라, 그렇다니까. 다들 좋은 사람들이거든."

"……."

아니…… 붉은 눈의 아이반과 함께 마을에 갔다면 그 시점에서 이미 마녀란 걸 들킨 것 아닌가……? 아이반이 마법사인 것은 다들 이미 알고 있는 사실이고, 아무리 둘 다 색안경을 쓰더라도 저렇게 닮았으니 당연히 혈연인 걸 짐작할 텐데.

파비안도 나와 똑같은 생각을 한 모양이었다. 한 손에 양념 통을 들고 돼지고기에 뿌리려다가, 어이없다는 듯한 표정으로 고개를 내젓고 있었다.

무슨 말을 해야 할지 몰라 망설이고 있었는데 때마침 라리사가 말했다.

"그래도 조심하셔야 돼요, 할머니."

"아유, 그럼. 조심하고말고."

눈썹을 모으고 걱정스러운 표정으로 말하는 라리사를, 이본느가 자기 손주라도 되는 것처럼 따스한 눈길로 바라보았다.

다음 날, 이본느는 밤새 약을 만들고 뒤늦게 잠들어 우리가 떠날 시간까지 일어나지 않았다.

"자, 이건 흉터 치료용이에요. 사용법을 적은 종이가 안에 들어 있을 겁니다."

아이반이 대신 약상자를 건네주며 말했다.

"다른 약은 완성되면 연락드릴게요."

"고마워요, 아이반 씨. 그리고 이본느 할머니께도 전해주세요. 저희가 정말 감사한다고요. 못 뵙고 떠나게 되어 너무 아쉽네요."

"어쩔 수 없죠. 지금 깨우면 분명 화내실걸요."

야행성이셔서요, 하고 덧붙이며 아이반이 쓴웃음을 지었다.

"다음에 또 오시면 되죠. 할머니도 좋아하실 거예요."

그는 우리를 숲 어귀까지 바래다주었다. 그곳에는 어제 예약해 둔 마차가 기다리고 있었다. 우리는 거듭 아이반에게 감사 인사를 하고 마차에 올랐다. 라리사가 차창 너머로 손을 흔들었다.

"그럼 이제 저택으로 돌아가는 건가요?"

아이반이 보이지 않게 되자, 라리사가 자세를 고쳐 좌석에 똑바로 앉으며 물었다. 그러자 파비안이 입을 열었다.

"음, 실은 그 문제로 두 사람에게 묻고 싶은 게 있습니다."

"말씀하세요. 뭔데요?"

파비안은 잠시 턱을 문지르며 망설이는 듯하다가, 낮은 목소리로 조심스레 말을 꺼냈다.

"블리크 저택에 가보고 싶지 않으십니까?"

"……옛날 집에요?"

"모처럼 가까운 곳에 왔으니까요."

그랬지, 참. 생제르망역은 블리크가에서도 그나마 가장 가까운 기차역이었다.

나야…… 별 상관없지만, 라리사는? 나는 걱정이 되어 옆을 돌아보았다. 라리사는 의외로 아무렇지 않은 표정이었다.

파비안이 우리 두 사람을 번갈아 쳐다보며 말했다.

"이제 블리크가는 두 사람 소유니까요."

"그러고 보니……."

파비안 말이 맞았다. 이고르도, 빌레인도 사망했으니 이제 나와 라리사의 소유였다. 그렇다면.

'그 지하실을 없애 버려야 해.'

다른 건 어찌 되든 내 알 바 아니지만, 그 이중 철문이 달린 지하실만큼은 철저히 없애 버리고 싶었다. 파비안도 아마 같은 생각이겠지.

그때 라리사가 말했다.

"두 분이 가보고 싶으시다면 저도 괜찮아요. 대신 저는 안으로 들어가지 않고 밖에서 기다려도 되겠죠?"

그 말을 듣는 순간, 한 가지 생각이 떠올랐다.

"그럼 잠시 들렀다 가죠."

오랜만에 보는 블리크 저택은 스산했다. 유모를 유배지로 보내 버린 후, 파비안이 사람을 시켜 고용인들을 모두 내보내고 저택을 폐쇄해 두었던 것이다.

그런데 아무도 없을 터였던 저택 입구에 익숙한 사람의 모습이 보였다. 포투스였다. 그가 마차에서 내리는 파비안에게 말했다.

"안 오실지도 모른다더니, 오셨네요."

"두 사람이 거절할지도 모른다고 생각했거든. 그러면 그냥 대공저로 돌아갈 생각이었어."

먼저 내린 파비안이 내게 손을 내밀었다. 나는 그 손을 붙잡고 마차에서 내리며 물었다.

"포투스, 여긴 어쩐 일이야?"

"이 저택을 처리할 대리인 자격으로 왔습니다. 물론 비전하와 라리사 아가씨의 허가를 받은 다음 진행할 거지만요."

나 다음으로 라리사가 마차에서 내렸다. 저택을 보는 라리사의 얼굴에는 아무런 감흥도 없었다. 불안이나 두려움 같은 마음의 소리도 들리지 않아, 나는 적잖이 안심했다.

"라리사, 괜찮아?"

내 질문에 라리사는 고개를 끄덕이며 저택을 올려다보았다.

"이렇게 생긴 곳이었군요."

아, 그렇구나. 모순적이지만 라리사는 저택을 본 적이 없을 터였다. 지하에 갇혀 있기만 했으니까. 유일하게 밖으로 나오던 날도 가방 안에 숨어 있었으니……

나는 가슴이 시려서 괜히 라리사의 팔짱을 꼈다. 라리사는 익숙하게 내게 살짝 기대어 섰다. 그 모습을 바라보던 파비안이 웃으며 물었다.

"자, 그러면 어떻게 하고 싶으십니까? 이 저택."

"전 필요 없어요. 라리사, 너는?"

"저도 필요 없어요."

우리가 나란히 고개를 젓자 파비안이 고개를 끄덕였다.

"그러실 것 같았습니다. 처분하실 거면 포투스가 알아서 다 처리할 겁니다."

"처분할 것 없어요."

나는 그렇게 말하며 저택을 올려다보았다. 좁은 땅 위에 높게 솟은 오 층 건물을.

"태워 버려요."

그래. 없애 버렸으면 좋겠다. 아무 흔적도 남지 않도록.

돌아보니, 포투스는 깜짝 놀란 표정이었고 파비안은 가늘게 웃고 있었다.

"바라신다면. 이 자리에 무엇이 있었는지 아무도 알지 못하도록 철저히 처리해야지요."

파비안의 말에 포투스가 얼른 안경을 고쳐 쓰는 척하며 표정을 수습했다.

"두 분 다 필요 없으시고, 이곳에 돌아오실 것도 아니고, 팔아넘기기도 좀 그러니……. 괜찮은 생각이군요. 그럼 제가 알아서…….”

“아뇨, 말 나온 김에 지금 태우죠.”

저택은 담장으로 둘러싸여 있었고 주변은 황무지에 가까웠다. 불이 옮겨붙을 염려도 없고, 올 사람도 없었다.

“그전에 혹 따로 보관해 두고 싶은 것은 없으십니까? 한 번 둘러보고 오시는 건 어떻습니까?”

“……그럴까요.”

나는 고개를 끄덕인 후 포투스에게서 열쇠를 받아 홀로 저택 안으로 들어섰다.

“먼지투성이네.”

익숙한 층계참에 올라서며 나는 나직하게 중얼거렸다.

17년을 살았던 저택이지만 그리운 느낌은 조금도 없었다. 딱히 내가 가졌던 물건 중에 미련이 남는 것은 없었다.

나는 곧바로 이고르의 방으로 향했다. 혹시 어머니의 유품 같은 것이 남아 있지는 않을까 해서였다. 눈에 띄는 곳을 쭉 둘러보았지만, 여성의 물건 같은 것은 보이지 않았다. 어머니의 옛 침실은 텅텅 빈 지 오래였다. 집안 어디에도 초상화 한 장 남아 있지 않았다.

나는 개운한 기분으로 계단을 도로 내려갔다. 계단 끝에서 지하실로 향하는 통로를 한 번 쳐다본 다음, 미련 없이 두 손을 털며 빈손으로 저택 밖으로 나갔다.

나를 쳐다보는 세 사람에게, 나는 화끈하게 외쳤다.

“자, 이제 태우죠!”

블리크 저택이 전소되는 데는 다섯 시간이 걸렸다. 나와 라리사는 손을 꼭 잡고 나란히 서서 질리지도 않고 불꽃을 계속 바라보았다. 파비안은 한 걸음 떨어진 곳에서 말없이 우리를 기다려 주었다.

하늘마저 잡아먹을 것 같이 타오르던 불길이 조금씩 사그라들 때쯤, 라리사가 내게 조용히 속삭였다.

"이 자리에 나무를 심었으면 좋겠어요. 아주 많이."

"그래, 그렇게 하자. 어떤 나무를 심을까?"

"키가 큰 나무요. 달에 닿을 만큼……."

그 말을 듣는 순간, 동화책의 한 구절이 생각났다.

[소녀는 매일 밤 달님에게 빌었습니다. '저를 구해주세요'라고.]

나는 라리사의 얼굴을 내려다보았다. 열기에 뺨을 발갛게 물들이고선 라리사에게서는 더이상 괴로움도, 두려움도 찾아볼 수 없었다.

나와 눈이 마주치자, 라리사가 배시시 웃었다. 그리고 나지막하게 말했다.

"고마워요."

나는 지그시 입술을 물었다. 그리고 말없이 라리사를 꼭 끌어안았다.

납치된 블리크가의 옛 유모를 구해 집을 나섰을 때, 리샤르는 생각했었다. 다시는 돌아오지 않겠노라고.

"……그런데 이게 뭐야."

리샤르는 충격받은 눈으로 도미닉을 쳐다보았다. 그는 천장을 쳐다본 채 침대에 가만히 누워 있었다.

도미닉은 파비안과의 결투에서 얻은 총상을 치료하고 혼수상태에서 간신히 깨어났지만, 그의 운은 목숨을 건진 데서 끝났다. 몸을 움직이지 못했던 것이다. 자의로 할 수 있는 행동은 고작해야 눈을 깜빡이는 것뿐이었다.

"전신 마비라는구나."

침대 발치에 서 있던 엠마가 말했다. 그녀의 목소리에는 고저가 없었다.

"유동식을 받아 삼킬 수 있으니 죽지야 않겠지만, 회복 가능성은 희박하다고 해."

리샤르는 무심코 재킷 주머니를 만지작거렸다. 안에는 엠마가 며칠 전에 그에게 보냈던 편지가 들어 있었다. 집안에 큰일이 났으니 당장 돌아오라던 편지.

리샤르가 그 편지를 무시하지 않았던 것은, 보낸 이가 다름 아닌 엠마였기 때문이었다. 로랑 백작가에서 리샤르가 존중하는 유일한 사람.

"그럼…… 평생 이렇게 누워만 있어야 하는 건가요?"

"글쎄. 기적이 일어나지 않는 한 그렇겠지."

도미닉의 눈이 두어 번 천천히 깜빡였다. 표정조차 마음대로 짓지 못하는 얼굴은 어딘가 멍해 보였다. 그의 거구는 침구에 파묻혀 평소보다 왜소하게 느껴졌다.

"큭……."

리샤르는 그를 더 쳐다보지 못하고 몸을 돌렸다. 엠마가 그를 따라 침실을 나섰다.

"네 아버지는 살아 있긴 하지만 저래서야 죽은 것과 다름없어. 리샤르, 이제 네가 이 가문을 이어받아야 한다. 당장 오늘부터."

청천벽력 같은 말에 리샤르가 그녀를 돌아보았다.

"하지만 어머니, 저는 이제 겨우 열다섯 살인데요."

"나이를 핑계로 현실에서 도망칠 셈이니?"

불과 얼마 전까지만 해도 아직 성인이 아니라며 다들 그를 어린애 취급했는데.

'도대체 나더러 어쩌란 거야.'

리샤르가 턱에 주름이 질 정도로 입을 꾹 다물었다.

"내가 이 집안에 시집온 게 열일곱, 널 낳은 건 내 나이 열여덟일 때였어. 나도 그리 많은 나이가 아니었다. 인생의 선택지는 네가 원하는 때 오지 않아."

엠마가 무심한 눈으로 아들을 올려다보았다.

"네가 가문을 물려받지 않으면 로랑 백작가는 결국 대공가에 흡수되어 버리겠지. 나는 그런 꼴을 보고 싶지 않구나."

"어머니……."

"네가 물려받고 싶지 않다면 네 뜻을 존중하마. 대신 나는 친정으로 돌아갈 테니까."

너도 네가 알아서 살렴.

입 밖으로 내지 않은 말이 리샤르의 귀에 들리는 것 같았다.

엠마는 도미닉에게도, 로랑 백작가에도 별다른 애정을 갖고 있지 않았다. 심지어 유일한 아들에게도. 리샤르도 잘 알고 있었다. 엠마는 어릴 때부터 그의 응석을 받아준 적이 없었으니까.

그녀는 또 두통이 오는지 한 손으로 관자놀이를 짚었다. 리샤르는 그런 엠마를 물끄러미 바라보다 입을 열었다.

"외가로 가실 필요 없어요."

답은 애초에 정해져 있었다.

"제가 가문을 이을 테니까요."

"잘 생각했다. 집무실에서 니코스가 기다리고 있을 거다. 모르는 게 생기면 그에게 물으렴."

엠마의 드레스가 사락사락 소리를 내며 그에게서 멀어졌다. 리샤르는 멍하니 어머니의 뒷모습을 바라보았다.

'가문을 물려받는 건 적어도 이삼십 년은 뒤일 거라고 생각했는데……'

이렇게 빨리. 어깨가 무거웠다. 리샤르는 천장을 쳐다보며 한숨을 쉬었다.

'아냐. 어차피 내년이면 성인이 돼. 그냥 일 년 앞당긴 거라고 생각하자.'

그는 굳게 닫힌 도미닉의 침실 문을 흘끔 쳐다보았다.

'하나씩 차근차근 알아봐도 늦지 않아. 우선, 도대체 왜 그 녀석이 갑자기 결투를 신청해서 아버지를 이 꼴로 만들어놓았는지부터.'

리샤르는 무거운 발걸음으로 도미닉의 집무실로 향했다.

예상대로, 리샤르가 아직 어린 나이라는 점이 발목을 잡았다. 도미닉이 죽지 않았기 때문에 리샤르는 공식적으로 백작이 될 수 없었다. 그가 얻은 직함은 결국 가주 대리였다.

지금까지 그를 어린애 취급하던 고용인들이 하루아침에 변할 리 없었다. 니코스도 마찬가지였다.

"백작님의 허가 없이는 무슨 일이 있어도 말씀드릴 수 없습니다."

리샤르가 지금까지 도미닉이 저질러 온 일의 진상을 조사하려고만 하면 니코스가 사사건건 비협조적으로 굴었다.

"지금 아버지가 어떤 상태인지 알면서 하는 말이지? 내가 가주 대리인 것도 말이야."

"백작님께서 눈을 감으시기 전까지는 가주 '대리'시지 가주가 아니시니까요. 아직 후계자 수업도 마치지 못하신 몸이니 이런 일들은 그냥 제게 맡겨두시면 됩니다."

"그래서, 감히 비서가 가주의 일을 넘보시겠다?"

리샤르가 웃었다.

"넌 해고야."

결국 리샤르가 도미닉의 대리로 가장 처음 한 일은 본보기로 니코스를 자르는 일이었다. 알게 모르게 저택의 이인자로 군림했던 니코스가 하루아침에 쫓겨나자, 다른 고용인들의 태도가 변했다.

"백작님의 행적이라면 니코스가 다 서류로 남겨두었습니다. 백작님의 개인 서재에 보관되어 있을 겁니다."

"비밀스러운 문서라면 벽 뒤의 금고를 열어보시지요. 금고 열쇠는 항상 침대 머리맡 서랍에 보관하신 걸로 압니다."

남겨진 서류들과 다른 고용인들의 증언을 조합해, 리샤르는 지금까지 어떤 일이 있었던 것인지 파악해 냈다.

'결국 수단과 방법을 가리지 않고 대공이 되고 싶었던 것뿐인가.'

성질이 급하고 다혈질인 도미닉의 평소 성격을 생각해 보면 이해가 안 되는 것도 아니었다. 하지만……

'……이해하고 싶지 않아.'

남겨진 서류를 살피던 리샤르가 진저리쳤다.

"그깟 대공이 뭐라고! 이미 백작이잖아!"

백작이 어디 가벼운 작위인가? 광활한 영지가 딸렸고, 영지민에게서 세금도 걷을 수 있다. 언제든 국왕 폐하를 배알할 자격을 가졌으며 가장 고귀한 사교계의 일원이기도 하다. 대공은 처음부터 그의 자리가 아니었다.

도미닉은 오히려 운이 좋았다. 장남이 아닌데도 작위를 물려받았으니까. 로랑가가 워낙 유서 깊은 대가문이라 여분의 작위가 있었기 때문이다.

'쓸데없는 욕심을 부리다 좌초한 셈이야.'

그는 이를 악물며 다음 서류로 눈길을 돌렸다.

'검출되지 않는 독약? 왜 이런 자료가……'

다음 순간, 그의 손이 저도 모르게 서류를 구겼다.

"설마, 할아버님을……!"

믿고 싶지 않았다. 그러나 서류가 모든 것을 말해주고 있었다. 도미닉이 대공위를 위해 자기 아버지까지 살해했다는 것을.

리샤르는 주먹으로 눈가를 가렸다. 아직 성인이 되지 못한 소년의 소매가 젖어 들었다.

그는 자조적으로 중얼거렸다.

"난 하마터면 정말로 대공이 될 뻔했었군……."

도미닉이 일찍 독을 손에 넣어 프레데릭이 유언장을 고치지 못했더라면. 수많은 암살 시도 중 파비안이 한 번이라도 방심했더라면. 도미닉이 무기에 미리 손쓴 결투에서 파비안이 조금이라도 운이 나빴더라면.

전부 옳지 못한 방식이었다.

'이런 비겁한 자가 내 아버지였단 말인가.'

그랬다. 인정하고 싶지 않았지만, 그래도 도미닉은 그의 아버지였다.

'……목숨만은 부지하게 해드리죠.'

리샤르는 도미닉에게 최후의 예의를 차려 가주의 침실을 그대로 사용할 수 있게 해주었다. 하인을 붙여 끼니를 하루 세 번 챙겨주고, 하루에 한 번은 휠체어에 앉혀 바깥에서 햇빛을 쬘 수 있게 했다. 그러나 리샤르가 도미닉에게 허락한 것은 딱 거기까지였다.

그는 다시는 도미닉을 찾아가지 않았다.

"아카데미를 그만둔다며?"

아드리안이 응접실 소파에 앉자마자 황급히 물었다. 리샤르가 픽 웃었다. 벌써 학생들 사이에 소문이 돈 모양이었다.

"이렇게 갑자기 찾아온 게, 그거 물어보려던 거야?"

아드리안이 고개를 끄덕이자 리샤르가 대답했다.

"그래. 학생 놀이에 시간을 쏟을 여유가 없어서 말이야. 가문이 이 몸을 필요로 하거든."

말투는 평소와 똑같았지만, 아드리안은 그가 예전처럼 거들먹거리지만은 않는 것 같다고 생각했다. 표정에 상대방을 업신여기는 기색이 없었기 때문이었다.

'그새 어른이 된 것 같잖아.'

마냥 사춘기 어린애 같던 리샤르는 어느새 남자다운 얼굴을 하고 있었다. 리샤르가 말을 이었다.

"학업은 선생을 고용하면 여기서도 계속할 수 있어. 필요한 인맥은 뭐…… 이미 대충 쌓아뒀고. 아카데미를 중도에 그만두는 게 나쁜인 것도 아니니, 별문제 없잖아."

"그, 그러네."

아드리안이 고개를 살짝 숙이며 시선을 내리깔았다. 어딘가 풀 죽은 것처럼 보여, 리샤르가 놀리듯 말했다.

"왜, 나라는 인재를 잃을까 봐 아까워?"

아드리안이 순순히 고개를 끄덕였다.

"그래."

"……뭐?"

오히려 놀란 것은 리샤르였다. 아드리안이 얼굴을 붉히며 털어놓았다.

"실은 그날…… 블리크 영애가 납치됐던 날 말이야. 네가 기차역으로 달려가는 걸 보고 널 다시 봤거든."

"그건……."

아드리안이 머뭇거리며 말을 이었다.

"그래서 아카데미로 돌아가면 가까이 지내고 싶다고 생각했어. 그런데 이렇게 갑자기 그만둔다길래."

"하."

리샤르가 과장된 몸짓으로 어깨를 으쓱거렸다.

"해밀튼의 마음에 다 들다니. 내 눈동자는 붉은색도 아닌데 말이야."

아드리안이 움찔하며 어깨를 움츠렸다. 그래도 그는 꿋꿋하게 말했다.

"그냥 아드리안이라고 불러. 그리고 혹시 아카데미 도서관에서 필요한 자료가 있다면 내가 대신 대출해 줄게. 너도 알다시피 아카데미 도서관만큼 방대한 곳도 없으니까."

그러자 리샤르가 소리 내어 웃기 시작했다. 아드리안이 당황하며 투덜거렸다.

"왜, 왜 웃어."

"도서관 같은 데 집착하는 건 너뿐이야, 아드리안."

"네가 뭘 알아, 도서관엔 한 학기에 한두 번 갈까 말까 했던 주제에."

"난 도서관 따위 안 가도 성적이 좋았거든. 너야말로 사심 채우러 갔으면서."

"그게 어때서."

"그래, 뭐 나쁠 것도 없긴 하지."

리샤르가 킥킥 웃으며 물었다.

"차 마실래?"

"그래."

아드리안의 대답에 리샤르가 설렁줄을 당겼다.

❖

대공령의 숲속, 넓게 펼쳐진 초원 위. 나는 파비안을 따라 힘껏 말을 달렸다. 파비안이 옆을 돌아보더니, 내가 뒤처지지 않고 여유 있게 잘 따라오는 걸 보고 미소 지었다.

"이 정도 속도가 딱 좋은 것 같아요!"

마구 휘날리는 머리카락, 휙휙 지나가는 풍경, 오랜만에 힘껏 달려 신난 스노우의 말발굽 소리까지. 스트레스가 확 풀리는 느낌이었다.

"거의 다 왔습니다."

파비안이 서서히 속도를 늦추며 저 멀리 앞쪽을 가리켰다.

눈앞에 아름다운 호수가 펼쳐졌다. 잔잔한 물결 위에 햇빛이 부서져 반짝거렸다. 오늘의 목적지였다.

"와! 숲속에 이런 곳도 있었네요."

호숫가에 도착하자마자 나는 감탄하며 말을 세웠다. 먼저 말에서 내린 파비안이 내 허리를 붙잡아주었다. 나는 아무렇지 않은 듯 그의 어깨를 짚으며 말에서 내렸다. 손끝이 조금 떨리긴 했지만.

이본느를 만나고 돌아온 후로, 우리는 둘이서 매일같이 영지 내를 돌아다녔다. 물론 파비안은 근신 중이긴 하지만, 영지를 벗어나지만 않으면 된다는 핑계를 댔다. 그리고 대공가 영지는 이 나라 귀족의 영지 중에 가장 넓었다.

'어차피 근신은 수도에서 돌아온 첫날부터 안 지키기도 했고……'

어제는 영지 중심가로 연극을 보러 갔었고, 그저께는 근사한 야외 레스토랑에서 저녁 식사를 함께했다.

'바쁘면서.'

파비안의 집무실에는 외부인이 끊임없이 드나들었다. 여전히 밤늦게까지 집무실의 불이 켜져 있는 날이 허다했고, 포투스는 볼 때마다 다크서클이 짙어졌다. 그래도 그는 하루 한 번은 꼭 나와 함께하는 시간을 냈다.

오늘은 이렇게 호숫가로 소풍을 왔다. 파비안은 말들이 자유롭게 풀을 뜯도록 말고삐를 등 뒤로 넘겨준 뒤, 가져온 바구니를 내렸다. 점심 도시락이 든 바구니였다.

"식사부터 하실까요? 아니면 뱃놀이부터 할까요."

"배가 있어요?"

내가 반색하자, 파비안이 호숫가 한쪽을 가리켰다. 거기에 아담한 선착장이 있고, 노 젓는 배가 한 척 마련되어 있었다.

"좋은 생각이 있어요. 배 위에서 식사하면 어떨까요?"

"하하. 그래도 되지요."

우리는 바구니를 들고 배에 올랐다. 파비안이 노를 젓고, 나는 한가로이 앉아 뱃전에서 찰랑이는 물소리를 들었다.

"아이반에게 편지가 왔습니다. 새 약이 완성되었다더군요. 아마 오늘 내로 도착할 겁니다."

"벌써요? 생각보다 빠르네요."

마음의 소리가 들리지 않게 하는 약. 이제 지긋지긋한 남들의 속마음을 듣지 않아도 된다.

"약이 잘 들어야 할 텐데."

"잘 들을 겁니다. 라리사가 금세 회복되는 거, 보셨잖습니까."

파비안이 따뜻한 목소리로 말했다. 나는 고개를 끄덕였다.

이본느를 만나고 돌아온 이후 라리사는 매일매일 이본느가 준 약으로 목욕을 했다. 목욕물에 정해진 분량의 약을 타고 한 시간씩 들어가 몸을 씻었다.

"몸에서 약초 냄새가 나요. 꼭 제가 약초가 된 것 같아요."

라리사가 자기 팔을 킁킁거리며 말했다.

목욕할 때마다 흉터가 붉게 부풀었다가 서서히 가라앉았다. 그리고 눈에 띄게 흐려지기 시작했다. 이제는 정말 깊은 흉터 외에는 거의 다 사라지고 보이지 않았다. 여기저기 붉은 흔적이 남았지만, 이본느가 준 설명서대로라면 그것도 며칠 내로 다 사라질 거였다.

그 흉터가 다 사라지다니, 약이라기보다 마법 같았다. 불가능한 일을 해냈다는 점에서.

"……정말 기뻐요."

"라리사가 회복된 것이요? 아니면 마음의 소리를 듣는 능력이 사라질 것이?"

"짓궂으시네요. 물론 둘 다요."

파비안이 웃으며 크게 노를 저었다.

"그럼 축배를 들어야겠네요."

그는 눈짓으로 바구니를 가리켰다. 설마 하며 바구니를 열어보니, 안에는 음식과 함께 술도 한 병 들어 있었다.

"어쩜! 샴페인이네요."

"축배를 들기에 딱 좋지요."

파비안이 익숙한 손놀림으로 샴페인을 땄다. 퐁, 하고 경쾌한 소리가 났다. 내가 바구니에 들어 있던 은 술잔을 두 개 꺼내자, 그가 잔을 채웠다.

"당신과 라리사가 무사히 원하는 것을 얻길 바라며."

은잔을 부딪치자 마치 작은 종소리 같은 소리가 났다. 샴페인은 아주 맛있었다.

"한 번 더 건배해요. 마녀를 만난 행운에 대고."

"이본느 할머니께 감사하며."

우리는 잔을 한 번 더 부딪쳤다.

파비안은 잔을 비우고 도로 바구니에 넣은 다음, 다시 노를 젓기 시작했다. 바구니 안에는 오븐에 구운 만두 같은 것이 들어 있었다. 한 입 크기로 작게 만든 엠파나다였다.

"노 계속 저으면서 아, 하세요."

"……아."

파비안이 순순히 입을 벌리자, 나는 그 입에 엠파나다를 하나 쏙 넣어주었다. 파비안의 얼굴이 곧 미소로 가득 찼다.

"무슨 맛이에요?"

"으음…… 소고기 같은데요."

나도 한 개 집어 입에 넣었다. 내가 집은 것은 시금치와 치즈가 들어 있었다. 나는 파비안의 입에 계속 엠파나다를 하나씩 넣어주었다. 그는 행복한 얼굴로 우물거리며 계속 노를 저었다.

"샴페인도 드릴까요?"

그가 고개를 끄덕였다. 나는 잔에 샴페인을 채워서 그의 입가에 가져갔다.

"앗."

그런데 다른 사람에게, 그것도 배 위에서 노를 젓는 사람에게 술잔을 기울여 주는 건 생각보다 어려운 일이었다.

"각도가 안 나오네. 이러다 코로 들어가겠……."

"풉."

"아, 흘리겠어요."

안 되겠어.

나는 파비안 쪽으로 바짝 다가앉으려 했다. 그러자 파비안의 눈이 커졌다.

"아, 안 돼요! 움직이시면 배가……."

"꺅!"

작은 조각배가 크게 출렁거렸다. 나는 허둥거리며 뒤로 물러나려다가 오히려 균형을 잃고 말았다. 배가 뒤집힐 것처럼 출렁이며 뱃전으로 호숫물이 들이닥쳤다.

"마르시아!"

그때, 파비안이 내 팔을 잡아 자기 쪽으로 끌어당겼다. 그는 날 끌어안으면서 교묘하게 균형을 잡았다.

"휴……."

이윽고 배의 흔들림이 가라앉았다.

"미안해요. 이런 배를 타본 적이 별로 없어서……."

나는 파비안의 품에 끌어안긴 채 사과하며 고개를 들었다. 파비안의 얼굴이 지척에 있었다. 절로 마른침이 꼴딱 넘어갔다.

"괜찮……."

파비안이 말을 하다 말고 나를 쳐다보았다. 그새 젖은 앞머리에서 물이 똑똑 떨어졌다.

물이 그의 눈까지 스며들었을까. 파비안의 붉은 눈동자가 어쩐지 촉촉해 보였다. 촉촉하게 일렁이는 붉은 눈동자가 점차 가까워졌다.

어느새 서로의 코끝이 스쳤다.

'아…….'

나는 천천히 눈을 감았다.

찰랑이는 물소리. 넘실대는 배의 흔들림. 젖은 옷 위에 떨어지는 햇살.

노를 놓아버린 파비안의 손이 내 목 뒤를 감싸 쥐었다. 혀끝에서 달콤한 샴페인의 향기가 느껴졌다. 심장이 하도 빨리 뛰어서 숨조차 못 쉴 지경이 되고서야 파비안은 나를 놓아주었다.

"너무 젖었군요. 춥지는 않으십니까?"

나는 고개를 저었다. 여름이라 다행이었다.

"천천히 물러나 앉으세요. 기슭으로 노를 젓겠습니다."

나는 아쉬움을 삼키며 순순히 그가 시키는 대로 했다. 내 시선을 피하며 노를 젓는 파비안의 목덜미가 그의 눈동자 색만큼이나 빨개져 있었다.

그날 오후, 이본느의 약이 대공저에 도착했다.

[요정들은 주변인의 감정에 민감하게 반응하지. 그래서 다른 사람의 생각이 들리는 거라는 가설하에 둔감하게 만드는 약을 지어봤다.

하루 한 번, 약재에 물을 붓고 반으로 졸아들 때까지 끓인 다음 면보에 걸러 마시렴.]

마르시아는 이본느의 편지를 주의 깊게 읽고, 약재를 둘로 나눴다. 반은 라리사의 몫이고, 나머지 반은 라리사 몰래 자신이 마실 것이었다. 그녀는 하녀들에게 맡기지 않고 매일 직접 약을 달였다.

잔에 담긴 시커먼 약을 보며 그녀는 생각했다.

'……아무리 봐도 한약 같은데.'

조금 마셔보니 냄새도, 맛도 꼭 한약 같았다.

"크으……!"

마르시아는 재빨리 자기 몫을 원샷으로 들이켠 다음, 떨떠름한 표정으로 곧바로 각설탕을 입에 넣었다. 그녀는 혀로 각설탕을 굴리며 몸의 변화를 주의 깊게 살폈다.

'……아무 느낌도 안 나는데.'

각설탕을 다 녹여 먹은 후, 마르시아는 라리사의 몫을 잔에 담아 사탕 그릇과 함께 방으로 가져갔다.

"아아, 너무 써요!"

"자, 빨리 사탕 먹어."

마르시아가 얼른 라리사의 입에 레몬 사탕을 하나 넣어주었다. 라리사의 찡그린 눈썹이 서서히 펴지자, 마르시아가 조심스레 물었다.

"어때?"

라리사가 동그란 눈을 두어 번 깜빡거렸다. 그러곤 고개를 갸웃했다.

"으음, 약이 맛없다는 것 외엔 모르겠어요. 언니, 속으로 뭔가 말해 볼래요?"

'우리 라리사, 사랑해! 어쩜 얘는 이마도 귀엽고, 눈썹도 예쁘고, 눈도 반짝거리고, 코도 오뚝하고…….'

"아직 효과가 하나도 없네요."

라리사가 발그레한 얼굴로 말했다.

"한 달은 꾸준히 마셔야 한댔어."

마르시아가 실망을 감추며 라리사의 머리를 쓰다듬었다.

그러나 그렇게 일주일이 지나고 이 주일이 지나도 마르시아는 별다른 변화를 느끼지 못했다. 사실 그 이유는 그들이 사는 곳이 대공저였기 때문이었다. 저택은 평화로웠다. 아무도 서로를 헐뜯거나 미워하지 않았다. 처음부터 마르시아가 마음의 소리를 들을 일 자체가 없던 것이다.

그러나 라리사는 달랐다. 그녀는 시간이 지날수록 점차 차이를 느끼기 시작했다. 으레 들려오던 마음의 소리가 점차 희미해져 갔다. 보름이 지나자 어지간히 강렬한 감정이 담긴 말이 아니면 들리지 않았다.

라리사는 몰래 가슴을 움켜쥐었다.

'……귀머거리가 되어가는 것 같아.'

들리던 것이 들리지 않게 되자, 그녀는 그제야 이게 생각보다 괴로운 일이라는 것을 깨달았다.

"라리사, 괜찮아?"

약을 마신 직후 컵을 붙잡고 있다가 라리사는 익숙한 목소리에 고개를 들었다. 마르시아가 그녀를 바라보고 있었다.

부드러운 목소리. 걱정스러운 눈빛.

'뭘 두려워하는 거야, 라리사. 전에 말한 그대로잖아.'

그녀는 자신에게 속삭였다.

마르시아에게서 마음의 소리는 들려오지 않았지만, 라리사는 어렵지 않게 짐작할 수 있었다. 그녀가 무슨 생각을 하는지. 왜 저런 표정으로 쳐다보는지.

'그래, 오히려 잘된 거야. 이제 그냥 듣기만 하는 게 아니라 그 사람 자체를 볼 수 있으니까.'

라리사는 언니의 얼굴을 바라보며 그 눈빛과 입매에 담긴 표정을 찬찬히 더듬었다.

'이렇게 얼굴을 마주 보면, 마음의 소리가 안 들리지만 들리는 것 같아.'

라리사가 마주 웃었다.

"자, 아가씨. 오늘은 사과 맛 사탕이에요. 매일 사탕 맛이 달라지면 조금 즐겁겠죠?"

쓴 약을 먹을 때마다 사소한 것까지 신경 써주는 친절한 소피아.

"어때, 좀 나아졌나? 모처럼 멀리까지 가서 지어 온 약이니 잘 들었으면 좋겠는데."

늘 그녀를 배려하고 아닌 척하지만 따뜻하게 대해주는 파비안.

"수도에 가기 전 가르쳐 드렸던 걸 잘 기억하고 계셨군요. 이 정도면 내일부터는 조금씩 말을 달려봐도 되겠어요. 쿠키도 기뻐할 겁니다."

말로는 봉급 받은 만큼만 하는 거라면서도 실은 정이 많은 포투스.

푸르릉.

그리고 쿠키도.

아, 쿠키의 말은 원래 안 들렸지만.

다른 사람의 속마음이 들리지 않아도 라리사는 조금씩 안심하기 시작했다.

'어차피 마음의 소리가 들려온 건 그날부터였으니까.'

마르시아가 한 손에 램프를, 다른 손에 생강 쿠키가 담긴 손수건을 쥐고 처음으로 지하실에 내려왔던 그날.

라리사가 처음 들은 마음의 소리는 마르시아의 것이었다. 그때부터 들을 수 있게 된 건지, 아니면 지하실에 내려왔던 그 누구도 따스한 생각을 하지 않아 들어본 적이 없는 건지는 알 수 없었다.

하지만 분명한 건, 라리사가 마음의 소리를 들으며 지냈던 건 최근 몇 달이 전부라는 것.

'충분할 만큼 들었으니까, 이제 안 들려도 괜찮아.'

따스한 말들은 그녀의 기억 속에 남았다. 라리사는 그 말들을 가슴에 품고 또 한 발 앞으로 나아갈 수 있을 것이다.

"아……."

숨이 가빠졌다. 내가 달뜬 한숨을 흘리자 그의 입술이 내게서 천천히 떨어졌다. 파비안과 나 사이에 더운 숨결이 오갔다.

옷 너머로 손바닥에 느껴지는 단단한 가슴팍. 자꾸만 쓰다듬고 입맞추고 싶은 새하얗고 투명한 피부, 소년처럼 발그레하게 달아오른 뺨.

나를 꿰뚫을 것처럼 타오르는 붉은 눈동자와 그와 대조되어 열정을 억누르는 것 같은 차분한 검은 머리카락.

"마르시아……."

내 이름을 부르는 나직한 목소리까지. 키스를 마친 파비안이 사랑스러워 미치겠다는 눈빛으로 나를 바라보았다. 그는 애타는 손길로 내 머리카락을 쓰다듬고, 내 눈을 들여다보며 머리카락 끝에 정중하게 입을 맞추었다.

저렇게 신사적이고 정중하면서 유혹적일 수 있다니. 모순으로 가득한 그의 매력에 내가 정신을 못 차릴 지경이 되면 그는 끌어안았던 팔을 풀고 나를 놓아주었다. 늘 그랬듯이.

'……또.'

나는 파비안 몰래 주먹을 꽉 쥐었다. 틀어쥔 손이 부르르 떨렸다.

'이게 아니야. 나는 안 끝났어, 안 끝났다고!'

시계탑 위에서 고백한 이후, 우리는 급격히 가까워졌다. 그리고 정신을 차려보니 시도 때도 없이 입맞춤을 나누는 사이가 되어 있었다.

하지만 딱 거기까지였다. 그는 더없이 부드럽고 달콤하게, 그리고 열정적으로 입을 맞추지만 입맞춤이 끝나면 뒤도 안 돌아보고 나를 놓아주었다.

'나쁨이야? 뭔가 모자란 것 같은 건, 뭔가 빠진 것 같다고 생각하는 건 나쁨이냐고.'

나도 처음엔 정신 못 차리게 좋았다. 다리가 풀려서 제대로 서 있지 못할 정도로. 그런데 시간이 지나면서, 참으로 간사하게도 키스만으로는 뭔가 부족한 것 같다는 생각이 들기 시작한 것이다.

뭘까, 부족한 게. 바쁜 와중에도 매일 날 위해 시간을 내주고, 이렇게 함께 있는데.

그러니까…… 나는…….

'아……!'

깨달은 순간 얼굴로 확 피가 몰리는 것 같았다.

'그 침실을…… 쓰고 싶은 거였어.'

대공의 방과 대공비의 방 사이에 있는 부부 침실.

나는 화끈 달아오른 얼굴을 가리려고 테이블 위에 놓인 찻잔을 황급히 집어 들었다. 다 식어버린 바람에 오히려 마시기 좋아진 차를 물처럼 벌컥벌컥 들이켜면서 파비안을 곁눈질했다.

그는 어느새 옷매무새며 헝클어진 머리카락을 완벽하게 정리한 후였다. 입가에 맺힌 미소는 완벽한 신사의 그것이었다.

"목이 마르셨나 보군요. 다 식었을 텐데, 새로 끓여 드리겠습니다."

그는 찻주전자를 들고 일어섰다.

'젠장.'

나는 마음속으로 거친 말을 뱉으며 그의 뒤통수를 노려보았다.

'파비안도 날 좋아하는 건 분명한데. 아무 생각도 안 드나?'

내가 지나치게 밝히는 걸까. 아니면, 혹시 그건가.

'……설마, 아직까지 그 계약을 지키고 있는 건 아니겠지.'

내 몸에 절대 손대지 않겠다던 조항.

'내가 왜 그런 조항을 썼지!'

나는 마음속으로 비명을 지르며 의자 위로 쓰러졌다. 그때야 일이 이렇게 될 줄 몰랐으니, 어쩔 수 없긴 했지만.

'차라리 처음부터 한 침실을 썼다면 그냥 눈 딱 감고 덮쳐볼 텐데.'

부부 침실이 따로 마련되어 있다 보니, 사용하려면 미리 침실에서 만나자고 약속해야만 하는 것이다.

'그, 그냥 지금 말해 버릴까.'

오늘 밤, 침실에서 보자고.

"저, 저기, 파비안."

악, 어떡해.

아직 마음이 정리되지도 않았는데, 내 입이 멋대로 그의 이름부터 불러 버렸다.

"네, 마르시아."

파비안이 찻주전자에 찻잎을 채우다 말고 나를 돌아보았다. 그의 말끔한 얼굴은 이제부터 벌어질 일을 전혀 알지 못하는 듯 순수한 궁금증을 담고 있었다.

'말해, 마르시아! 저질러 버리라고!'

"그…… 그…… 그게."

그런데 입이 떨어질 생각을 하지 않았다. 전에는 간단히 말할 수 있었는데. 부부 침실을 사용하자고. 역시 그땐 철저히 계약관계였기 때문인 걸까.

'좋아한다고 생각하니까 말 못 하겠어!'

게다가 부부 침실을 쓰려면 라리사에게도 말해야 한다. 내가 밤에 보이지 않더라도 걱정 말라고. 라리사와 난 아직 같은 침실을 쓰고 있으니까. 그리고 하녀들에게 미리 부부 침실을 사용할 테니 준비하라고도 해야 하고.

그러니까, 온 저택이 알게 되는 것이다. 오늘이 대공과 대공비가 침실을 함께 쓰는 그날이라고!

"오, 오늘."

"오늘?"

크윽…….

"오늘도 오나요? 그…… 요즘 집무실에 외부인이 자주 드나들던데."

역시, 차마 내 입으론 말 못 해. 아무리 일단 저지르고 보는 나라도 이 말만큼은 안 되겠어…….

나는 시선을 찻잔 안으로 처박으며 생각했다.

'거기다, 생각해 보니 파비안은 아이를 원하지 않는다고도 했어. 입양하겠다고 했었지.'

어쩌면 부부 관계에 대해 아예 생각이 없을 수도 있었다.

그, 그래. 큰일 날 뻔했네. 하마터면 그가 원하지도 않는 말을 했다가 분위기가 이상해질 뻔했어.

"그, 뭐, 당신 일에 참견하려는 건 아니고요. 못 보던 얼굴들이라. 고위 귀족들은 아무래도 수도에서 많이 봤으니 대충 얼굴을 기억하는데, 요즘 오시는 분들은 처음 본 분들뿐이더라고요."

내가 무슨 생각을 했는지도 모르고, 파비안은 능숙한 손길로 마저 차를 타며 친절하게 대답했다.

"아, 모르시는 것도 당연하지요. 그들은 신기술에 투자받고 싶어 하는 자들입니다. 주로 발명가나 사업가, 기술자들이죠."

"왜 그런 분들이 여기까지……."

"전에 아이반이 수도로 차를 몰고 왔었지 않습니까. 전부터 알음알음 돌던 소문이 그때 확 퍼진 것 같더군요."

새 대공이 신기한 발명품에 관심이 많다는 소문인가.

"그리고 실은, 제게 작은 꿈이 하나 있습니다."

"꿈이요?"

파비안은 찻주전자를 테이블에 내려놓으며 고개를 끄덕였다.

"새로운 발명품을 한 공간에 모아놓고 가능한 많은 사람에게 선보일 수 있도록 해보고 싶습니다."

발그레한 얼굴로 말하는 그의 눈이 소년처럼 반짝거렸다. 말을 돌리려고 꺼낸 질문이었지만 저런 얼굴을 보니 이야기에 집중하지 않을 수가 없었다.

"많은 사람이 모여 발명품을 놓고 토론하다 보면 더 좋은 아이디어도 나오겠지요. 저 아닌 다른 사람들의 투자 기회도 얻을 수 있을 테고요."

"그, 그렇죠."

"단, 귀족들의 전시회처럼 관람객에 제한을 두고 싶지는 않습니다. 반짝거리는 아이디어가 신분을 가리지는 않을 테니까요."

……그러니까, 박람회를 개최하고 싶다, 그 말이네?

"좋은 생각이에요!"

나는 파비안의 손을 덥석 잡았다.

"거기에 더해서 전시회를 정기적으로 개최한다면 대공령 자체를 관광지로 만들 수도 있을 거예요. 사람들이 몰려오면 숙박업과 요식업도 발전하겠죠. 각종 상업도 활발해질 거고요."

내 격렬한 반응에 파비안이 난감한 듯 웃었다.

"하지만 지금으로서는 어떻게 시작해야 할지 감이 오지 않아서요. 그래서 아까 꿈이라고 말씀드린 겁니다."

"그렇담 가벼운 파티부터 시작해 보면 어떨까요?"

"파티요?"

"네. 대신 일반적인 파티와는 다르게……."

결국 그날 나는 밤늦게까지 파비안과 신나게 사업, 파티, 미래의 산업에 관한 이야기를 나누었다.

그리고 아무래도 집무실 소파에서 잠들고 말았던 모양이다. 침실로 돌아간 기억이 없는데도 다음 날 아침, 눈을 뜬 곳은 내 침실이었으니까. 누가 날 데려다 뉘었는지는 묻지 않아도 뻔했다.

'부부 침실을 쓰는 날이 오긴 할까.'

나는 나지막하게 한숨을 내쉬었다.

똑똑. 집무실의 문을 두드리는 소리가 났다. 파비안은 서류에서 눈을 떼지 않은 채 대답했다.

"들어와."

이런 늦은 시간에 집무실에 찾아올 사람은 포투스뿐이었다.

"돌아왔습니다."

예상대로 포투스의 목소리가 들리자, 파비안이 고개를 들었다.

"수고했어. 결과는? 찾아냈나?"

포투스가 뿌듯한 표정으로 대답했다.

"네. 저도 반신반의했는데 가보니 있더군요. 서류에 적힌 위치가 정확했습니다."

"준비하는 데 얼마나 걸릴 것 같지?"

파비안의 질문에, 포투스가 살짝 미간을 좁히며 안경을 고쳐 썼다.

'솔직하게 대답하면 그보다 빠른 시일 안에 끝내라고 하시겠지.'

파비안은 늘 빠듯하게 일해야 아슬아슬하게 맞출 수 있는 마감 기간을 주곤 했다.

'가끔은 좀 느긋하게 일하고 싶다.'

"한 달, 아니, 적어도 한 달하고 보름은 주셔야겠습니다."

그는 일부러 보름을 더 붙여 말했다. 이렇게 말해야 파비안이 '한 달 주지'라고 대답할 테니까.

"그럼 석 달 주지."

"그렇게 짧은 기간엔…… 예?"

예상치 못한 대답에 포투스가 당황했다.

"시간을 충분히 들여. 예산도 상한선을 정하지 않겠다. 필요한 대로 얼마든지 가져다 쓰고 추후에 보고하게. 조금도 모자람이 없도록 준비해 줘."

이게 웬일이지? 포투스는 도저히 믿을 수 없다는 눈으로 파비안을 쳐다보았다.

"도대체 어디 쓰려고 그러십니까?"

크흠. 파비안이 헛기침을 했다.

"지금은 알 것 없네."

그 반응으로 포투스는 눈치챘다. 대답을 들은 것이나 마찬가지였다.

'보나 마나 비전하를 위한 거겠군.'

그는 모른 척 고개를 끄덕거렸다.

마르시아의 아이디어는 두 달 뒤 실현되었다. 파비안이 대공저에서 유례없는 파티를 개최한 것이다.

흔히 보는 귀족들의 사교 파티가 아니라 신기술 발명에 관심 있는 사람들을 초대한, 특별한 파티였다. 파비안이 말한 대로 초대객 명단을 짤 때 신분의 고하를 전혀 고려하지 않았기 때문에 파티는 더욱 특이했다.

춤출 줄 모르는 사람들이 많다 보니 무도회는 배제되었다. 대신 홀은 맛있는 음식으로 가득 찼고, 옹기종기 모여 이야기를 나눌 수 있도록 여기저기 의자를 놓아두었다.

손님 명단을 짜며 파비안이 한 가지 예상했던 바가 있었다.

"명단을 이렇게 짜면 아마 귀족들의 불만이 나올 겁니다."

귀족 중에는 신분이 낮은 실무자들과 같은 자리에 참석하는 걸 꺼려 하는 자가 많았다. 하지만 무려 대공이 연 파티니 쉽게 무시하지도 못할 터.

"그렇다면 가문 내에서 서열이 낮은 자식들을 보내겠군요."

"그렇겠지요."

파비안과 마르시아의 예상대로, 대귀족들은 아예 불참하거나 대리인을 보냈다. 그 덕에 파티장은 젊은 사람들로 가득했다.

"대공 전하! 제가 아주 획기적인 아이디어를 갖고 있는데 말입니다."

"제 이야기도 좀 들어주십시오!"

손님들은 앞다투어 파비안과 토론하고 싶어 했다. 그가 거리낌 없이 대화를 받아들이자, 이내 홀에 활기가 찼다. 사교계의 어려운 예법을 잘 모르는 자들이 스스럼없이 대공과 이야기를 나누는 광경을 보며, 마르시아가 속으로 웃었다.

'고루한 귀족들이라면 이 광경에 치를 떨겠는걸.'

평소라면 귀족에게 말을 붙이긴커녕 고개도 들지 못할 신분도 제법 있었으니까.

이미 이 자리에 참석한 일부 귀족들에게서도 그런 낌새가 보였다. 그들은 오만상을 찌푸렸지만 쉽게 자리를 뜨지 못했다. 대공의 초대를 받았으니 함부로 떠나기도 어려웠거니와 오가는 이야기가 워낙 흥미롭기 때문이었다.

일부 귀족 손님이 불쾌한 표정을 지어도 마르시아는 편안한 마음으로 파티를 즐겼다. 처음부터 그런 사람들이 있을 거라고 짐작했을뿐더러, 중요한 점은 따로 있었다.

'아무 소리도 안 들려! 얼굴을 찌푸린 사람이 이렇게 많은데!'

마르시아는 아무 불평불만도 듣지 못했다. 마음의 소리를 듣지 못한다는 것이 이렇게 행복한 일이었던가. 당장 지나가는 사람 아무나 붙잡고 밤새 춤을 출 수도 있을 것 같았다.

'어디 한번 속으로 실컷 욕들 해보라지! 난 안 들리니까!'

그녀는 행복하게 웃으며 저 멀리서 다가오는 손님을 맞이할 준비를 했다.

'옷차림을 보니 귀족이고, 얼굴은…… 어라, 리샤르잖아.'

리샤르는 찌푸린 것도 아니고 웃는 것도 아닌, 뭐라 말할 수 없는 표정을 짓고 있었다.

조금 전, 막 대공저에 도착했을 때 리샤르는 작게 중얼거리며 고개를 저었다.

"······난장판이군."

그가 참석해 본 그 어떤 파티도 이렇지 않았다. 그의 눈에는 웬 어중이떠중이들이 가득한 것처럼 보였다.

'오지 말 걸 그랬나.'

로랑 백작가 역시 초대장을 받긴 했으나, 리샤르가 대공가의 파티에 참석하는 데는 큰 결심이 필요했다. 아무리 자초했다고는 해도, 결국 파비안 때문에 도미닉이 거의 죽은 것이나 다름없는 삶을 살게 되었으니까.

도미닉의 아들인 리샤르가 초대에 응한 것은 화해의 손을 내미는 것이나 마찬가지였다.

'대공을 찾아서 인사라도 하고 돌아가자.'

그는 홀 어딘가에 있을 파비안을 찾아서 두리번거렸다. 그때 누군가가 반갑게 그의 이름을 불렀다.

"리샤르!"

목소리가 들린 쪽으로 시선을 돌려보니, 아드리안이 다가오고 있었다.

"아드리안, 너도 초대받았어?"

"내가 아니라 아버지가 초대받으셨지. 난 대리인이야."

아드리안이 멋쩍게 웃었다. 후계자도 아닌 막내아들을 보낸 걸 보면 해밀튼 후작가에서도 이 파티를 그다지 긍정적으로 평가하지는 않은 모양이었다.

"대공께 인사하려던 참인데 어디 있는지 모르겠군."

"아, 나도 막 인사드리러 가려던 참이야. 저쪽에 계시던데, 같이 가자."

아드리안이 한곳을 가리켰다. 파비안과 마르시아가 몇몇 사람에게 둘러싸여 있는 모습이 눈에 띄었다.

"그나저나, 봤어?"

아드리안이 묘하게 들뜬 목소리로 물었다.

"뭘?"

"대공 전하 옆에 서 있는 저 키 큰 사람."

"색안경 쓴 사람? ……특이하긴 한데, 그게 왜."

"색안경을 왜 썼겠어."

아드리안의 지적에 리샤르가 움찔 놀라더니, 이내 눈썹을 찌푸렸다.

"마법사인가?"

"그래. 저 사람뿐만이 아니야. 한두 명 더 있는 것 같았어."

'신분이 낮은 정도가 아니라 붉은 눈을 가진 자들까지 초대했단 말이야?'

거부감이 확 일었다. 그는 붉은 눈을 가진 자들은 배척해야 마땅하다고 교육받았다.

물론, 아드리안은 전혀 개의치 않았다. 그는 오히려 당장 다가가 말을 걸고 싶어 안달이 난 터였다. 그런 친구의 모습을 보니, 리샤르의 마음이 천천히 가라앉았다.

'……지금까지 살면서 만나본 유일한 붉은 눈의 사람은 이제 대공이 되었지.'

반년 전만 해도 마녀의 자식이 대공이 된다고 하면 아무도 믿지 않았을 것이다. 세상이 변하고 있었다.

리샤르는 다시금 주변을 둘러보았다. 마음가짐을 달리하자, 파티가 아까와는 다르게 보였다. 홀은 예의도 모르는 어중이떠중이들이 아니라, 새로운 세계에 대한 열정을 가진 사람들로 가득했다.

"어서 가자, 인사드리러."

아드리안의 재촉에 리샤르는 그와 함께 파비안과 마르시아에게 다가갔다. 그들을 본 마르시아가 활짝 웃으며 인사했다.

"로랑 소백작, 해밀튼 후작 영식. 와주어서 고마워요."

리샤르는 자신을 소백작이라고 불러주는 마르시아에게 속으로 조금 놀랐다.

"대공비 전하, 그리고 대공 전하. 초대해 주셔서 감사합니다."

"와주어서 고맙소."

파비안의 인사에, 아드리안이 말을 꺼냈다.

"저, 대, 대공 전하. 여기 이분은 누구신지……."

그가 가리킨 것은 아이반이었다.

"그의 이름은 아이반인데, 말이 없어도 스팀을 동력으로 움직이는 차를 개발 중이오."

"아, 소문으로만 듣던 자동차를 발명하신 분이군요! 반갑습니다, 아이반 씨. 저는 아드리안 해밀튼입니다."

아드리안이 초롱초롱한 눈으로 손을 내밀었다. 아이반이 머뭇거리며 그 손을 잡자 아드리안이 힘차게 악수했다.

"혹시 마법사이십니까?"

"그, 그렇습니다."

"아! 역시! 그렇지 않을까 짐작하고 있었습니다."

아드리안이 웃으며 파비안에게 말했다.

"마법사를 공식 파티에 초대하시다니, 멋지십니다. 역시 자비에 님의 유지를 이으신 거죠?"

'자비에?'

느닷없이 튀어나온 파비안의 아버지 이름에 마르시아가 깜짝 놀라며 파비안을 쳐다보았다.

그의 얼굴에 희미하게 떠올라 있던 미소가 사그라들었다. 파비안에게서 접대용 웃음이 사라지자 무표정인데도 한기가 스미는 것 같았다.

아드리안이 주춤거리며 말했다.

"……아닙니까?"

"왜 그렇게 생각하지?"

"저…… 그거야……. 생전의 자비에 대공 세자 저하께서 하셨을 법한 일이니까요……?"

"……내 아버지가 세상을 떠났을 무렵에 자네는 어린아이였을 텐데."

"그, 그게……."

아드리안은 파비안의 기세에 눌려 말을 제대로 하지 못했다. 그러자 리샤르가 끼어들었다.

"도서관에서 봤을 겁니다. 이 녀석은 마법사를 동경해서, 붉은 눈에 관해서라면 안 읽어본 책이 없거든요."

"마법사를 동경한다고요?"

세상에, 그런 사람이 있을 리가.

아이반이 얼빠진 표정으로 아드리안을 쳐다보았다. 아드리안은 새빨개진 얼굴로 고개를 푹 숙였다.

"부끄럽지만 사실입니다."

차가운 눈으로 아드리안을 쳐다보던 파비안이 입을 열었다.

"그래서 내 아버지에 대해서 뭘 알고 있지?"

"아! 자비에 님은 법안을 발의하려고 준비하셨었습니다. 그 자료가 왕실 도서관에 남아 있었거든요."

"법안?"

아드리안이 고개를 들었다.

"붉은 눈을 가진 사람들을 눈 색만으로 차별하거나 처벌하지 못하도록 하는 법안이었습니다. 발의하기 전에 병으로 돌아가셨던 것 같지만요."

"아……."

마르시아가 조그맣게 감탄사를 흘리며 파비안을 바라보았다.

파비안은 당황을 감추지도 못한 채 아드리안을 뚫어져라 쳐다보고 있었다. 그럴 만도 했다. 그는 눈앞에서 어머니를 잃은 직후부터 아버지를 원망해 왔었다.

그에게 자비에는 사랑하는 여자와 정식으로 결혼해 가문에 받아들이지도 못하고, 그렇다고 버리지도 못한 얼간이였다. 끝내 그녀의 목숨을 잃게 만든 원흉이었다.

하지만 아드리안의 말이 맞다면…….

'차별하지 못하도록 법부터 만들어놓고 당당하게 결혼하려던 거였을지도 모른다는 말이잖아.'

마르시아가 입술을 살짝 깨물었다. 지나치게 넘겨짚었을지도 모른다. 하지만 사실이라면 파비안의 아버지에 대한 분노는 길을 잘못 든 것이었다.

파비안이 싸늘한 말투로 입을 열었다.

"해밀튼 후작 영식."

"예, 예……!"

"자세한 이야기를 듣고 싶지만, 지금 이 자리는 이야길 나누기에 적당하지 않은 것 같군. 추후에 따로 초대하고 싶은데, 어떻소?"

아드리안이 침을 꿀꺽 삼키며 대답했다.

"영광입니다, 대공 전하! 얼마든지 불러주십시오."

"후우."

리샤르는 얕게 한숨을 내쉬었다.

처음엔 한심하다고 생각했던 파티는 예상외로 재미있었다. 흥미로운 이야깃거리와 신기한 발명품에 대한 토론이 끊임없이 이어졌던 것이다. 그는 어느새 토론에 빠져들었다. 한참 떠들다 보니 목이 말라 아무 음료 잔이나 집어 들고 마셨다.

'이건…… 술이잖아.'

리샤르는 엄밀히 말하면 아직 미성년이었다. 음주가 아직 허락되지 않는 나이였다.

"흠, 흠."

그는 주변의 눈치를 보며 몰래 술잔을 싹 비운 다음, 아무렇지 않은 척하며 바깥으로 나왔다.

"후우."

얼굴이 화끈 달아올랐다. 가라앉을 때까지 잠시 정원 산책이나 해야겠다고 생각하며 발걸음을 옮겼다. 그런데 넓은 정원 한쪽에 그의 눈길을 끄는 것이 있었다.

초콜릿 색 말을 타고 있는 은발의 소녀였다.

'라리사!'

정신이 번쩍 들었다. 리샤르는 귀족으로서의 체통과 예절을 다 잊어버리고 정원을 가로질러 달렸다. 그녀가 가버리지 않기만을 바라면서.

다행스럽게도 라리사가 말의 속도를 늦추었다. 그녀는 말을 천천히 걷게 하면서 뭐라고 조그맣게 중얼거렸다.

라리사는 쿠키에게 말을 걸고 있었다.

"그래서 다음 주에 에이미가 놀러 오기로 했어. 보름 동안 머물 거래! 소개해 줄 테니까 그땐 말썽 피우면 안 돼, 알겠지?"

쿠키가 반항적으로 푸르릉거렸다. 쿠키의 목을 쓰다듬으며 뭐라 말하려던 찰나, 라리사는 인기척을 느끼고 옆을 돌아보았다. 해 질 녘 석양빛을 받아 금빛으로 타오르는 정원수 사이로 누군가 달려오고 있었다. 라리사는 그게 누군지 금세 알아보았다.

'리샤르?'

오늘 파티에 참석한 걸까.

리샤르는 그녀가 빌레인에게 납치되었다가 돌아온 날 이후로 아무 연락도 없었다. 찾아오지도 않았고 서신을 보내지도 않았다.

라리사가 파비안과 도미닉 사이에 어떤 일이 있었는지 알게 된 건 그로부터 며칠 후였다. 마르시아와 파비안이 어렵사리 설명을 마쳤을 때, 그녀는 이해했다. 리샤르가 앞으로 영영 나타나지 않을지도 모른다는 걸.

그런데 오늘 여기서 보게 되다니. 갑자기 심장이 콩닥콩닥 뛰었다.

"라리사!"

힘껏 달려온 소년이 헐떡거리며 그녀의 이름을 불렀다. 라리사는 말을 멈추었다.

"……오랜만이네."

리샤르가 숨을 고르며 웃었다. 라리사가 놀라 눈을 동그랗게 뜨고 그를 쳐다보았다.

리샤르의 시선이 저절로 그녀의 팔로 향했다. 초가을인데도 라리사는 소매가 짧은 드레스를 입고 있었다. 어깨 아래로 시원하게 드러난 새하얀 두 팔. 그 피부는 흉터 하나 없이 깨끗하고 매끈했다.

리샤르는 그것부터 확인한 자신을 경멸하며 눈을 질끈 감았다.

'역시 다 헛소리였군. 대공비가 동생을 가두어 두고 때렸다느니, 온몸에 흉터가 가득하다느니…….'

그는 그런 말도 안 되는 소리에 넘어간 도미닉을 원망했다. 두 자매가 서로를 어떻게 대하는지 조금만 봐도 누구나 거짓이라는 걸 알 만한, 그런 말을 믿었다니.

그는 애써 웃으며 라리사를 향해 입을 열었다.

"왜 이런 곳에 있어? 파티에 참석하지 않고. 게다가 혼자……."

"……어른들 파티라서."

마르시아가 참석해도 된다고 말했지만 라리사는 별로 내키지 않았다. 어른들끼리 어려운 이야기나 할 터였다. 쿠키와 정원을 달리는 쪽이 몇 배는 더 재미있었다.

"그리고 혼자 아니야. 쿠키도 있고."

"쿠키?"

"응, 내 말. 그리고 어디선가 제이크가 보고 있을걸."

라리사가 말을 마치자마자 근처에서 부스럭 소리가 났다. 제이크는 굳이 모습을 드러내지는 않았다. 그녀는 소리가 난 쪽을 가리키며 말했다.

"저것 봐. 다 보고 있다고 하네."

"그, 그렇구나."

아무리 저택의 정원 안이라고 해도 위험할지 모른다. 그녀가 혼자 있던 게 아니어서 리샤르는 조금 안심했다. 라리사는 그런 리샤르를 내려다보며 고개를 갸웃하더니, 말에서 내리려 했다.

"아! 도와줄게."

리샤르가 얼른 손을 뻗었다. 라리사는 그 손을 물끄러미 쳐다보다가, 그냥 혼자 뛰어내렸다. 어쩐지 저 손을 잡기가 쑥스러웠다.

그런데 뛰어내리다가 드레스 자락이 등자에 걸리고 말았다.

"앗."

그녀는 균형을 잃으며 비틀거렸다. 리샤르가 얼른 그녀의 팔을 살짝 붙잡아 도와주었다.

'그냥 손잡을걸.'

라리사의 얼굴이 부끄러움으로 달아올랐다. 그녀는 시선을 돌리며 등자에 걸린 드레스 자락을 잡아당겼다.

"팔이 차갑네. 춥지 않아?"

"아까는 더웠는데……."

그러고 보니 땀이 식어서 싸늘하게 한기가 돌았다.

"해가 져서 그래."

리샤르가 입고 있던 자기 재킷을 벗어 라리사에게 건넸다.

"괜찮아."

라리사가 재킷을 받지 않으려 하자, 리샤르는 재킷을 그냥 그녀의 어깨에 걸쳐주었다.

"또 감기에 걸리면 어떡해. 전에 심하게 앓았었잖아."

'목소리조차 안 나올 정도로.'

그게 정말 감기였든 아니든, 그때 라리사가 앓아누웠던 기억이 리샤르의 뇌리에 선명하게 남아 있었다. 라리사는 몸이 약한 게 틀림없었다.

"괜찮은데……."

라리사는 굳이 두 번 거절하지 않았다. 재킷은 키가 작은 그녀에겐 너무 커서 무릎까지 내려올 정도였다.

"꼭 옷에 파묻힌 것 같아."

라리사가 킥킥 웃었다. 조금 전까지 리샤르가 입고 있던 재킷은 그의 체온으로 데워져 따뜻했다.

'뭔가 좋은 냄새가 나네.'

희미한 향기였다. 향수일까.

라리사가 고개를 갸웃하며 시선을 들었다. 그녀는 뺨이 발그레한 리샤르와 눈이 마주쳤다. 파란 눈동자가 그녀를 열렬히 바라보고 있었다.

눈동자 속의 열기에 놀란 라리사가 눈을 동그랗게 뜨자, 리샤르는 눈을 몇 번 깜빡이다가 부끄러운 듯 시선을 아래로 떨어뜨렸다.

'아…….'

라리사는 그 순간 깨달았다. 예전처럼 마음의 소리가 들렸더라면 아마 지금쯤 귀가 아플 지경이었을 것이다. 들리지 않았지만 들린 것이나 마찬가지였다.

라리사의 얼굴이 순식간에 빨갛게 달아올랐다. 그걸 본 리샤르가 허둥거리며 물었다.

"재킷이 너무 더워? 혹시 무겁나?"

"아냐."

라리사는 황급히 고개를 흔들며 재킷의 옷깃을 세워 얼굴을 가렸다. 옷깃 사이에서 가느다란 목소리가 새어 나왔다.

"……이젠 안 오는 줄 알았어."

"어?"

리샤르가 마른침을 삼켰다.

"기다렸어? 날?"

"화관 만들어주기로 했잖아."

그의 심장이 쿵쿵 뛰었다. 그런 약속을 아직 기억하고, 기다리고 있었다니.

"만들어줄게! 지금 당장에라도……."

리샤르가 꽃을 찾아 두리번거리자, 라리사가 작게 웃으며 옷깃 사이로 얼굴을 내밀었다.

"나중에 만들어줘."

"으, 응."

"슬슬 내 방으로 돌아가려던 참이었는걸."

"벌써?"

리샤르가 화들짝 놀랐다. 해가 졌으니 돌아갈 시간이긴 했다.

"그럼 데려다줄게. 데려다주게 해줘."

"응, 그럼 같이 걸어갈까?"

라리사가 쿠키에게 다가가 고삐를 쥐었다. 두 사람과 망아지 한 마리는 천천히 정원을 가로질러 저택 건물을 향해 걸었다. 저택까지의 거리가 점점 줄어들자 리샤르가 초조한 기색을 감추지 못했다.

"저기, 여기 번화가에 정말 맛있는 디저트 가게가 있어. 얼마 전에 오픈했는데, 민트 초콜릿이라고……."

같이 가지 않을래, 란 말이 목에 걸린 것처럼 쉬이 나오질 않았다. 그때 라리사가 반색하며 대답했다.

"아! 에이미가 꼭 가보고 싶다고 했어, 민트 초콜릿."

"에이미?"

생각지도 못한 이름이 나오자 리샤르가 어리둥절해하며 되물었다. 라리사가 생긋 웃었다.

"응, 다음 주에 놀러 오기로 했거든. 그럼 셋이 같이 갈까? 그러면 되겠다!"

라리사가 손뼉을 쳤다. 자신이 생각했지만 정말 좋은 아이디어였다. 좋아하는 사람들과 함께 맛있는 디저트 먹으러 가기.

"으, 으응……."

리샤르는 맥이 탁 풀렸다. 기뻐해야 할지 아쉬워해야 할지 알 수 없었다. 그는 행복한 얼굴의 라리사를 보며 일단은 기뻐하기로 했다.

✦

파티는 무사히 끝났다. 그 직후 파비안의 근신이 풀렸다. 하지만 근신이 풀렸어도 그는 어디 멀리 갈 엄두를 내지 못했다. 파티가 성공적으로 끝나 방문객이 두 배로 늘어버린 탓이었다.

한 주 뒤에는 에이미가 대공저를 방문했고, 라리사는 친구와 놀러 다니는 데 여념이 없었다. 그래서 나는 모처럼 한가하게 혼자 앉아 바깥 경치를 구경하며 차를 마시고 있었다.

"이렇게 또 각자 자기 인생을 살게 되나 봐."

나는 찻잔에 대고 중얼거렸다. 혼자만의 느긋한 티타임이 얼마 만인지. 가끔은 이런 것도 나쁘지 않다.

"파비안은 바쁜데 나는 이렇게 한가해도 되나……."

부부인데 말이야.

그 생각을 한 순간, 반사적으로 머릿속에 떠오르는 것이 있었다.

'……계약서.'

지난 반년간 결혼, 하면 떠오르는 게 바로 계약서였다.

"이렇게 느긋하게 차나 마실 때가 아니네."

나는 찻잔을 내려놓고 내 서재로 향했다. 서재의 금고 안, 맨 밑바닥에서 나는 두 장의 종이를 꺼냈다. 하나는 파비안과 함께 쓴 결혼 계약서였고 다른 하나는 그의 서명이 담긴 이혼 증서였다.

'라리사가 성인이 될 때까지 삼 년간 결혼을 지속할 생각이었지. 파비안은 대공위 승계가 확정되는 일 년이면 된다고 했었고……'

나는 두 종이를 한참 쳐다보았다. 계약서는 이제 필요 없었다.

'당장 찢어버리고 싶은데. 하지만 역시 파비안의 동의가 필요하겠지.'

둘이서 한 계약이니까.

같은 걸 두 장 써서 서로 서명해 한 장씩 나누어 가졌으니, 내 걸 파기해도 파비안 것이 남는다. 그렇다면 둘이 동시에 파기하는 게 좋겠지.

"하지만 이쪽은 정말 필요 없어."

나는 성냥을 꺼내 촛불을 켰다. 그리고 조금도 망설이지 않고 촛불에 이혼 서류를 가져다 댔다. 화르륵, 불꽃이 타오르며 파비안의 서명을 먹어치웠다.

그때 노크 소리와 함께 소피아의 목소리가 들렸다.

"마님, 주인님께서 오셨는데요."

파비안이?

"들어오시라고 해."

나는 아직 불타고 있는 이혼서를 불 꺼진 벽난로에 던져 넣었다.

"마르시아."

파비안이 웃으며 걸어 들어왔다.

어쩜……. 나는 새삼스러운 눈길로 그를 바라보았다. 첫 만남 생각이 났다. 흙먼지로 더러워졌는데도 잘생겼다고 생각했었지.

"뭔가 태우셨습니까?"

"아, 네. 탄 냄새 나나요?"

환기시켜야겠네. 창문을 열려고 창가로 다가서던 참이었다. 시야 한 구석에 책상이 들어왔다. 정확히는 그 위에 놓인 종이 한 장이.

'아차, 계약서.'

돌아서 보니, 파비안이 벌써 책상 위를 내려다보고 있었다. 그의 미간이 살짝 찌푸려졌다.

"아, 파비안. 그건……."

그때 파비안이 입을 열었다.

"안 그래도 계약에 관해 드리고 싶은 말씀이 있어서 찾아왔습니다."

"아! 저도 드릴 말씀이 있는데."

"그전에…… 꼭 보여 드리고 싶은 게 있습니다."

"그게 뭔데요?"

그가 보여주고 싶어 한 것은 대공령의 반대쪽 끝자락에 있었다.

드넓은 대공령의 반대쪽 끝. 우리는 기차를 타고 종점에서 내렸다. 기차에서 내려서자마자 느껴지는 바다 내음. 그곳은 커다란 항구였다.

마침 거대한 증기선이 하얀 증기를 뿜으며 항구로 들어오고 있었다. 저렇게 크다니, 안에 작은 마을 하나쯤은 가볍게 들어가겠는데. 나는 감탄사를 흘렸다.

"와……. 영지에 항구도 있었군요."

"네. 선박에서 기차로 바로 연결되어서 무역이 활발합니다. 하지만 중요한 건 따로 있지요."

"뭔데요?"

"이 근처에 시장이 있거든요."

파비안이 미소를 흘리며 내 손을 잡았다.

"제 손 놓치면 안 됩니다."

나는 그의 커다란 손에 쏙 들어가 손끝만 겨우 보이는 내 손을 쳐다보았다. 사교계에서는 여성이 남성의 팔짱을 끼는 게 매너였다. 그런데 손을 잡으니까 괜히 심장이 두근거렸다.

'뭐야, 설레게.'

나는 손을 꼭 쥔 채 그를 따라 걸었다.

항구 근처에는 제법 큰 번화가가 형성되어 있었고, 그 바로 앞이 시장이었다. 생선 튀김과 구운 문어 냄새. 가격을 흥정하는 외침들. 맥주를 한잔 걸치며 와자하게 웃는 선원들과 신기한 옷을 걸친, 피부색이 다른 외국인들. 신선한 해산물과 이국적인 물건들을 파는 가게가 끝도 없이 늘어서 있었다.

'이래서 놓치면 안 된다고 했구나.'

파비안은 북적거리는 사람 틈을 요령 있게 헤쳐 가다가, 한 가게 앞에서 멈춰 섰다.

"여깁니다. 이 항구에 오면 이 가게의 새우 꼬치구이를 꼭 먹어야 하거든요."

"새우 꼬치구이요?"

"해산물 좋아하시잖습니까."

물론 좋아한다. 신선한 해산물을 구하기가 어려워서 그렇지.

갓 구운 새우는 정말 맛있었다. 테이블에는 다양한 소스가 놓여 있어서, 하나씩 찍어 먹어보는 재미가 있었다.

"너무 많이 드시지 마세요. 다른 것도 드셔보셔야 하니까요."

파비안이 웃으며 엄지로 내 입가를 쓸었다. 뭐라도 묻었었나. 나는 황급히 손수건을 꺼내 입가를 닦았다.

우리는 시장을 쏘다니며 배가 부를 때까지 이것저것 사 먹고, 라리사에게 줄 작은 기념품을 잔뜩 사들였다.

하도 돌아다녀 다리가 아파올 때쯤, 나는 파비안에게 물었다.

"여기에 놀러 오려고 한 거였어요?"

계약서 이야기를 하기 전에 날 맛있는 걸로 회유하려 했다면, 아주 좋은 생각이었다. 오랜만에 신선한 해산물을 먹고 재미있게 놀아서 그런가, 기분이 정말 좋으니까.

"목적지는 여기가 아닙니다. 기차에서 내리면 바로 이곳이니까 잠시 들른 것뿐이죠."

그럼 갈까요, 하며 파비안은 또 내 손을 잡아끌었다. 나는 웃으며 그를 따라 발걸음을 옮겼다. 시장을 지나 항구의 끝으로 가니 마차 한 대가 우리를 기다리고 있었다. 대공가의 문장이 새겨진 마차였다.

"이십 분 정도만 가면 됩니다."

차창 밖으로 끝없는 포도밭이 펼쳐졌다. 파비안은 이곳의 포도로 만든 와인이 유명하다며, 곧 맛볼 수 있을 것이라는 이야기를 해주었다.

포도밭을 거의 다 지났을 무렵, 파비안이 차창 너머를 가리켰다.

"목적지입니다."

언덕 위에 하얀 저택이 한 채 솟아 있는 것이 보였다. 백 년 전 양식으로 지어진, 아름답고 고풍스러운 저택이었다.

저택 뒤 언덕 아래로 바다가 보였다. 오솔길을 따라 내려가면 하얀 모래사장이 펼쳐졌다. 느긋하게 일광욕하기에도, 말을 달리기에도 딱 알맞은 해변이었다.

"어쩜…… 정말 아름답네요."

"마음에 드십니까?"

"네. 진짜 예뻐요."

"대공가의 별장인데, 전 대공비께서 특히 사랑하시던 곳이었습니다. 돌아가신 뒤 아무도 찾지 않아 잊혔던 곳이지요."

그럼 들어갈까요, 하며 파비안이 내게 손을 내밀었다.

내부는 더 아름다웠다. 모든 가구며 집기는 전부 새것이었는데, 고풍스러운 건물과 대조를 이루어 화려하면서도 발랄하게 꾸며져 있었다. 창밖으로 앞쪽에는 정원 너머 포도밭이, 뒤쪽에는 바다와 모래사장이 한눈에 내려다보였다.

감탄이 멈추지 않았다. 대공저가 아니라 여기서 살아도 좋을 것 같았다. 주위를 두리번거리며 구경하는데, 파비안이 말했다.

"마르시아, 당신 취향에 맞춰 준비했습니다. 포투스가 고생 좀 했지요."

"제 취향으로요? 그래서 이곳을 보여주고 싶으셨군요. 그럴 만해요. 정말 멋져요, 파비안."

"아뇨, 보여 드리려고 한 게 아니라 드리는 겁니다."

나는 깜짝 놀라 그를 돌아보았다. 파비안은 날 보며 부드럽게 웃고 있었다.

"준다고요? 이곳을요?"

"네. 당신만 좋다면, 이곳은 이제 당신 겁니다. 로랑 대공비가 아닌 마르시아 로랑 개인 소유입니다. 혹여……."

그의 미소가 살짝 굳었다. 그는 쓸쓸한 말투로 덧붙였다.

"……당신이 마르시아 블리크로 되돌아가더라도 변하지 않습니다. 마르시아, 당신 겁니다."

"어머."

이젠 죽어도 되돌아가지 않을 건데. 이혼 증서도 이미 불태워 버렸고. 계약서만 함께 찢어버리면 되는데.

"그런데, 이 저택이 우리 계약과 무슨 상관이 있나요?"

왜 계약에 관해 이야기하기 전에 이곳에 오자고 한 걸까. 내 질문에 파비안이 나지막한 목소리로 대답했다.

"혹시나 제게 화나거나 질리더라도 이곳에서라면 즐겁게 지낼 수 있겠죠. 보셨다시피 즐길 거리가 많은 곳이니까요."

"……네?"

엉뚱한 대답이었다. 내가 고개를 갸웃하자, 파비안이 가까이 다가왔다. 그는 아주 조심스러운 손길로 내 손을 살며시 잡았다.

"언제든, 제가 질리고 싫고 밉다면 이곳으로 오십시오. 저는 당신이 부르지 않는 한 절대 발걸음 하지 않겠습니다."

파비안은 내 눈을 들여다본 채 손을 들어 올려 내 손등에 입을 맞추었다.

"제겐 당신뿐입니다. 당신 아닌 다른 여자의 손을 잡는 건 상상도 할 수 없습니다. 당신이 절 떠난다면 아마도 제 삶은 살아 있되 살아 있는 것이 아니게 될 테죠."

"……."

"하지만 이곳에 머물러 준다면, 전 참고 기다리겠습니다. 평생이라도."

"파비안."

그는 두 손으로 내 손을 감싸 쥐며 말했다.

"그러니까 계약 따위 잊어줬으면 좋겠습니다. 제발 일 년을 채운 후에도, 라리사가 성인이 된 다음에도 이혼하겠다는 말은 하지 말아주십시오."

그의 눈동자가 차분하게, 그러나 간절하게 나를 바라보았다.

"파비안, 그거 알아요?"

웃지 않으려 했지만 절로 웃음이 나왔다.

"이혼 증서는 벌써 태워 버렸어요."

파비안의 눈이 커졌다. 그가 떨리는 목소리로 물었다.

"태웠다고요?"

"네. 이젠 이혼하고 싶어지면 당신의 서명을 새로 받아야 해요. 그런데 보아하니, 당신은 무슨 일이 있어도 서명해 줄 것 같지 않네요."

"마르시아……!"

"아, 이걸 어쩌나. 이제 전 당신에게 매인 운명이네요. 평생 함께할 수밖에 없겠는걸요."

내가 농담조로 말하자, 파비안이 나를 끌어당겼다. 다음 순간 나는 그의 가슴팍에 파묻혔다.

두근두근…….

그의 심장 박동을 느끼며 나는 그를 마주 안았다. 그리고 그의 너른 등을 천천히 쓰다듬었다.

"제가 언젠가 이혼하자고 할 것 같았어요?"

"그게 아니라면 아직까지 계약서를 가지고 계실 이유가 없지 않을까 하고……."

"제 것만 없애면 소용이 없잖아요."

팔을 풀고 고개를 들었다. 파비안이 내 허리에 팔을 두른 채 나를 내려다보았다. 이렇게 다정한 표정이라니.

"우리, 함께 계약서 찢어버려요. 사실 그러려고 가지고 왔어요."

"그게 제가 드리고 싶었던 말씀입니다."

그의 시선이 내 눈 안에 담겼다.

매끈한 눈썹과 짙은 속눈썹. 다정하게 타오르는 붉은 눈동자. 나는 정신없이 그를 바라보다 농담을 던졌다.

"뭐예요, 제가 이혼하자고 할까 봐 불안해서 이렇게 뇌물을 쥐여주고 살살 꼬시려고 했던 거군요? 맛있는 것부터 잔뜩 먹여놓고."

파비안의 입술이 부드러운 호선을 그렸다. 그는 하얀 치아를 드러내며 웃었다.

"들켰네요."

"그렇게 절 못 믿었어요?"

"스스로를 과신해서 당당하게 이혼 서류에 서명한 멍청이를 못 믿은 겁니다."

어느새 그의 눈동자가 가까워졌다. 코끝이 스칠 정도로. 나는 웃으며 속삭였다.

"제 남자를 멍청이라고 부르지 마세요."

"이거 실례……."

나는 그의 목을 끌어안으며 발돋움했다. 곧이어 그의 손이 내 머리카락을 파고들었다.

따스하고 부드러운 입맞춤이었다. 이번에야말로, 나는 그와 연결되었다는 느낌이 들었다. 이 사람이야말로 내가 평생을 함께할 사람이라는 확신과 함께.

우리는 창가에 서서 태양이 수면 아래로 가라앉는 것을 함께 구경했다. 그리고 코코아를 마시며 시시껄렁한 잡담과 농담을 주고받았다.

해가 완전히 떨어지자 파비안이 벽난로에 불을 지폈다.

"그럼."

"좋아요."

우리는 각자의 계약서를 꺼냈다. 그리고 동시에 찢어 벽난로에 던져 넣었다. 화륵, 한동안 우리의 삶을 좌우한 종잇조각이 순식간에 타올라 사라졌다.

나는 파비안의 손을 잡으며 나지막하게 중얼거렸다.

"이제 해피 엔딩의 시작이에요."

파비안이 내 손을 마주 쥐었다. 아주 따스한 손이었다.

〈완결〉

외전

I. 부부 침실을 쓰고 싶은 부부

그날따라 마르시아는 도통 잠이 오지 않았다.

'낮에 차를 너무 많이 마셨나⋯⋯.'

돌아누우며 옆 침대를 슬쩍 쳐다보니 라리사는 아주 곤히 잠들어 있었다. 마르시아는 라리사의 잠든 얼굴을 쳐다보다가 천장으로 시선을 돌렸다.

'파비안은 뭐 하고 있을까? 역시 자고 있겠지. 늦은 시간이니까. 아니, 어쩌면 아직 깨어 있을지도 모르고⋯⋯.'

그들은 부부이긴 했으나 함께 잠든 적은 아직 한 번도 없었다.

'같은 방에서 함께 밤을 보낸 적이 있긴 하지. 나 혼자만 잠들어서 그렇지!'

정황상 그 단 하루마저도 파비안은 밤을 꼴딱 새운 것 같았고, 그녀가 잠에서 깨어나기도 전에 사라졌다. 사라진 건지, 도망친 건지. 덕분에 마르시아는 남편이 언제 잠들고 언제 일어나는지 전혀 알지 못했다.

한 침대를 쓰는 날이 오긴 할까.

각자의 침실이 따로 있고 함께 밤을 보내려면 부부 침실을 사용해야 한다니. 막 계약서를 썼던 무렵에는 참 다행이라고 생각했지만, 지금 와서는 조금 원망스럽기까지 했다.

'파비안은 어쩐지 키스 이상은 꺼리는 것 같고. 설마 부끄럼 타나?'

그런 상황에 부부 침실을 쓰자고 말을 꺼내기는 어쩐지 껄끄러웠다. 마르시아는 쓸데없이 신사답게 구는 남편을 떠올리며 마음속으로 투덜거렸다.

'날 사랑한다면서. 이럴 땐 남자답게 오늘 밤은 재우지 않겠다고 먼저 말을 꺼내야 하는 거 아냐?'

그녀는 입술을 삐죽이며 다시 옆으로 돌아누웠다. 눈을 꼭 감아봤지만 잠이 올 리 없었다. 한번 파비안 생각을 하기 시작하니 눈을 감아도 떠도 그의 얼굴이 아른거렸다.

"……더워."

그녀는 결국 잠을 포기하고 일어나 침대 가장자리에 걸터앉았다.

'잠도 깼는데 파비안에게나 가볼까. 집무실에 있을지도 몰라. 잠이 안 온다고 하면 말동무 정도는 해주겠지.'

침대에서 일어나서 잠옷 위에 실내용 가운을 걸치다가, 마르시아는 문득 생각했다.

'잠깐, 말동무는 무슨 말동무야. 나는 수다를 떨고 싶은 게 아니라고.'

순간 가슴 속에서 조그마하게 뭔가 치밀어 오르는 것 같았다.

'밤을 같이 보내는 게 뭐가 잘못됐어? 결혼했고, 둘 다 성인인데!'

마르시아는 아래층 집무실로 향하려던 발길을 돌렸다. 대공비의 방과 거울에 비춘 듯 똑같은 구조의 대공의 방 쪽으로.

'나는 이 저택의 안주인이야. 이 저택에 내가 못 갈 곳이 어딨어!'

복도로 나가 돌아서 갈 필요도 없다. 부부 침실을 통과해 가는 게 제일 빠르니까.

그녀는 당당하게 옆방으로 향하는 문을 열어젖혔다. 거침없이 문을 열며 옆방으로, 또 그 옆방으로. 얼마 후 마르시아는 저택의 중심에 위치한 커다란 방에 도착했다.

'……부부 침실이다.'

그녀는 결혼 후 단 한 번도 제대로 사용한 적이 없는 침실을 생경한 시선으로 훑어보았다.

거대하고 폭신한 침대 너머로, 저택의 반대편으로 통하는 문이 보였다. 그녀는 성큼성큼 걸어가 황금 문고리를 콱 붙잡았다. 문고리의 차가운 감촉이 손바닥에 느껴지자, 마르시아는 그대로 문고리를 쥔 채 숨을 들이쉬었다.

'여기서부터 대공의 방이야.'

단 한 번도 가본 적 없는, 파비안만의 공간이었다. 그녀는 괜히 문고리를 만지작거렸다.

'문이 잠겨 있으면 그냥 되돌아가자.'

그렇게 결심하고 슬며시 손잡이를 돌렸다. 손잡이는 저항 없이 가볍게 돌아갔다. 스르르, 소리도 없이 문이 열렸다.

마르시아는 침을 꼴깍 삼키며 문 너머 미지의 공간으로 발을 내디뎠다.

그 시각, 파비안은 생각에 잠겨 있었다.

'할아버지께서 돌아가신 지 벌써 반년도 더 지났군…….'

그는 책상 위에 놓인 서류로 시선을 떨어뜨렸다. 세월이 쌓여 귀퉁이의 색이 노랗게 바랜 서류였다. 표지에 서류를 작성한 사람의 이름이 적혀 있었다. 그는 손끝으로 그 이름 위를 살며시 쓸어보았다.

아직도 눈을 감으면 바로 어제 일처럼 생생하게 느껴졌다. 끔찍이도 뜨겁지만 그를 조금도 해치지 못한 불꽃과 온 힘을 다해 어린 그를 끌어안은 어머니. 귓가에 타들어가듯 각인된, 그들의 이름을 부르던 자비에의 목소리.

'……복수.'

서류가 잠들어 있었던 바로 그 기간동안, 파비안의 삶의 목표는 가문에 대한 복수였다.

방법은 간단했다. 귀족의 정통성을 더럽히는 것.

벌써 반은 성공했다. 가문의 일원으로 받아들이느니 불태워 죽이는 편을 택했던, 마녀의 피를 이은 그가 새 대공이 되었으니까.

뒤이어 친척들을 권력의 중심에서 철저히 배제하고 로랑가의 피라고는 단 한 방울도 섞이지 않은 생판 남을 데려와 가문을 잇게 할 예정이었다. 그리고 위대한 로랑 대공가가 서서히 무너지는 것을 지켜볼 생각이었다.

'마르시아를 만나기 전까지는 말이지.'

파비안의 입가에 씁쓸한 미소가 떠올랐다.

대공위를 얻는 수단에 불과했던 여자는 이제 그에게 가장 소중한 존재가 되고 말았다. 눈 깜짝할 사이에, 마치 처음부터 그렇게 되리라고 정해져 있었던 것처럼.

마르시아가 대공위와 그녀 둘 중 하나를 선택하라고 한다면 파비안은 주저 없이 그녀를 택할 것이었다.

"하하……."

파비안은 서류를 매만지다 말고 낮게 웃었다.

'이제 함께 가문을 망치자고 할 수는 없겠지.'

로랑 대공가는 마르시아의 것이기도 하니까.

그는 마르시아에게 망가진 걸 주고 싶지 않았다. 최상의 것, 완벽한 것만 골라 바쳐도 모자랐다. 그런데 망가진 가문이라니. 그럴 수는 없었다.

게다가 다른 문제도 있었다. 그는 마르시아를 원했다. 귓가에 달콤한 말을 속삭이며 함께 밤을 보내고 한 침대에서 아침을 맞이하고 싶었다.

'하지만 그러다 아이가 생기기라도 하면…… 그리고 그 아이가…… 붉은 눈을 가졌으면 어떡하지.'

차별받는 자식을 볼 마르시아의 마음은 찢어질 테고, 파비안은 그 꼴을 두 눈 뜨고 볼 수 없었다.

그래서 부드러운 입술에 키스할 때마다 진한 녹색 눈동자에 떠오르는 열망을 그는 애써 무시해 왔다.

파비안이 한 손으로 얼굴을 쓸어내리며 한숨을 내쉬었다. 그의 시선 끝에 다시금 빛바랜 서류가 걸렸다.

[마법사와 마녀를 적법한 사회 구성원으로 받아들여야 하는 이유와 그 절차에 관한 제안서

-자비에 로랑]

그것은 며칠 전 아드리안 해밀튼이 찾아와 건네준 것이었다.
아드리안은 눈을 반짝이며 물었다.

"자비에 로랑 전 대공 세자께서 철학과 사회학 학자셨다는 건 알고 계십니까?"

전혀 몰랐다. 알려고 한 적도 없었다.
파비안은 무겁게 고개를 저었다. 아드리안은 그럴 줄 알았다는 듯, 작게 고개를 끄덕거렸다.

"가명을 쓰셨으니 모르시는 것도 이상하지 않습니다."

자비에가 썼던 가명은 '아르노 두보아'.
아르노는 파비안의 태명이자 아명이고 두보아는 어머니, 미셸의 성이었다. 그렇다면 미셸이 자비에의 가명을 따서 배 속의 아이에게 태명으로 붙인 걸까. 아니면 자비에가 아이의 태명을 가명으로 쓴 걸까. 이제 와서는 알 도리가 없었다.

"자비에 로랑과 아르노 두보아가 동일 인물이라는 걸 아는 사람은 별로 없습니다. 철저하게 숨기려 하셨던 것 같거든요."

"그런가. 왜지?"

"그…… 저서를 읽어보면 아시겠지만 상당히 급진적이랄까. 기존 권력층의 대척점에서 바라본 이론이 많거든요. 참, 여기 저서도 몇 권 가져왔습니다."

아드리안이 두툼한 책을 몇 권 내밀었다. 모두 아르노 두보아라는 이름으로 쓴 책이었다. 거기에 파비안이 알지 못했던 자비에가 있었다.

그는 마녀인 아내를 가문에 정식으로 받아들이지도, 버리지도 못했던 우유부단한 머저리가 아니었다. 붉은 눈을 가진 아내와 아이를 당당한 사회 구성원으로 삼을 기반을 마련하는 데 온 힘을 쏟았던 사내였다.

그가 십 년을 바쳤던 노력의 결실이 그 제안서에 고스란히 담겨 있었다. 연구 저서는 전부 가명으로 출판했지만, 이 제안서만은 본명이 적혀 있었다. 그럴 만도 했다. 대공가쯤 되는 든든한 뒷배 없이는 내놓아봤자 그 자리에서 찢겨 사라졌으리라.

제안서에 적힌 날짜는 미셸이 세상을 떠나기 바로 이틀 전이었다.

'하필 준비도 다 해놓고 제출하기만 하면 되었던 때였군.'

파비안은 자비에의 저서와 제안서를 읽고 또 읽었다.

마법사가 지역 공동체의 일부였던 고대의 법과 역사, 붉은 눈을 가진 사람들 또한 신의 축복을 받은 인간이라고 해석되는 성서의 대목들과 잊힌 책들. 이들을 더 이상 배척하지 않고 받아들였을 때 발생할 이익에 관한 상세한 예상 지표까지.

그 모든 것을 서류 하나에 일목요연하게 갖추어 넣기까지 자비에가 들였을 노력은 상상할 수도 없었다.

결국 파비안의 분노는 갈 곳을 잃고 말았다.

"……."

삶의 목표가 빛이 바랬다. 그는 조용히 눈을 감았다.

오랜 생각 끝에 파비안은 복수를 포기했다. 한 번 결심하고 나니 그 다음은 거칠 것이 없었다.

'아드리안 해밀튼에게 다시 방문해 달라고 해야겠군. 최대한 빨리.'

자비에의 제안서는 십여 년 전에 쓰인 것이다. 현 실정과 맞지 않는 부분을 보완해야 했다.

'대공가의 이름으로 공표하고 법안이 통과될 때까지 밀어붙이겠어.'

마침 그에게는 명예도 권력도 있었으며 로비를 뒷받침해 줄 막대한 금력까지 있었다.

'어차피 전부 망쳐 버리려고 했던 것, 금고를 철저하게 바닥까지 긁어 써서라도 통과시키고 말겠다.'

파비안이 조용히 입꼬리를 끌어 올리며 웃었다. 그걸로 미래에 마르시아가 괴로워하지 않아도 된다면 조금도 아깝지 않았다.

파비안이 침실로 향한 것은 평소보다도 조금 늦은 시간이었다.

'피곤하군.'

잠옷으로 갈아입으려 겉옷을 벗고 셔츠 단추를 두어 개 풀었을 때였다. 그는 문득 이상한 느낌이 들어 침대 쪽을 돌아보았다. 침대 위에 뭔가가 있었다.

파비안이 미간을 찌푸리며 다가서다가, 이내 눈을 크게 떴다. 침대에 누운 것은 마르시아였다.

'마, 마르시아? 왜 여기에······.'

그녀는 세상모르고 편안하게 잠들어 있었다. 바로 그의 침대 위에서. 새하얀 시트 위에 눈부시게 흩어진 금발과 연한 분홍빛 잠옷, 그리고 그 아래 삐죽 나온 맨발······.

그 가느다란 발목을 본 순간 파비안이 화들짝 놀라며 뒤로 물러섰다. 그리고 도로 셔츠 단추를 채우려 했다.

그 바람에 팔꿈치로 테이블 위의 은촛대를 치고 말았다. 촛대가 넘어지는 걸 곁눈으로 본 파비안이 허둥지둥 붙잡으려 했으나 늦고 말았다.

뗑그렁!

"······으음?"

촛대가 넘어지는 소리에 마르시아가 반짝 눈을 떴다. 그녀의 눈에 보인 것은 촛대를 붙잡으려다가 실패해 어색한 자세로 서 있는 파비안이었다.

"파비안······?"

남편의 이름을 입에 담는 순간, 잠이 달아났다. 그녀는 벌떡 몸을 일으켰다.

'세상에! 잠들어 버렸어!'

당황한 두 사람의 눈이 허공에서 마주쳤다.

"왜 여기 계신 겁니까······?"

"그, 그게······."

마르시아가 눈을 굴리며 시선을 피했다.

"도, 돌아가려고 했는데요······."

아까 신나게 대공의 방을 구경하다가 결국 파비안의 침실에 도달했을 때, 그녀는 침실이 비어 있는 것에 실망하면서도 적잖이 안심했다. 파비안이 자고 있어도 깨어 있어도 어색할 상황이었으니까.

그녀는 도로 자기 방으로 돌아가려다가, 왠지 어딘가 아쉬워 마지막으로 파비안의 침대를 쓸어보았다.

'그게 실수였어. 그냥 돌아갈걸!'

침대에서 아스라하게 파비안의 체취가 느껴졌던 것이다.

이상했다. 그럴 리가 없는데. 하녀들이 매일 시트를 세탁하고 다림질까지 해놓는데.

콩콩거리며 시트를 만지작거리다가 베개도 만져보고, 슬금슬금 침대에 올라가 괜히 누워보기도 하고……

그 뒤로는 기억이 안 났다.

'망했어. 주인 없는 침실에 몰래 기어 들어온 걸 들키다니.'

마르시아는 민망해서 달아오른 두 뺨을 손바닥으로 감싸 쥐었다. 흘끔 파비안을 쳐다보니, 그는 옷을 갈아입으려다 말았는지 셔츠 단추를 도로 단정하게 채우고 그 위에 크라바트까지 매고 있었다.

그녀는 작게 고개를 저었다.

'아, 이래서야……'

침실에 쳐들어왔는데도 저렇게 침착하다니. 저 냉정한 눈 좀 보라지. 이래서야 백번 유혹해도 소용없겠어. 이 상황에선 유혹할 수도 없겠지만.

마르시아는 시무룩하게 옷매무새를 가다듬고 자기 때문에 구겨진 시트를 손바닥으로 잡아당겨 폈다.

"……"

그러나 파비안의 상태는 실은 마르시아의 생각과 정반대였다. 그는 거의 정신이 나갈 지경이었으나 가까스로 멀쩡한 척하고 있었다.

이 늦은 밤, 잠옷 차림의 아내가 그의 침대 위에서 기다리다 잠들었다니. 심장이 터질 것만 같았다.

'마르시아……'

틀림없었다. 그녀도 그를 원하고 있었다. 당장에라도 침대로 달려가 저 발그레한 뺨에 키스하고 달아나지 못하게 양 팔로 그녀를 가두어 버리고 싶었다. 하지만…….

'안 돼. 아직 때가 아니야.'

그는 욕구를 꾹꾹 눌러 참으며 심호흡했다. 금세 단추를 다 채운 손이 갈 곳을 잃고 허공을 배회하다가 결국 팔짱을 끼고 말았다.

그는 굳게 마음을 다잡고 말했다.

"방으로 돌아가십시오."

냉정하게 말하려 애쓴 보람도 없이, 말끝에 망설임이 묻어나왔다. 그 순간 마르시아가 고개를 들어 파비안을 똑바로 쳐다보았다. 먼저 슬금슬금 시선을 피한 건 파비안이었다.

"……!"

그걸 본 마르시아는 금세 알아챘다. 그가 단추를 채운 것이, 침착하고 냉정해서가 아니란 걸.

그녀는 가늘게 웃으며 침대를 벗어났다. 맨발이 부드러운 러그 위를 사뿐히 디뎠다. 파비안의 턱밑에 바싹 다가선 마르시아가 고개를 삐딱하게 쳐들며 물었다.

"왜요?"

달콤한 향내가 아찔하게 그에게 덤벼들었다. 동시에 마르시아의 손가락 끝이 파비안의 심장 위를 콕, 찔렀다.

"우린 부부잖아요?"

그들은 더이상 계약 관계의 가짜 부부가 아니었다. 이젠 진짜로 침실을 함께 써도 아무 문제가 없었다.

"그……."

그거야 그렇지만.

파비안이 눈을 질끈 감으며 고개를 돌렸다. 그 안절부절못하는 표정이 너무 웃기고 귀여워, 마르시아는 제 손으로 입을 틀어막으며 몰래 웃었다.

그 표정을 보지 못한 파비안이 눈을 감은 채 비장하게 말했다.

"소원 쓰겠습니다."

"소원이라니요?"

"전에 부부 침실을 썼던 날 내기했었지요. 제 소원을 무엇이든 한 가지 들어주기로 했습니다. 기억나십니까?"

"아."

기억났다. 카드 게임을 놓고 내기를 했었다. 여태 잊고 있었지만.

마르시아가 고개를 끄덕이자, 파비안이 재빨리 말했다.

"지금 당신이 방으로 얌전히 돌아가는 게 제 소원입니다."

"……돌아가라고요?"

원래부터 돌아갈 생각이었지만, 정작 돌아가란 말을 들으니 괜한 반발심이 솟았다.

'이 밤중에 여기까지 왔는데! 내가 싫은 것도 아니면서!'

왜 이렇게까지 거부하는 걸까. 그녀는 뾰로통한 목소리로 나지막하게 중얼거렸다.

"그 소원, 오백 골드 어치라고 했는데."

그러자 파비안이 어깨를 움찔했다. 그걸 본 마르시아는 그를 놀리고 싶어져, 일부러 눈을 좁히며 단단히 삐친 목소리로 말했다.

"저와의 뜨거운 밤이, 첫날밤이…… 사랑을 나누는 게 고작 오백 골드예요?"

"……마르시아!"

파비안은 완전히 패배했다. 그는 아내 앞에 무릎이라도 꿇을 심정으로 애원했다.

"제발…… 그게 아닙니다. 그럴 리가 없지 않습니까? 돈 따위와 비교하지 말아주세요."

반쯤 울상이 된 파비안을 보자, 마르시아는 더 놀릴 수가 없었다.

심장 부근이 간질거렸다. 늘 다른 사람에게는 차갑고 냉정한 그가 그녀 앞에서는 이런 모습을 보이는 게 왜 이렇게 즐거운지 모를 일이었다.

"농담이에요, 파비안."

"아……."

파비안의 어깨에서 힘이 빠져나갔다.

'농담이라고 하니까 곧바로 눈에 띄게 안심한 표정을 짓는 것도 조금 얄미운걸.'

그녀를 좋아하면서 왜 이렇게 필사적으로 거부하는 걸까.

결국 마르시아도 의기소침해졌다.

"뭐, 저도 싫다는 사람을 덮칠 생각은 없었어요. 약속대로 소원 들어드리죠. 전 이만 방으로 돌아갈게요. 밤늦게 실례했습니다."

"잠깐만요, 마르시아."

시무룩해진 마르시아를 보자 파비안이 안절부절못하며 그녀를 붙잡았다.

"부부 침실을 쓰자고 하셨던 날 제게 하셨던 말씀, 기억하십니까?"

마르시아가 고개를 갸웃하며 뒤돌아 그를 올려다보았다.

"무슨 말이요?"

"제가 부부 침실을 쓰자는 제안을 거절했을 경우를 대비해서 말씀하셨던 세 가지 대안 말입니다."

"……성대한 결혼식과 사랑을 과시하는 파티와 뜨거운 신혼여행이요?"

"……예."

저런 표현이 아니었던 것 같은데. 파비안의 귀 끝이 살짝 달아올랐다.

"그때 셋 다 싫다고 하셨었죠. 지금도 싫으십니까?"

"네?"

왜 그런 걸 저렇게 열정적인 표정으로 묻는 걸까. 마르시아가 영문을 몰라 눈을 동그랗게 떴다. 그러자 파비안이 얼굴을 붉히며 말했다.

"전 셋 다 하고 싶습니다."

"……뭐라고요?"

"늦게나마 진짜 결혼식을 올리고, 사람들 앞에서 당신과 밤새 춤추며 사랑을 과시하고, 단둘이서 강철도 녹여 버릴 정도로 뜨거운…… 신혼여행을 하고 싶습니다."

마르시아가 눈을 깜빡였다. 낯간지러운 말을 하면서도 그의 얼굴엔 웃음기 하나 없었다.

'진심이구나. 진짜로, 엄청.'

파비안이 굳은 표정으로 말을 이었다.

"하지만 그전에 꼭 한 가지 해야 할 일이 있습니다."

그 말을 듣는 순간 마르시아는 파비안이 왜 지금까지 그녀를 거절했는지 알 수 있었다.

'그럼 그렇지.'

뭔지 모르겠지만 마음에 걸리는 게 있었던 것이다. 그리고 그걸 해결하기 전까지 필사적으로 참는 중인 거고.

"풋."

마르시아의 얼굴에 웃음이 번졌다.

"하하, 아하하."

그녀는 시원하게 소리 내어 웃었다.

"좋아요. 기다려 줄게요, 그때까지."

"마르시아……."

파비안의 표정이 한순간에 확 밝아졌다.

그녀는 해야 할 일이 무엇이냐고 묻지 않았다. 그 대신 팔을 뻗어 크라바트에 손가락을 걸고 잡아당겼다. 파비안은 조금 놀랐지만 그녀가 잡아끄는 대로 순순히 상체를 숙였다. 마르시아의 두 팔이 목에 감기는 순간 그는 파드득 떨며 눈을 감았다.

"아……."

짧은 탄성과 함께 숨결이 섞이고, 그의 손가락이 그녀의 금발을 얽으며 목 뒤로 파고들었다. 황홀한 열기가 순식간에 전신으로 퍼져 나갔다.

농밀한 입맞춤이 오가고 숨이 가빠지기 시작하자 마르시아가 입술을 뗐다.

"오늘은 여기까지만."

그녀는 파비안을 가볍게 밀어내며 말했다.

"너무 오래 기다리게 하지 말아요."

그 말을 마지막으로 마르시아는 생긋 웃으며 파비안의 침실을 나갔다.

파비안은 손끝으로 입술을 매만지며 닫힌 문을 잠시 바라보았다. 그는 픽 하고 가볍게 웃고는 조금 전에 벗었던 겉옷을 다시 집어 걸쳤다. 그리고 집무실로 되돌아갔다.

그로부터 한 달 후. 젊은 새 대공이 국왕과 귀족원, 의회의 코앞에 들이민 제안서는 나라를 뒤집을 듯한 반향을 불러일으켰다. 그는 극심한 반대에도 수단과 방법을 가리지 않고 설득과 협박, 회유를 반복하며 끈질기게 개혁안을 밀어붙였다.

결국 반년도 채 지나기 전, 마법사의 차별을 금지하는 법이 의회의 승인을 받아 국왕의 이름으로 왕국 전체에 공표되었다.

2. 결혼식

전 대공 프레데릭 로랑이 세상을 떠난 지 딱 일 년 되는 날.

대공저에는 특별한 손님들이 모여 있었다. 침대를 벗어날 수 없는 도미닉을 제외한 직계 혈족들이었다.

뎅, 뎅, 뎅…….

애도를 표하는 종소리가 세 번, 묵직하게 울려 퍼졌다. 종의 여운이 가실 때쯤, 변호사가 파비안에게 서류를 내밀었다.

"여기 서명하시지요."

파비안이 안주머니에서 만년필을 꺼내 변호사가 가리킨 곳에 자신의 이름을 써넣었다. 서명을 마치고 고개를 들자, 그의 붉은 눈이 차가운 초봄의 볕을 받아 더욱 붉게 빛났다.

"전 대공의 유언에 따라 파비안 님께서 지금 이 순간부터 정식으로 18대 로랑 대공이 되셨습니다."

파비안이 팔을 내밀자, 마르시아가 웃으며 가볍게 팔짱을 꼈다. 그녀의 손에서 대대로 대공비에게 내려온 다이아몬드 반지가 찬란하게 빛났다.

"경하드립니다. 파비안 로랑 대공 전하, 마르시아 로랑 대공비 전하!"

변호사가 절도 있게 고개를 숙이자, 다른 사람들도 자리에서 일어나서 경의를 표했다.

"두 분 전하, 이쪽을 봐주세요! 사진 찍겠습니다."

사진사가 미리 준비해 두었던 사진기를 들여다보며 외쳤다. 파비안과 마르시아가 팔짱을 낀 채 카메라를 향해 섰다. 화상이 은판에 새겨지는 동안 움직이지 않고 미소를 지은 채 가만히 있어야 했지만, 그 몇 분은 조금도 길게 느껴지지 않았다.

사진사 옆에 자리 잡은 기자들이 열심히 수첩에 뭔가를 적어댔다. 내일 아침 신문에 특종으로 실릴 게 틀림없었다.

"축하드려요, 오라버니. 정말로 대공이 되시다니. 일 년 전만 해도 아무도 안 믿었는데 말이에요."

엘로이즈가 쓴웃음을 지었다. 그러자 리샤르가 대꾸했다.

"결국 할아버님의 뜻대로 된 거죠. 선견지명이 있으셨네요."

엘로이즈 옆에 서 있던 로베르 콘라트 후작이 파비안에게 악수를 건넸다.

"축하드립니다. 드디어 대공가가 주인을 찾았군요."

"감사합니다."

파비안이 흔쾌히 그 손을 맞잡았다.

다들 축하의 말을 건네는 가운데, 입을 꾹 다물고 있는 사람이 하나 있었다. 발레리였다. 그녀는 불만이 가득한 표정이었지만 입 밖으로는 아무 말도 내지 않았다. 대신 오른손의 장갑을 신경질적으로 매만질 뿐이었다.

어느 정도 축하 인사가 마무리되자, 포투스가 시계를 가리키며 말했다.

"대공 전하, 대공비 전하. 이제 슬슬 준비하셔야 할 시간입니다."

"아, 그렇군. 그럼 여러분, 오늘은 부디 편안히 쉬시고 내일 뵙지요."

대공 부부가 가볍게 인사하고 방을 나갔다. 하지만 아무도 개의치 않았다. 내일이 어떤 날인지 다들 알고 있었기 때문이었다.

다음 날은 대공 부부의 결혼식이었다. 마르시아가 거창한 결혼식을 원하지 않기 때문에 초대된 사람들은 겨우 오십 명 남짓이었다. 식은 대공저의 온실에서 거행될 예정이었다.

이제 갓 겨울이 끝나고 초봄으로 넘어가는 계절이었다. 정원 가득 노란 수선화가 피어 있었고 그 끝에 커다란 온실이 솟아 있었다.

온실 안은 초여름처럼 따스했으며, 특별히 오늘을 위해 피운 색색의 장미가 가득했다. 온실의 커다란 유리 벽 너머로 정원의 수선화가 한눈에 들어왔다. 덕분에 초대객들은 봄과 여름, 두 계절을 한 번에 즐길 수 있었다.

그 화려함에 감탄하는 손님들 사이에서 발레리가 주변을 둘러보며 투덜거렸다.

"명색이 대공의 결혼식인데, 손님 규모가 이게 뭐람. 아무리 일 년 늦은 결혼식이라도 그렇지."

그러자 프리마스 백작 부인이 대꾸했다.

"어머, 콘라트 후작 부인. 무슨 말씀이세요? 오늘 결혼식에 초대받지 못해 안달인 귀족들이 얼마나 많았는데요."

다른 손님들이 맞장구를 쳤다.

"그럼요, 이 자리에 참석한 건 비할 데 없는 영광이자 자랑거리랍니다! 아무나 올 수 없는 결혼식인걸요."

"규모는 작아도 왕세자 부부께서도 오셨으니 그야말로 부족함이라곤 없는 결혼식이지요."

그러나 발레리는 눈살을 찌푸리며 항의했다.

"하지만 저길 좀 보세요. 귀족조차 아닌 것들도 와 있잖아요!"

그녀가 가리킨 곳에는 한눈에 봐도 특이한 사람들이 앉아 있었다. 그중 제일 눈에 띄는 건 키가 큰 금발의 남녀였는데, 젊은 남자와 중년 여인이었다. 놀라운 점은 둘 다 눈이 새빨간 색이었다는 것이었다. 마치 파비안처럼.

그러자 해밀튼 후작 부인이 엄한 말투로 입을 열었다.

"콘라트 후작 부인께서는 팔에 부상을 입으신 후 몇 달이나 두문불출하셨다더니, 요즘 세상이 어떻게 돌아가는지 잘 모르시나 보군요."

호응이 아닌 타박 어린 말투가 돌아오자 발레리가 당황했다.

"저들도 우리와 다를 바 없는 사람들이랍니다. 그리고 가장 중요한 건, 저들도 대공 부부께 소중한 사람이라서 이 자리에 초대받았다는 것이지요."

할 말이 없어진 발레리는 입을 꾹 다물며 시선을 돌렸다.

'소중한 사람은 무슨, 파비안이 날 소중한 사람이라고 생각할 리가

없잖아? 고모라고 그래도 봐주는 건가.'

그녀는 옆 테이블에 앉은 엘로이즈를 쳐다보았다. 엘로이즈는 옆자리에 앉은 자기 약혼자와 뭐라고 이야기를 나누고 있었다.

이윽고 악단이 음악을 연주하기 시작했다.

결혼식이 시작된 것이다.

제일 먼저 등장한 것은 라리사였다. 그녀는 머리에 붉은 장미 화관을 쓰고 나타나 배시시 웃으며 작은 바구니에서 꽃잎을 뿌렸다.

"어머, 세상에……!"

"마치 요정 같군요."

사람들이 흐뭇한 미소를 지으며 감탄했다. 특히 리샤르는 당장에라도 기절할 것만 같은 표정으로 라리사에게서 눈을 떼지 못했다.

꽃잎이 흩날리는 가운데, 파비안과 마르시아가 양쪽에서 나타났다. 파비안은 말쑥하게 연미복을 차려입었고, 순백의 드레스를 입은 마르시아는 베일을 쓰고 있었다. 진주와 다이아몬드로 장식된 드레스는 눈이 부시도록 찬란했다.

두 사람은 가운데서 만나 팔짱을 끼고 꽃잎이 뿌려진 길을 걸어 단상으로 향했다. 단상 위에는 주례를 맡은 사제가 기다리고 있었다.

사제가 축사를 읊었고, 레오니드가 신랑에게 미리 준비된 결혼반지를 전달했다.

"이제 평생 서로만을 사랑하겠다고 맹세하십시오."

"나 파비안 로랑은 마르시아 블리크를 아내로 맞이하여 평생 당신만을 사랑하리라 맹세합니다."

파비안은 맹세의 말을 읊으며 마르시아의 손가락에 반지를 끼워주었다. 그의 눈동자 색을 꼭 닮은 루비 반지였다.

"나 마르시아 블리크는 파비안 로랑을 남편으로 맞이하여 평생 당신만을 사랑하리라 맹세합니다."

이번에는 마르시아가 파비안의 손가락에 반지를 끼웠다. 그녀의 눈동자 색과 같은 에메랄드 반지였다.

서로의 눈을 닮은 한 쌍의 반지를 나누어 낀 순간 그들 또한 한 쌍이 되었다. 파비안은 온전히 마르시아의 것이 되었고, 마르시아는 파비안에게 속하게 되었다.

'이 사람과 함께라면, 그 어떤 일이 있어도 행복하게 살아갈 수 있을 거야.'

가슴 속이 확신으로, 행복으로 가득 찼다.

"맹세의 입맞춤을 나누십시오."

사제의 말에 파비안이 마르시아의 베일을 들어 올렸다. 그 순간 여기저기서 헉, 하고 감탄하는 소리가 들렸다. 마르시아는 눈이 부시도록 아름다웠다. 그 누구도 그녀에게서 눈을 떼지 못했다.

그중 가장 열렬하게 신부를 바라본 것은 바로 파비안이었다.

"마르시아……"

"파비안."

마르시아의 초록빛 눈동자가 별처럼 빛나고 있었다. 그녀가 뺨에 발그레한 빛을 띠며 그의 이름을 부르자, 파비안이 조용히 미소 지으며 그녀의 입술에 입을 맞추었다.

"신의 이름으로 두 사람이 정식으로 부부가 되었음을 선언합니다."

그것으로 식은 끝났다. 곧 피로연이 시작되었다.

"축하해요!"

"축하드립니다!"

사람들이 앞다투어 축복의 말을 건네왔다. 마르시아는 부케에 사용했던 작약과 히야신스를 한 송이씩 손님들에게 나누어주었다. 가장 크고 아름다운 작약은 엘로이즈에게 돌아갔다.

"엘로이즈, 결혼식이 이제 세 달 남았나요? 신부의 부케를 나누어 받으면 행운이 따른다지요. 자, 받으세요."

마르시아의 말에 엘로이즈 옆에 자리하고 있던 갈색 머리의 청년이 얼굴을 붉혔다. 약혼자인 제프리 웰크 소백작이었다. 마르시아는 그걸 보고 웃으며 작약을 건넸다.

"두 분, 축하드려요. 그리고 감사합니다, 대공비 전하."

엘로이즈는 오히려 담백한 감사의 말과 함께 꽃을 받았다.

마르시아와 엘로이즈는 시간이 지나며 점차 왕래하기 시작해, 최근에는 가끔 서로의 티 파티에 참석하기도 했다.

'이제 와서 속으로 무슨 생각을 하는지 알 수야 없지만.'

엘로이즈는 원래부터 겉으로는 웃으며 속으로 독설을 퍼붓는 데 재능이 있었으니까. 하지만 지금은 그러지 않을 거란 확신이 있었다.

왜냐하면 예전처럼 무작정 애교 섞인 웃음을 흘리고 다니지 않기 때문이었다. 그러자 고고하고 자존심 강한 모습이 드러났다. 가끔은 솔직하게 고집을 피우기도 했다.

'아마 저 약혼자 때문이 아닐까.'

웰크 소백작은 약혼녀를 시종처럼 따라다니며 모신다고 사교계에 소문이 나 있었다.

'소심하고 순박한 게 어찌 보면 파비안과는 정반대지. 뭐든 다 맞춰주고.'

엘로이즈에겐 오히려 그런 타입이 잘 맞았던 것이다.

마르시아는 생긋 웃으며 다음 테이블로 이동했다. 아이반과 이본느가 자리한 테이블이었다. 왠지 아드리안 해밀튼도 이 테이블에 끼어 앉아 있었다.

"축하드립니다!"

"축하한다!"

꼭 닮은 두 사람이 입을 모아 외쳤다. 선글라스도 쓰지 않고, 얼굴도 가리지 않은 모습이었다.

"이렇게 먼 곳까지 몸소 와주셔서 고마워요, 아이반 씨, 이본느 할머니!"

"꼭 와야지. 내가 이렇게 나올 수 있었던 것도 다 대공 덕인걸!"

이본느가 마르시아에게 한쪽 눈을 찡긋하며 덧붙였다.

"내가 전에 약을 지어주면서 사례를 이미 받았다고 하지 않니."

"……아!"

마르시아가 깜짝 놀랐다. 그게 이 뜻이었던가. 파비안이 마법사의 차별을 금지하는 법안을 통과시킬 것을 어떻게 알았던 걸까.

"요즘은 두 눈을 다 뜨고 돌아다녀도 사람들이 쳐다보면 쳐다봤지, 예전처럼 돌을 던지거나 욕하지 않는단다. 고맙구나, 파비안."

"아직 갈 길이 멉니다."

파비안이 겸손하게 대답했다.

"법정뿐만이 아니라 일상 속에서도 차별을 완전히 몰아낼 작정이거든요. 시간이 걸리겠지만."

"걷다 보면 자연히 목적지에 도달하는 법인데 넌 달리기부터 하는구나."

얌전히 듣고 있던 아드리안이 열렬한 말투로 말했다.

"대공 전하라면 분명 해내실 겁니다!"

"그래, 그럴지도 모르겠구나."

어느새 아드리안과 친해진 이본느가 고개를 끄덕거렸다. 대공 부부는 짧게 이야기를 나눈 후, 다음 테이블로 이동했다.

"축하하네! 일 년간 아주 마음고생이 많았겠어."

에른스트 왕세자가 환하게 웃으며 악수를 청했다. 올리비아 왕세자비도 우아한 말투로 덧붙였다.

"그래도 결국 이렇게 다 잘될 줄 알았지요."

"감사합니다, 두 분 전하."

마르시아가 인사하며 올리비아에게 부케의 꽃을 한 송이 건넸다. 올리비아가 기쁘게 받아 옷깃에 꽂자, 에른스트가 흐뭇하게 바라보며 말했다.

"이제 정식으로 작위도 물려받았으니 왕궁에도 자주 들르도록 하게, 대공."

"그러겠습니다."

그렇게 모든 손님에게 꽃을 나누어주고 축복과 감사의 인사를 했다.

먹고 마시며 즐기다 보니, 어느덧 해가 지고 하늘이 어두워졌다. 별이 하나둘 떠오르기 시작할 무렵이었다. 레오니드가 포크로 유리잔을 두드려 사람들의 시선을 끌어모았다.

"자, 여러분, 대공 전하께서 특별한 이벤트를 준비했다고 합니다. 잠시 정원으로 나가실까요?"

이벤트라니? 아무것도 모르는 마르시아가 동그란 눈으로 파비안을 쳐다보았다. 파비안은 빙긋 웃으며 그녀에게 팔을 내밀었다.

"가시죠. 잠시면 됩니다."

차가운 밤공기에 몸이 식지 않도록 온실 밖 정원에는 여기저기 화로가 놓여 있었다. 손님들은 화로 곁으로 옹기종기 모여들었다.

레오니드가 회중시계를 꺼내 시간을 확인하고 파비안에게 눈짓을 보냈다. 그러자 파비안이 한 손을 들어 올렸다.

그 순간 피유웅! 소리와 함께 천지를 뒤흔드는 듯한 소음이 울려 퍼졌다. 사람들이 깜짝 놀라 고개를 들었다.

펑!

새카만 밤하늘에 불꽃이 수놓였다.

"파비안!"

마르시아가 깜짝 놀라며 그의 이름을 불렀다. 파비안이 웃으며 입을 열었다.

"결혼식 규모를 줄이긴 했지만, 적어도 우리 영지민들은 오늘이 무슨 날인지 알아야 하지 않겠습니까?"

어느새 근처에 다가와 있던 포투스가 침착하게 덧붙였다.

"대공령의 주요 거점들마다 지금 똑같은 불꽃이 터지고 있습니다."

"……세상에."

'불꽃놀이라니, 규모가 너무 크잖아.'

마르시아가 눈을 동그랗게 뜬 채 고개를 내저었다.

불꽃놀이는 워낙 돈이 많이 들어서 국가적 행사에서도 일 년에 한 번 할까 말까 할 정도였다. 화약은 무기로도 쓰이므로 국가에서 대규모 유통을 엄격하게 관리했다. 그런데 사적으로 불꽃놀이가 가능하다니.

흘끔 쳐다보니 왕세자 부부는 하늘을 쳐다보며 불꽃놀이를 실컷 즐기고 있었다.

마르시아의 표정을 본 포투스가 말했다.

"걱정 마세요. 작은 성채 하나 공중에 날리는 정도는 대공가에겐 아무것도 아니니까요."

"……성채 하나 값이 들어갔어요?"

"그래서 두 번은 못 하시도록 말릴 겁니다."

포투스가 심드렁하게 대답하는데 파비안이 말했다.

"포투스. 좀 멀리 떨어져서 구경하는 게 어떻겠나?"

"예, 예."

포투스가 사라지자 파비안이 마르시아의 어깨를 살짝 감싸 안았다.

"평생에 단 한 번 하는 결혼식인데, 이 정도도 못 할까요. 당신을 위해 마련한 거니까 봐주십시오. 아이반이 애를 많이 썼습니다."

"……그냥 불꽃놀이도 아니었군요……."

마르시아는 파비안에게 기대어 하늘을 올려다보았다.

형형색색의 불꽃이 터질 때마다 불꽃 하나하나가 마치 살아 있는 것처럼 움직이며 모양을 바꾸었다. 파비안과 마르시아의 이름을 수놓는가 하면, 다음 순간 글자 속에서 꽃이 피어나기도 했고 말 모양으로 변해 은하수 위를 달려가기도 했다.

마르시아는 이내 불꽃놀이에 푹 빠져들었다. 불꽃에 정신이 팔린 것은 라리사도 마찬가지였다.

"이런 건 처음 봐!"

"정말 멋지다. 이렇게 멋진 불꽃놀이는 처음이야."

라리사와 에이미가 동시에 감탄했다. 두 소녀는 나란히 손을 잡고 서서 하늘을 쳐다보고 있었다.

그 옆에는 리샤르가 서 있었다. 그는 불꽃보다 발그레하게 볼을 붉히고 눈을 반짝이는 라리사의 옆얼굴에 정신이 팔려 있었다. 그리고 에이미의 손을 잡고 있지 않은 나머지 한 손에도.

'자, 잡아도 되지 않을까. 이 정도는…… 살짝…… 아주 살짝만.'

하지만 돌이 되기라도 한 듯, 그의 손은 의지대로 움직여 주지를 않았다. 그때였다.

"리샤르, 저것 봐!"

라리사가 한 손으로 그의 소매를 잡아당겼다. 그리고 웃으며 하늘을 눈짓했다. 리샤르는 뜨끔하며 하늘로 시선을 돌렸다.

두근두근…….

심장 뛰는 소리가 불꽃이 터지는 소리에 가려져서 다행이라고, 그는 생각했다.

꿈 같던 불꽃놀이가 끝나자, 악단이 음악을 연주하기 시작했다. 춤을 출 시간이었다. 원래는 저택 안 댄스홀로 이동할 계획이었으나, 음악 소리는 정원에서도 잘 들렸고, 곳곳에 놓인 화로 덕분에 사람들은 추위를 느끼지 않았다.

"신랑 신부를 위해 자리를 비워줍시다!"

누군가 큰소리로 외치자, 사람들이 웃으며 마르시아와 파비안을 둘러싸 커다랗게 원을 만들었다. 그리고 음악에 맞춰 박수를 치기 시작했다.

원 가운데에서 파비안이 마르시아에게 손을 내밀었다.

"저와 한 곡 추시겠습니까?"

"물론이죠."

마르시아가 활짝 웃으며 그 손을 잡았다. 활활 타오르는 화로의 열기와 음악에 도취되어 두 사람의 스텝은 날아갈 듯 가벼웠다.

"오늘은 몇 곡쯤 추실 예정입니까?"

"구두 뒤축이 다 닳을 때까지 출 거예요."

마르시아의 대답에 파비안은 그럴 줄 알았다는 듯 빙긋 웃었다. 그리고 허리를 안은 손에 힘을 주며 귓가에 속삭였다.

"몇 곡을 추셔도 오늘 밤 당신의 손을 잡을 수 있는 건 저뿐입니다."

"어머."

마르시아가 킥킥 웃으며 말했다.

"한 사람과만 계속 추면 예의에 어긋나잖아요."

"오늘은 아닙니다."

파비안이 다소 뻔뻔스러운 표정으로 대답했다.

어차피 마르시아도 오늘 다른 사람과 춤추고 싶은 생각은 별로 없었다. 그들은 곧 둘만의 세계로 빠져들었다. 다음 곡이 시작되자 구경하던 사람들도 각각 짝지어 춤을 추기 시작했다.

황홀한 표정으로 언니와 형부가 춤추는 광경을 지켜보던 라리사에게도 춤 신청이 들어왔다. 신청한 사람은 물론 리샤르였다.

"라리사 블리크 양, 저와 한 곡 추시겠습니까?"

라리사는 그의 얼굴을 빤히 쳐다보다가 이내 시선을 내리며 조그맣게 말했다.

"난 언니처럼 잘은 못 추는데."

리샤르가 소리 내어 웃으며 손을 내밀었다.

"나랑 연습한다고 생각해, 그럼."

라리사가 머뭇거리다가 손을 잡으려던 순간이었다. 시종 하나가 황급히 다가오더니 리샤르에게 종이를 한 장 건넸다.

"리샤르 님! 급한 연락입니다."

"……뭐지?"

춤을 방해받은 리샤르가 눈썹을 살짝 찌푸리며 종이를 펼쳤다. 내용을 읽은 그의 표정이 차갑게 가라앉았다.

'올 것이 왔군……'

도미닉이 영영 눈을 감았다는 전보였다.

'하루만 일찍 세상을 떠났더라면 적어도 파비안이 정식으로 대공이 되었다는 소식은 듣지 못하고 갔을 텐데. 얄궂기도 하지.'

그래도 도미닉은 그의 아버지였다. 리샤르는 종이를 도로 접어 주머니에 넣었다.

"미안해, 라리사. 춤은 다음에 추자. 급한 일이 생겨서 가봐야 해."

"무슨……."

무슨 일인데? 다음은 언젠데?

라리사는 그렇게 물으려다 말끝을 흐리고 말았다. 리샤르의 표정이 너무 어두웠던 것이다.

그녀는 아직도 뭔가 묻거나 요구하는 것보다 그냥 참고 기다리는 것에 훨씬 익숙했다. 라리사는 망설이다가 결국 아쉬운 표정으로 고개를 끄덕였다.

"으응."

하지만 리샤르가 그냥 이대로 떠나게 내버려 두고 싶지 않았다. 그래서 용기를 내 새끼손가락을 펼쳐 내밀었다.

"대신 다음번 춤은 무조건 나랑 추는 거야."

"그래."

리샤르는 씁쓸한 미소를 지으며 새끼손가락을 걸었다. 그러자 라리사가 조금 환해진 얼굴로 덧붙였다.

"나도 그때까지 다른 사람과 춤 안 출 테니까."

"응. ……응?"

리샤르의 눈이 동그래졌다.

"좀 오래 걸릴지도 모르는데."

"괜찮아."

라리사는 전에 없이 제법 단호하게 대답했다. 리샤르는 더는 아무 말도 하지 못하고 고개만 끄덕였다. 그리고 말없이 작별 인사를 했다.

잠시 후 그는 엠마와 함께 조용히 대공저를 떠났다. 떠나면서 포투스에게 결혼식이 끝나기 전까지 도미닉의 사망 소식을 알리지 말라고 당부하는 것도 잊지 않았다.

피로연은 새벽 동이 틀 때까지 이어졌다.

포투스가 대공의 방으로 올라가는 계단 앞 복도를 서성거렸다. 그는 초조하게 자꾸 시계를 꺼내 보았다가, 걷다가를 반복했다.

복도 저쪽 대공비의 방 쪽에서 나타난 소피아가 그를 발견하고 말을 걸었다.

"보좌관님!"

"아, 소피아 양. 어떻게 되었습니까?"

소피아는 고개를 저었다.

"그냥 포기하시라니까요."

"두 시간 이내로 출발하지 않으면 또 미뤄야 한단 말입니다……."

"침실에서 안 나오시는 걸 어떡해요."

소피아가 애써 목소리를 가다듬으며 침착하게 말했다.

포투스는 침울한 표정으로 수첩을 꺼냈다. 신혼여행 일정을 조정하는 게 이걸로 벌써 세 번째였다.

"설마 이렇게 며칠씩 안 나오시리라고는."

"그냥 포기하시고 다 취소하셨다가, 나중에 일정을 싹 새로 짜시는 게 어때요?"

그는 한숨을 내쉬며 수첩을 덮었다.

"예, 차라리 그게 낫겠군요. 저는 그럼 자체 휴가를 낼 테니, 두 분이 침실에서 나오시거든 그렇게 말씀드려 주시겠습니까?"

"그러세요."

"나도 장가를 가든가 해야지, 이거 원."

포투스가 투덜거리며 계단을 내려갔다. 소피아는 그 쓸쓸한 뒷모습을 일별하고는 결혼식 직후부터 침실에 틀어박혀 나올 생각을 하지 않는 신혼부부의 식사를 챙기러 부엌으로 향했다.

3. 삼 년 후, 어떤 동화의 결말

"젠장!"

리샤르가 꼼짝도 하지 않는 스팀 차를 걷어찼다. 폭우 속에서 진흙탕을 가로질렀기 때문일까, 엔진이 고장 난 모양이었다.

접이식 지붕이 있긴 했지만 햇빛이나 가리는 용도라 이런 폭우는 막아주지 못했다. 세차게 어깨를 때리는 빗줄기가 사정없이 체온을 빼앗아갔다.

그는 눈썹을 일그러뜨리며 파래진 입술로 중얼거렸다.

"차라리 조금 느려도 마차를 탈 것을……."

마차였더라면 차체를 버리고 말로 갈아탈 수 있었겠지만 고장 난 스팀 차는 그저 고철 덩어리였다.

몇 시간 전 어머니 엠마가 보낸 전보가 그의 마음을 어지럽혔다.

[대공의 생명이 위태로우니 당장 돌아올 것.]

단 한 줄짜리 전보에 심장이 내려앉는 것 같았다. 그는 마지막으로 도미닉 로랑 대공을 봤던 때를 떠올리며 눈썹을 찌푸렸다.

'아버지는 건강 그 자체였는데.'

사고에라도 휘말린 것인가, 그게 아니라면⋯⋯.

로랑가 남자들은 어딘가 미심쩍은 죽음을 맞이하곤 했다. 조부인 프레데릭 로랑 전 대공은 나이에 비해 정정했는데도 갑자기 혼수상태에 빠져 세상을 떴다. 백부 자비에는 시름시름 앓다 죽었으며, 사촌인 파비안도 멀쩡한 듯 보였지만 원인을 알 수 없는 병으로 급사했다. 적어도 겉보기로는 그러했다.

도미닉도 저들과 마찬가지로 갑자기 수상한 '병'이 도진 걸지도 몰랐다. 어쨌거나 그도 로랑이니까.

그리고 리샤르 자신도 로랑이었다. 그는 문득 오싹해져서 전보를 구겨 벽난로에 집어 던졌다.

'지나친 생각이야. 단순한 사고일 수도 있어.'

전보를 받은 직후, 그는 곧바로 스팀 차에 올랐다. 이대로 밤새 달린다면 내일 오전 중에는 대공저에 도착할 수 있을 터였다. 그런데 중간에 차가 고장 나버렸다.

리샤르는 얼굴에 쏟아지는 빗물을 손바닥으로 훑어냈다.

'차라리 어디서든 밤을 보내고 아침 첫 기차를 타는 게 낫겠군.'

그는 차를 포기하고 비를 피할 곳이 없나 주위를 둘러보았다. 저 멀리 희미한 불빛이 그의 시야에 들어왔다.

'일단 저기로 가봐야겠어.'

뭐가 됐든 지붕을 빌리고 옷을 말릴 수만 있다면 좋겠다고 생각하며 리샤르는 부지런히 불빛을 향해 걸었다.

가까이 가보니 불빛이 흘러나오는 곳은 다소 기묘하게 생긴 저택이었다. 주변에 빈 땅도 많은데 뭐 하러 굳이 좁게 짓고 오 층까지 올렸을까. 꼭대기 두 개 층은 나중에 따로 올렸는지 아래층과 건축 양식도 묘하게 달랐다. 그 와중에 아래층과 맨 꼭대기 층에만 불이 밝혀져 있었다.

'이상한 저택이군.'

하지만 비만 피할 수 있다면 폐가라고 해도 가릴 때가 아니었다. 리샤르는 일단 문을 두드렸다. 한참을 두드린 뒤에야 문이 열렸다.

"뭡니까?"

하인 복장을 한 남자 하나가 그를 위아래로 훑어보며 퉁명스레 물었다.

"스팀 차를 타고 지나가던 중인데 차가 고장 났다. 비가 그칠 때까지 지붕을 좀 빌릴 수 있을까 하는데."

"스팀 차요?"

남자의 눈빛이 변했다. 그럴 만도 했다. 스팀 차는 아무나 가질 수 있는 물건이 아니었으니까.

"잠시만 기다리십시오."

그새 말투까지 정중하게 변한 하인이 헐레벌떡 안으로 뛰어들어 갔다. 오래지 않아 돌아온 하인이 허리를 굽히며 문을 활짝 열었다.

"주인 나리께서 어서 안으로 모시랍니다."

리샤르는 고개를 까딱하고는 제집이나 되는 것처럼 당당하게 안으로 들어섰다.

그는 벽난로가 활활 타오르는 방에 안내되었다. 하인이 곧 작은 욕조를 날라 왔다. 목욕을 마치고 마른 옷으로 갈아입자 살 것만 같았다.

"주인님께서 손님을 저녁 식사에 초대하셨습니다."

마침 시장기가 올라오던 참이었다. 집주인에게 감사 인사도 할 겸 그는 하인을 따라 식당으로 내려갔다.

저녁 식사가 차려진 테이블에는 두 사람이 앉아 있었다. 갈색 머리의 중년 남자와 금발의 젊은 여자였다.

"오, 손님. 내려오셨군요."

중년 남자가 반색하며 손짓으로 그에게 자리를 권했다.

"블리크가에 온 걸 환영합니다. 저는 이고르 블리크라고 합니다. 이 아이는 제 딸, 마르시아."

"안녕하세요."

마르시아라 불린 금발의 여자가 미소를 지어 보였다. 나이는 스무 살 전후일까, 꽤 예쁘장한 여자였다.

리샤르는 담담하게 시선을 돌리며 이고르를 향해 말했다.

"리샤르 로랑입니다. 이렇게 객에게 식사와 잠자리를 내주신 데 감사드립니다."

"로랑이라면, 설마…… 대공 세자이십니까?"

이고르가 깜짝 놀라며 물었다.

"그렇습니다."

"아, 아니, 그런 분께서 어쩌다 이런 곳에……."

"우연히 지나가던 길이었습니다."

리샤르가 쓴웃음을 지었다. 대공의 목숨이 경각에 달려 저택으로 가는 중이라고 말할 생각은 추호도 없었다.

도미닉이 사망한 순간 외아들인 리샤르가 자동으로 대공이 된다. 어쩌면 지금 이렇게 빗속에서 길을 잃고 남의 집에서 저녁을 얻어먹는 사이, 그는 벌써 대공이 되었을지도 모르는 일이었다.

'설마. 그럴 리가 없어.'

부친과 사이가 좋다고는 할 수 없었지만 이렇게 갑작스레 잃고 싶지는 않았다.

불안감에 식욕이 달아났다. 리샤르는 음식 접시는 거들떠보지도 않고 대신 와인을 쭉 들이켰다.

리샤르가 씁쓸한 표정으로 술을 마시자, 이고르가 아부를 듬뿍 담아 말했다.

"하하, 비가 이렇게 쏟아질 때는 길도 제대로 보이지 않는 법이죠. 스팀 차를 몰고 계셨다고요? 그 귀한 게 고장이 났으니 상심하실 만도 합니다, 암요."

이고르가 마르시아에게 눈짓했다.

"뭐 하니, 딸아. 잔에 술이라도 채워 드리지 않고."

"그런 일은 하인에게나 시키세요."

마르시아가 불쾌하다는 듯 뾰족한 말투로 대답하자, 이고르가 화를 냈다.

"네가 그러니까 아직껏 결혼을 못 한 것 아니냐! 거참. 아, 얘가 원래 이런 아이가 아닌데. 저하 앞이라 긴장했나 봅니다."

그는 얼른 웃는 낯으로 둘러댔다. 그걸 보며 리샤르는 속으로 코웃음을 쳤다.

'하. 자기 딸에게 술이나 따르라니, 평민들도 안 할 짓을. 자존심도 없나.'

속내가 빤히 보였다. 이 나라 대공의 유일한 후계자인 그와 어떻게든 연을 맺어보려는 여자는 셀 수도 없었다. 어쩌면 이고르도 벌써 자기 딸을 그에게 시집보내는 망상까지 하고 있을지도 모르는 일이었다.

'얼굴 좀 예쁘장한 여자야 어디든 널렸지. 그깟 술 백번 따라봤자 특별히 더 고맙지도 않을 텐데.'

그때 마르시아가 다 들으라는 듯 중얼거렸다.

"긴장은 무슨. 출신 가문만 휘황찬란했지 정작 알맹이는 덜 여문 남자야 어디든 널렸는데."

"마르시아!"

이고르가 주의를 주는데도 마르시아는 별로 개의치 않는 듯했다. 그녀는 오히려 리샤르를 곁눈으로 흘기더니, 자기 잔을 들어 와인을 마셨다.

리샤르는 그 시선을 맞받아치며 픽 웃었다. 그녀는 그가 아무것도 아닌 것처럼 말했지만, 분명 잘 알고 있을 것이었다. 누구는 도움을 주면서도 손을 비비며 아부해야 하고, 누구는 고개를 빳빳하게 쳐들고 당당하게 있어도 되는 이유. 그게 바로 출신 가문이라는 걸.

"술은 이 한 잔이면 충분합니다. 내일 새벽 첫 기차를 탈 생각이니까요."

"그렇게 일찍이요? 제일 가까운 기차역까지 마차로 반나절은 걸릴 텐데요."

"그럼 더 일찍 일어나야겠군요."

"얼마든지 더 머무셔도 되는데요."

이고르는 못내 아쉬운 표정으로 하인에게 아침 일찍 마차를 준비시키겠다고 했다. 그렇게 별다른 일 없이 저녁 식사가 끝났다.

식사 후 이고르는 하인을 시키지 않고 자신이 직접 리샤르를 방으로 데려다주었다. 간단한 밤 인사 후 리샤르가 문을 닫으려던 참이었다.

"참, 대공 세자 저하."

이고르가 문고리를 붙잡았다.

"밤에 절대 이 방 밖으로 나오지 마십시오."

식사 내내 짓고 있던 미소는 어느새 싹 사라져 있었다. 리샤르는 어딘가 꺼림칙해서 되물었다.

"왜죠?"

"제 아들놈이 새벽에 들어올 텐데, 분명히 소란스러울 겁니다. 돼먹지 못한 놈이라 굳이 마주치시지 않는 게 좋을 것 같거든요."

이고르가 경고하듯 덧붙였다.

"그러니 무슨 소리가 들리더라도 무시하시고 그냥 푹 쉬시면 됩니다."

"……그러죠."

그렇게 대답했지만 막상 침대에 누워도 잠이 오지 않았다. 전보의 내용이 신경 쓰인 탓이었다. 머릿속이 온통 어지러웠다.

"젠장."

한참을 누워 있던 리샤르는 결국 침대에서 몸을 일으켰다. 창밖을 내다보니 어느새 비는 그친 모양이었다.

'잠시 산책이라도 하고 오는 편이 낫겠어.'

방에서 나오지 말라던 이고르의 말이 생각났지만, 그거야 그 망나니 아들만 피하면 될 터. 그는 소리를 내지 않으려 조심스레 문을 열었다. 늦은 밤이라 복도에는 아무도 없었다.

누구에게도 들키지 않고 일 층으로 향하는 계단참에 다다랐을 때였다. 덜컹, 하고 현관문이 열렸다. 리샤르는 무심코 기둥 뒤로 몸을 숨겼다.

곧 젊은 남자의 목소리가 현관에 쩌렁쩌렁 울렸다.

"뭐야, 아무도 없어? 냉큼 나와서 내 코트 받아야 할 것 아냐!"

몸을 숨긴 채 살짝 내려다보니, 금발의 남자가 코트를 벗고 있었다.

'블리크 씨가 말한 그 아들인가 보군.'

어디선가 하인이 나타나 손을 내밀자, 남자는 코트를 하인의 머리 위로 집어 던졌다.

"내 방에 갖다 놔."

"예, 빌레인 님."

빌레인이라 불린 남자는 하인이 코트를 가지고 사라질 때까지 그 자리에 그냥 서 있었다.

'……?'

왜 방으로 가지 않는 것일까. 몰래 나갔다 오려 했던 리샤르는 미간을 찌푸리며 빌레인이 움직이기를 기다렸다.

그런데 잠시 후, 빌레인이 이상한 행동을 했다. 주변을 조심스레 둘러보곤 아무도 없는 것을 확인하자, 지하실로 향하는 계단 쪽으로 발걸음을 옮긴 것이었다. 그것도 발소리를 한껏 죽여서, 살금살금.

'뭐 하는 거지?'

지하실에 뭘 숨겨두기라도 한 걸까.

리샤르는 빌레인이 완전히 안 보이게 되자 기둥 뒤에서 몸을 드러냈다. 그는 얼른 계단을 내려갔다.

'뭐, 내 알 바 아니지. 이참에 얼른 산책이나……'

하지만 막상 일 층에 내려서자 마음이 바뀌었다.

방 밖으로 절대 나오지 말라던 이고르의 말은 꼭 경고처럼 들렸다. 그건 빌레인의 성격이 나빠서가 아니라, 혹시나 리샤르가 지하실에 내려갈까 봐 염려했던 건 아닐까?

별 근거도 없는 생각이었고, 지나친 비약이었다. 그런데 이상하게 지하실이 신경 쓰였다.

'지하실은 보통 창고 아닌가? 도대체 뭘 숨겨뒀길래 집주인은 손님더러 방에 꼼짝 말고 처박혀 있으라 하고, 아들은 하인 몰래 살금살금 내려가는 거지?'

결국 리샤르는 현관문이 아니라 지하층으로 내려가는 계단으로 향했다.

지하실은 예상대로 그냥 창고였다. 리샤르는 창고 선반에 즐비한 술병을 흘끗 쳐다보았다.

'몰래 술이라도 한 병 가지러 내려온 건가.'

하지만 빌레인은 술병에는 눈길도 주지 않고 그냥 지나쳤다. 그 대신 지하실 안쪽으로 성큼성큼 걸어 들어갔다. 반대쪽 끝에 다다르자, 그는 커다란 나무통 뒤로 사라졌다. 따라가 보니 통 뒤에 아래층으로 향하는 계단이 있었다.

'지하 이 층⋯⋯.'

계단 끝에는 육중한 철문이 있었고, 문틈으로 희미한 빛이 흘러나왔다. 빌레인이 가지고 있던 램프의 빛일 터였다.

'이런 두꺼운 철문이라니, 지하 감옥이라도 지어놓았나.'

리샤르는 말도 안 되는 생각을 하며 철문을 슬쩍 밀어보았다. 의외로 문은 잠겨 있지 않았다. 그는 조심스레 안으로 들어섰다.

'⋯⋯이건.'

오싹, 소름이 돋았다. 그는 경악하며 주위를 둘러보았다.

벽에 주르륵 걸려 있는 저것은…… 설마.

'정말로 감옥이라도 되는 건가.'

눈앞에는 두 번째 철문이 있었다. 그 문을 열어보고 싶은 마음과 그대로 뒤돌아 침실로 되돌아가고 싶은 마음이 교차했다.

결국 리샤르는 손잡이를 움켜쥐었다. 다행인지 불행인지 두 번째 철문 역시 잠겨 있지 않았다. 그는 천천히 문을 열었다.

"언제까지 고집 피울 셈이야! 빨리 울어! 울라고!"

윽박지르는 남자 목소리. 다른 사람이 지하실에 들어오는 줄도 모르고 빌레인이 손을 휘두르고 있었다.

도대체 누구에게?

리샤르가 빌레인의 뒷모습 너머로 시선을 보냈다. 그리고 한 소녀와 눈이 마주쳤다.

"……!"

그 순간 시간이 멈추었다.

붉게 얼룩진 어깨 위로 구불거리며 흘러내린 달빛 같은 은발. 도자기 인형처럼 창백하고 매끈한 뺨. 그리고 한 쌍의 초록 눈동자…….

리샤르는 그대로 얼어붙은 듯 서서 제 심장 위를 그러쥐었다. 소녀의 눈동자가 마치 어두운 숲속, 깊은 늪처럼 그를 빨아들이는 것 같았다.

"항상 이렇게 맞아야 정신을 차리지."

빌레인이 욕설을 내뱉으며 손을 쳐들었다. 그 말에 비로소 멈췄던 리샤르의 시간이 다시 흐르기 시작했다.

리샤르는 생각할 겨를도 없이 빌레인의 손목을 콱 붙잡았다. 손바닥을 내려치려던 빌레인이 당황하며 돌아보았다.

"누구야, 넌? 대체 여긴 어떻게?"

"……지금 뭐 하는 거지?"

리샤르가 멍하니 되물었다. 그는 빌레인의 손목을 쥔 채 소녀를 돌아보았다.

그때 소녀의 눈에서 눈물이 흘러내렸다. 딱 한 방울이었다.

리샤르가 숨을 들이켰다. 마치 폭우 속에 맨몸으로 내던져진 것만 같았다. 그 한 방울의 눈물이 무수한 빗줄기처럼 차갑고 잔인하게 그의 심장을 두드렸다.

챠랑. 바닥에 떨어진 눈물은 액체가 낼 수 없는 청명한 소리를 냈다. 사방으로 빛이 부서졌다.

그 순간 빌레인이 제 손목을 비틀며 잡아당겼다. 손목을 놓친 리샤르가 그제야 소녀에게서 눈을 뗐다. 빌레인의 표정이 순식간에 변했다.

"봤군."

봤다고? 뭘?

저 소녀가 눈물을 흘린 것 말인가? 아니면 저렇게 괴로워하는 것 말인가. 보는 그의 심장이 다 아플 정도로…….

"네놈이 누군진 모르겠지만, 이제 살아서 나갈 생각은 안 하는 게 좋을걸!"

빌레인이 바닥에 아무렇게나 던져두었던 몽둥이를 집어 들고 그에게 달려들었다. 머리를 노린 일격을 리샤르가 아슬아슬하게 피하며 주먹을 날렸다.

"컥!"

턱에 묵직한 충격을 받은 빌레인이 비틀거렸다. 리샤르가 그 순간을 놓치지 않고 몽둥이를 빼앗아 상대의 뒤통수를 후려갈겼다.

"윽!"

빌레인이 정신을 잃고 그 자리에 쓰러지자, 리샤르는 몽둥이를 바닥에 내던졌다. 그는 숨을 몰아쉬며 뒤돌아섰다.

눈물을 흘린 소녀는 조금 전과 꼭 같은 모습으로 가만히 앉아 있었다.

도대체 누구인가. 왜 이런 곳에 갇혀 있는 것인가. 어째서 비명도 지르지 못하고 때리는 대로 맞고만 있었던 것인가.

순식간에 수많은 질문이 머릿속을 스쳤지만 리샤르의 입 밖으로는 한마디도 나가지 못했다. 소녀의 몸에 아로새겨진 무수한 상처가 그의 마음을 저미는 것만 같았다.

그는 한참 뒤에야 간신히 입을 열었다.

"무슨 상황인지는 모르겠지만, 이런 곳에 사람을 가두고 때리는 것이 어떻게 봐도 정당한 일로는 보이지 않는군요."

리샤르가 소녀에게 손을 내밀었다.

"일단 여기서 나가죠."

소녀는 인형처럼 무감정한 눈동자로 가만히 그를 쳐다보았다. 리샤르는 손을 내민 채로 기다렸다. 소녀의 시선에 얼굴이 불타오르는 것만 같았다.

얼마나 기다렸을까. 소녀가 뭐라도 말할 것처럼 입술을 벌렸다. 리샤르가 마른침을 삼키며 귀를 기울였으나, 그녀는 아무 말도 하지 않았다. 대신 그의 손에 제 손을 올려놓았다.

작고 가녀린 손이었다. 그 손을 잡아 일으키자 소녀가 비틀거렸다.

오래 갇혀 있었던 걸까. 아니면 상처가 깊어서일까.

"실례하겠습니다."

생각할 겨를이 없었다. 리샤르는 소녀를 번쩍 안아 들었다.

"이편이 빠를 것 같아서."

소녀의 몸이 잠시 딱딱하게 굳었지만, 리샤르의 손길을 거부하지 않았다. 소녀는 새털처럼 가벼워 아무 무게도 느껴지지 않을 지경이었다.

리샤르는 그녀를 안은 채 계단을 세 칸씩 뛰어올랐다. 그러나 지하 창고를 채 절반도 가로지르기 전에 누군가 황급히 뛰어 내려왔다.

"허, 참."

이고르였다. 그는 한 손에 램프를, 다른 손에는 피스톨을 들고 있었다. 리샤르를 발견하자 램프 빛이 비친 그의 얼굴이 악귀처럼 일그러졌다.

리샤르는 재빨리 소녀를 내려놓고 그 앞에 가로막듯이 섰다. 그러자 이고르의 얼굴이 더욱 흉흉해졌다.

"이럴 줄 알았지. 내가 경고했잖습니까. 방에서 나오지 말라고! 그런데 감히 내 딸을 도둑질해?"

"……딸이라고?"

충격에 빠질 겨를조차 없었다. 이고르가 피스톨을 든 손을 들어 올렸던 것이다.

그때, 발치에 뭔가 굴러다니는 것이 리샤르의 눈에 띄었다. 리샤르가 그것을 재빨리 걷어찼다. 팅, 소리가 났다. 주석으로 만든 싸구려 맥주잔이었다.

"크악! 이 도둑놈이……."

맥주잔에 정강이를 정통으로 맞은 이고르가 소리를 지르며 피스톨을 떨어뜨렸다.

그때를 놓치지 않고 리샤르가 어깨로 이고르를 들이받았다. 그리고 곧바로 바닥에 떨어진 피스톨을 집어 그를 겨누었다.

"억……."

이고르는 운이 나빴다. 균형을 잃고 넘어진 자리에 하필 철제 상자가 놓여 있었던 것이다. 모서리에 머리를 부딪친 그는 바닥에서 일어서지 못했다.

'기절했나?'

리샤르가 피스톨을 겨눈 채 잠시 기다렸지만 이고르는 움직이지 않았다.

'……이 집 딸이었다니.'

리샤르는 자신이 내려놓은 자리에 그대로 가만히 서 있는 소녀와 바닥에 쓰러진 이고르를 번갈아 쳐다보았다. 두 사람은 닮은 점이라곤 없었다. 하지만 생각해 보면 저녁 식사 때 만났던 마르시아란 여자와는 제법 닮은 것도 같았다.

이 소녀가 정말로 이고르의 딸이라면 그가 데리고 나가서는 안 될 일이었다.

'하지만 저렇게 학대를 당했는데. 이 집에 내버려 두는 것이 더 위험한 거 아니야?'

리샤르가 잠시 망설이는 사이 소녀가 발걸음을 옮겼다. 그녀는 빠르지도 느리지도 않은 걸음걸이로 리샤르에게 다가왔다. 그리고 그의 손을 잡았다.

"……."

소녀는 아무 말도 하지 않았지만, 리샤르에게는 들린 것 같았다. '여기서 데리고 나가줘요'라는 말이. 그 말을, 그 눈빛을 거절할 수는 없었다. 리샤르는 홀린 것처럼 다시 소녀를 안아 들었다.

정신없이 지하실을 빠져나가느라 딱 한 가지, 그가 살피지 못한 것이 있었다. 이고르는 피스톨뿐만 아니라 기름이 담긴 램프도 들고 있었다는 것. 그리고 지하실에는 독한 술을 비롯해 불이 옮겨붙을 만한 잡동사니가 잔뜩 있었다는 것.

리샤르가 소녀를 안고 저택의 현관문을 벗어나자마자 누군가가 외쳤다.

"불이야!"

"뭐?"

리샤르가 깜짝 놀라며 뒤를 돌아보았다. 지하실에서부터 번진 불이 벌겋게 일 층 창문을 집어삼키는 것이 눈에 들어왔다.

'아차…… 아까 그자가 램프를 들고 있었지.'

리샤르는 자기 부주의로 불이 났다는 것을 깨달았다. 그리고 지하실에 두 남자가 기절한 채 누워 있다는 것이 떠올랐다. 아무리 그래도 저대로 불타 죽게 내버려 둘 수는 없었다.

잠시 고민하던 리샤르가 황급히 저택 안으로 도로 들어가려 할 때였다. 소녀가 리샤르의 소매를 붙잡았다.

"……들어가지 말라고요?"

대답은 없었다. 그녀는 그저 덜덜 떨리는 손으로 소매를 꼭 붙잡은 채 놓지 않았을 뿐이었다.

그 짧은 시간 동안 불길은 걷잡을 수 없이 번져 나갔다. 현관이 무너져 내리고 불길이 확 거세져, 잠시 망설인 사이 이젠 들어갈 엄두도 내지 못하게 되었다.

"이럴 수가. 어떻게 저렇게 빨리……."

이상한 일이었다. 바싹 마른 짚단 더미여도 이렇게까지 빨리 불이 번지지는 않을 것이었다. 하물며 조금 전까지 폭우가 쏟아졌었는데. 저택은 마치 마법에라도 걸린 것처럼 맹렬하게 불타올랐다.

소녀는 리샤르의 소매를 붙잡고 서서 멍한 눈으로 아무 표정도 없이, 하염없이 저택이 불타는 것을 바라보았다. 결국 꼭대기 층까지 불이 번지도록 저택에서는 아무도 빠져나오지 못했다. 불길에서 무사했던 것은 리샤르와 이름 모를 소녀뿐이었다.

한참 뒤, 소녀는 지친 듯 비틀거리며 땅바닥에 주저앉았다. 리샤르는 안타까운 표정으로 소녀를 바라보다가 손을 내밀었다.

"혹 따로 갈 곳이 없으시다면 저와 함께 가시겠습니까?"

소녀가 말없이 그를 바라보자, 리샤르가 조금 허둥거리며 덧붙였다.

"저희 집엔 남는 방이 많습니다. 얼마든지 오래 머무르셔도 괜찮습니다."

이렇게 작고 가녀린 소녀다. 원한다면 평생이라도 문제없었다.

결국 소녀는 리샤르의 손을 잡았다. 먼동이 트며 새벽이 밝아오는 무렵이었다.

4. 라리사의 갑작스러운 나들이

"아, 늦었다."

온실에서 꽃구경을 하다가 수업 시간이 다 되었다는 것을 뒤늦게 깨달은 라리사가 종종걸음으로 공부방으로 향했다. 공부방에 거의 다 도착했을 무렵, 복도에서 하녀들의 목소리가 들려왔다.

"와아…… 대공저 정말 대단해. 진짜 멋져. 여긴 또 어디야?"

"일 시작한 지 얼마나 됐다고 했지?"

"오늘로 나흘째야."

"아, 아직 적응이 안 됐을 만도 하네. 다른 저택처럼 생각하면 안 돼. 얼마나 넓은지, 완전 미로라니까. 자, 이 근처는 라리사 아가씨의 방들이야."

자신의 이름이 나오자 라리사는 깜짝 놀라며 문을 열려던 손을 멈추었다. 그리고 자기도 모르게 귀를 기울였다.

"라리사 아가씨 얘기가 나와서 말인데, 진짜 부럽더라……. 그 아가씨는 대공가 사람도 아닌데 엄청 잘 살잖아."

"무슨 소리야, 마님 친동생이신데."

"그리 좋은 집안 출신도 아니라며. 언니가 운 좋게 결혼 잘해서 얻어걸린 거 아냐?"

'어……? 그, 그런가.'

아주 틀린 말은 아닌 것 같은데, 왜 기분이 이상하지.

라리사가 고개를 갸웃거렸다.

당사자가 다 듣고 있는 줄도 모르고 신참 하녀의 말이 이어졌다.

"마님과 주인님이 그렇게 아끼신다며? 어디 내놓으면 혼자선 아무것도 못 할 텐데. 하녀 일을 시켰다간 접시를 다섯 개쯤 깨먹고 시트를 세 장쯤 태운 다음 한 시간 만에 쓰러질걸."

"헛소리하지 마. 네가 아직 라리사 아가씨를 못 만나 뵈어서 그래."

"아무리 귀족 아가씨라도 뭐라도 스스로 할 줄은 알아야지. 게다가 그래 봐야 마님이 아기 낳으면 찬밥 신세……."

"도대체 무슨 소릴 하는 거야. 지금 제정신이야? 입 다물고 일이나 해!"

다른 하녀가 자신이 모욕당한 것처럼 화를 냈다.

"너 지금은 신입이라 봐주지만, 그런 말 하다 하녀장 귀에 들어가면 바로 해고당할걸."

"알았어, 알았어."

하녀들의 목소리가 복도 너머로 멀어졌다.

라리사는 충격으로 얼어붙었다.

'혼자선 아무것도 못 할 거고, 언니가 아기를 낳으면 찬밥 신세…….'

방금 들은 하녀들의 말이 귓가에 아른거렸다.

라리사는 알았다. 마르시아 언니가 그럴 리가 없다는 걸. 하지만 신경 쓰이는 건 어쩔 수가 없었다.

'나도 이곳에서 평생 살 수는 없으니까.'

그래서 라리사는 가정교사에게 물어보기로 했다.

"저, 베르너 부인. 혼자가 된 여자들은 어떻게 살아가나요?"

수업을 끝내고 자리를 정리하던 베르너 부인이 어쩐지 초조한 기색인 라리사를 돌아보았다.

"라리사 양, 왜 갑자기 그런 걸 묻나요?"

"그냥 궁금해서요."

"음……. 의지할 수 있는 사람이 있느냐에 따라 다르겠지요?"

"의지할 수 있는 사람이 없다면요?"

"그렇다면 재산 유무에 따라 다르지요."

그 말에 라리사가 곰곰이 생각에 잠기며 중얼거렸다.

"그러니까 기댈 사람이나 돈이 있어야 하는 거군요……."

"지금 여성이 가질 수 있는 직업은 한정적이에요. 여자가 혼자 살아남기는 쉽지 않은 세상이지요."

베르너 부인이 차분하게 말을 이었다.

"하지만 라리사 양, 세상은 변하고 있어요. 제가 아주 어렸을 땐 노예 제도가 존재했지만, 지금은 흔적도 찾아볼 수 없죠."

"노예요? 그건 오래전 일인 줄 알았는데요."

라리사가 깜짝 놀라자 부인이 가볍게 웃었다.

"생각보다 그리 오래되지 않았답니다. 요즘은 상인과 기술자들의 득세로 귀족과 평민의 경계선이 희미해지고 있어요. 마법사 차별도 조만간 사라지겠죠."

그건 다 대공 전하의 덕이지요, 하며 부인이 말을 이었다.

"이런 변화가 계속되면 언젠가 기댈 곳 없는 여성도 아무 문제 없이 살아갈 수 있는 날이 올지도 모르지요."

"하지만 지금은 아니라는 거죠?"

라리사가 재차 묻자, 베르너 부인이 부드럽게 미소를 지었다.

"라리사 양, 마음에 걸리는 일이 있으면 실행에 옮기기 전에 꼭 어른들과 이야기를 나누고 지혜를 구하도록 해요."

"……네, 베르너 부인."

"제게 말하지 않아도 좋아요. 라리사 양에게는 믿고 따를 수 있는 어른들이 있잖아요?"

라리사는 석연찮은 표정으로 고개를 끄덕였다.

"그래서 나한테 왔다고?"

리샤르가 큼큼, 하고 목소리를 가다듬었다.

'라리사가 믿고 따를 수 있는 어른들'. 리샤르의 입꼬리가 씰룩거렸다.

티 테이블을 두고 맞은편에 앉은 라리사가 조금 난감한 듯한 표정으로 말을 이었다.

"응. 아, 하지만 부담주려는 건 아냐. 리샤르는 성인이 된 지 얼마 안 되었잖아? 베르너 부인이 말한 어른들은 아마 언니나 대공님일 텐데, 왠지 언니한테는 말 못 하겠어서……."

"……"

"들어보니까 갈 곳이 없어진 여자는 친척 집을 전전하다가 마지막 엔 아주 힘든 곳에서 일하게 된대. 술집이나 광산, 방직 공장 같은 곳……. 그러니까 맨 처음엔 이곳에 오게 될 거 아니야?"

라리사의 말에 리샤르는 결국 한 손으로 이마를 짚고 말았다.

"도대체 그런 얘길 누가 해준 거야?"

"으음…… 고용인들이랑…… 책에서도 봤고……. 다들 그러던걸."

리샤르는 어이가 없었다. 도대체 고용인들하고 얼마나 친해서 저런 사적인 이야기까지 줄줄 나누는 걸까?

그는 하인들과 대화다운 대화를 해 본 기억이 없었다. 귀족은 하층 민과 말을 섞지 않는 법이라고 배웠으니까.

'정말 이상한 아이라니까.'

그리고 그 점이 불가사의하게 매력적이었다.

처음 봤을 때는 낡아빠진 옷을 입고 있었는데도 빛이 났었다. 눈을 떼지 못할 정도로. 그리고 보면 볼수록 때 묻지 않은 순수함과 다정 한 마음씨가 더욱 눈부시게 느껴졌다.

'고용인들도 라리사의 매력에 빠져서 묻지도 않은 이야기를 먼저 줄 줄 늘어놓았겠지. 그런 아이니까.'

리샤르는 목소리를 가다듬고 라리사를 똑바로 쳐다보며 입을 열 었다.

"잘 들어. 넌 쫓겨날 일 없어. 하늘이 무너져도 그 녀석이나 비전하 가 널 내칠 리 없으니까."

"그건 나도 그렇게 생각해."

"그리고 혹여나, 만에 하나 대공가에 무슨 일이 생기더라도, 넌 절 대 혼자가 아니야. 내가 있으니까. 알겠어?"

라리사가 얼떨결에 고개를 끄덕이자, 그의 말투가 조금 부드러워졌다.

"넌 대공가의 아주 귀한 아가씨란 말이야. 그리고 대공가 같은 집안은 망해도 5대쯤은 먹고살 걱정 따윈 안 해도 돼."

"으, 응. 그런가."

"그러니까 술집……."

리샤르는 말하다 말고 하! 하며 기도 안 찬다는 듯 허공에 대고 화를 냈다.

"술집 같은 덴 절대 발걸음 할 생각도 하지 마! 애초에 그게 뭔진 알고 하는 소리야?"

"으…… 응? 술을 만드는 일을 하는 거지? 빵집에서 빵 만드는 일을 하는 것처럼. 술 만드는 일은 아주 고되다고 들었어."

라리사는 순진해 빠진 표정으로 그러니까 갈 곳 없는 여자들을 싼값에 쓰는 게 아닐까 하는, 제법 그럴싸한 추론까지 붙였다.

"……하여튼 무슨 일이 생기면 무조건 나한테 찾아와. 알겠지?"

"응, 알겠어."

라리사가 고개를 끄덕이며 대답하자, 그제야 리샤르의 표정이 누그러졌다. 그는 자리에서 일어나 외투를 집어 들며 말했다.

"모처럼 왔으니까, 맛있는 거라도 먹으러 가자. 어차피 나도 바람 쐬러 나가려던 참이었어."

"아, 좋은 생각이야. 배고플 땐 제대로 머리가 안 돌아가고 괜한 짜증이 나는 법이랬어. 매사를 부정적으로 생각하게 된대."

"배고팠어?"

"조금?"

라리사가 배 속 상태를 살피느라 고개를 갸웃거렸다. 리샤르가 티쿠키가 담긴 접시를 슬쩍 라리사 쪽으로 밀어놓는데, 갑자기 라리사가 뭔가 생각난 듯 눈을 크게 떴다.

"아, 그러고 보니 생각났어. 너무 오래전 일이라 잊고 있었는데, 예전에 언니가 무슨 일이 생기면 은행으로 가라고 했었어. 가서 내 이름을 대라고, 도움이 될 거라고."

"네 앞으로 저금이 있나 본데. 거봐, 비전하는 다 생각이 있으시다니까."

술집 운운하는 소리를 듣지 않아도 된 리샤르가 반색했다.

"은행에 들렀다 갈까?"

"응. 뭐가 있는지 확인해 보고 싶어."

뭘 얼마나 갖고 있는지 알아야 미래에 대한 대비도 할 수 있을 테니까.

두 사람은 마차를 타고 은행으로 향했다.

"라리사 블리크 앞으로 계좌가 있나 확인해 보고 싶은데요."

"본인이십니까? 신원을 증명할 만한 것을 가지고 오셨습니까?"

아, 그런 것은 없는데. 라리사가 난처해하자 리샤르가 나섰다.

"블리크 영애의 신원은 제가 보증하지요."

"아, 로랑 소백작님. 그러시다면야……."

소백작이라지만 사실상 백작이나 마찬가지다. 이미 은행장과도 안면이 있는 리샤르였다. 그것을 알고 있는 은행원이 얼른 장부를 살폈다.

"블리크 님 앞으로 대여금고가 할당되어 있습니다."

"대여금고? 안을 볼 수 있을까요?"

라리사의 질문에 은행원이 리샤르를 한 번 흘끗 쳐다본 다음 고개를 끄덕였다.

"대신 인출은 안 됩니다. 신원 증명서를 가져오셔야 합니다."

"확인만 하려는 거니까 괜찮아요. 고마워요."

은행원은 라리사와 리샤르를 저 안쪽 대여금고실로 데려갔다. 그리고 금고 번호와 함께 열쇠를 건네주었다.

라리사가 열쇠를 넣고 돌리자, 서랍 형태로 된 금고가 빠져나왔다.

안에는 상당한 액수의 금화가 들어 있었다. 그리고 한쪽 구석에 웬 헝겊으로 만든 콩 주머니 같은 것이 있었다.

라리사가 고개를 갸웃했다. 갈색 천이 어딘가 낯익었다.

"아! 이건 쿠키와 같은 천으로 만든 거잖아."

"쿠키? 네 말 말이야?"

"있어, 그런 게."

게다가 저 엉성한 바느질. 틀림없이 마르시아의 솜씨였다.

라리사가 환하게 웃으며 갈색 콩 주머니를 집어 들었다. 그러자 차르르르…… 하고 무지개가 부서지는 것 같은 영롱한 소리가 났다.

"아, 이건……."

그녀는 주머니를 거의 떨어뜨릴 뻔했다. 속을 확인하지 않아도 알 수 있었다. 그 안에 든 것은 라리사의 눈물이었다.

언제 흘린 것인지는 뻔했다. 라리사가 그렇게 많이 울었던 것은 그날 단 하루뿐이었다. 마르시아가 쿠키를 만들어준 날.

그날의 기억이 물밀듯 밀려왔다. 다정하고 따뜻한 마르시아. 나조차 이해하기 힘들었던 날 이해하고 끊임없이 도와준 우리 언니.

'뭐야, 언닌 이걸 비상시에 팔아서 쓰라고 내 앞으로 넣어둔 거야?

이걸 어떻게 써…….'

다시 눈물이 쏟아질 것만 같았다. 라리사는 천장을 보고 눈을 깜박이며 필사적으로 눈물을 참았다.

"왜, 왜 그래, 라리사?"

라리사가 울먹이자 리샤르가 눈에 띄게 당황했다. 그는 손을 앞으로 뻗었다가, 그렇다고 함부로 안아주거나 토닥거려 줄 수도 없어서 그냥 허공에 허우적거렸다.

잠시 후 용케 눈물을 참은 라리사가 방긋 웃었다.

"잠깐 옛날 생각이 나서."

"……괜찮아? 괜찮은 거지?"

"응. 괜찮아. 집에 돌아갈래. 갑자기 언니가 너무 보고 싶어졌어."

'아, 하지만 데이트는…….'

그래도 리샤르는 어른스럽게 실망을 감추고 손을 거두었다.

"그래. 돌아가면 미래의 계획도 꼭 비전하랑 상담해. 혼자 끙끙거리지 말고."

"응. 대공저에 데려다줄래?"

"그래. 물론이지."

"하지만 그전에, 일단 식사하러 가자. 모처럼 리샤르랑 이렇게 멀리까지 나왔으니까. 안 가본 데 가보고 싶어. 맛있는 곳 알고 있지?"

그 말에 풀이 죽었던 리샤르의 어깨가 다시 반듯하게 펴졌다. 그는 싱긋 웃으며 대답했다.

"물론이지."

5. 생명, 빛, 에블린

다실 앞 복도가 잠시 어수선한가 싶더니, 바깥에서 자동차 소리가 났다.

마르시아는 마시던 찻잔을 내려놓고 황급히 창가로 다가가 아래를 내려다보았다. 파비안이 모는 자동차가 현관 앞에 다다라 천천히 속도를 줄이고 있었다. 옆자리에 앉은 라리사가 팔랑팔랑 손을 흔들었다.

"언니!"

"라리사, 파비안!"

열흘 예정으로 수도로 떠났던 파비안과 라리사가 일주일 만에 돌아온 것이다. 마르시아가 계단을 총총 뛰어 내려갔다.

"마님, 달리시면 안 돼요!"

"괜찮아."

소피아가 뒤에서 소리쳤지만 마르시아는 개의치 않았다. 그래도 두 손으로 제법 부풀어 오르기 시작한 배를 감싸 쥐는 것은 잊지 않았다.

"마르시아! 뛰지 말아요."

그녀가 달려오는 것을 본 파비안이 허겁지겁 차에서 뛰어내렸다. 다음 순간 그의 품속으로 마르시아가 뛰어들었다. 파비안은 입꼬리가 하늘까지 치솟아서 그녀를 꼭 마주 안았다.

"몸은 좀 어떻습니까?"

"괜찮아요."

마르시아가 파비안의 가슴에 파고들며 대답했다. 뺨을 대고 있으니 그의 목소리가 울렸다. 그리웠던 목소리, 체취. 일주일이 얼마나 길었는지 몰랐다.

"들어가지요. 아직 날씨가 쌀쌀합니다."

파비안은 곧바로 그녀를 번쩍 안아 들었다.

"걸을 수 있는데……"

"압니다."

파비안이 안아 들 때마다 조금이나마 부끄러워하는 건 마르시아뿐이었다. 고용인들은 이미 오래전에 익숙해져서 보고도 그러려니 했고, 라리사는 당연하다는 듯이 웃으면서 파비안 옆에 따라붙었다.

"라리사, 무슨 일 있었어? 원래 계획대로라면 아직 사흘이나 남았는데."

"언니가 못 봐서 그래요. 대공님이 오 분마다 한 번씩 한숨을 쉬던걸요. 언니한테 무슨 일이 생기지나 않았을까 걱정하면서요."

라리사가 조잘거렸다. 벌써 열다섯 살이 되어 성인식을 코앞에 둔 그녀는 제법 숙녀티가 났다. 하지만 키는 아직도 작은 편이라, 워낙 큰 파비안 옆에서 보폭을 맞추느라 종종종 걸으니 더더욱 작아 보였다.

"시도 때도 없이 결혼반지에 입을 맞추지 않나, 언니 이름을 중얼거리지 않나. 그걸 보면서 일정 다 지키고 올 수 있는 사람은 없을걸요."

"어머, 그랬어요?"

마르시아가 파비안을 올려다보자, 그는 괜히 헛기침하면서 나지막하게 중얼거렸다.

"임신한 아내를 두고 멀리 갔는데 어떻게 걱정을 안 합니까……."

"놀러 간 것도 아니면서 이렇게 빨리 돌아오다니."

수도에서 귀족원 회의에 참석하고 왕세자 에른스트와도 사석에서 긴히 나눌 말이 있다고 했었다. 그 외에도 밀린 일이 많았는데 기한을 삼 일이나 단축한 것을 보니 어지간히도 스스로를 혹사시켰을 게 뻔했다.

"원래 셋이 함께 가려던 거였잖아요."

"그건 그래. 벨만 선생이 안정을 취해야 한다면서 말리지만 않았으면 지금쯤 너랑 백화점에서 아이스크림을 먹고 있었을지도 모르는데."

"대신 조금이라도 시간이 날 때마다 선물을 샀어요. 꽤 많으니까 얼른 가서 풀어봐요, 우리."

파비안이 마르시아를 푹신한 쿠션이 놓인 안락의자 위에 조심스레 내려놓았다.

라리사가 편한 옷으로 갈아입고 오는 동안 하인들이 번갈아 가며 선물 상자를 날라왔다. 느긋한 시선으로 상자가 쌓이는 것을 구경하던 마르시아는 방 안에 작은 산이 생기자 결국 고개를 젓고 말았다.

"설마 상점가를 통째로 사 온 건 아니겠죠?"

"필요한 것만 샀습니다. 함께 가지 못한 것이 아쉽지는 않을 정도로만요."

파비안이 여유롭게 미소 지으며 상자를 눈짓했다. 어서 열어보라는 듯. 마르시아는 맨 위에 놓인 가장 작은 상자를 집었다. 안에서 나온 것은 깜짝 놀랄 정도로 아름다운 머리핀이었다.

"어머, 이건…… 듣던 대로 정말 예쁘네요. 이 흑진주는 사교계에서도 다들 구하지 못해 안달이란 얘기를 들었는데."

마르시아가 감탄하자, 파비안이 부드럽게 웃었다.

"별거 아닙니다. 마음에 들었다니 기쁘군요."

선물은 반 정도는 마르시아, 나머지 반은 태어날 아기의 것이었다. 품이 넉넉해 편안하면서도 아름다운 드레스, 부드러운 천으로 만든 장난감과 색색의 모빌. 사냥용 부츠와 은장식이 달린 6연발 리볼버, 진짜 새 깃털이 달린 작은 파랑새가 자장가를 노래하는 오르골…….

상자를 하나하나 열 때마다 마르시아가 탄성을 질렀고 다른 두 사람은 흐뭇한 미소를 지으며 그 광경을 바라보았다.

"여긴 뭐가 들었을까."

마르시아가 연녹색 공단으로 포장된 상자를 집어 들자 라리사가 뿌듯한 표정으로 말했다.

"아, 그건 제가 고른 거예요."

리본을 풀고 뚜껑을 여니, 안에는 같은 디자인의 신발 두 켤레가 가지런히 들어 있었다. 하나는 성인 여성용, 다른 하나는 아기용이었다.

"세상에……."

"둘이 같이 신으면 좋을 것 같아서요."

마르시아가 아기 신발을 꺼내 손바닥에 조심스레 올려보았다. 한 쌍이 가뿐하게 한 손 위에 자리 잡았다.

"작을 줄이야 알았지만 새삼스레 이렇게 보니 정말 작구나……."

세 사람 모두 가슴이 뭉클해졌다.

"신기해요. 언니도 대공님도 커다란데 두 사람의 아기는 이렇게 작을 거라는 게……. 누굴 닮았을까요?"

농담조가 섞인 라리사의 말에 마르시아가 웃으며 손끝으로 신발을 쓰다듬다가, 문득 걱정이 치밀었다.

'아기가 날 닮아서 마음의 소리를 들으면 어떡하지?'

라리사처럼 좋은 소리만 듣게 된다면 차라리 다행일 것이다.

'하지만 나처럼 어두운 소리만 듣게 된다면……. 어른인 나도 힘들었는데 이렇게 작은 아이는 견딜 수 없을 거야.'

그녀는 슬며시 입술을 깨물었다.

이본느에게서 약을 받아다 먹이면 사라지기야 할 테지만, 갓 태어난 아기에게 그런 약을 먹여도 되는 걸까? 게다가 어느 정도 자라기 전까진 마음의 소리를 듣는지 아닌지 알 수 없을 터였다.

그 모습을 바라보던 파비안의 가슴에도 한 가지 걱정이 스쳤다.

'제발 날 닮지 말아야 할 텐데.'

혹여라도 붉은 눈을 가지고 태어난다면 저렇게 작은 아이가 세상을 헤쳐 나갈 수 있을까. 마법사를 차별하지 못하게 하는 법을 통과시켰지만 앞으로도 갈 길은 멀었다. 사람들 마음속에 스며든 관습은 한순간에 사라지는 법이 아니니까.

두 사람이 각자의 고민거리로 한순간 말없이 신발만 바라보고 있을 때였다. 라리사가 불쑥 말했다.

"혹시라도 아기가 저처럼 요정의 눈물을 흘리면 어떡하죠?"

그러자 마르시아가 고개를 흔들었다.

"설마, 그럴 리 없어. 요정의 피를 진하게 타고나야 할 텐데, 이 아이는 겨우 사 분의 일인걸."

"하지만 만약에, 만약에 말이에요. 아주 작은 확률로 요정의 눈물을 흘린다면…… 아기는 눈물을 참을 수 없을 텐데……. 아기는 우는 게 일이잖아요."

"라리사……."

라리사는 잠시 눈을 굴리며 제 손가락을 만지작거렸다.

"음, 그래서 말인데요. 제가 먼저 공개해 버리면 어떨까요? 라리사 블리크는 요정의 눈물을 흘린다고요."

"무슨 소리야, 라리사!"

마르시아가 깜짝 놀라며 언성을 높였다. 파비안도 눈썹을 치켜올리고 라리사를 쳐다보았다.

"대공님을 믿으니까 하는 소린데요. 제가 요정의 눈물을 흘린다는 게 암암리에 소문이 난다면 절 노리는 사람도 나오겠지만, 아예 공개적으로 알려지면 오히려 안전하지 않을까요? 요정의 눈물을 흘리는 은발 아가씨는 대공비의 동생이라는 걸 누구나 다 알 테니까요. 그 누가 감히 대공의 가족을 건드리겠어요?"

파비안이 엄중한 표정으로 고개를 저었다.

"아니, 섣불리 그러지 않는 게 좋아. 세상엔 상식이 통하지 않는 자들이 얼마든지 있거든."

"그렇겠죠, 역시……."

"물론 라리사, 넌 안심해도 돼. 절대 네게 그런 일이 생기지 않도록 할 테니까."

"하지만 제가 먼저 공표하면 아기는 안전할 텐데……."

마르시아가 얼른 라리사를 말렸다.

"그러지 마, 라리사. 새로 태어날 아기도 소중하지만 너도 우리에겐 아주 소중해."

사랑에 어떻게 우위를 매길 수 있을까. 마르시아는 사랑하는 동생의 어깨를 가볍게 토닥거렸다.

"그리고 아기는 괜찮을 거야. 나도 요정의 딸이지만 난 요정의 눈물을 흘리지 않잖아. 너보다 날 닮았을 테니 걱정…… 아!"

마르시아가 말을 하다 말고 눈을 커다랗게 떴다.

"움직였어!"

"그게 정말입니까?"

파비안이 깜짝 놀라며 달려와 마르시아 앞에 한쪽 무릎을 꿇어앉았다. 그의 떨리는 두 손이 조심스레 그녀의 배로 향했다.

잠시 후, 파비안의 몸이 경직되었다. 고개를 든 그의 얼굴에는 형언할 수 없는 표정이 떠 있었다.

마르시아가 미소 지으며 고개를 끄덕이자 비로소 파비안의 얼굴에 경이로움이 차올랐다. 마르시아는 라리사의 손도 끌어다 자기 배에 댔다. 그리고 속삭였다.

"이것 봐. 우리가 다 같이 걱정하고 있으니까 아무 걱정 말라고 하는 것 같아."

라리사가 감동받은 표정으로 고개를 끄덕였다.

출산 예정일이 가까이 다가온 어느 날. 진통이 시작되었다. 이미 며칠 전부터 주치의 벨만과 산파가 저택에서 대기하고 있었으므로 아무 문제도 없었다. 마르시아는 신속히 산실로 옮겨졌다.

"마르시아. 힘내요. 제가 여기 있습니다."

파비안이 침대 옆에서 내내 마르시아의 손을 잡고 있었다. 그의 얼굴은 침착했지만, 손에서 식은땀이 흐르고 구두 뒤꿈치로 끊임없이 바닥을 쳐댔다. 마르시아에게 진통이 올 때마다 자기가 아프기라도 한 것처럼 덜덜 떨었다. 오히려 산파가 시키는 대로 하, 하, 후우 하며 박자에 맞춰 호흡을 하는 마르시아가 더 침착해 보일 지경이었다.

결국 산파가 호통을 쳤다.

"정신 사나우니 나가 계세요."

"그래도 비에겐 내가 필……."

"도움이 하나도 안 되니까 얼른 나가요!"

파비안은 데친 시금치처럼 축 처진 채 산실 밖으로 쫓겨났다. 밖에서는 라리사가 두 손을 꼭 모아 쥐고 발을 동동 구르고 있었다.

"어, 언니는요? 아기는요?"

"아직이야."

안 그래도 하얀 파비안의 얼굴이 더 새하얬다. 그는 초조함을 감추지 못하고 방 안을 왔다 갔다 하다가 아무 의자에나 웅크려 앉았다가 도로 일어나기를 반복했다. 마르시아가 소리 지를 때마다 어깨를 움찔하며 비명을 참기라도 하는 것처럼 손으로 입가를 움켜쥐었다.

파비안의 그런 모습을 라리사는 지금까지 단 한 번도 본 적이 없었다. 보고 있자니 오히려 침착해졌다. 그녀는 파비안을 달랬다.

"괜찮아요. 언니는 잘해낼 거에요. 강하니까요."

"맞아."

"대공님이 이렇게 불안해해 봤자 아무 도움도 안 돼요."

"맞아."

"물이라도 마실래요?"

"맞아."

"어휴……."

라리사는 파비안 옆에 앉아서 등을 토닥여 주었다.

그렇게 둘이 꼼짝 않고 앉아서 산실 문만 노려본 지 한나절. 마침 내 고대하던 소리가 들려왔다.

"으앙! 으아앙!"

그 소리가 들린 순간 두 사람은 너 나 할 것 없이 벌떡 일어나 문가로 달려갔다. 얼마 지나지 않아 안에서 허가가 떨어졌다.

"들어오셔도 돼요."

파비안과 라리사가 허겁지겁 산실 안으로 뛰쳐들어갔다. 벨만과 산파가 번갈아가며 말했다.

"비전하도 아기님도 건강하십니다."

"초산인데도 비교적 쉽게 낳으셨어요. 워낙 건강하셔서……."

마르시아의 품에 조그만 것이 안겨 울고 있었다. 그녀는 벌써부터 사랑에 빠진 눈빛으로 아기를 내려다보다가 두 사람이 들어오자 고개를 들었다.

작은 포대기에 감싸인 아기는 겨우 팔뚝만 했다. 갓 태어나 발간 얼굴에 부드러운 금갈색 머리카락이 머리를 덮고 있었다.

'울고 있어! 눈물은…….'

라리사가 제일 먼저 아기의 눈물부터 확인했다. 아기의 눈물은 그 냥 보통 눈물이었다.

'다행이다…….'

안심한 라리사는 왠지 눈물이 날 것 같아서 얼른 눈을 깜박였다.

"기다리느라 고생했어요, 둘 다."

"마르시아, 당신만 했겠습니까……."

파비안이 마르시아의 이마에 살며시 입을 맞추었다. 그녀는 힘없이 웃으며 말했다.

"파비안, 보세요. 우리 딸이에요. 당신하고 똑같이 생겼어요."

파비안은 감동한 표정으로 아기를 섬세한 유리 공예품이라도 되는 것처럼 품에 안았다. 안 그래도 작은 아기가 파비안의 품에 안기니 더욱 작아 보였다.

아기가 곧 울음을 멈췄다. 그리고 가느다랗게 눈을 떴다. 아직 앞을 보지 못하는 아기의 눈동자가 허공을 향했다.

"아……!"

그 눈동자는 파비안과 같은 붉은색이었다. 파비안의 가슴이 철렁 내려앉았다.

그는 아기를 조심스레 마르시아의 품에 도로 안겨주었다. 그의 착잡한 표정을 보았지만, 마르시아는 오히려 더 밝게 웃으며 말했다.

"이름을 지어주셔야지요."

파비안은 머뭇거리다가 오랫동안 가슴에 품었던 이름을 말했다.

"생명과 빛이라는 뜻의 에블린이 어떨까 합니다."

"에블린……."

마르시아가 혀 위에서 이름을 굴려보곤 환한 미소를 지었다.

"에블린. 아가야, 네 이름은 에블린이야."

아기를 향해 이름을 들려주자, 아기는 조그만 입을 벌려 야무지게 하품을 했다.

"에블린."

파비안이 아기의 이름을 부르며 손을 내밀었다. 손끝이 아기에게 닿자, 아기가 그 손가락을 움켜쥐었다. 작은 손은 그의 손가락 한 마디보다 겨우 조금 더 클 뿐이었다. 그 손가락에서 온기가 전해지자 파비안은 말을 잃고 침묵했다.

잠시 후 가까스로 입을 연 그가 나지막한 목소리로 말했다.

"너를 19대 대공으로 만들어주마."

"파비안?"

마르시아가 놀라며 그를 쳐다보았다.

"여자는 작위 승계를 못 하잖아요."

"할 수 있게 만들면 되지요."

파비안이 아무것도 아니라는 듯 가볍게 말하자, 마르시아가 소리 내어 웃었다.

"이제부터 더 바빠지겠네요."

붉은 눈동자를 가진 여자아이가 대공이 된다. 전례라곤 찾아볼 수도 없는 말도 안 되는 일을, 이 남자는 결국 해낼 것이라고 마르시아는 생각했다. 그리고 품에 안은 미래의 대공을 내려다보았다.

생명, 빛, 에블린.

마르시아는 미래를 향해 미소 지었다. 아주 행복한 미소였다.

6. 동화 속 주인공의 해피 엔딩

"동방의 귀인께 선물 받은 차랍니다. 입에 맞으실지."

부드러운 금갈색 머리를 양 갈래로 묶은 작은 소녀가 찻잔 위로 주전자를 기울였다. 섬세한 무늬가 들어간 최고급 찻주전자에서 쪼르르 흘러나온 것은 그냥 맹물이었다.

"감사합니다."

작은 장난감 의자에 웅크려 앉은 금발의 소년이 우아한 동작으로 물을 마셨다.

"아주 향긋하네요. 귀하의 품격에 꼭 어울리는 차입니다."

그 말에 소녀가 까르르 웃었다. 통통하고 발그레한 뺨이 사랑스러웠고, 눈동자는 마치 루비와도 같은 아름다운 붉은색이었다.

얼마 전에 네 살이 된, 로랑 대공가의 하나뿐인 외동딸 에블린이었다. 그리고 에블린 앞에 앉아 있는 소꿉놀이 상대는 이 나라의 왕세손인 레온 노이만이었다.

레온은 에블린의 눈동자에서 좀처럼 시선을 떼지 못했다.

"볼 때마다 참 신기해."

"뭐가?"

"네 눈 말이야."

"예쁜 빨간색이라고? 나도 알아."

우리 아빠 눈이랑 똑같은 색인걸. 예쁜 게 당연하지.

에블린이 생긋 웃으며 얼굴을 치켜들었다. 조그만 아이가 우쭐해하자 오히려 귀여움이 배가 되었다.

"엄마…… 어머니가 붉은 눈동자는 아주 특별한 사람이라는 증거랬어."

"그런 것 같아."

레온이 홀린 듯한 표정으로 고개를 끄덕거렸다. 에블린이 의자에서 벌떡 일어서며 말했다.

"우리 자동차 탈래? 내가 태워줄게."

"좋아. 그런데 어머니께서 저택 안에서만 얌전히 놀라고 하셨는데……."

"복도에서 타면 되지!"

에블린이 머리의 리본을 팔랑이며 놀이방 한쪽으로 뛰어가더니, 구석의 커튼을 젖혔다.

"와!"

커튼 뒤를 본 레온이 탄성을 질렀다. 거기엔 어린아이에게 꼭 맞을 만한 크기의 작은 자동차가 있었다.

자동차는 이 인승이었다. 운전석이 하나, 그 뒤쪽에 여분의 좌석이 하나 달려 있었다.

에블린이 뒷좌석에서 하얀 유니콘 인형을 꺼내 옆에 내려놓았다.

"자, 여기 타."

그리고 익숙하게 운전석에 올라탔다.

"원래는 저 아이 자린데 레온이니까 특별히 양보해 주는 거야."

올해 여덟 살인 레온은 또래에 비해서도 키가 큰 편이라 유아용 자동차의 좌석은 다소 비좁았다. 그래도 소년은 웃으며 몸을 구겨 넣어 쪼그려 앉았다.

"그럼 간다!"

에블린이 운전대 중앙의 작은 마법진에 손을 가져다 대자, 앞쪽의 엔진에서 하얀 스팀이 뿜어져 나왔다.

"와아아!"

두 아이를 태운 자동차가 대공저의 복도를 신나게 가로질렀다. 응접실로 다과를 내어 가던 소피아가 고개를 저으며 외쳤다.

"에블린 아가씨! 또 그렇게 속도를 내시고……. 마님께서 아시면 혼날 거라고요!"

"괜찮아!"

에블린이 사과처럼 발개진 볼을 하고 웃었다.

그때 복도 저편에서 파비안의 목소리가 들려왔다.

"소피아 말을 들어야지, 에블린."

"아빠!"

하나뿐인 딸을 눈에 담는 순간 늘 서릿발 같던 대공의 표정이 사르르 녹아내렸다. 에블린이 자동차를 멈추자, 파비안이 다가와 운전석에서 아이를 가뿐하게 안아 올렸다.

"재미있게 놀고 있었구나, 우리 딸."

"네, 아빠…… 아니, 아버지."

에블린이 얼른 호칭을 고쳤다.

'난 이제 네 살이니까 아기가 아니야.'

엄마, 아빠가 아닌 어머니, 아버지라고 불러야 한다는 걸 배운 지 얼마 되지 않아 아직 입에 붙지 않았다.

사실, 파비안은 뭐라고 불리든 저 조그만 입에서 자신을 부르는 말이 나오기만 하면 다 좋았다. 이름으로 부른다고 해도 그저 좋았을 것이다. 파비안이 웃으며 손가락으로 에블린의 코를 가볍게 두드렸다.

"너무 빨리 달리면 안 돼. 여기는 실내니까."

"응, 알았어요. 안 그럴게요."

에블린의 대답을 듣고 나서야 파비안의 눈이 레온에게로 향했다. 레온은 자동차 뒷좌석에서 막 일어선 참이었다. 소년의 얼굴도 흥분으로 발그레했다.

"아니, 이게 뭔가. 내 눈엔 작은 자동차로 보이는데."

"아버님!"

왕세자 에른스트의 모습이 복도에 나타나자, 레온이 제 아버지에게로 달려갔다.

"레온. 잘 놀고 있었니? 우리 레온이 에블린을 심심하게 하지는 않았나 모르겠군."

"안 그랬어요. 같이 자동차를 타고 있었어요."

"저게 정말로 움직인다고?"

에른스트가 놀라며 자동차를 쳐다보았다. 파비안이 대답했다.

"물론 진짜로 움직입니다. 그렇지, 에블린?"

"네."

파비안의 품에 안긴 채 에블린이 고개를 끄덕였다.

"저런 게 있는 줄은 몰랐네. 레온에게도 하나 사 주고 싶군."

그 말을 들은 레온의 눈이 기대감으로 반짝거렸다. 파비안이 쓴웃음을 지었다.

"이건 아이반이 에블린의 네 살 생일 선물로 특별히 만들어준 것이라서요. 애초에 아이용 자동차는 제작하지 않습니다."

"아……."

레온의 얼굴에 실망이 어렸다.

"하지만 왕세손께서 저리 원하시니, 제가 한번 따로 부탁해 보지요. 물론 하나뿐인 생일 선물이니 같은 모델은 안 되겠습니다만……."

그러자 에른스트가 킬킬 웃었다.

"고맙군. 대공 좋을 대로 하시게. 나중에 대가로 너무 과한 걸 요구하지만 말아달라고."

"감사합니다, 대공."

레온이 깍듯하게 감사 인사를 했다.

"아닙니다."

소년의 인사를 정중하게 받은 파비안이 품 안의 에블린에게로 시선을 돌렸다.

"자, 에블린. 라리사 이모가 도착할 때가 다 되었는데, 마중 나가고 싶지?"

라리사라는 이름을 듣자 에블린의 얼굴에 꽃이 피듯 환한 미소가 떠올랐다.

"네!"

리샤르는 대공령의 항구에서 라리사가 탄 배가 도착하기만을 기다리고 있었다.

"젠장⋯⋯."

회중시계를 내려다본 리샤르가 초조해하며 시계를 도로 주머니에 넣었다. 마지막으로 확인한 시간에서 겨우 2분 지나 있었다.

몇 년 전, 천천히 마음의 상처를 회복한 라리사는 점차 자신이 무엇을 좋아하는지, 잘 할 수 있는지 찾아보기 시작했다. 잃어버렸던 십삼 년의 어린 시절을 대신해 재미있어 보이는 것은 어떤 것이든 전부 시도해 보았다. 그러다 찾아낸 것이 그림이었다.

라리사는 그림을 그리는 데 재능이 있었다. 단순한 취미를 뛰어넘어, 그녀의 그림을 사겠다는 사람이 여럿 나타날 정도였다. 초상화 한 장을 그리더라도 그 안에서 인물의 깊은 심리가 느껴진다는 평을 받기도 했다.

결국 라리사는 그림을 좀 더 공부하고 싶다며 타국으로 떠났다. 그것이 삼 개월 전이었다.

"배가 들어온다!"

누군가의 외침에 리샤르가 수평선을 바라보았다. 저 멀리에서 스팀보트가 다가오는 것이 보였다. 그가 터질 것만 같은 가슴을 부여잡았다. 벌써 석 달이나 만나지 못했다. 배가 서서히 다가와 정박하는 시간이 영겁 같았다.

"라리사!"

배에서 내리는 사람들 틈에서 그녀의 모습을 발견한 리샤르가 이름을 부르며 손을 흔들었다. 라리사가 그를 돌아보자, 리샤르는 그야말로 눈이 부셔 멀어버릴 지경이었다.

"여기까지 나와 있었어? 날 마중 온 거야?"

"당연하지."

당장에라도 꼭 끌어안고 싶은 마음을 누른 리샤르는 그 대신 허리를 숙여 장갑 낀 라리사의 손등에 입술을 눌렀다.

"왜 이래, 새삼스럽게."

라리사가 생긋 웃더니, 두 팔을 리샤르의 목에 두르며 귓가에 속삭였다.

"보고 싶었어."

"……응."

리샤르는 마주 안아주지도 못하고 그저 얼굴만 붉힌 채 고개를 끄덕였다.

"자, 두 분! 어서 대공저로 돌아가야죠! 마님과 주인님 목이 빠지겠어요."

라리사의 짐 가방을 든 하녀 데이지가 큰소리로 외쳤다.

대공저에서는 마르시아와 파비안, 그리고 에블린이 가장 바깥쪽 게이트 앞까지 나와서 라리사를 기다리고 있었다. 라리사를 태운 리샤르의 차가 멀리서 보이기 시작하자, 파비안의 목말을 타고 있던 에블린이 벌써부터 손을 흔들었다.

"이모!"

파비안이 어깨에서 내려주자마자 에블린이 달려가 막 자동차에서 내린 라리사에게 답싹 안겨들었다.

"에블린! 잘 있었어? 아니, 그새 많이 컸잖아."

"이모 보고 싶었어요."

에블린이 라리사의 드레스에 뺨을 비볐다. 마르시아가 웃으며 말했다.

"이모가 자길 잊어버렸으면 어쩌냐고 매일같이 물어보더라."

"그랬어?"

라리사가 얼굴을 파묻고 고개를 끄덕이는 에블린의 금갈색 머리를 부드럽게 쓰다듬었다.

"자, 이모가 어머니와도 인사를 하게 해줘야지."

파비안이 에블린을 도로 안아 들었다. 그러자 이번엔 라리사가 마르시아의 품에 안겼다.

"잘 다녀왔어? 너 혼자 타지에 그렇게 보내놓고 내가 얼마나 걱정했는지."

"언니는……. 제가 성인이 된 지 벌써 삼 년이나 됐는걸요."

라리사는 이미 마르시아가 에블린을 가졌던 나이를 지났지만, 마르시아의 눈에는 아직도 어린아이 같았다.

"마중 나가줘서 고마워, 리샤르."

마르시아의 인사에 리샤르는 그저 빙긋 웃어 보였다.

그날 저녁, 대공저에서 화려한 파티가 열렸다. 라리사가 돌아온 것을 기념하는 파티였다.

대공령은 거의 수도만큼이나 번성한 데다 모든 신문물의 중심지여서 항상 사람들로 북적거렸다. 새로운 사람을 만나는 것을 좋아하는 대공 부부는 자주 파티를 열었다. 오늘 파티에도 왕세자 부부를 비롯한 여러 귀족들부터 신분은 낮지만 재능 있는 기술자들까지 다양한 사람들이 모여 있었다.

라리사는 사람들이 스스럼없이 어울리며 파티를 즐기는 것을 보고 생각했다.

'어쩌면 내가 돌아온 건 그냥 파티를 열기 위한 핑계가 아닐까?'

리샤르가 가져다준 달달한 칵테일을 홀짝거리며 라리사가 킥킥 웃었다.

그러다 조금 떨어진 곳에서 누군가와 이야기를 나누고 있던 마르시아와 눈이 마주쳤다. 마르시아는 동생과 눈이 마주치자 곧바로 다가와 손을 내밀었다.

"다음 춤을 함께 추는 영광을 주시겠어요, 라리사 양?"

라리사가 활짝 웃으며 마르시아의 손을 잡았다.

"물론이죠, 대공비 전하."

두 자매가 손을 맞잡고 댄스 플로어로 향했다.

대공가의 파티에서 대공 부부가 가장 아름답게 춤추는 것은 주지의 사실이었다. 특히 파비안은 마르시아 이외에는 아무와도 춤추지 않는 것으로 유명했다. 예의에 어긋나는 일이었으나 그 누구도 대공에게 쓴소리를 할 수 없었다. 반면에 마르시아는 언제나 파티에 참석한 모든 이들과 함께 춤추고 싶어 했다. 남녀노소는 물론 빈부도 가리지 않았다.

그러다 보니 자매가 손을 맞잡고 함께 춤추는 광경도 그 자리에 있는 사람들에게는 전혀 낯선 풍경이 아니었다. 모두가 미소를 지으며 따뜻한 시선으로 자매를 바라보았다.

"오랜만이네, 이렇게 같이 춤추는 것도."

"오랜만에 춤추니까 생각나네요. 옛날에 언니한테 춤 배웠던 거."

"아! 그때. 재미있었지 정말."

"이제야 말하는 거지만, 그때 제가 얼마나 민망했는지 알아요? 둘이서 기초 스텝만 밟는데도 눈빛이 얼마나 달달하고 끈적하던지."

"뭐? 그랬어? 내가?"

"말로는 칼같이 이혼할 거라고 하면서 속마음은 아주……."

"으앗, 알았으니까 그만해. 제발."

라리사가 웃으며 놀리자 마르시아의 얼굴이 새빨개졌다.

그때의 자신이 얼마나 어리석었는지는 잘 알았다. 그래도 마르시아는 언제나 최선을 다했고, 라리사도 물론 그걸 알았다. 가끔은 부끄럽기도 한 지난날이지만 덕분에 함께 이야기하며 이렇게 웃을 수 있었다.

두 사람은 팔짱을 끼고 음악에 맞춰 빙글빙글 돌며 신나게 스텝을 밟았다. 즐거운 웃음소리가 끊임없이 퍼졌다.

한참 춤을 추었더니 덥기도 하고 조금 지치기도 했다.

세 곡을 연달아 춘 라리사가 마르시아의 손을 놓으며 얼굴에 손부채질을 했다.

"잠시 바람 좀 쐬고 올게요."

"응, 그래."

라리사가 발코니로 향했고, 리샤르가 당연하다는 듯 그 뒤를 따라갔다.

아름다운 밤이었다. 라리사가 발코니 난간에 기대어 청량한 밤공기를 깊이 들이마셨다. 길게 늘어뜨린 은발 위로 환한 달빛과 별빛이 쏟아져 내렸다.

라리사는 화려한 발코니 너머로 거대한 정원과 그 위를 비추는 달빛을 바라보았다. 리샤르가 자연스럽게 라리사 옆에 다가가 난간에 기대어 섰다.

나란히 서서 잠시 아무 말 없이 달구경을 하다가, 라리사가 먼저 입을 열었다.

"오늘 마중 나와줘서 고마워."

"뭘 새삼스럽게. 당연한 일이지."

"언제부터 그게 당연한 일이 되었을까?"

라리사가 고개를 살짝 갸웃하며 리샤르를 올려다보았다. 입가에 엷은 미소가 떠 있었다.

"아무도 말해주지 않았지만 왠지 당연히 리샤르가 와줄 거라고, 날 기다리고 있을 거라고 생각했어. 그런데 정말로 와줬더라고."

누군가가 그녀를 위해 항상 그 자리에 있어 준다는 게 얼마나 행복하고 안심되는 일인지 모른다.

언제부터였을까. 라리사의 옆에는 늘 리샤르가 있었다.

그녀를 내려다보는 리샤르의 눈동자에 달빛이 부드럽게 비치고 있었다. 그가 머뭇거리다 나지막하게 말했다.

"……처음부터야."

"응?"

"널 처음 본 날부터 당연한 일이었어."

리샤르의 귀 끝이 서서히 붉게 물들었다. 그를 마주한 라리사의 뺨도 발그레해지자, 리샤르는 더는 참을 수가 없었다.

그는 라리사의 앞에 한쪽 무릎을 꿇었다.

"라리사 블리크 영애."

"으, 응?"

"부디 저와 결혼해 주시겠습니까?"

"리샤르!"

라리사가 두 손으로 제 입을 가렸다.

리샤르가 안주머니에서 작은 상자를 꺼내 열었다. 라리사의 눈동자와 똑 닮은 빛깔의 에메랄드 반지가 달빛을 받아 눈부시게 빛났다. 그가 지난 반년간 매일같이 주머니에 넣고 있으면서도 차마 꺼내지 못했던 반지였다.

이유는 간단했다. 그의 아버지가 저지른 일들 때문이었다. 라리사를 납치하고, 파비안과 마르시아를 몇 번이나 죽이려 했던 자가 바로 그의 아버지였다. 몇 번을 대신 속죄해도 모자랐다.

세상에서 가장 좋은 것만 가져다 바쳐도 모자랄 라리사에게, 그런 작자의 아들이 청혼이라니…….

리샤르가 질끈 눈을 감았다가 떴다.

"나도 알아. 내겐 이럴 자격이 없지."

반지를 든 손이 떨렸다.

"하지만 난 이제 너 없이는 도저히 살 수 없게 돼 버렸어. 널 볼 수 없었던 지난 삼 개월은 지옥이었어. 겨우 삼 개월이었는데도."

리샤르의 떨리는 손과 꾹 다물린 입술을 내려다보던 라리사가 입을 열었다.

"리샤르는 왜 그렇게 항상 내 앞에서 쩔쩔매는 거야? 왜 그렇게 날 어려워해?"

그건 당연했다. 처음 본 순간부터 라리사는 리샤르 인생의 빛이었다. 태양을 똑바로 바라보면서 눈을 제대로 뜰 수 있는 사람은 없지 않은가.

"너는 내게 너무 과분해."

그런데도 욕심이 났다. 아까 같은 따뜻한 말을 건네주니까 손을 잡을 수 있을 것도 같았다.

"그렇지 않아."

라리사가 손을 내밀었다.

"반지…… 끼워줄래?"

리샤르가 눈부신 미소를 짓고 있는 그의 태양을 바라보았다. 그리고 그 손에 반지를 끼웠다.

그들은 달빛 아래 서로를 바라보며 달콤한 입맞춤을 나누었다.

"저희 방금 약혼했습니다!"

라리사를 번쩍 안아 든 리샤르가 댄스홀 안에 다 들리도록 쩌렁쩌렁 외쳤다.

"앗, 그만둬, 리샤르. 내려줘!"

얼굴이 새빨개진 라리사가 항의했다. 리샤르가 함박웃음을 지은 채 그녀를 바닥에 사뿐히 내려주었다.

홀 안의 사람들이 웅성거렸다.

"이미 약혼한 사이인 줄 알았는데."

"아직도 안 했었대요?"

그 꼴을 본 마르시아가 고개를 절레절레 저었다. 그녀의 얼굴에 떠오른 표정이 복잡했다.

리샤르가 라리사와 손을 잡고 대공 부부가 있는 곳으로 다가왔다.

리샤르의 심정이야 뻔했고, 라리사의 얼굴도 보아하니 부끄러우면서도 행복한 것 같았다.

"대공 전하, 비전하."

리샤르가 정중하게 고개를 숙여 보였다. 허락을 구하는 것이었다.

마르시아가 파란 눈의 청년을 새삼스럽게 바라보았다.

부친의 죽음을 기점으로 소년에서 청년으로 훌쩍 자라 버린 리샤르였다. 그는 어느새 파비안과 비슷한 키가 되어 있었고, 얼굴은 진중했다. 중2병 같던 어릴 적의 되바라진 성격은 사라진 지 오래였다.

"아, 리샤르 너만큼은 절대 안 된다고 생각했던 때도 있었는데. 첫인상이 최악이었거든."

리샤르의 얼굴이 확 붉어졌다. 그도 마르시아와 라리사를 처음 만난 날을 정확하게 기억하고 있는 까닭이었다.

"저도 압니다."

리샤르가 한 손으로 제 얼굴을 쓸었다. 그 모습을 보며 마르시아가 허리에 양손을 얹고 단호하게 말했다.

"라리사를 울리면 가만두지 않을 거야."

파비안도 옆에서 거들었다.

"라리사를 울리면 당장 그 자리에서 얼굴에 장갑을 맞을 각오를 해둬야 할 거야. 사촌이고 뭐고 없어."

"그래. 라리사가 울면…… 아무튼 큰일이니까 절대, 절대 그런 일 없게 해."

리샤르의 얼굴에 씁쓸한 미소가 떠올랐다. 그는 왜 라리사를 울리면 안 되는지 이미 알고 있었다.

라리사가 리샤르의 손을 부드럽게 잡으며 입을 열었다.

"리샤르도 알고 있어요. 제가 말해줬거든요."

"라리사!"

"제 입으로 비밀을 말해준 단 한 사람이에요."

리샤르를 바라보는 라리사의 눈빛에 강한 신뢰가 들어 있었다. 결국 마르시아는 고개를 끄덕이고 말았다.

"좋아요, 로랑 백작. 우리 라리사가 좋다는데 어쩌겠어요? 거절할 방도가 없지요."

라리사와 리샤르의 얼굴이 확 밝아졌다. 라리사가 마르시아를 끌어안았다.

"언니, 고마워요. 우린 행복하게 잘 살 거예요. 언니와 대공님처럼요."

마르시아의 코가 시큰해졌다. 그녀는 그저 고개를 끄덕이며 라리사의 등을 쓸어주었다. 포옹을 마친 라리사의 눈시울도 어느새 조금 붉어져 있었다.

파비안이 벌써 라리사를 울리는 거냐며 반쯤 화내듯 리샤르를 놀렸고, 마르시아는 아직 약혼일 뿐이지 결혼은 아니라며 엄포를 놓았다.

다음 날 아침. 파티가 끝난 후 손님들은 모두 돌아갔고, 모처럼 가족이 모두 모여서 아침 식사를 하게 되었다.

아직 잠이 덜 깬 에블린이 자그마한 주먹으로 눈가를 비볐다.

"라리사 이모가 약혼했어? 리샤르 삼촌이랑? 약혼이 뭔데?"

"에블린, 결혼이 뭔지는 알지?"

"응."

"약혼은 결혼하기로 약속하는 거야."

라리사가 친절하게 대답해 주었다. 에블린이 눈을 두어 번 깜박거렸다. 두 눈에 순식간에 눈물이 차올랐다.

"그럼 이제 라리사 이모는 영영 떠나는 거야? 나는 이제 이모를 못 만나?"

에블린이 울먹거리자 테이블에 둘러앉은 모두가 미소를 감추지 못했다. 라리사가 맑게 웃으며 말했다.

"아니야, 에블린. 이모는 결혼하고도 자주 놀러 올 거야."

"진짜?"

"그래. 이모가 세상에서 가장 사랑하는 사람이 네 어머니거든. 물론 그 사람의 하나뿐인 딸인 에블린도 정말정말 사랑하지."

라리사가 에블린의 머리를 부드럽게 쓰다듬었고, 마르시아는 입술을 살짝 깨물며 감동한 표정으로 가슴에 손을 얹었다.

라리사가 장난스레 덧붙였다.

"이건 비밀인데, 리샤르는 세 번째야. 이것만은 어쩔 수 없어."

당사자를 바로 옆에 두고 다 들리도록 말하는 비밀에, 리샤르가 쓴 웃음을 지었다. 그러자 에블린이 고개를 갸웃하며 물었다.

"그런데 왜 세 번째로 사랑하는 사람이랑 살려고 해?"

라리사가 웃음을 터뜨렸다.

"그러게 말이야, 왜 그럴까?"

마르시아가 에블린의 뺨을 살짝 꼬집으며 대신 대답해 주었다.

"평생 함께 있고 싶은 사람이라서 그런 거야. 언젠가 사랑하는 남자가 생기면 에블린도 알게 될 거야."

"그럼…… 결혼은 좋은 거야? 약혼도?"

"그래."

그 자리의 어른들이 전부 고개를 끄덕이자, 에블린이 안심하며 활짝 웃었다.

"그럼 난 아빠랑 결혼할래! 평생 함께 있고 싶은 사랑하는 남자니까."

쨍그랑. 파비안이 찻잔을 바닥에 떨어뜨렸다.

"우리 딸……."

파비안이 감격한 표정으로 뭐라고 말하려는 것을, 라리사가 얼른 가로챘다.

"아버지는 이미 어머니랑 결혼해서 안 돼. 우리 에블린은 천천히 다른 사람을 찾으면 돼. 마음에 드는 사람이 언젠간 생길 거야."

"그런 사람이 안 생기면?"

에블린의 말에 파비안이 단호하게 대답했다.

"마음에 드는 놈이 안 생기면 아빠랑 살면 되지. 평생."

"에블린은 겨우 네 살이라고요, 파비안."

마르시아가 소리 내어 웃었지만 파비안은 진지했다.

"차기 대공의 남편이 될 사람인데, 아무 손이나 잡게 할 수는 없습니다."

"아이 앞에서 무슨 말을 하는 거예요."

"흐음."

에블린이 또랑또랑한 눈으로 부부의 대화를 지켜보고 있었다.

"자, 아침 먹자."

마르시아가 얼른 스크램블드에그를 떠서 에블린의 입에 넣어주었다.

버터가 듬뿍 들어간 따뜻하고 부드러운 달걀을 오물거리며, 에블린이 마르시아와 파비안을, 그리고 라리사와 리샤르를 쳐다보았다.

어른들의 얼굴에 떠오른 미소가 혀에서 느껴지는 맛과 비슷했다. 참으로 행복한 맛이었다.

외전 〈완결〉